오아시스,
내 청춘

오아시스, 내 청춘

초판 1쇄 찍은 날 § 2005년 8월 25일
초판 1쇄 펴낸 날 § 2005년 9월 5일

지은이 § 이조영
펴낸이 § 서경석

편집장 § 문혜영
편집책임 § 이종민
편집 § 한지윤

펴낸곳 § 도서출판 청어람
등록번호 § 제1081-1-89호
등록일자 § 1999. 5. 31
어람번호 § 제5-0055호

주소 § 경기도 부천시 원미구 심곡1동 350-1 남성B/D 3F (우) 420-011
전화 § 032-656-4452 팩스 § 032-656-4453
http://www.chungeoram.com
E-mail § eoram99@chollian.net

ⓒ 이조영, 2005

ISBN 89-5831-696-9 03810

오아시스, 내 청춘

도서출판 청어람

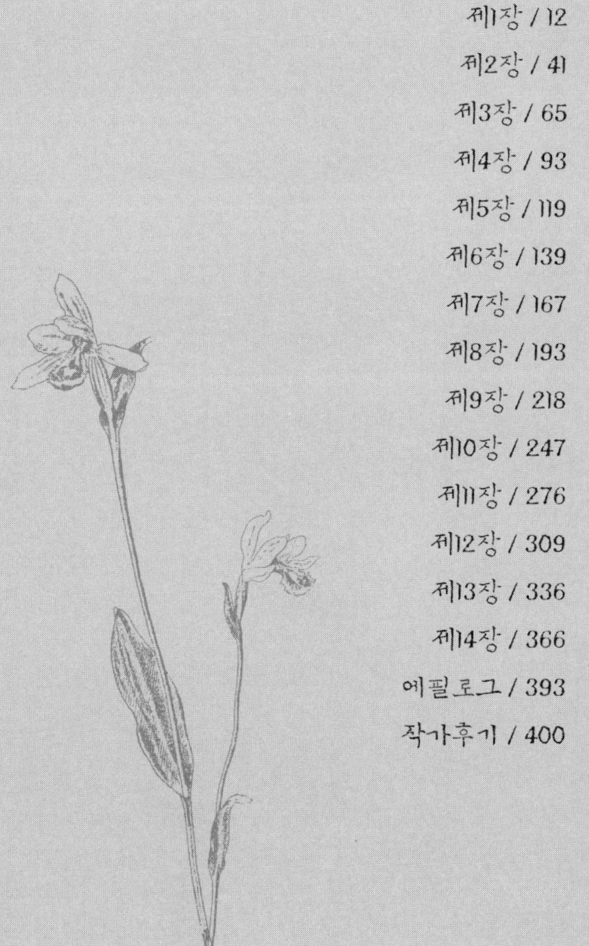

"앉거라."

한 달 전만 해도 아버지는 저렇게 소파에 앉아서 내게 말을 건네었지. 지금 저 사람처럼 근엄하게 깔린 목소리가 아닌 장난기 다분하고 다정한 목소리로 '우리 신리, 오늘 아빠 생각 얼마나 했어?' 묻곤 하셨다.

그가 권하는 대로 나는 공손히 소파에 앉았다. 내 옆 자리에는 엄마가 엉덩이를 반쯤 걸친 채 연신 황송한 몸짓을 하고 있었다. 그런 엄마의 행동이 눈에 거슬리지만 애써 꾹 참았다. 한 달 전만 해도 엄마 역시 맞은편에 앉은 고고한 여인네처럼 우아하다는 소리깨나 들었던 사장 사모님이었다.

"하루아침에 모든 게 변해서 네가 힘들겠구나. 하지만 어머니를 생각해서 잘 견뎌주었으면 좋겠다. 내가 무슨 위로의 말을 한들, 지금 네게 아무런 도움이 안 된다는 거 알고 있다. 너도 알다시피 난 네 아버지와 오랜 친분이 있고, 네 어머니의 부탁으로 이 집도 내가 인수를 받았다. 그리고 오늘부터는 한집에 살게 되었으니 앞으로 한가족처럼 잘 지내보자꾸나. 신 사장이 갑자기 그렇게 된 건 나도 가슴이 아프다. 평소에 네 아버지가 하나밖에 없는 딸 자랑을 얼마나 했었는데……."

그의 말을 듣고 있었으나, 귀담아듣지는 않았다. 그의 말대로 나는 어느 날 갑자기 아버지를 잃었고, 이 집을 잃었고, 내 방을 잃었고, 아버지의 소파를 잃었다. 하루아침에 모든 것을 잃은 기분을 정확히 표현할 방법이 없다. 그저 가슴이 터질 것 같을 뿐.

아버지 살아생전, 가장 가까운 지인(知人)이었다는 오원후 사장. 그의 배려로 엄마와 나는 주택 뒤뜰에 있던 창고를 개조하여 만든 집에 살게 되었다. 새로 페인트칠을 하고, 보일러를 놓고, 필요한 살림살이며 가재도구가 마련되어 있어 그의 특별한 배려를 느낄 수가 있었다.

하지만 그보다 더한 것이었다 해도 나에게는 한낱 동정에 지나지 않았다. 나는 부유한 가정의 외동딸에서 졸지에 내 집을 송두리째 빼앗기고, 그 한 귀퉁이를 겨우 얻어 살게 된 가난뱅이로 전락하고 만 가련한 신세에 불과했다.

엄마라고 별다른 대책이 있을 리가 없었다. 부도 직전에 아버지는 뇌출혈로 인해 사망했고, 어머니와 내게 남겨진 것은 부도로 인한 빚뿐이었다. 가진 모든 것들을 처분하여 빚을 탕감해 간들 평생 벌어도 다 못 갚을 액수에 엄마는 기진맥진한 상태였다. 그래도 이 집만큼은 아는 사람에게 넘기고 싶은 욕심에 엄마는 가장 큰 빚을 졌던 오 사장에게 집을 넘기고, 남은 빚까지 탕감받았다. 그것만 해도 우리에게는 커다란 짐을 던 셈이었지만, 열여덟의 내게는 그 빚을 탕감해 준 오 사장에 대한 고마움보다는 미움이 더 컸으니 어쩌랴. 아버지의 소파에 앉아 있는 그가 미웠고, 고고하게 앉아 있는 그의 부인이 싫었고, 우리를 구경하며 서 있는 그들의 두 아들과 딸이 원망스러웠다.

"너희들은 왜 그러고 섰어? 이리 와서 앉으렴. 이제 한집에서 살게 됐으니 인사 정도는 해야 할 것 아니냐."

나는 속 입술을 꼭 깨물었다. 오 사장 부인의 말에 이층으로 올라가는 계단쯤에 서 있던 그들이 다가왔다. 그들이 맞은편 소파에 앉을 때까지도 나는 고개를 들지 않았다. 악몽 같은 시간. 나오려는 눈물을 참느라 두 주먹을 꽉 움켜쥐었다.

"네가 신리구나? 만나서 반갑다."

푹 꺼진 분위기 속에서 의외의 맑고 청량한 목소리가 절로 내 시선을 잡아끌었다. 고개를 들어 목소리의 주인공을 쳐다보았을 때 목소리만큼이나 시원스러운 이목구비를 가진 남자가 내 눈동자에 담겼다. 그는 나와 눈이 마주치자 조금 웃어 보였다.

나는 그의 미소 또한 동정처럼 느껴져서 아무 대꾸도, 마주 웃어주지도 못한 채 무참히 시선을 내리깔고 말았다. 그런 나의 태도가 무척이나 못마땅했다. 통 크게 한번 웃어줄 수도 있으련만. 그들 앞에 이러고 앉아 있는 것 자체가 부끄러움이었고 아픔이었기에 나는 가식적인 웃음조차 지어주지 못했다.

"얘가……. 너도 뭐라고 답을 해야지."

어색해진 분위기를 수습하기 위해 엄마가 나서보지만 그러기에는 이미 늦었다. 썰렁하다 못해 우리는 겨울 들판 한가운데 우두커니 둘러앉아 서로 할 말을 잃고 있는 사람들 같다. 내가 제일 싫어하는 분위기가 바로 이런 것이다. 피부에 살얼음이 돌고 있었다.

"죄송합니다, 사장님. 미안해요, 진채 학생. 얘가 신경이 예민해져 있어서…… 이해하세요."

내가 끝내 아무 말도 없으니 엄마는 또 어쩔 줄을 몰라 하며 내 변명을 대신하느라 정신이 없다. 나는 그 자리를 벌떡 일어나고픈 충동을 느꼈다. 주먹을 너무 세게 쥔 탓에 손목이 아련하게 아파왔다.

"아닙니다. 아직까지는 혼란스러울 거예요. 적응이 되려면 시간이 더 걸리겠지요."

그래, 내게는 시간이 필요하다. 그것도 아주 많이.

"승채와 같은 학년이라던데 잘됐군요. 친구처럼 지내면 좋겠어요. 이 녀석도 새로 전학 와서 적응하려면 좀 힘들 테니까요."

“풋!”

진채라는 남자의 말에 뒤이어 느닷없는 헛웃음이 튀어나왔
다. 깜짝 놀란 우리는 동시에 웃음을 터뜨린 당사자에게 시선을
가져갔다.

소파의 끄트머리에 삐딱하게 기대앉아 있던 그는 여전히 웃
음을 머금은 얼굴로 자중을 돌아보았다. 빡빡 깎은 머리카락이
이제 막 자라기 시작해서 훤히 드러난 동글동글한 머리통이 무
척 인상적이었다. 그는 장난기 가득한 미소를 머금은 채 눈알을
정신없이 돌리다가 어느 순간 나와 눈이 딱 마주치자 비로소 웃
음을 그쳤다.

그의 얼굴에 웃음기가 가시는 걸 지켜보면서 나는 그가 그리
평범한 사람은 아니라는 걸 감지했다. 그런 느낌은 그 또한 똑
같이 받았을 것이다. 왜냐하면 나를 보던 그의 눈빛이 차츰 흔
들리기 시작하더니 나중에는 어떤 감정의 동요를 일으키고 있
었기 때문이다. 그에게는 그 순간이 내가 그들과 함께 있으면서
느꼈던 악몽의 시간만큼이나 길었으리라. 그는 분명 당황해했
다. 그건 웃었던 상황 때문이 아니라 내가 그를 죽일 듯이 노려
보았던 까닭이다.

‘건방진 자식.’

나에게 그의 첫 인상은 그렇게 박혀 버렸다.

인정하고 싶지 않지만 그는 내가 사는 주인집 막내아들이고,
설상가상으로 오늘 아침부터 나는 그 집 가정부의 딸로
완전히 몰락한 신세였다

"냄새 많이 나니?"

창고로 들어서자마자 내가 무심코 내뱉었던 말이 엄마의 마음에 자꾸 걸리는 모양이다. 벌써 그 질문만 몇 번째였다. 나는 엄마에게 등을 돌린 채 침대에 모로 누워 새로 페인트칠한 벽만 쳐다보았다. 페인트 냄새가 연신 신경을 자극했다.

흰색. 나는 유난히 흰색을 좋아한다. 그래서 예전 내 방에는 온통 흰색으로만 꾸며져 있었다. 흰색 페인트칠을 한 벽을 보고 있노라니 문득 내 방이 그리워져 눈물이 찔끔 났다. 나의 인생에서 흰빛이 사라진 이 느낌. 환한 들녘을 달리다가 갑자기 캄캄한 굴 속으로 들어간 이 기분. 끝이 날 것 같지 않은 이 두려

움, 슬픔, 서글픔, 서러움. 그 모든 감정의 결정체들이 하나로 뭉쳐 내 가슴속을 헤집어 뜯었다. 그 창고 집에서 보낸 첫날밤, 나는 소리 죽여 울면서 처음으로 죽고 싶다는 생각을 했다.

대문을 나서기 시작한 때부터 그는 내 뒤를 쫓고 있다. 아니, 굳이 쫓는다는 표현은 내 입장에서 그렇다는 것이다. 학교가 같으니 그의 입장에서 치자면 어쩔 수 없는 일이었다. 같은 길을 나는 앞선 채, 그는 뒤선 채. 버스에 올라서도 나는 이만치, 그는 저만치. 우리는 한집에서 나왔다 뿐, 그리고 목적지가 같다 뿐 그 과정에서는 정녕 모르는 사람처럼 그렇게 각자 학교로 갔다.

나는 그날이 그가 전학 온 첫날이라는 것을 나중에야 알았다. 그가 우리 반에 들어선 그 순간에 비로소 알게 된 사실이었다. 선생님이 아침 조회를 하러 들어오시면서 전학 온 학생이 있다고 알려줬을 때, 나는 괜스레 가슴이 철렁 내려앉았었다. 아니나 다를까, 염려한 대로 그가 우리 반으로 쑥 들어왔다.

간밤에 앉아 있는 모습만 봐서 그런지 그가 그렇게 큰 키라는 사실에 새삼 놀랐다. 멋대가리없게 큰 키 때문에 그의 까까머리는 더욱 반질거려 보였다. 한눈에 보기에도 모범생과는 거리가 멀어 보이는데 공부한답시고 있는 머리를 빡빡 민 것도 아닐 테고, 나는 갑자기 그에게 머리카락이 없는 까닭이 궁금했다. 그리고 그런 하릴없는 궁금증이 동하는 내 자신이 우스웠다. 그가 원래 대머리든 일부러 밀었든 어차피 나와는 상관없는 일이었으니까.

하지만 그와 한반이라는 것은 결코 상관없는 일이 아니었다. 한마디로 불길했다. 나는 나도 모르게 얼굴을 책상 쪽으로 바싹 숙였다. 그는 목 긴 기린처럼 학생들을 거만하게 내려다보며 서 있다가 유난히 고개를 푹 숙이고 있는 나를 발견했다. 특유의 장난스러운 미소가 동글동글한 얼굴에 서서히 내려앉고 있었다. 노리고 있던 목표물을 찾아내고 짓는 사냥꾼의 사악한 미소처럼. 또는 먹이에 굶주린 악마의 눈빛처럼.

따지자면 그는 그의 가족들을 대표하여 내 인생에 어느 날 갑작스레 찾아온 악마나 다름없었다. 그랬으니 나는 눈이라도 마주칠까 조마조마한 가슴으로 앉아 있었다. 그런데 그는 짐짓 모르는 척, 딴 데로 눈길을 돌려 버린다.

"이름은 오승채. 앞으로 사이좋게 잘 지내라. 알았나?"

선생님의 소개에 이어 그가 무어라 주절거리는 소리가 들려왔다. 나는 듣는 둥 마는 둥, 이 시간이 지나면 담임선생님께 차라리 나를 다른 반으로 옮겨달라고 하고픈 심정으로 앉아 있었다. 사람이 나쁜 일이 생기면 꼭 이중, 삼중으로 겹친다는 옛말이 하나 그른 게 없었다.

저벅거리는—실내화가 저벅거린다는 표현은 좀 우습지만, 그때 내 귀에는 게슈타포의 군화 발처럼 그렇게 들렸다—발소리가 내 책상 쪽으로 점점 다가왔다. 두근거리는 내 심장 소리는 바로 그의 귓구멍에 가서 박힐 것처럼 크게 울렸다.

안 그래도 느릿한 그의 걸음은 내 책상 앞에서 멈추었다. 꼼짝도 못하고 고개를 숙인 채 그의 하얀 실내화 코를 곁눈으로 째려보았다. 제발……. 나는 속으로 간절히 빌었다. 이런 경우, 제정신이 아닌 녀석들을 보면 꼭 주인공의 옆 자리를 노리고는 하기 때문이다. 만약 그렇게 된다면 나에게는 그야말로 악몽의 학교 생활로 접어드는 셈이었다. 그것만은 절대 사양! 이런 놈 때문이 아니더라도 나의 심기는 그리 편하지 못했으니 말이다. 그저 생긴 것답지 않게 눈치라도 좀 있어서 나와는 전연 상관없는, 전혀 모르는 사이로 지내주길 바랐다.

다행히 녀석은 내 옆 자리를 노리지 않았다. 어쩌면 나의 괜한 오버센스였는지도 모르겠다. 녀석이 내 옆 자리를 노릴 이유가 없지 않은가. 녀석도 속으로는 그랬을 테지, 재수없게 한반이 되었노라고. 어쨌든 녀석은 내 옆을 지나쳐 비어 있는 맨 뒷자리로 가서 얌전히 앉았다. 나는 안도의 한숨을 내쉬며 비로소 숙였던 고개를 살며시 들었다.

"왜 그래?"

짝인 명지가 내 팔을 툭 치며 물었다. 내 폼이 그리도 어색했던가? 나는 그저 짧은 미소로 얼버무렸다. 명지는 이상한 눈초리를 풀지 못하고 고개를 갸우뚱거렸다. 다행히도 내 우려와는 상관없이 특별한 일은 생겨나지 않았다.

그날 오전 내내 나는 일부러 녀석이 있는 자리와는 동떨어진 곳으로 피해 다녔다. 복도로 나가려면 뒷문이 가까움에도 불구하고 꼭 앞문으로 다녔으며 녀석이 있는 쪽으로는 쳐다보지도 않았다. 철저하게 무시하자. 그것을 철칙으로 삼은 사람처럼.

점심 시간이었다. 명지는 밥을 먹다 말고 내 눈치를 보았다. 나는 부러 모르는 체했다. 입맛도 없고, 밥맛도 없는 그런 점심이었다. 밥을 국에 말아 억지로 입 안에 떠 넣는데, '산 사람은 어떻게든 살게 되어 있어' 하던 할머니의 넋두리가 떠올랐다. 그러자 입 안이 더욱 써졌다.

명지는 내가 한 달 전에 아버지를 갑작스레 잃었고, 회사는 부도가 나서 완전히 파산했고, 집은 다른 사람에게 넘어간 사실에 대해 잘 알고 있었다. 그렇기에 내가 하루하루를 어떻게 견디고 있는가를 위태위태하게 지켜보고 있는 친구들 중 하나였다. 그러나 내게 필요한 것은 어떤 한마디의 형식적인 위로가 아니라 그저 따스한 시선으로 지켜봐 주는 것이라는 걸 그녀는 모르고 있었다.

"오승채 말이야."

그의 이름을 듣는 순간 짜증이 이마에 아로새겨졌다. 내 미간이 찌푸려지는 걸 보고서 명지는 말을 꺼내다 말고 젓가락을 제 입에 물었다. 계집애, 조금만 더 참아주지. 아니, 오늘 하루만이라도.

"걔가 뭐?"

내가 시큰둥하게 물었고, 명지는 멋쩍은 듯 어깨를 한번 으쓱하더니 조심스레 입을 열었다.

"걔가 너 찍었나 봐."

"풋!"

입 안에 한가득 물었던 국밥이 그대로 쏟아졌다. 밥알이 사방으로 튀고, 함께 밥을 먹던 아이들은 난리법석을 떨었다. 사레가 들려 캑캑거리던 나는 물 한 잔을 들이켜고 나서야 간신히 진정이 되어 멱살이라도 움켜쥘 기세로 명지를 노려보았다.

"너 방금 뭐라 그랬어?"

명지가 겁먹은 눈으로 말을 더듬었다.

"아, 아니…… 그, 그게…… 나, 나는 그냥…….."

"똑바로 말하지 못해?"

윽박지르는 투에 명지는 찔끔해서는 얼른 사실을 고했다.

"사실은 걔가 내내 너만 쳐다봤단 말이야."

후닥닥 말하고 난 후, 그녀는 내가 숟가락이라도 던질 줄 알았는지 눈을 질끈 감고 고개를 외로 꼬았다. 나는 그만 어이가 없어 기운이 쭉 빠졌다. 먹은 게 죄다 다시 거꾸로 올라올 것 같았다. 속이 메슥거리더니 급기야 진땀이 쫙 흘렀다. 나만 쳐다보고 있었다니 그게 무슨 뜻이겠는가. 나를 벼르고 있다는 뜻이 아니겠는가. 어쩐지 인상이 예삿놈이 아니다 했다. 어제 일로 녀석은 나를 괴롭히기로 찍은 게 분명했다.

그런 확신이 들자 갑자기 으스스 한기가 들어 추위를 느꼈다. 그래, 한반에서 서로 모른 척하고 지낸다는 게 어디 가능한 일이랴. 나를 찍은 게 분명하다면, 어마어마한 빚 대신 우리 집을 받은 거며 나와 엄마는 그 집 뒤채 창고를 빌어서 살고 있다는 것도 조만간 떠벌리고 다니게 될 것이다. 그와 내가 한집에 산다는 사실만으로도 기가 막혀 죽을 지경인데, 하루아침에 가련한 신세로 전락해 버린 내 처지를 모든 사람들이 알게 될 걸 생각하니 정말이지 눈앞이 캄캄할 따름이었다.

먹던 식기를 들고 조용히 일어났다. 그날 오후를 어떻게 보냈는지는 도무지 생각이 나지 않는다. 내 작은 머리 속에는 온통 어두움뿐이었다. 이 어둡고 긴 터널이 언제까지 이어질는지 두렵고 힘겨울 뿐이었다. 그에게 적당한 눈치를 바란 내가 바보였다. 간밤 일만 생각해도 그러하다. 그런 상황에 혼자 무슨 좋은 일 났다고 웃음을 터뜨리던 낯짝이 아니었던가. 젠장맞을!

"신리!"

털레털레 집을 향해 걸어가는데 자동차 한 대가 내 옆에 와 섰다. 창문이 열리더니 그 안에서 누군가가 내 이름을 불렀다. 그 목소리가 하도 다정하여 아는 사람인가 하고 고개를 약간 숙여 차 안을 들여다보았다. 진채라고 하였던가. 그렇다면 그의 정확한 이름은 오진채겠군. 속으로 진채라는 이름을 불러보았다. 그런데 우스운 건 내가 속으로 그의 이름을 부르자 그가 '응?' 하고 대답을 했다는 것이다. 이런 걸 텔레파시라고 하지, 아마? 너무 신기해서 그를 뚫어져라 쳐다보았다.

"타. 태워다 줄게."

그의 목소리는 정말 단아하다. 아주 낮지도 높지도 않고 적당한 높이에, 탁하지도 지나치게 맑지도 않은 적당한 울림이 그의 단정한 이미지와 썩 잘 어울렸다. 그러나 선뜻 그의 차에 올라타는 경망스러운 짓 따위는 할 수 없었다. 그와 나는 그렇게 스스럼없는 사이가 아닌 것이다. 어쩌면 앞으로도 그럴 일은 없을 거라고 지레짐작했다.

"괜찮아요. 먼저 가세요."

최대한 예의를 갖춰 사양했다. 살짝 고개를 숙여 인사를 한 뒤 먼저 앞서 걸었다. 그런데 그는 그냥 지나치지 않고 내 옆에다 차를 세우더니 아예 차에서 내려 직접 문을 열어주었다. 다정(多情)도 지나치면 병(病)이라더니.

"괜찮으니까 타. 혼자 가기 심심해서 그래."

그의 말이 진심으로 들린 건 내 귀가 아니라 마음이었다. 여기서 한 번 더 뿌리치면 어쩐지 안 될 것 같은 느낌 때문에 나는 망설이다 조수석에 올라탔다. 어젯밤 엄마가 그랬던 것처럼 아주 황송해하면서.

차가 출발하고 얼마 안 있어 곁눈으로 운전대를 붙잡고 있는 그의 손가락을 훔쳐보았다. 그의 왼쪽 약지에 끼어 있는 반지가 눈에 띄었다. 작은 알까지 박혀 있는 걸로 보아 커플링이라는 것인가 보다. 눈알을 제자리로 돌린 후 정면을 응시했다. 무릎에 얹어놓은 책가방을 꽉 끌어안고 딱딱하기 그지없는 자세로 앉아 있는 나를 보자 우스웠는지 그가 내 팔을 손가락 끝으로 장난스레 꾹 찔렀다. 나는 화들짝 놀라 그를 쳐다보았다. 웃으니 그의 눈이 하나도 안 보였다. 눈이 제법 커 보였는데 그 눈이 다 어디 숨었나? 그게 신기해서 그의 웃는 얼굴을 또 뚫어져라 쳐다보았다.

"그러고 앉아 있으니까 내가 꼭 납치범 같잖아. 뭘 그렇게 긴장해?"

한동안 그를 쳐다보고 있었더니 얼굴이 뜨겁게 달아올랐다. 나는 슬쩍 시선을 피하며 대답했다.

"긴장…… 안 했는데…… 요."

"그냥 편하게 대해. 한집에서 사는데."

그렇게 말하다가 그는 나를 한번 힐끗 쳐다보았다. 그러더니 갑자기 진지해졌다.

"너, 속상한 마음 알아."

그 말 한마디에 고요하던 가슴 저 밑바닥이 이상스레 꿈틀거리기 시작했다. 사람의 마음으로 가는 가장 유일한 길은 진실뿐이라는 말이 떠올랐다. 그의 말은 내가 그동안 숱하게 들었던 형식 어린 위로와는 그 느낌이 확연히 달랐다. 그가 어떤 사람인지 나는 모른다. 그럼에도 그의 말 한마디에 가슴속이 미친 듯이 소용돌이치기 시작하더니 끝내 눈물 한줄기가 내 볼을 타고 죽 흘러내렸다. 내 의지와는 전혀 상관없이.

그가 차를 세운 곳은 가끔 아버지와 함께 오르던 뒷산의 약수터 가는 길 중턱이었다. 차를 세운 그는 나를 혼자 내버려 둔 채 차에서 내렸다. 그의 의도가 무엇인지 알아차리자 봇물이 터지듯 내 눈에서는 그동안 참았던 눈물이 와라락 쏟아져 내리기 시작했다. 그랬다. 나는 내내 울고 싶었는데 참고 있었다. 내가 참고 있었다는 걸 어찌 알았을까. 그게 고맙고, 이런 곳에서 홀로 울어야 하는 내 신세가 처량해서 자꾸만 눈물이 났다.

처음 흐느낌에 그쳤던 내 울음은 점차 큰 통곡으로 변해갔다. 얼마나 울고 싶었는데. 지난 한 달 동안이 내게는 얼마나 힘들었는데. 서럽고 지치고 힘들고 아파서 얼마나 목 놓아 울고 싶었는데…….

건너편 산등성이에 서서히 해가 지기 시작하고 있었다. 해가 지면서 내뿜은 붉은 혈흔이 처참하게 산자락 위로 드리워졌다. 나는 그것이 내 피맺힌 한 같아서 가슴이 더욱 쓰라리고 아팠다. 저 산도 내 눈물의 의미를 알겠지.

해가 뉘엿뉘엿 지기 시작했을 즈음, 마침내 울음을 그치고 그를 찾아 차에서 내렸다. 그는 차 뒤편 쪽의 바위에 앉아 산 아래를 내려다보고 있었다. 내가 다가가자 그가 옆에 자리를 만들어 주었다.

"이제 좀 시원하니?"

"네."

이럴 때는 쑥스러운 게 맞는데, 지금은 어쩐지 유치하게만 느꺼진다. 그가 나의 모습 그대로를 보아주었듯이 나도 내 모습 그대로를 보여주고 싶었다. 마치 오래전부터 잘 아는 사이처럼 우리는 해 저물녘 산 중턱에 나란히 앉아서 처참히 스러져 가는 낮을 다정히 지켜보았다.

그때 무슨 정신으로 그토록 목 놓아 울 수 있었는지……. 원래 심한 낯가림이 있거나 외동딸이라서 대인관계가 서툴거나 하는 편은 아니었다. 그렇지만 상대도 상대 나름이었다. 내 인생을 암흑으로 덮어버린 악마의 소굴에서 승채가 그 대표 격이라 친다면 그 역시 악마의 일원이어야 맞다. 그렇다면 그는 단지 내게 달콤한 유혹을 던진 악마인 걸까.

나는 노을빛에 점차 말라가는 눈물과 점점 가라앉고 있는 가슴속의 역류를 느끼면서 잠시 가졌던 안온함에 다시금 날을 들이대고 있었다. 바로 옆 자리, 그의 체온에서 전달되는 따스함과 기대기 딱 좋을 만큼 포근해 보이는 어깨에 문득 기대고 싶은 충동을 느낀다. 하지만 나는 그 유혹을 가볍게 이겨냈다. 이것이 바로 악마의 유혹이라는 생각에.

"노을이 참 예쁘다. 세상에서 가장 아름다운 건 자연의 빛깔인 것 같아. 인간이 아무리 흉내 내보려 해도 낼 수 없는 색채잖아. 매일 해는 뜨고 지는데 그때마다 색채가 오묘하게 다르니 정말 신비해."

그의 눈 속에 담겨진 건 노을이다. 내 눈에 담겨진 것은 해의 혈흔이다. 나는 속으로 웃었다. 어쩌면 악마는 그가 아니라 나

일지도 모르겠다.

"그만 내려가죠."

내가 별안간 몸을 일으켰기에 감상에 빠져 있다가 그도 얼른 자리를 털고 일어났다. 나는 괜히 화난 사람처럼 툴툴거리며 앞서 걸어가서 차에 올라탔다. 그 후로 집에 다다랐을 때까지 한마디도 건네지 못하고, 초조하게 손가락 끝을 잘근잘근 씹으며 앉아만 있었다.

집 앞에 차를 세웠을 때도 미적거리다 그만 타이밍을 놓치고 말았다. '고맙습니다' 그 한마디 하기가 무에 그리 어려워서 나는 왜 이리도 쩔쩔매고 있다는 것인가.

"이제 오니?"

카랑카랑한 목소리에 못된 짓 하다 들킨 사람처럼 지레 놀라 몸을 움츠렸다. 대문을 막 나서던 그의 어머니 이 여사와 승채였다. 그들은 내가 차에서 내린 걸 보았던지 나를 보는 눈길에 의아함과 약간의 불쾌감이 섞여 있었다. 특히 오승채.

"어떻게 그쪽에서 같이 오니?"

"약수터에요."

"지금 이 시간에?"

"신리에게 가르쳐 달라고 했어요. 내일 아침부터 갈까 하구요. 어머니도 같이 가시겠어요?"

그는 보기보다 임기응변에 강했다. 놀라워라.

"아니, 난 됐다. 가려면 승채나 데리고 가렴."

"나도 됐어!"

이 여사의 말에 승채는 단박 칼처럼 잘라 말했다. 그럴 줄 알았다.

"신리, 오늘 고마웠다."

그 말은 내가 해야 할 대사인데, 그에게 선수를 빼앗기고 말았다. 나는 그만 무안해져서 고개만 얼른 숙여 보이고는 달아나듯 집 안으로 들어가 버렸다. 뒤통수에 승채의 뜨끈한 시선을 느끼며 황급히 정원을 가로질렀다. 가다 보니 이 방향이 아니다. 내가 가야 할 곳은 뒤채인데 버릇처럼 안채를 향하고 있었다. 무심결에 뒤를 돌아보았더니 뒤따라 들어온 사람이 진채가 아니라 승채였다. 그는 황당해서 나를 멀거니 쳐다보았다. 나는 그를 싹 무시하고 곧장 뒤채로 방향을 바꾸었다. 쪽팔린다.

짐 정리가 다 안 된 상태여서 아직 풀지 못하고 쌓아놓은 박스가 몇 개 되었다. 아빠가 창고를 꽤 크게 지어놓으셨던 게 천만다행이라는 생각이 들었다. 짐을 풀기 전에 차 한 잔을 나누다 내가 그렇게 말하니 엄마가 웃었다. 실로 오랜만에 보는 웃음이다.

"아빠가 선견지명이 있으셨나 봐."

그러면서 바로 이어 물었다.

"꼭 이곳에라도 살아야 했어?"

엄마는 찻잔을 들다 말고 나를 건너다보았다. 나는 엄마 얼굴을 정면으로 쳐다보지 못했다. 엄마는 내 말뜻을 이해했을 것이기에. 엄마의 큰 눈에 눈물이 그렁그렁 맺혔다.

"엄마 원망 많이 했지?"

나는 솔직히 대답했다.

"응. 나, 얼마나 견디면 돼?"

"너, 고등학교 졸업할 때까지만. 그 정도면 되지 않을까?"

이 년. 엄마는 이곳 집터에서 십여 년간 쌓아온 아빠와의 추억을 그 짧은 기간 내에 정리할 수 있을까. 그리고 나는? 실상은 나보다 엄마가 더 걱정스러웠다. 엄마가 굳이 이 창고를 빌어 살겠다고 했을 때 엄마의 심중을 헤아릴 수 있었다. 견딜 수 있을 것 같아서 나는 아무 반박도 하지 않았다. 못할 짓이다. 더더구나 내게 못할 짓이라는 걸 알면서 엄마는 내 의견은 한마디도 묻지 않고 단독으로 결정을 내렸다. 내가 뻔히 싫다고 할 걸 알아서였겠지. 가엾은 엄마. 엄마의 손을 포근히 감싸 쥐었다. 나보다도 작은 손. 한 달 사이에 엄마는 몰라보게 수척해졌고, 그 곱던 피부에는 검은 기미가 내려앉았다. 그리고 단정하던 머리는 대충 하나로 핀을 찔러놓아 고고하던 자태는 이제 더 이상 찾아볼 수 없었다. 엄마는 이제 가장인 것이다.

"신리야, 엄마 일할 곳 생겼어."

"구했어? 어딘데? 뭐 하는 곳인데?"

평생토록 직장이라고는 다녀본 적이 없는 엄마가 일을 한다니 마냥 신기하고, 통 실감이 나지 않아 흥분하여 물었다. 엄마는 배시시 웃으며 약간의 망설임 끝에 운을 떼었다.

"여기 사장님 댁."

"그 회사에 취직했다고?"

"회사가 아니고 집에서."

"집? 집에서 무슨 일을 해?"

"집 관리."

"집 관리?"

얼른 감이 안 잡혀 멍청한 표정을 지었다. 집 관리. 말은 그럴 싸했지만 뭔가 개운치 않은 느낌이다. 설마……?

"혹시, 가정부?"

나는 완전히 기함했다. 엄마는 제정신이 아닌 게 틀림없었다. 차라리 막노동을 할지언정 어떻게 제 살던 집에 들어가 가정부 할 생각을 한다는 건지 내 상식으로는 도저히 이해할 수 없었다.

"그 집에서 그러래?"

"마침 구하기에…….”

"그래서 엄마가 하겠다니까 허락을 해?"

"처음엔 그럴 수 없다고 완강하게 거부하는 걸 졸랐어. 내가 하겠다고 자청한 거야. 내가 살던 집이니까 누구보다 잘 알고, 먼 데까지 다니지 않아도 되고 좋잖아."

"좋아? 엄만 좋아? 뭐가 좋아? 남의 집도 아니고, 내 살던 집 에서 가정부 하는 게 뭐가 그렇게 좋은데? 아빠가 엄청 기뻐하시겠다, 좋아하시겠다!"

나는 펄펄 뛰었다.

"아빠 마음은 내가 더 잘 알아. 이 집 지으면서 아빠와 약속했었어, 무슨 일이 있어도 절대 이 집 떠나지 않기로. 너는 이해 못해. 내 심정 이해 못해. 이 집은 아빠와 나의 전부였어."

호소하는 엄마의 눈빛이 싫어 나는 더욱 앙칼지게 소리 질렀다.

"그럼 난 뭐야? 나보다 이 집이 그렇게 중요해?"

"신리야!"

"왜 대답 못해? 어차피 내가 싫다고 해도 엄마 맘대로 할 거잖아! 난 뭐야? 그럼 난 뭐냐고!"

"신리야, 제발! 그래서 너에게 부탁하지 않았니? 이 년만 참아달라고. 내가 이 집을 잊을 수 있게 도와다오. 이 집은 아빠의 일부였어. 내가 너보다 이 집을 더 사랑해서가 아니라 아빠의 일부인 이 집을 사랑할 뿐인 거야."

엄마의 슬픔이 내 가슴에 고스란히 스며들었다. 나처럼 엄마도 모든 걸 잃었다. 그 슬픔의 무게가 나에게만 주어진 게 아니었다. 어쩌면 엄마는 나보다 더 감당하기 힘든 무게를 지고 있는 것인지도 모르겠다. 그렇게 생각하니 갑자기 말로 표현하기 어려울 만큼 무기력감이 몰려왔다. 어느새 흘러내린 눈물을 손등으로 훔치고 자리에서 일어나 문을 향했다.

"어디 가?"

"엄마 맘대로 해. 하지만 단 이 년이야, 내가 참을 수 있는 기간은."

소리나게 문을 쾅 닫고 밖으로 나왔다. 속에서 열이 오른 탓인지 살갗에 닿는 밤바람이 선뜩했다. 환하게 켜진 안채를 올려다보니 가슴이 먹먹해졌다. 천천히 뒤채를 벗어나 정원 앞뜰로 나갔다. 정원 앞뜰 오른편에는 장식용으로 만들어놓은 물레방아가 있다. 그 옆으로는 지붕을 얹어 간이 휴식처를 꾸며놓았는데 우리 가족은 가끔 이곳에 앉아 과일이나 차를 마시며 담소를 나누고는 했었다. 그리고 그 옆에는 나를 위해 만들어놓은 그네도 있었다. 아빠와 나는 그네에 나란히 앉아 타는 걸 즐겨했다. 가끔은 나 대신 엄마가 아빠 옆에 앉기도 했다. 그 모습이 얼마나 보기 좋았는데…….

어느 것, 어느 곳 하나 아빠의 손길이 닿지 않은 게 없었다. 엄마는 바로 이런 이유로 이 집을 쉬이 떠날 수 없는 것이리라. 알면서, 엄마의 마음을 누구보다 잘 알면서 나는 그 밤의 엄마를 용서할 수 없었다. 비굴보다 강한 것이 그리움이요, 추억이던가.

가만히 그네에 앉아보았다. 밤이슬을 맞아서인지 그네는 삐걱삐걱 소리를 냈다. 한동안 앉지 못한 티가 났다. 손바닥을 펴서 의자 바닥을 쓸어보았다. 속으로는 미안해, 말해 주면서. 미안하다는 건 그네에게가 아니라 아빠에게였지만, 아빠를 부르면 또 눈물이 쏟아질 것 같아서 그것만은 자제했다.

부스럭.

낯선 공기의 기류를 느끼기도 전에 누군가 화단에서 툭 튀어 나왔다. 그 바람에 얼마나 놀랐는지 모른다. 경기를 일으킬 정도로 놀란 가슴에다 두 손을 얹고 쓸어 내리는 나를 보더니, 그는 황당한 표정을 했다.

"뭘 그렇게 놀라?"

놀란 내가 도로 이상한 사람이 되어버렸다. 이 야심한 밤에 화단에서 튀어나온 저는. 그가 가까이 오자 밤공기를 타고 아스라이 풍겨오는 냄새에 그제야 이유를 간파했다. 담배.

어이없어하는 내 옆에 그는 승낙은 고사하고 전혀 예의라고는 찾아보기 힘든 폼으로 주저앉았다. 나는 반사적으로 자리를 박차고 일어났다. 민감한 반응에 내 자신도 깜짝 놀랐다. 엉덩이에 스프링이라도 달린 줄 알았다. 그러나 그보다 놀란 일은 그가 내 손목을 덥석 움켜잡더니 억지로 끌어당겨 다시 주저앉혔다는 것이다.

너무나 놀란 나머지 입이 쩍 벌어져 그를 쳐다보았다. 저가 무슨 짓을 했는지 전혀 모르는 표정으로 그도 나를 똑바로 쳐다보았다. 내 눈에 노기(怒氣)를 그는 보기는 할까? 팔목을 잡아 빼려 비틀자 그는 손아귀에 더욱 힘을 실었다. 나는 입술을 꾹 깨물었다.

"이거 놓지 못하니?"

선생이 학생 타이르듯 어조를 낮게 잡아 뇌까렸다. 그러나 그는 안색 하나 변하지 않고 여전히 손목을 잡은 그대로 대꾸했다.

"그러니까 그냥 앉아 있어."

"갈 거야."

"방금 왔잖아."

그는 처음부터 나를 보고 있었던 거다. 학교에서 그랬던 것처럼.

"그래도 갈 거야."

내 목소리가 가냘프게 떨렸다. 그런 내 목소리가 너무나 맘에 안 들었다. 그건 화가 실린 목소리가 아니라 겁먹은 목소리였기 때문이다.

"그냥 앉아 있으라니까. 나 때문에 가는 것 같잖아."

같은 게 아니라 그렇다, 이 멍청아! 그렇게 쏘아주고 싶었는데 억울하게도 입 밖으로는 나와주지 않았다. 대꾸할 말이 언뜻 떠오르지 않아서 나는 마른침만 삼켰다.

"그냥 앉아 있으면 놔줄게."

내 손목 갖고 협상이라니, 이런 엿 같은 일이!

"어서 놔!"

"대답해."

내가 대답하지 않으면 정말 놓아주지 않을 심산이라는 걸 안다. 알면서 나는 또 괜한 고집을 부리고 있었다.

"소리 지를 거야!"

내 협박에 그는 피식 웃었다. 그런 게 통하지 않을 줄 알았다. 나는 창피함에 얼굴이 확 붉어졌다. 지금이 밤이라는 게 얼마나 다행인지 모르겠다. 젠장!

"그러든지, 그럼."

나의 모욕감에 비해 그의 대답은 너무나 간단했다. 슬쩍 늘어지는 톤은 나를 놀리는 게 틀림없었다. 손목이 점점 아파와 나는 인상을 찡그렸다. 더 이상의 고집은 내게 손실만 안겨줄 뿐이다. 어차피 불리한 건 내 쪽이니까.

"알았으니까 빨리 놔."

일단 한 발 양보했다. 그러나 손을 놓는 대로 뺨을 후려칠 생각이다. 나쁜 자식! 나를 호락호락하게 봤단 말이지! 내가 순순히 대답하자, 그도 손아귀에 힘을 빼고 손을 놓아주었다.

짝!

정통으로 뺨 맞는 소리가 밤공기를 타고 쾌활하게 주변으로 흩어졌다. 그의 고개는 한쪽으로 돌아간 상태였고, 밤톨처럼 반들반들한 머리통이 옅은 가로등의 불빛에 비춰져 반짝거렸다. 그는 한 손을 삐딱하게 들어 올리더니 맞은 뺨을 쓱 쓸어 내렸다. 그의 입가에 머문 엷은 미소에 더욱 화가 치솟았다. 이 와중에 웃음이 나온다 그 말이지?

그를 한껏 노려본 후, 더 이상 상대하기 싫다는 의미로 몸을 획 돌려 버렸다. 사실 돌아서서도 무서웠다. 바로 뒤쫓아와 내 머리채라도 붙잡고 바닥에 내동댕이칠까 봐. 피식거리는 그의 웃음소리가 빨라지는 내 걸음을 따라잡는 듯 소름마저 끼쳤다. 창고에 들어설 때까지도 다리가 심하게 후들거렸다.

아침부터 명지가 내 옆구리를 쿡쿡 찌르기에 얼떨결에 고개를 들어 가리키는 곳으로 눈길을 던졌다. 책상 사이로 걸어오던 그와 눈이 딱 마주쳤을 때, 나는 곤욕스러운 표정을 지을 수밖에 없었다. 그의 뺨에 선명히 찍혀 있는 붉은 손바닥 자국 때문이었다. 그의 피부가 그렇게 하얀 줄 그때 비로소 알았다.

무시하듯 시선을 싹 거두어 노트로 가져갔다. 방금 내가 어디까지 했더라? 나는 순간 깜박증에 걸려 허둥대고 말았다. 물론 나 혼자만 아는 사실이다. 그가 내 옆을 스쳐 지나가자 명지는 숙인 내 얼굴에 제 얼굴을 들이밀더니 킥킥 웃었다.

"웬일이니? 누구한테 뺨 맞았나 봐."

그게 바로 나야, 하고 말해 주고 싶었으나 모른 척 대꾸도 없이 하던 일을 계속했다. 나는 어제 다 못했던 수학 필기를 하던 참이다.

"근데 승채 쟤, 볼수록 잘생기지 않았니?"

명지가 내 귀에 대고 속삭였다. 미친년. 네 눈에 안 생긴 남자가 있기는 해서?

"키도 크고……."

키만 멀대같이 크면 뭐 해, 싹수가 노란데.

"근데 누구한테 맞았을까?"

"그렇게 궁금하면 직접 물어보든지."

짜증스럽게 중얼거리는데, 명지는 내 말을 진심으로 알아듣고는 '그걸 어떻게 직접 물어봐?' 한다. 기가 막혀서, 원.

손으로는 열심히 필기를 하면서도 나는 그가 교실에 나타난 순간부터 머리 속이 혼란스럽게 뒤죽박죽되고 있다는 사실을 인지했다. 도둑이 제 발 저린다더니 지금 내 꼴이 그랬다. 어젯밤, 그렇게 달아나 버린 뒤 솔직히 후한이 두려워 잠을 설쳤다. 아침에는 그와 마주칠까 겁이 나 일찌감치 등교를 했고, 사실 지금도 그가 벼르듯 노려보는 것 같아 온몸의 털이 쭈뼛 설 지경이다.

그동안 그의 행동반경으로 봤을 때, 기본 상식적인 인간이 아닌 것만은 확실하니 그에 대해 좀 더 신중하고 침착할 필요가 있었다. 어젯밤에도 먼저 겁을 먹는 게 아니었다. 사나운 짐승에게 사납게 대하면 오히려 역효과라는 걸 나는 아쉽게도 뒤늦게 깨달았던 것이다. 그와 나, 둘만 놓고 본다면 어차피 모든 정황은 내게 불리했다. 인정하고 싶지 않지만 그는 내가 사는 주인집 막내아들이고, 설상가상으로 오늘 아침부터 나는 그 집 가정부의 딸로 완전히 몰락한 신세였다. 게다가 맘 좋은 주인양반은 아빠가 남긴 엄청난 빚의 반이나 되는 액수를 탕감해 준 사람이었다. 그러니 엄마가 그 집에 하는 것 십 분지 일이라도 그에게 잘해줄 의무가 내게도 있었다. 엄밀히 따지자면 그들은 나의 은인인 셈이다.

만약 그 집에서 내가 막내아들의 뺨을 때린 사실을 알게 되는 날에는 괘씸죄로 고운 시선을 받기는 다 글렀다. 최악의 경우, 탕감해 준 빚을 도로 내놓으라고 할지도 모르는 일이다. 필기를 하다 말고 이런저런 생각에 빠져 있노라니 암울하기 그지없어 나는 엷은 한숨만 토해냈다.

"바쁘니?"

익숙한 목소리에 고개를 들어 내 앞에 서 있는 남학생을 올려다보았다. 그사이 머리가 제법 길었다. 그간 정신없이 지냈던 탓에 못 본 참이어서 그의 달라진 점을 눈썰미로 금방 체크할 수 있었다.

"오랜만이네. 잘 지냈어?"

내 목소리도 경쾌해졌다. 그가 싱긋 웃자 주위가 환해지는 느낌이었다. 덩달아 내 마음속의 드리워진 암울함까지도.

"그래. 걱정했었는데 얼굴 보니까 안심이다."

그가 손을 들어 내 머리를 쓱쓱 헤집어놓았다. 나는 자연스레 그런 행동을 받아들이며 기분 좋게 웃었다. 녀석, 오래도 참았네.

"애정 과시는 나가서 해주실까? 눈꼴시어질라 그래."

명지가 비비꼬인 말투로 주의를 주었다.

"싫다, 계집애야!"

나는 일부러 보란 듯이 그의 팔에 매달리며 명지를 향해 혀를 쏙 내밀었다.

"아, 진짜! 나가, 나가! 어디 남자 친구 없는 사람 서러워 살겠
니?"

명지의 핀잔에 그는 더 큰 애정을 과시하느라 내 머리통을 덥
석 끌어안았고, 나는 그의 뱃살에 코를 처박고 버둥거렸다. 우
리의 장난에 주위에서 킥킥대는 소리가 들렸다.

"홍운표! 어지간히 해라."

이 녀석이 바로 십년지기 내 남자 친구다.

운표의 뱃살에 갇혀 한동안 숨을 제대로 쉬지 못한 탓에 공기
의 부족함으로 얼굴이 발갛게 익어버렸다. 산모의 거친 호흡을
흉내 내듯 후아후아 공기를 재빨리 흡입했다. 그러자 운표는 한
술 더 떠서 내 얼굴을 두 손으로 제대로 틀어잡더니 입까지 들
이대려 했다.

"산소호흡 필요해?"

"아앗! 그만 해."

필기하던 노트를 더듬어 잡고는 그의 팔을 후려쳤다. 그가 내
얼굴을 놓아주며 짓궂게 웃었다. 나는 그를 한번 샐쭉 흘겨보고
는 얼굴에다 대고 노트로 부채질을 했다. 그는 여전하다. 변한
건 내 환경뿐.

"점심 시간에 보자, 데리러 올게. 명지 넌 빠져, 오늘은 둘만
데이트할 거니까."

그의 말에 명지는 입을 삐죽거렸다.

그는 아랑곳없이 내게 손을 사뿐 들어 보이며 뒷문으로 사라

졌다. 무심결에 그의 등을 눈으로 쫓다가 나를 보고 있는 승채와 시선이 마주쳤다. 눈을 내리깐 채 무표정으로 쳐다보고 있는 그의 모습에 나는 소스라치게 놀랐다. 그건 단지 쳐다보는 수준이 아니라 노려보고 있는 느낌이었기 때문이다. 그는 줄곧 우리가 하는 꼴을 지켜봤을 것이고, 그것이 못마땅했을 수도 있었다. 그렇다고 그렇게 무서운 눈빛으로 노려볼 건 뭐람. 정작 그가 못마땅해 있는 건 나 때문이라는 생각이 들자 오금이 저렸다. 황급히 고개를 돌렸으나, 그의 얼굴을 본 건 나뿐만이 아니었다. 명지가 하얗게 질린 내 얼굴을 보더니 얼른 귀에다 속닥거렸다.

"거 봐, 내가 뭐랬니? 승채가 너 찍었다고 했지?"

운표와 나는 음료수 캔 하나씩을 들고 학교의 실내 체육관 이층에 자리 잡고 앉아 그간 있었던 일에 대해 이야기를 나누었다. 유치원 시절부터 친구이니 그와 나 사이엔 가릴 것도, 거리낄 것도 없었다. 그래서 그리도 쉽게 내 이야기를 남의 이야기 하듯 풀어놓을 수 있었을 것이다. 그에게 이런저런 이야기를 꺼내면서도 눈물이 나오지는 않았다. 별로 비참하다는 생각도 들지 않았고, 창피하다는 생각도 들지 않았다. 마치 형제에게 그렇듯이 내게는 운표가 그런 존재였다. 내 약점, 내 단점, 남에게 보이기 싫어하는 작은 것까지 유일하게 알고 있는 친구. 그래서 난 이 애가 편하고 좋다.

"내가 옆에 없는 게 도움이 더 될 것 같더라. 너에게 시간이 필요할 것 같았어. 네 마음 다 추스르려면 아직도 시기상조이긴 하겠지만, 무엇보다 네가 보고 싶었어. 아침에 그렇게 찾아가서 싫었던 건 아니지?"

시간이 필요하다는 말, 어디서 들어본 것 같다. 어디선가 환청처럼 단아한 목소리가 들려왔다.

"아직까지는 혼란스러울 거예요. 적응이 되려면 시간이 더 걸리겠지요."

오진채. 주인집 큰아들. 운표와 이렇게 나란히 앉았던 것처럼 해질녘 바위 위에서 함께 노을을 바라보았었지. 정말 그 뒤로 약수터에는 다니는 걸까?

제법 길어진 앞머리가 고개를 숙이자 운표의 얼굴을 반이나 덮었다. 그는 습관적으로 머리를 쓸어 올렸다. 수염이 숭숭 난 턱이 징그럽다. 운표는 어릴 때에도 덩치가 큰 편이었는데, 안 본 사이 키가 한 뼘은 더 큰 것 같다. 열여덟이니 크는 게 예삿일일 테지만.

"날 그냥 내버려 둬줘서 고마워."

"너 화나면 누가 옆에서 거치적거리는 거 싫어하잖아."

"그렇지. 게다가 난 슬프기까지 했으니……. 이상하게 우는 것만큼은 너한테 보이기 싫더라."

"그래서인가? 진짜 네가 우는 거 본 기억이 별로 없네. 나 없는 동안 실컷 울었어?"

"실컷까지는 아니더라도 그동안 안 울었던 것만큼 한꺼번에 울긴 했던 것 같아. 그래서 생각보다 회복이 빠른 편이야."

"다행이구나. 한 달이 지나도, 두 달이 지나도 네가 회복 안 되면 어쩌나 걱정했는데……. 그동안 내가 가장 힘들었던 게 뭔 줄 알아?"

"뭔데?"

"네가 힘들 때 내가 아무 도움도 줄 수 없었다는 거야."

"왜 아무 도움이 안 돼? 나한테 시간을 주려고 일부러 내 옆에 얼씬거리지 않았잖아. 너한테 얼마나 고마워했었는데."

"근데 나한테는 정말 힘든 일이었어. 너 보고 싶은데 일부러 안 보는 거."

그가 내 손을 살포시 감싸 쥐었다. 나는 장난스레 그의 팔뚝에 머리를 한번 콩 찧고는 그대로 기대었다. 그는 약수터에 갈까? 그의 팔에 기대어 진채의 어깨를 떠올렸다. 그의 어깨에 기대고픈 충동이 일어났던 그 순간이 고스란히 내 마음속에서 되살아나고 있었다. 하지만 나는 금방 마음을 접지 않았다. 그런 민망한 순간을 떠올리는 내 자신이 혐오스럽거나 부담스럽지도 않았다. 오히려 그 순간, 내 안을 역류하던 뜨거운 무언가를 기억해 내려 애썼다. 그때의 오묘한 감정은 대체 무엇이었을까. 악마의 유혹이라고 단정짓고 싶을 만치 짜릿하던 그 감정은.

"나, 언제쯤 너희 집에 가?"

아! 정신을 번쩍 차리고 그의 어깨에서 머리를 떼었다. 아직 그 얘기를 하지 않았구나. 내게 벌어진 모든 일들이 충격이었듯 그에게도 마찬가지일 텐데, 내 집 뒤채에 있던 창고에 살게 되었다고 한다면 이후의 표정은 안 봐도 훤했다. 운표는 사실 덩치에 안 맞게 나보다 더 눈물이 많은 녀석이었다. 내가 머뭇대자 그는 걱정스러운 표정으로 내려다보더니 안심시키려는 듯 말을 꺼냈다.

"굳이 마음 쓰지 않아도 돼. 꼭 집에 가보고 싶어서가 아니라 어머니를 뵙고 싶기도 해서 그런 거니까."

"실은……."

나는 남김없이 그에게 말을 해주기로 마음먹었다. 속인다고 될 일도, 미룬다고 사실이 달라질 것도 없었으므로.

내 얘기를 끝까지 듣고 난 그는 예상대로 안색이 하얘졌다. 하지만 나는 어쩐지 후련했다. 그와 난 비밀이 통할 리 없는 사이인 것이다.

"그랬구나."

그는 좀체 충격이 가시지 않는 표정으로 '그랬구나' 만 연발했다. 오늘 아침부터 엄마가 그 집의 가정부가 되었다는 말도 했다. 이왕 놀랄 거 한꺼번에 놀라는 게 나을 성싶어서.

그는 내 말에 기가 막힌지 벌어진 입을 다물 줄 모르고 한동안 헛웃음만 웃었다.

"그 정도였구나."

이번에는 '그 정도였구나'를 주문처럼 외웠다. 생기없는 목소리에 나까지 힘이 빠졌다.

"이번 주 일요일 날, 집에 와."

"정말?"

감격해하는 그를 보며 느긋하게 고개를 끄덕거려 주었다.

불쾌감에 씩씩대며 정원을 걷다가 내 머리 속에 일순
반짝하고 전등 하나가 켜졌다. 운포가 느닷없이
나를 끌어안고는 한 말이 떠올랐기 때문이다
오승채가 홍운포 앞에 자꾸만 얼씬거리는 이유?

새벽에 일찌감치 일어나 운동복으로 갖춰 입은 후, 엄마가 깨지 않도록 조심하며 생수통 하나를 챙겨 집을 나섰다. 아직 어둠이 사방에 자욱한데 얼마 가지 않아 누군가 내 뒤에 바싹 따라붙었다. 고개를 돌려 쳐다보았더니 아니나 다를까, 진채다. 그는 미처 나를 못 보았던지 놀라는 표정을 지었다. 하지만 나는 알고 있었다. 계속 뒤를 돌아보며 그가 오나 안 오나 확인하고 있었으니까.

"안녕하세요?"

내가 고개를 숙여 멋쩍게 인사를 하자, 그는 사라진 눈 대신 하얀 치아를 드러내며 환히 웃었다.

“너도 약수터 가니?”

“네, 엄마 갖다 드리려고요.”

“대견하네.”

그런 말을 들으니 내가 마치 어린 꼬맹이가 된 기분이다.

“매일 가시나 봐요?”

“응, 운동 삼아.”

제법 일찍이다 싶은데 약수터에는 오르는 사람들이 꽤 많았다. 일요일에나 아빠와 함께 다녀봤지 평일에는 처음이어서 나는 약수터로 가는 길이 새삼스러웠다. 그것마저 이제는 추억이 되어버렸다니 쓸쓸한 마음이 들기도 했다.

등산로로 접어들자 숨이 가빠졌다. 그는 전혀 지친 기색 없이 한 발자국 정도 앞서 걸어갔는데, 점차 내가 뒤처지기 시작하고부터 매번 기다려 주었다. 그것이 미안하여 숨을 헉헉 몰아쉬면서 그에게 먼저 가라 일렀다. 그러자 그는 그럴 수가 있냐 하면서 오히려 내게 손을 내밀었다.

나는 마른침을 삼키며 물끄러미 그의 손을 바라보았다. 꽉 잡아야 하나, 그냥 힘을 빼야 하나? 내 호흡은 걷잡을 수 없이 빨라져 갔다. 그의 손을 가만히 말아 쥐는 내 손끝이 떨렸다. 부드러운 피부, 따스한 체온. 운표의 손을 잡을 때와는 확실히 다른 느낌이었다. 손을 잡았는데 왜 머리꼭지가 찌릿한지 참으로 해괴한 일이었다.

그의 손을 잡으니 내 무겁던 다리가 구름을 탄 듯 별안간 가

벼워졌다. 비탈길이어서 속도가 다소 느려지긴 했으나, 혼자 걸을 때보다는 힘이 훨씬 덜 들었다. 나는 그의 손을 놓기 싫어서 부러 힘든 척만 하고 있었다. 그렇게 그의 손을 잡고 약수터까지 올랐다.

물을 받기 위해 줄을 선 채 기다리면서 그가 물었다.

"승채는 어때?"

그가 승채에 대해 묻자 일순 등줄기부터 긴장감이 쫙 뻗쳐 올랐다. 그는 나와 승채가 한반이라는 걸 다 알고 묻는 투였으니 말이다. 어쩌면 그가 알고 있다는 게 당연지사일 텐데, 말이 돌이 되어 혀 위를 굴러다니는 듯 껄끄럽기만 했다. 내 얼굴에 비친 난감한 표정을 그가 놓칠 리 없었다.

"실은 잘 모르겠어요."

내 대답에 그는 황망한 표정을 지었다.

"얘기를 잘 안 해서요."

얼른 수습에 나섰더니 그는 수긍한 듯 고개를 주억거렸다.

"녀석이 워낙 괴짜라……."

괴짜라는 말에 나는 의아해졌다. 괴짜와 불량은 일맥상통하는 말이 아닐 텐데. 아니, 그런가? 헷갈린다.

"좀 무뚝뚝해서 그렇지, 알고 보면 괜찮은 놈이야. 네가 잘해 줘."

뭐, 그런 섭섭한 말을. 나는 두어 번 눈을 깜박거리며 딴청을 피웠다. 그는 형이니 얼마든지 그런 말을 할 수 있겠지만, 내게는 정말 껄끄럽기 짝이 없는 녀석이니 어쩌랴. 형제이면서 흑과 백처럼 천지 차이인 사람들만큼 불가사의한 일은 없을 것이다. 내가 보기엔 오진채와 승채 형제가 그랬다.

얘기를 나누는 사이, 우리 차례가 되었다. 그는 손잡이가 긴 바가지에 물을 받아 내게 먼저 건네주었다. 안 그래도 목이 탔던 차라 나는 한 바가지를 몽땅 들이켰다. 이 맛에 다들 새벽같이 기를 쓰고 산에 오르는 것이 아니겠는가. 입가로 뚝뚝 떨어지는 물의 잔여물을 손등으로 훔치고는 바가지를 몇 번 부신 후 물을 받아 그에게 똑같이 건네었다. 그도 내가 그랬던 것처럼 단번에 물을 다 마셨다. 물이 그의 목젖을 지날 때마다 꿀꺽대며 기분 좋은 소리를 내었다. 그 모습을 보는 나도 덩달아 기분이 좋아졌다.

새벽의 맑은 공기를 마시며 간단히 체조도 한 우리는 날이 환해져서야 생수통을 들고 다시 산을 내려왔다. 생수통을 든 그의 왼쪽 손가락에는 여전히 그 반지가 끼어 있었다. 궁금증을 참지 못하고 그에게 넌지시 물었다.

"커플링인가 봐요?"

질문을 던져 놓고, 나는 별 관심 없는 척 엉뚱한 곳에 시선을 두었다. 그는 빙긋이 웃더니 '응' 하고 대답했다. 내 심장은 날카로운 비수에 찔린 듯 욱신 아팠다. 괜히 숨을 크게 고르며 '네에' 하고 말꼬리를 늘였다. 그런데 예상치 못했던 말이 그 다음에 나올 줄이야.

"그런데 얼마 전에 헤어졌어. 아직은 빼놓기가 쉽지 않아서 그냥 끼고 있는 거야. 완전히 잊을 수 있을 때 빼려고."

내 입가로 슬며시 미소가 지어졌다. 입술이 자기 맘대로 움직이다니 신기하다. 웃는 얼굴을 들키지 않으려고 그가 서 있는 반대편을 쳐다보는 척 고개를 돌렸다.

"어떠니? 약수터 갔다 오니 좋지?"

"네."

내가 흥겹게 대답하자, 그는 또 싱긋 웃었다.

"내일도 나올 수 있겠어?"

나는 한 치의 망설임도 없이 고개를 끄덕여 보였다. 지킬 수나 있는 약속인지도 모르면서.

"그래. 그럼 앞으로 새벽마다 만나는 거다. 혼자 다니기 심심했었는데 잘됐다."

승채와 함께만 아니라면 얼마든지.

전방에 이제 막 잠에서 깨어나 뽀얗고 말간 우리 집이 보였다. 나는 그와의 길다면 길고 짧다면 짧은 이 아침의 만남을 이제 끝내야 할 시간이 왔음을 느낀다. 이제 그는 주인집 큰아들로, 나는 가정부 딸로 돌아갈 시간이다. 마치 요술에 걸린 신데렐라가 된 기분.

아무래도 새벽부터 설쳐 댄 건 내게는 큰 무리였던 게다. 그날 학교에서 하루 종일 비몽사몽간으로 헤매었으니 말이다. 몸

에 좋다면 양잿물도 들이킬 명지는 약수물이라고 하자 환장하
며 덤벼들어 두 컵이나 마셔대더니, 물갈이를 한대나 어쩐대나
설사가 된통 걸려 버렸다. 나는 암만 먹어도 아무렇지도 않던
데.

오늘이 토요일이라는 게 정말 다행이었다. 하교 시에 몽롱한
눈으로 계단을 걸어내려 가자니, 한 층 위에서 누군가가 내 이
름을 불렀다. 그 목소리가 운표라는 걸 깨닫기도 전에 그가 큰
소리로 물었다.

"신리야! 내일 몇 시까지 갈까?"

V자를 그리듯 손가락만 두 개 들어 보였다. 더 이상 아무 소
리가 없는 걸 보니 알아들은 모양이다. 이젠 집에 가서 실컷 자
야지. 어쩜 그렇게 잠이 쏟아지던지 거의 졸음 반, 잠 반으로 겨
우겨우 집 앞까지 왔다. 신호등은 위반하지 않고 제대로 건너오
긴 한 건지, 길거리 간판에 부딪치지는 않았는지 용케도 집까지
왔지만 그동안 제대로 된 기억이라고는 없었다. 이러고도 앞으
로 어떻게 매일 그와의 약속을 지킬는지 암담할 정도였다.

집 안으로 들어서자마자 대문을 툭 밀어 닫았는데 이내 쾅쾅
하고 문 두드리는 소리가 났다. 나는 너무 졸려서 그 문소리마
저 먼발치에서 들려오는 소리처럼 아득했다. 내가 돌아보지 않
고 곧장 걸어가자 신경질적인 어조로 그가 소리쳤다.

"야! 문 열어!"

할 수 없이 귀찮은 표정으로 문을 열어주었다. 문을 열자마자

그는 성질난 얼굴로 버럭 소리를 내질렀다.

"너무하는 거 아냐? 바로 코앞에서 문을 닫아버리면 어떡해? 얼굴 부딪칠 뻔했잖아!"

그의 말을 듣는 둥 마는 둥 반쯤 감긴 눈으로 돌아섰다. 그런 나의 무반응이 더 큰 자극제로 작용해서 내가 저를 무시한다 싶었던 모양인지, 그는 아주 강경한 태도로 내 팔을 낚아채어 돌려 세웠다.

"야! 내 말 안 들려?"

나는 템포 느리게 대답해 줬다.

"나 지금 기절할 정도로 졸리거든."

다시 돌아서 정원을 가로질러 걸어가는 내 두 다리가 술 취한 사람처럼 갈지자[之]로 비틀거렸다. 설마 길바닥에서도 이렇게 걸은 건 아니겠지? 어쩌면 승채 놈은 나의 이런 꼬락서니를 학교에서부터 죽 보고 왔겠군. 곧 뒤채의 집 안으로 들어가기가 무섭게 가방을 아무렇게나 벗어 던지고 침대 위로 엉금엉금 기어올라 가 잠 속에 빠져들었다.

그렇게 내처 잔 잠이 사방이 어둑해져서야 누군가 내 어깨를 흔드는 느낌이 들어 살포시 깨어났다. 잠결에 내 어깨를 흔든 사람이 엄마라 막연히 믿고, 금세 잠을 떨치기가 싫어 죽은 듯이 누워 있었다. 침대 발치에 서서 나를 내려다보고 있는 눈길이 얼굴에 와 닿아 피부가 따끔거렸다. 강렬하고도 낯선 느낌이었다.

나는 그제야 나를 깨운 사람이 엄마가 아니라는 사실에 내심 놀랐다. 그러면서도 쉽사리 눈이 떠지지 않았다. 누구지? 하고 불안한 생각이 드는 동시에 속으로 '어어?'를 연발했다. 그 사람이 내 가슴과 닿을 듯 말 듯 제 얼굴을 가져다 대었던 것이다. 온몸에는 순식간에 소름이 불길이 치솟듯 돋았고, 있는 힘을 다해 비명을 질렀다.

"꺄아아아! 읍읍……."

비명에 놀란 상대가 엉겁결에 내 입을 틀어막았고, 나는 내리누르는 힘을 이기지 못해 심하게 버둥거렸다. 손이 엄청 크다. 무섭고 두려워 온몸에 식은땀이 쫙 흘렀다. 도둑일까? 도둑이 강도로 돌변하기도 하고, 강도가 강간까지 이어지는 사례가 종종 있지 않던가.

"씨발, 나야! 승채라고. 소리 지르지 마!"

드문드문 떨리는 그의 목소리를 듣자 그만 맥이 빠져 버둥거리던 팔다리를 축 늘어뜨렸다. 내 입에서 떨어져 나가는 그의 손도 미세하게 떨리고 있었다. 팽창할 대로 팽창한 고무풍선을 놓자마자 사정없이 쪼그라드는 현상처럼, 내 안에서 팽팽하게 부풀어 올랐던 긴장감이 한꺼번에 밀려 나가자 손가락 하나도 까닥할 수 없을 만큼 기가 빠졌다.

"미, 미, 미안해. 난 네가 죽은 줄 알고……."

멍청한 새끼! 자는 것과 죽은 것도 구분 못하다니. 그나저나 여긴 왜 들어와 있는 거야?

"너 데, 데려오래. 그래서 데리러 온 거야. 불러도 대답이 없고, 흔들어도 안 일어나고⋯⋯."

내가 아무 말도, 아무 행동도 없이 누워만 있자 그는 말까지 더듬거리며 자신의 무죄를 증명하려 무진 애를 썼다. 아무리 그래도 그렇지, 남의 집에 들어오면서 불도 켜지 않고 침대 위에 누워 있는 나를 보고 있었다니. 죽은 줄 알고 가슴에다 얼굴을 들이댄 제 행동은 지극히 상식적이니 오해한 내가 잘못을 했다는 건가.

"나가."

화가 잔뜩 실린 어투로 내가 말했다.

"알았어. 나갈게."

내가 엄청 화가 났다는 걸 감안해서인지 그는 미적거리지 않고 얼른 대답을 했다. 그러면서 뒷말은 잊지 않았다.

"얼른 와. 모두 기다리고 있으니까."

그가 긴 다리를 비칠거리며 밖으로 나간 후에야 서둘러 침대에서 내려와 스위치를 눌러 방 안을 밝혔다. 그제야 내가 속옷 바람이란 걸 알아차렸다. 자면서 무의식중에 벗어 던진 내 옷가지들이 침대 밑에 아무렇게나 뒹굴고 있었다.

가고 싶은 마음은 추호도 없었으나, 하는 수 없이 간단히 샤워만 하고 안채로 건너갔다. 내내 분한 마음이 풀리지 않았으니 내 안색도 좋을 리 없었다. 뚱한 얼굴로 들어서는 나를 반겨준 사람은 진채였다. 그는 거실 소파에 앉아 TV를 보고 있다가 내가 들어서자 자리에서 일어나며 쾌활하게 소리쳤다.

"어서 와. 아버지, 어머니, 신리 왔어요!"

그러니 내가 꼭 그의 애인이라도 된 것 같다.

"왜 이렇게 늦게 와?"

진채의 뒤를 따라 식당으로 들어서는데 엄마가 타박을 했다. 그냥 기다리고 있다 해서 무슨 할 말이 있나 보다고만 생각했지, 밥을 같이 먹자는 말인 줄은 몰랐다. 앞치마를 두른 엄마를 보자 괜히 낯설다.

나머지 식구들이 우르르 식당 안으로 들어섰다. 얼핏 듣기로는 대학교 1학년이라는 진채와 승채 사이의 샌드위치 고명딸 유채의 표정이 영 떨떠름하다. 기다리다 지친 표가 역력하다. 엄마가 얼른 앉으라는 눈짓이다. 나는 끄트머리 자리로 가서 엉덩이를 걸쳤다.

"김 여사님도 와서 앉으세요."

가정부한테 여사님 소리 붙이기도 참 껄끄럽겠다. 눈을 살짝 들었더니 하필 맞은편에 앉은 게 승채였다. 그는 나와 눈이 마주치자 황급히 시선을 거두며 소리쳤다.

"잘 먹겠습니다!"

뾰로통한 내 얼굴이 민망했는지 엄마가 내 다리를 툭툭 건드렸다. 나는 애써 입을 열어 감사의 말을 전했다.

"초대해 주셔서 감사합니다."

　진채는 유쾌한 사람이다. 서먹한 식탁 앞에서 분위기를 주도하는 그를 보며 성격이 좋은 사람이라는 걸 새삼 느꼈다. 성격도 얼굴에 그대로 드러나는 법이라서 서글서글한 인상과 늘 잘 웃는 미소의 사나이 진채에 비하면, 맛난 반찬만 골라 먹으면서도 내내 눈칫밥 먹듯 구겨진 얼굴인 승채는 더러운 성격만큼이나 생긴 것도 밉살맞다. 괜히 주는 것 없이 미운 사람이 있다더니 내게는 그가 그랬다. 어쨌든 나는 진채를 봐서라도 맛있게 식사를 해주기로 마음먹었다.

　한참 웃기는 얘기를 해서 한바탕 폭소를 자아내게 만들었던 그는 갑자기 화제를 바꾸어 승채와 내가 한반이라는 걸 말해 버렸다. 이 여사와 유채의 반응이 가장 독보적으로 튀었다.

　"어머, 정말이니? 그런데 승채 넌 왜 엄마한테 그런 얘기 안 했니?"

　이 여사가 호들갑인데 반해 유채는 냉담한 어조로 딱 한마디 했다.

　"불편하겠구나."

　불편하다 뿐이겠어? 나는 시큰둥했다.

　"인연은 인연인 게로구나. 잘됐다! 전학 와서 적응하기 힘들겠거니 했는데 한반에 아는 사람이 있으니 한결 마음이 놓인다. 신리가 신경을 많이 써주렴. 딴짓 못하게 감시도 할 겸."

　"여보, 감시는 너무하세요."

　이 여사가 콧소리를 내니까 오 사장은 너털웃음을 터뜨렸다.

"이제 앞으로는 절대 말썽 피우지 않겠다고 약속했으니 두고 봐야지. 신리, 네가 보기엔 저 녀석 어떤 것 같으냐?"

"예?"

갑작스런 질문에 나는 당황했다.

"수업 시간에 착실한 것 같더냐?"

"예. 아직까지는 뭐…… 며칠 안 돼서 잘 모르겠습니다."

횡설수설하는 내 말을 그는 용케 알아들은 모양이다.

"그렇겠지. 신리는 공부를 아주 잘한다던데 앞으로 우리 승채 잘 좀 부탁한다."

내가 공부를 잘하는 것과 승채를 부탁한다는 말과의 연관성을 몰라 멀뚱한 눈으로 오 사장을 쳐다보았다. 그때 유채가 끼적거리던 젓가락을 식탁에 내려놓으며 퉁명스레 말했다.

"전 그만 먹을래요. 너무 배고프다 먹어서 그런지 안 먹히네. 죄송해요, 먼저 일어날게요. 아줌마, 내 방에 있는 옷 내일 세탁소에 맡겨줘요. 잊으면 안 돼요."

진채가 나를 한번 흘끗 쳐다보더니 유채의 말을 받았다.

"그 정도는 직접 할 수 있잖아."

"그런 거 직접 내 손으로 할 것 같으면 가정부는 뭐 하러 둬?"

유채는 여전히 뿌루퉁한 말투로 대꾸하고는 식당을 나가 버렸다. 나는 먹던 밥이 명치에 탁 걸리고 말았다.

"그럼, 내가 할 일이 그런 건데 뭐. 사모님은 세탁소에 맡길 옷 없으세요?"

엄마의 말에 더 울화가 치밀어 올랐다.

"챙겨봐야겠네. 이이 양복이랑 내 투피스랑…… 너희들은 맡길 옷 없니? 있으면 미리 내놔라. 내일 한꺼번에 맡기게."

실컷 자는 사람 깨워서 식탁 앞에 앉혀놓고 할 얘기가 겨우 세탁물이라니, 괜히 왔다 싶다.

"이거, 유채에게 갖다 주고 올래?"

과일을 깎아 소담하게 담은 접시를 내게 건네는 엄마의 손길이 바빴다. 나는 군말없이 쟁반에 받쳐 이층 내 방, 아니, 지금은 유채의 방으로 가서 노크를 했다. 들어오라는 허락을 듣고서야 문을 열고 안으로 들어갔다. 유채는 컴퓨터 앞에 앉아 무언가를 열심히 들여다보고 있다가 들어온 사람이 나인 걸 알자 뜨악한 눈으로 쳐다보았다.

"이거……."

나는 숫기없이 쟁반을 책상 위에 얹어 놔주고 그만 물러나려 했다.

"잠깐 앉아."

컴퓨터 앞에서 물러나며 유채가 내 쪽으로 의자를 돌렸다. 쭈뼛거리며 그녀가 권하는 대로 의자에 앉았다. 방 도배를 새로 했다. 예전의 화이트가 아닌 온통 낮은 톤의 보랏빛 계열이다. 그래도 낯설지가 않은 체취들을 아직은 곳곳에서 느낄 수 있었다. 괜스레 코끝이 시큰해지는데, 과일 접시를 내 쪽으로 밀어놓으며 유채가 물었다.

"이 방이 예전에 네가 쓰던 방이었다며?"

알면서 묻는 저의는 또 뭘까.

"네."

"집은 그런대로 마음에 드는데 방은 예전 내 방보다 좀 작다. 그래도 쓸 만은 해. 새로 도배했더니 한결 나아졌어."

"……."

"넌 이런 방에서 살았으니 지금 사는 곳이 많이 불편하겠구나?"

물으나 마나.

"난 솔직히 이 집으로 이사 온다는 거 반대했었어. 너 그거 아니? 너희 아버지 빚 때문에 우리 살던 강남 집 팔고 이 집으로 이사 왔다는 거."

그녀의 말속에서 가시가 툭툭 불거져 나왔다. 똑같은 대지에 비슷한 평수라도 가격은 엄청난 차이가 난다는 자랑을 하고 싶은 건가. 내가 원래 숫자 개념이 약해서.

"승채랑 같은 반이 되었다니 하는 말이야. 괜한 걸로 스트레스 부리지 말라고."

"걔가 그래요, 나 때문에 스트레스 받는다고?"

따지듯 묻는 말투에 유채의 눈빛에 냉소가 맺혔다. 진채와 승채, 두 사람에게 천지 차이를 느꼈던 건 전혀 닮은 구석이 없어서였다. 그런데 이제 봤더니 그녀의 눈빛은 승채와 똑같다. 달

걀형의 갸름한 얼굴에, 하얀 피부, 냉정해 보이는 눈매까지. 생긴 것도 그렇게 붕어빵처럼 흡사한데 눈빛까지 그러하니 소름 끼치지 않을 재간이 없다.

"이 집에 대한 기억은 그냥 추억으로 묻어둬. 더 이상 네 집이 아니라는 거 빨리 인식했으면 좋겠다. 괜한 자존심으로 우리가 네 집을 빼앗은 악덕 업주처럼 대하지 말라는 뜻이야. 특히 승채와는 더 많이 부딪칠 테니 조심하라고 미리 경고하는 거야. 어쨌든 승채의 뺨을 때린 건 지나친 행동이었으니까."

나는 흠칫 놀랐다. 승채가 이른 것이 아니라면, 그녀는 우리가 하는 꼴을 전부 지켜봤다는 뜻이 된다.

"그건 개가 먼저……."

"우리 가족들은 승채한테 단 한 번도 손댄 적 없어. 그러니 앞으로 그런 오만한 행동은 삼가주었음 해. 내 말 무슨 뜻인지 알겠니?"

한 번은 눈감아주어도 두 번째는 어림없다는 말로 이해하면 맞겠지. 내가 무슨 변명을 하든 그녀에게는 통하지 않을 것이다. 그녀는 단지 저녁 식사 시간에 내가 늦었다는 이유만으로 기분이 상한 게 아니었던 거다. 아집으로 똘똘 뭉친 그녀의 눈동자가 내 기를 이미 제압해 버렸으므로 더 이상 대치해 있어봤자 내게는 무모한 싸움일 뿐이었다.

"저도 다시는 그런 불쾌한 일은 없기를 바라요."

그녀가 뭐라 한마디 하기 전에 발딱 일어나 문을 향했다. 문을 열다가 그 앞에 승채가 서 있는 걸 보고 흠칫 놀라긴 했으나, 벌레 보듯 그를 피해서 쿵쾅거리며 아래층으로 내려갔다. 그리고는 곧장 거실을 지나 현관문을 박차고 나가 버렸다.

✳

운표가 오자 고요하기가 절간 같던 집 안이 단숨에 소란스러워졌다. 엄마는 운표를 보더니 몇 해 동안 헤어졌다 상봉한 모자지간처럼 수선을 피웠다. 엄마가 꽃을 좋아하는 걸 아는 그는 장미와 안개꽃이 눈부신 다발을 한 아름 안겨주었다. 내게는 뒤에 자수가 예쁘게 수놓인 손거울이다. 남자애가 덩치에 안 맞게 얼마나 세심한지. 그는 평소에도 선물하기를 좋아한다.

엄마는 이렇게 누추한 곳에서 그를 맞이하는 걸 무척 쑥스럽고 어색해했다. 오늘 아침에 운표가 올 거라고 말했더니 엄마는 펄쩍 뛰면서 그걸 이제 말하면 어떻게 하느냐고 타박했다. 그 전날 말하면 대접이 달라질 거라도 있나. 하는 일도 없으면서 운표가 올 때까지 왔다 갔다, 정신을 빼놓는 엄마의 모습에 나는 어이없어 웃고 말았다. 운표가 무슨 사위라도 되는 줄 아는지, 원.

그러던 엄마는 정작 운표를 보자 먹을 것들을 부랴부랴 챙겨놓고는 나간 후 돌아올 줄 몰랐다. 자리를 피해주신 거다. 햇빛도 잘 들지 않는 창고 안에 앉아 있으려니 자꾸만 답답증이 몰려왔다. 이럴 때는 정원 앞뜰에 있는 물레방아가 최고인데. 하

지만 그곳에서 승채와 그런 일이 있은 후부터는 왠지 가보는 것
이 주저되었다.

"영화 볼래?"

대화가 뜸해지자 운표가 물었다. 내가 지루하고 재미없어한
다는 걸 눈치챈 듯하다.

"그럴까?"

시간은 충분하지만 선뜻 내키지 않아 건성으로 되물었다. 그
런 내 의중까지도 간파한 듯 그가 다시 물었다.

"그럼 뭐 하고 싶은데?"

"모르겠어. 그냥…… 너랑 이렇게 같이 있으니 좋다는 생각밖
에 안 들어. 이제야 마음이 편하다. 솔직히 좀 망설였었거든."

"뭘?"

"내가 이런 데서 살게 된 거, 너한테 말해야 되나 말아야 되
나."

"말하고 싶지 않았겠지. 이해해."

"이제부터는 이게 나야. 그것까지도 이해해 줬음 해."

"내가 이해 못할까 봐 걱정했니?"

"아니, 내 마음이 용납 안 될까 봐 그게 걱정됐어. 네가 이전
의 나와 전혀 다른 내 모습을 보는 게 나 자신에게 용납이 안 될
까 봐. 근데 참 다행이야. 역시 너와 나는 친구가 될 자격이 있
다고 생각해."

내가 만족스럽게 미소를 짓자, 그도 후후 소리를 내며 마주

웃었다.

"네가 부잣집 딸이든 가난뱅이 딸이든 내게는 그냥 신리일 뿐이야. 그러니 아무 염려 마. 어떤 일이 있어도 내 마음은 절대 흔들리지 않으니까."

"꼭 사랑의 확인사살 날리는 고백 같네."

"우정도 가끔은 확인사살이 필요하지. 바로 이럴 때."

결국 우리는 무료함을 이기지 못하고, 영화를 보러 가기로 합의를 보았다. 엄마는 그 시간까지 혼자 물레방아 앞에 앉아 있었다. 엄마가 그곳에 있는 줄 알았으면 우리도 나와보는 건데 잘못했다. 같이 영화를 보러 가자고 하니까 엄마는 오붓하게 둘이서 다녀오라며 이만 원을 내 바지 주머니에 찔러 넣어주었다.

엄마와 헤어져 대문을 막 나서다 승채와 맞닥뜨렸다. 나는 절로 미간에 내천 자(川)를 그렸다. 나의 착각이었겠지만 내 눈에는 그가 마침 집 안으로 들어오려던 것이 아니라 줄곧 그 자리에 있었던 것 같은 느낌이 들었다. 큰 키로 제압이라도 해보겠다는 건지, 승채는 우리 앞에 떡 버티고 서서 거만하고도 건방진 표정으로 눈을 내리깔고 노려보았다.

"어……!"

운표의 입에서 묘한 감탄사가 튀어나왔다. 때문에 은근히 압박감을 주는 승채의 시선으로 인해 경직되어 버린 내 심장이 다시 한 번 철렁 내려앉고 말았다. 두 사람이 한 뼘 정도 되는 거리를 두고 대치한 채 서로를 노려보았다. 이런 상황에서 나는 눈싸움의 심판이라도 된 양 이 무거운 기류를 흩어놓을 궁리에 빠졌다.

"빨리 가자, 운표야. 시간 늦겠어."

운표의 팔짱을 끼고 잡아끌었다. 운표는 별 저항 없이 내가 끄는 대로 따라와 주었다. 슬쩍 뒤를 돌아보았더니 승채는 대문 앞에 팔짱을 끼고 삐딱하게 선 채 계속 쳐다보고 있었다. 내 걸음이 자꾸만 빨라졌다.

"저 녀석이었어?"

운표가 뜬금없이 물었다.

"뭐가?"

"너희 집 인수받았다는 사람이."

"말은 똑바로 해. 저 녀석이 아니고, 저 녀석 아버지야."

내가 발끈했다. 운표는 얼굴에 괴상한 미소를 지으며 중얼거렸다.

"어쩐지 이상하다 했네."

"뭐가?"

"그저께부터 자꾸 내 눈앞에 얼씬거린다 싶었어. 이름이 뭐야?"

"오승채."

그 이름이 모든 걸 해결해 주기라도 했는지 운표는 더 이상 그에 대해 묻지 않았다. 그런데도 나는 영화를 보는 내내 대문 앞에 서 있던 그의 모습이 떠올라 깜짝깜짝 놀라곤 했다. 운표 눈앞에 자꾸 얼씬거린다는 게 대체 무슨 뜻인지 도통 감이 잡히질 않았다. 살짝 고개를 기울여 운표의 어깨에 기대었다. 그러고 나니 어떤 안도감이 어지럽던 마음을 서서히 잠재웠다. 요즘 들어 이상하게 기대고 싶다는 생각이 자주 들었다. 운표는 내가 어깨에 기대자 좀 더 편하게 자세를 고쳐 앉곤 팝콘 통을 쥔 손을 바꾸어 대신 내 손을 잡아주었다. 문득 새벽 약수터에 가는 길에 잡았던 진채의 손에서 느꼈던 감촉이 되살아났다. 그러자 내 입가에 희미한 미소가 스며들었다. 운표의 손을 조금 세게 쥐어보았다. 진채의 손은 참 부드러웠는데, 통통하고 살집이 많은 운표의 손은 딱딱한 감이 없지 않다. 나는 그때 무엇을 그리워했던 것일까.

"아까 어쩐지 이상하더라는 게 무슨 뜻이야?"
집으로 돌아오는 길에 담벼락을 따라 걸으면서 내가 물었다.
"뭐가?"
운표는 그새 승채에 대해 자기가 했던 말을 잊은 모양으로 내 질문을 이해하지 못했다.
"걔 말이야, 오승채."
그의 이름이 돌처럼 입 안에서 껄끄러웠다.
"아까 낮에 대문 앞에서 맞닥뜨렸을 때 네 표정, 너무 기괴했어."
"줄곧 그 생각 했어?"
"괜히 신경 쓰여서. 네 앞에 자꾸 얼씬거린다는 말도 그렇고."

“신경 쓰인다는 거 어떤 차원에서야? 그냥 한집 한반이어서
야, 아니면 좀 더 특별한 거야?”

“전자. 아주 많이는 아니고, 너까지 섞이는 게 싫어서 그래.”

“아직은 잘 모르겠지만 곧 알게 되겠지, 녀석이 왜 내 앞에 얼
씬거리는지.”

운표는 제법 의미심장한 말을 하면서 자그마한 눈을 빛냈다.
그러더니 슬쩍 내 손을 잡았다. 집 근처라 별로 내키지 않아 손
을 빼며 말했다.

“괜한 소문 나는 거 싫어.”

“무슨 소문?”

“너랑 나랑 사귄다는 소문.”

“우리 사귀는 거 아닌가?”

나는 비웃었다. 운표는 어째 서운한 표정이다.

“복잡한 거 싫다. 한 번 친구는 영원한 친구. 너하고 나만큼은
제발 심플하게 살자.”

내가 짐짓 사정조로 말하자, 운표도 피식 김빠진 웃음이다.
나는 그것이 그도 수긍한다는 뜻인 줄 알고 방심했다가 갑자기
내 팔을 잡아채어 품에 와락 끌어안았기에 판단착오였음을 깨
달았다. 그곳은 바로 우리 집 담벼락 끝이었다. 그랬으니 불에
덴 듯 놀란 나는 그의 품에서 빠져나오려 버둥거렸다.

“얘가 미쳤나 봐. 왜 이러는 거야?”

십수 년 동안 운표가 지금처럼 거칠게 대했던 적은 처음이라

순간 당황해서 나는 어쩔 줄 몰라 했다. 이럴 애가 아닌데 왜 이러지? 석연치 않은 의문만이 머리 속에서 끊임없이 맴돌았다. 전혀 예비동작 없던 상황에서 당했던 터라 장난을 치는 게 아닐까 헷갈리기도 했다.

"까불래?"

내가 여전히 품에서 빠져나오려 기를 쓰면서 씨근덕거리자 그는 입술을 내 귀에 바싹 대고 쉿! 하며 쉿소리를 냈다. 안은 팔에 더욱 힘이 가해지는 걸 느끼며 나는 영문도 모르고 멀뚱해졌다. 쉿 하는 소리가 무슨 사랑의 전주곡처럼 달콤한 것과는 전혀 상관없이 들렸기 때문이다.

"뭔데?"

그가 길을 가다 말고 느닷없이 나를 끌어안은 동작이 일련의 흑심이 아니라는 걸 깨닫자 그만 황당해져서 까닭을 물었다.

"그 자식이 왜 내 앞에 얼씬거리는지 알고 싶다고 했지? 그 이유를 알아내는 중이야. 그러니 내가 풀어줄 때까지 움직이지 말고 가만히 있어. 이왕 이러고 있는 거 좋은 척이라도 해주면 더 좋고."

그가 소리 죽여 낄낄댔다. 알아듣지도 못할 말을 중얼거리지 않나, 혼자 낄낄대지 않나. 엉뚱한 녀석.

"아직 멀었어? 날 새겠네."

그의 커다랗고 푹신한 품 안에 안긴 채 내가 칭얼거렸다. 고개를 쭉 빼어 전방을 살피던 그는 그때서야 비로소 나를 놓아주었다.

"미안. 그래도 좋긴 하네."

"한 번만 더 그럼 죽을 줄 알아!"

가볍게 눈을 흘겨주고, 그쯤에서 그를 보내는 게 낫겠다 싶어 먼저 작별을 고했다. 돌아서 가는 뒷모습을 보다가 청 잠바에 두 손을 푹 찔러 넣고 담벼락을 따라 걷기 시작했다. 그리고 작은 대문 앞으로 한 발 들어섰다가 어두운 구석에 서 있는 누군가를 발견하고는 깜짝 놀라 뒤로 물러섰다.

"깜짝이야!"

큰 대문과 작은 대문 사이에 놓인 기둥에 비스듬히 기대고 서 있던 그는, 똥이라도 밟았는지 애매모호한 표정을 지은 채 내 얼굴을 뚫어져라 쳐다보고 있었다. 눈알이 꼭 에어리언처럼 무시무시해서 내 얼굴은 영화 속 여주인공처럼 사색이 되었다. 녀석은 나를 잡아먹으려는 듯 콧구멍으로 바람을 쌕쌕 일으키면서 서 있었다. 대체 뭐가 저리도 못마땅한 걸까. 매일 나만 보면 인상을 벅벅 그리고 있는 그에게 불쑥 화가 치밀어 올랐다.

"좀 비켜줄래!"

놀란 가슴을 억지로 진정시키며 신경질적으로 소리쳤다. 저 놈과 한집에서 계속 살다가는 심장병 걸리기 십상이다. 도대체 지금 이 시간에 왜 대문 앞에 서 있는지 알 수가 없다. 나가려면 나가고, 들어가려면 들어갈 것이지.

그는 마지못해 한쪽으로 비켜섰다. 대문은 열려 있었다. 나는 쌩하니 찬바람을 일으키며 그를 지나쳐 먼저 들어가 버렸다. 불쾌감에 씩씩대며 정원을 걷다가 내 머리 속에 일순 반짝하고 전등 하나가 켜졌다. 운표가 느닷없이 나를 끌어안고는 한 말이 떠올랐기 때문이다. 오승채가 홍운표 앞에 자꾸만 얼씬거리는 이유?

나는 정원 한중간에 멈춰 서서 천천히 뒤를 돌아보았다. 그가 대문을 닫고 들어왔다. 큰 키 때문에 구부정한 어깨가 유난히 축 처져 보였다. 설마 숨어서 운표와 내가 끌어안고 있었던 걸 본 건 아니겠지? 괜스레 가슴이 서늘해져서 불쾌한 눈으로 그를 째려보았다.

그는 어깨를 늘어뜨리고 슬리퍼를 질질 끌면서 걸어오다가 정원 한중간에 서 있는 나를 발견하고는 우뚝 멈췄다. 그의 척추는 원래가 S자로 휘어져 있는 게 아닐까 의심스럽다. 서 있는 폼은 언제 보아도 불량스럽기 짝이 없으니.

그러나 결국 나는 다시 돌아서 가던 길을 재촉했다. 아무리 쳐다보아 봤자 그가 운표 앞에 얼씬거리는 이유를 찾아내기는 무리였던 탓이다. 상념을 떨쳐 버리려 고개를 좌우로 흔들었다. 시험문제를 풀다 가장 난이도가 높은 문제에 부딪친 것 같은 기분이어서 영 찜찜하다. 운표 말대로 곧 알게 되겠지. 그저 단순한 신경성이라면 더욱 다행이고.

3

실지 내가 그에게 묻고 싶었던 건 그런 게 아니었다
이제부터 내가 오빠를 사랑해도 되나요?
내 가슴속에서 그리움으로 쌓여가던 건 바로 그 말이었다

운표의 손을 잡고 그토록 가슴 아프게 그리워했던 것의
정체가 무엇이었는지 나는 곧 깨달았다. 다음날 새벽, 약속을
지키기 위해 마당으로 나갔을 때 먼저 나온 진채가 나를 기다리
고 있었다. 그는 잔디 위에서 양쪽 다리를 번갈아 쭉쭉 뻗으며
가볍게 트레이닝을 하고 있다가 뒤채에서 나오는 나를 보고 싱
그럽게 웃어주었다. 그를 보자 내 눈동자가 가늘게 떨렸다. 솔
직히 일요일 새벽에는, 전날 유채와의 기분 나쁜 일 때문에 일
부러 나가지 않았었다. 그와 철석같이 약속을 해놓고 첫날부터
감쪽같이 어기고 만 것이다.

오늘도 그는 혹시나 하고 기다렸다 한다. 내 가슴 한 켠이 알

싸하게 아파오는 걸 느끼며 그에게 정중히 사과했다. 파란색 체육복을 입은 그의 모습이 새벽 공기만큼이나 신선해 보였다. 이렇듯 그저 바라보는 것만으로 기분이 좋아지는 그는, 분명 내게 행운의 사람이다.

"오늘은 힘 안 드니?"

산길을 오르면서 그가 물었다. 나는 그의 손이 잡고 싶어져서 주저함없이 힘들다 고백했다. 사실 힘든지 어떤지는 자세히 모르겠다. 그보다는 이 새벽에 그를 보자마자 가슴이 속절없이 울렁거리면서 눈동자가 환희로 흔들렸던 까닭을 조금은 알 것 같았다. 얼른 그의 손을 잡고 싶은 마음이 굴뚝같이 솟았다.

그런데 그가 내민 손이 하필이면 왼손이었다. 정확히 약지에 깊이 박혀 있는 반지가 나를 힘껏 노려보고 있었다. 잡으면 죽을 줄 알아, 그런 감정이 고스란히 전달되어 왔다. 손을 내밀다 멈칫, 다시 거두어들였다. 나는 얼굴도 모르는 그의 헤어진 애인에게 따져 물었다. 넌 헤어졌다면서? 그런데도 왜 아직 그를 놓아주지 않는 건데? 왜 붙잡고 있는 건데? 혹시 너도 아직 이 사람과 똑같은 반지를 끼고 있는 건 아니겠지? 잊지 못해 가슴 아파하고 있는 건 아니겠지? 몸은 떨어져 있지만, 아직도 그 마음이 하나인 건 아니겠지?

어떤 슬픔이 가슴속으로 물밀듯이 밀려 들어왔다. 눈시울도 붉어졌다. 내게 시간이 필요하듯 이 사람에게도 시간이 필요할 것이다. 인어공주처럼, 잡으면 순식간에 물거품이 되어버릴 것 같아서 선뜻 그의 손을 잡지 못했다. 내가 그리워했던 것은 그의 손이 아니었다. 그것은 단지 행위에 지나지 않을 뿐.

내가 손을 잡지 않고 머뭇대자 그는 뭔가 잘못되었나 하는 표정으로 쳐다보고 섰다. 그리고 젖어드는 내 눈 때문에 당혹감을 내비쳤다. 나는 물기를 잔뜩 머금은 목소리로 물었다.

"이제부터 오빠라고 불러도 돼요?"

조금씩, 아주 조금씩. 이렇게 산길을 오를 때처럼 한 발자국씩 그에게 다가가기로 나는 그 새벽에 다짐했다.

"그럼. 나도 네가 그렇게 불러주기를 기다렸는걸."

그는 내 어깨를 다정스럽게 감싸 안아 자기 앞에 세우더니 뒤에서 밀어주었다. 실지 내가 그에게 묻고 싶었던 건 그런 게 아니었다. 이제부터 내가 오빠를 사랑해도 되나요? 내 가슴속에서 그리움으로 쌓여가던 건 바로 그 말이었다.

점심 시간이 거의 끝날 때가 되어서 화장실에 다녀올 요량으로 일어서려는데 명지가 헐레벌떡 달려들어 오더니 긴급속보를 날렸다. 그녀의 말을 듣고 내 눈이 휘둥그레졌다. 그녀의 급전은 이러했다.

실내 체육관에서 편을 짜서 농구 시합 중이던 운표가 어디선가 나타난 승채에게 일방적으로 얻어맞았다는 것이다. 그것도 한참 사합에 몰두해 있는 사람에게 다가와서는 느닷없이 주먹을 휘둘렀단다. 무방비 상태에서 얼굴을 한 방 얻어맞은 운표는 그대로 바닥에 나동그라지고, 얼마나 힘껏 후려쳤던지 승채도 손목이 아파 몇 번이나 팔을 흔들어 보이더라고 했다. 농구 구경 삼아 앉아 있던 명지가 그 장면을 보고는 내게로 곧장 달려왔다 한다. 이제 곧 알게 될 거라는 말의 뜻이 바로 그거였나? 하지만 왜?

나는 멍하니 앉아 있다가 화장실에 가려던 생각을 돌이키고 자리에서 일어났다. 마침 뒷문으로 들어오는 승채를 보자 내 안색이 절로 굳었다. 그는 뭔가 들킨 표정으로 얼른 시선을 비틀고는 내 옆을 지나쳐 제 자리로 가서 주저앉았다.

오후 수업이 끝나자마자 쏜살같이 한 층 위인 운표의 반으로 달려갔다. 가방을 메고 나오는 운표의 터진 입술 위에는 검붉은 딱지가 내려앉아 있었다. 그렇지만 표정은 아무 일 없었던 것처럼 멀쩡했다. 호들갑스레 달려온 내가 오히려 무색할 정도다. 그를 끌고 실내 체육관 이층으로 올라갔다.

"도대체 이유가 뭐래?"

"아직 못 물어봤는데."

남은 화가 나서 죽을 지경인데 운표는 싱겁게 농담이었다.

"장난할 기분 아냐."

내가 주위를 상기시켰다.

“네가 너무 빨리 온 거라니까. 나도 녀석에 대해 알아볼 시간 정도는 있어야지.”

그러면서 그는 내 어깨에 제 팔을 척 걸치더니 말도 안 되는 소리를 중얼거렸다.

“다른 건 몰라도 재미있는 녀석인 것만은 확실해.”

일층에서는 농구를 하는 학생들로 왁자지껄했다. 운표는 난간 아래의 그들을 무심히 내려다보다가 불쑥 물었다.

“너랑 나랑 진심으로 좋아하는 사람 생기면 서로에게 얘기해 주기로 한 거 기억나?”

“응, 기억나.”

“지금도 그 약속 변함없는 거지?”

“…….”

그의 옆모습이 조금 쓸쓸해 보였다. 정작 내게 하고 싶은 얘기는 뭘까 궁금했다. 그가 내게 무슨 말을 하든지 간에 내가 먼저 그에게 고백을 해야 할 것이다. 아직 이른 감이 있긴 하지만 어차피 그에게 말은 해야 할 테니.

“운표야, 나…….”

“좋아하는 사람…… 생겼니?”

“응.”

희미한 미소가 그의 피맺힌 입술 위로 머물다 사라졌다.

“설마, 오승채는 아니겠지?”

제 눈에도 내 표정이 너무 어이가 없다 싶었는지 그는 곧 계면쩍게 웃었다.

"너 요즘 하이 코미디 연구하니? 왜 이렇게 웃기는 건데? 내가 좀 슬퍼 보이기로서니 너무하는 거 아냐?"

"누군데?"

내 실없는 농담에는 상관없이 그는 자못 진지하게 물었다.

"그 녀석 형."

"뭐라고?"

"오진채, 오승채 형."

나를 바라보는 운표의 눈동자에 아무 움직임이 없다. 사람이 돌처럼 굳어버린다더니 정말 그 격이다. 그의 반응이 너무 웃겨서 내가 꼭 사랑해서는 안 될 사람과 극한 상황에 빠진 비련의 여주인공이 된 기분이다. 이 녀석의 오버는 나날이 늘어만 간다. 한순간 딱딱하게 굳어졌던 눈동자를 탁 풀며 그가 외마디를 외쳤다.

"일났군!"

그로부터 며칠 뒤, 약수터에 갔다 와서 십 분만 잔다는 게 완전히 푹 자버리고 만 어느 날이었다.

"이거 승채에게 갖다 주겠니? 급히 나가느라 놔두고 갔지 뭐니."

가뜩이나 늦은 판에 이 여사는 아침부터 무언가가 담긴 쇼핑백을 내게 무작정 건네고는 집 안으로 다시 총총 사라졌다. 쇼핑백을 들고 일단은 버스 정류장으로 뛰었다.

영락없는 지각에 운동장을 다섯 바퀴나 오리걸음으로 걷고 교실로 들어왔더니 아주 죽을 맛이었다.

"오늘도 약수터 갔다 왔어?"

"응."

"아주 극기훈련을 하는구나."

"그렇지 뭐."

명지는 내가 180도로 뒤집어진 나의 환경을 이겨내느라 등산을 다니는 줄 알고 있다. 물론 그런 목적이 아예 없는 건 아니다. 그보다 더 중요한 이유가 따로 있긴 하지만.

나는 새벽마다 진채와 둘만의 데이트를 즐기고 있다. 그것만이 요즘 내가 사는 이유요, 희망이요, 기쁨이 되어버렸다. 극히 드물긴 했지만 우연히 집에서 마주칠 때면 어색하기 이를 데 없어도—나 혼자만—새벽에 만나는 그와 나는 자유롭고 또한 다정하며 서로에게 즐거운 등산 파트너임에는 틀림없다. 운표도 지금 나에게 좋아하는 누군가가 생겼다는 건 차라리 잘된 일이라 했다. 그러나 왜 하필 오승채 형이냐고 묻지 않아 그렇지, 그의 떨떠름하던 반응에서 충분히 인지할 수 있었다. 운표가 진채를 보면 그런 편견일랑 쉽게 접을 수 있을 것이다. 승채와는 전혀 다른 사람이라는 걸 알게 될 테니 말이다.

"그건 뭐야?"

명지가 턱으로 쇼핑백을 가리키며 물었다.

“아!”

승채의 자리에 놔두고 와야 하는 걸 허둥지둥 들어오느라 잊고 말았다. 보는 눈이 많으니 아무렇지 않게 건네주는 것도 무리다. 난처하여 일단 쇼핑백을 책상 아래로 슬쩍 내려놓았다.

“신리, 선생님이 교무실로 오래.”

반장이 뒷문으로 들어오며 일러주기에 자리에서 일어나다 승채가 핸드폰으로 누군가와 통화 중인 것을 보았다.

“누구한테 줬다고? ……응 ……응, 알았어.”

그의 눈길이 나에게 한 번, 책상 밑 쇼핑백에 한 번 머문다.

“요즘 많이 힘들지?”

소갈머리가 없는 사십대의 담임선생님은 나를 앞에다 앉혀놓고 다정하게 묻고 있었다.

“죄송해요, 선생님. 앞으로는 지각 안 하도록 주의하겠습니다.”

공손한 내 태도에 선생님은 흡족한 미소를 만면에 머금었다.

“인석아, 꼭 지각 때문에 부른 건 아냐.”

“그럼 다행이고요.”

내가 엷게 웃자, 그는 짐짓 안색을 바꾸더니 헛기침을 몇 번 했다.

“원래 성격이 차분하고 생각이 깊어서 잘 이겨낼 거라고 믿었지만, 생각했던 것 이상으로 잘 견뎌내는 것 같아 안심이다. 그래, 이제 다른 문제들은 원만히 해결되었니?"

"염려해 주신 덕분에요."

한 번쯤은 선생님과 이런 면담 시간을 가지게 될 줄 짐작하고 있었다. 그런 일을 당한 후 한 이 주 동안은 내가 정신이 하나도 없었고, 나머지 이 주 동안은 언제 그랬냐는 듯 너무나 멀쩡하게 지냈으니 선생님도 그 타이밍을 찾지 못했던 것 같다. 마침 지각을 했던 내가 그에게는 끼어들 빈틈이라고 여겨졌나 보다. 나는 오 분여를 더 선생님과 마주 앉아 그리 깊지 않은 얘기를 나눈 뒤 교실로 돌아왔다. 책상 앞에 앉다가 보니 쇼핑백이 사라지고 없었다. 명지가 재빨리 내 귀에 속삭였다.

"승채가 가져가던데."

궁금증이 만개한 명지의 얼굴을 못 본 척, 첫 교시 수업 준비를 했다. 명지는 내게 물을 기회만 노리고 있었지만, 나는 틈을 주지 않았다. 결국 그녀는 내게서 시선을 돌려 아예 승채의 책상 아래로 옮겨져 있는 쇼핑백에 관심을 두기로 한 모양이었다.

쇼핑백의 비밀은 그날 4교시 체육 시간에 탄로가 났는데, 내 내 쇼핑백만 주시하고 있던 명지와 옷을 갈아입기 위해 탈의실로 향할 때였다. 승채가 쇼핑백 안에서 체육복 꺼내는 걸 기어이 보고야 만 명지는 우습게도 무척 실망한 표정이었다.

"겨우 체육복이야?"

"그럼 뭘 기대했는데?"

"선물인 줄 알았지. 다들 실망했겠는걸."

다들이라는 말에 머리끝이 쭈뼛 서는 느낌이었다.

"그게 무슨 뜻이야?"

"몰랐어? 다들 너와 승채 사이 궁금해하고 있는 거."

명지는 태연하게 말을 이었다.

"승채는 학교에 와서 하는 일이 뭔지 알아? 신리 뒤통수 쳐다보기야. 게다가 일전에는 신리의 남자 친구 홍운표를 한 방에 때려눕혔잖아. 그 이유가 뭐일 것 같아? 다 질투 때문 아니겠어? 이제 와서 하는 말이지만 그때 승채의 모습을 네가 봤어야 해. 솔직히 무진장 터프해 보였거든. 전학 온 첫날 알아봤다니까. 내 통찰력은 빗나간 적이 없지, 암! 그러게 내가 뭐랬어? 승채가 너 찍었댔잖아."

나는 둔치로 뒤통수를 사정없이 얻어맞은 듯 머리가 띵해졌다. 맙소사! 그럼 찍었다는 의미가 내가 생각했던 그게 아니고, 바로 그런 뜻이었던 거야? 운표가 했던 말도 다 명지의 해석대로 그런 거였어?

"너 정말 모르고 있었던 거야?"

명지는 믿을 수 없다는 듯 물었다. 그녀의 태도로 보건대, 다른 아이들의 눈에도 나는 그야말로 둔녀이거나 정말 알면서도 모르는 척하고 있는 앙큼녀로 비춰졌으리라.

"그럴 리 없어."

나는 아픈 사람처럼 중얼거렸다. 어디 그런 쪽으로 상상이나 해봤어야지. 게다가 열여덟의 아이들은 치정도 로맨스로 보이는 나이이니, 명지 같은 아이들이 거기다 살을 붙이고 보태면 말도 안 되는 이야기라도 어느새 엉뚱한 방향으로 와전되게 마련이었다.

"차라리 로맨스를 써라."

나는 끝내 명지의 말을 인정하지 않고 비웃었다. 탈의실에서 옷을 갈아입고 운동장으로 가는 동안, 명지는 나를 납득시켜 보려 끈질기게 핏대를 올려대었다.

"아니, 다들 아는 사실을 왜 너만 부인하는 건데? 승채 걔는 너한테 단순한 호기심이 아냐. 정말 뭔가가 있다니까."

"없어! 내가 없다면 없는 거야. 그러니까 너야말로 관심 꺼 줘."

나는 명지가 더 이상 쓸데없는 억지를 부리지 못하도록 단호히 말을 잘랐다. 그러나 내 가슴은 두근거림이 지나쳐 연자방아처럼 풀썩거리고 있었다. 또한 얼굴은 열이 확 뻗쳐 올라 벌겋게 물들어 있었다. 명지는 포기하지 않고 내게 일침을 가했다.

"좋아! 그건 그렇다 치고, 그럼 체육복은 네가 왜 갖다 주게 된 건데?"

수업할 마음이 싹 사라져서 우거지상으로 서 있는 나를 보자 체육 선생님은 지휘봉 끝을 까닥대어 앞으로 나오라고 했다. 나의 처지에 대해 아는 사람은 다 아는 상태여서 전에는 관심도 없던 선생들까지 엄청 주의하여 챙기는 분위기다. 여차하면 내

가 삶을 비관하여 자살이라도 할 줄 아는 모양으로. 앞으로 나
갔더니 체육 선생은 내게 어디 아프냐고 물었다. 체육이라면 이
른 새벽부터 열심히 등산하고 온 것만으로도 충분하다 싶어 그
렇다 대답했다. 어디 그뿐인가. 오늘은 오리걸음으로 특별훈련
까지 받지 않았던가.

허락 하에 당당히 운동장을 걸어나갔다. 교실에 가서 잠이라
도 잘까, 아니면 진짜 아픈 척 양호실로 가서 차라리 침대에 편
하게 누워 잘까. 코를 골지 몰라 나는 교실을 택했다.

책상 위에 납작 엎드려 본격적으로 잠을 청하려는데 뒷문 열
리는 소리가 드르륵 났다. 번쩍 고개를 들어 쳐다봤더니 남의
반 들어오듯 문 앞에서 머뭇거리며 서 있는 것은 승채였다. 명
지에게 괜한 소리를 듣고 기분이 팍 상해 있었던지라 나는 차갑
게 눈길을 돌리고 다시 책상에 엎드렸다. 뭔가 가지러 들어온
게지, 하고 생각했던 건 나의 오산이었다. 그는 어느 틈인가 내
머리 맡에 서 있었다.

"저기……."

"뭐?"

나는 엎드린 채 퉁명스레 대답했다.

"좀 쳐다보고 얘기하지?"

또 시비다. 내 인생에 울화병 같은 놈!

"아까 못 들었니? 나 지금 아파서 들어온 거야."

될 수 있는 한 차분히 말하려 했으나, 내 생각과는 달리 어투

는 툭툭 갈라져서 나왔다.

"어디가 아픈데?"

체육 선생이 저더러 그거 조사해 오라 시켰을 리도 없고, 대체 운동장에 있어야 할 놈이 왜 따라 들어와 귀찮게 한담.

"남이야."

상대하기 싫어 나는 계속 툴툴거렸다.

"체육복…… 갖다 줘서 고맙다."

내 귀를 의심할 밖에. 약간 더듬거리기는 했지만 제 딴에는 최대한의 용기였을 거라는 생각이 들었다. 의외의 말을 듣고 내 몸은 신경마비가 걸려 꼼짝을 할 수가 없었다. 기껏 교실까지 쫓아와 하려던 말이 그거였다니 황당하기 이를 데 없었다. 갑자기 태도를 돌변하여 별말씀을! 하며 생긋 웃어줄 수도 없고, 아무 대꾸 없이 마냥 엎어져 있자니 뒷덜미가 간질거리고. 이런 어정쩡한 분위기, 정말 질색인데. 나는 살풋 인상을 찌푸리고는 끝내 핀잔을 주었다.

"고마운 줄 알면 나가서 열심히 수업이나 받으셔."

분명 할 말이 더 있는 듯 잠시 서 있던 그는 조용히 교실 밖으로 사라져 주었다. 그가 교실에 들어선 순간부터 이미 머리가 지끈거리기 시작했으니 곤한 잠을 자기는 글러먹었다.

"쿨쿨……."

"어머, 애 진짜로 아팠나 보네. 코까지 골고 완전히 갔다,

갔어."

어수선한 명지의 말소리에 떠지지 않는 눈을 겨우 뜨며 책상에서 몸을 일으켰다. 양팔을 길게 죽 뻗어 기지개를 켜니 관절들이 좋다고 아우성이다.

"벌써 끝났어?"

"침이나 닦으시지요."

명지의 핀잔 섞인 말에 나는 느릿하게 손등으로 입가를 쓰윽 훔쳐 냈다.

"그나저나 얘는 어디 간 거야?"

명지가 뒤를 돌아보며 누군가를 찾고 있었다.

"누구?"

"승채도 아까 몸이 안 좋다고 들어갔거든. 교실에 안 왔어?"

"응? 실은 왔다가 금방 나갔는데."

"양호실 갔나?"

그는 진짜 아파서 들어온 거였을까? 점심 시간 내내 보이지 않다가 5교시에 맞춰 나타나긴 했으나, 아픈 기색이라고는 전혀 엿볼 수 없었다. 체육복까지 갖다 줬건만 정작 수업은 받지도 않았다니 명지에게 엉뚱한 소리까지 듣고 괜한 흥분에 빠졌던 일이 새삼 억울해진다. 체육복 갖다 줘서 고맙다고 한 것도 꿈 속에서 일어난 일은 아니었을지.

❋

한 달간 학원을 쉬었기 때문에 새로 등록을 하러 운표와 함께 학원에 갔다. 갑자기 가세가 기울어진 형편을 고려해서 이제 학원에 다니지 않겠다고 버텨보았지만, 엄마는 완강했다. 엄마 고집에 두손두발 다 든 나는 할 수 없이 새로 수강 신청을 하기에 이른 것이었다. 운표는 그날 수업을 왕창 빠지고 나와 놀아주었다. 그동안 혼자만 공부하는 것도 양심에 찔렸대나 어쨌대나 하면서.

"운표야, 너 돈 많니?"

"왜? 돈 많다 그러면 나한테 시집오게?"

이 녀석은 잘 나가다가 꼭 삼천포로 빠지는 구석이 있다.

"너희 집 그렇게 부자 아니잖아."

"앞으로 내가 부자 될 건데 뭐."

"그럼 그건 내가 연애를 하다 하다 정 시집갈 데 없으면 그때 고려해 볼 테니 지금 부자인지 아닌지만 말해."

"부자야. 용돈 받은 지 얼마 안 됐거든."

"잘됐네. 나 술 한 잔만 사주라."

"뭐?"

운표가 펄쩍 뛰었다. 내가 연애하자고 해도 지금보다는 덜 놀랐을 것이다. 그는 안 그래도 작은 눈을 더 가늘게 뜨고는 심히 걱정된다는 눈초리로 나를 쳐다보았다.

"내가 잘못 안 거니? 그 정도로 괴로웠던 거였어? 괜찮은 거 아니었어? 그 형이랑 뭐가 잘 안 돼? 오승채가 너한테 뭐라 그 래?"

그는 정신과 의사처럼 내 스스로도 정확히 알지 못하는 문제 들을 콕콕 짚어내고 있었다. 내 인생도 꽤나 복잡하구나. 내 잇 새로 낮은 한숨이 흘러나왔다. 내가 정말 우울한 얼굴이자, 그 는 걱정 반 주저 반으로 중얼거렸다.

"나, 너희 엄마한테 혼날 텐데."

그러더니 금방 말을 바꾸며 내 손을 잡아끌었다.

"요즘은 단속이 심해서 들어갈 수 있는 곳이 있을지 모르겠 다."

본래가 공부만 하는 녀석은 아니란 걸 알고 있었으니, 그가 쉽게 단속이 덜한 술집을 찾아내었을 때 별로 신통해 보이지도 않았다. 그래도 술집 출입은 처음이어서 다소 겁을 먹긴 했다. 티를 내지 않으려 해도 초보는 어딜 가도 티가 나는 법. 약간의 긴장감과 어색함을 동반한 내 표정을 읽은 운표는 내 잔에 맥주 를 따라주며 말했다.

"술 먹자고 꼬드긴 사람은 넌데, 그렇게 불안한 얼굴이면 내 가 너무 억울하잖아. 내가 완전히 나쁜 놈 된 기분이다."

말은 그러면서도 그는 그 반대로 흥분 상태였다. 나의 이 파 격적인 행동이 은근히 마음에 드는 눈치다. 맥주를 한 모금 마 시면서 생각해 보니 나는 겉으로는 어쨌든 완벽주의자였고, 그 렇게 노력했고, 그렇게 살아왔다. 그렇게 사는 것이 당연하다고 신앙처럼 내 의식 속에 자리잡아 있었다.

하지만 나름대로 완벽하다 믿었던 나의 환경이 어느 날 깨어진 이후, 나도 조금씩 흔들리고 있다. 내게도 일탈이 필요했고, 가끔은 비상구로 도망치고픈 충동이 내 속에 잠재되어 있음을 깨달았다. 운표는 내가 꼭 마음을 먹지 않아도 편히 의지할 수 있는 유일한 친구이므로 이런 내 모습이 부끄럽지는 않다. 다만 지금, 녀석과 내 감정이 너무나 크게 상반되어 마음에 안 들 뿐이다.

맥주 맛은 그런대로 괜찮았다. 답답하던 가슴을 시원하게 해 주는 처방 약처럼 나는 남김없이 한 잔을 말끔히 비웠다.

"오, 제법인데."

운표는 계속 싱글거리며 말을 이었다.

"뭐부터 얘기해 줄까? 네 문제? 네가 좋아한다는 그 형? 아님 오승채?"

방금 전과 똑같은 질문이다. 내 생각에도 그 셋은 각각 분자 기호로써 한데 얽혀 내 삶의 복합적인 문제로 대두된 게 사실이었다. 내 입에서는 주저없이 오승채부터 튀어나왔다. 운표는 의외라는 표정을 지었다.

체육복 사건. 내게는 분명 사건이라고 할 만했던 이유가 평소 내가 보았던 관점에서 180도로 달라진 그의 태도 때문이었다. 그것이 꿈이 아니었을까 착각이 일었을 만큼. 놈은 나와의 첫 대면에서 정체 모를 비웃음으로 내게 강한 혐오감을 일으켰고,

그네에서도 너무나 큰 무례와 실례를 동시에 범했다. 그리고 나의 자고 있는 모습을 몰래 훔쳐보면서 흑심을 품었든 아니든, 속옷 차림이었던 내 가슴에 제 얼굴을 갖다 댄 치한이었다.

동글동글한 까까머리도 마음에 안 들고, 순수함이라고는 엿볼 수 없는 차가운 눈매도 싫고, S자로 굽은 그의 불량스런 몸짓도 눈에 거슬렸다. 그 가족들도 보아하니, 막내라고 그저 오냐 오냐 떠받들어 주는 형편인 것 같은데 내가 보기엔 버르장머리 하나 없는 어린애에 불과하다. 그러면서도 뭔가 불만에 꽉 차 있는 얼굴이라니, 복에 겨워 똥오줌 구분 못하고 있는 응석받이처럼 보이는 게 당연했다.

그랬던 녀석의 입에서 겨우 체육복 갖다 준 걸로 인사치레가 나온다는 건 어째 앞뒤가 맞지 않는 문장 같아 찜찜하기 이를 데 없었다. 게다가 학교에 와서 고작 하는 일이 내 뒤통수 쳐다보기라니, 자리가 내 뒤편이라 시선 처리 때문에 어쩔 수 없다손 쳐도 모든 아이들의 오해를 불러일으켰다는 건 분명 심각한 일이었다.

"전에 다니던 학교에서 잘릴 뻔했던 거 걔 엄마가 통사정하고, 걔 아버지가 몰래 로비해서 가까스로 전학시켰대. 아버지가 육성회장이니 그 정도는 별거 아니었겠지만, 지난번에는 무척 심각했다는군. 조폭이랑 맞장까지 뜬 놈이라니까 싸움이라면 일가견이 있을 테고, 주먹맛을 보니 꽤 맵더라고. 자칫 이 나갈 뻔했어. 아직도 그때 생각하면 얼얼해."

운표는 맞은 기억이 새삼스러웠던지 턱을 몇 번 어긋나게 비틀어보았다. 그렇군. 나는 운표의 이야기와 오승채가 한 치의 오차도 없이 완벽하게 매치된 느낌이어서 저절로 고개가 끄덕여졌다. 어쩐지 불량기가 온몸에서 좔좔 흐른다 했다. 그래도 오승채에 대한 정보는 그다지 기분 전환 거리는 못 되었다. 잘릴 만큼 심각했던 문제는 역시나 폭력 사건이었을 테니 그것 자체가 내겐 경고음이나 같았다. 그런 인간에게 주목받는다는 자체가 얼마나 위험한 일인지 감각적으로 알 수 있었다.

나는 겨우 맥주 두 잔에 손을 놓았다. 얼굴이 발갛게 달아오르고 있었으므로 운표가 알아서 저지시켜 주었던 것이다. 내 생각에도 이것으로 족하다는 분별력이 있을 때여서 순순히 잔을 놓을 수 있었다. 그런데도 집으로 오는 동안 한 번 달아오른 열기는 쉽사리 가시지 않고, 볼은 계속 뜨겁게 후끈거렸다.

"괜찮겠어? 집에 들어갈 수 있겠어?"

집 앞에 거의 다다랐을 때, 그가 물었다.

"세수하고 양치질하면 괜찮을 거야."

안심시키고자 했지만 그는 계속 걱정스러운 얼굴을 풀지 못했다.

"내가 또 술 사달라고 하면 절대 안 사주기로 결심한 얼굴 같구나."

"앗! 어떻게 알았지?"

"얼굴에 그렇게 쓰여 있어. 네 단점이 그거야, 감정을 숨기지 못한다는 거.”

“내가 워낙 진솔하잖아.”

“아무렴.”

“그런 의미에서 우리 뽀뽀 한 번만 하면 안 될까?”

“친구끼리 뽀뽀하는 거 봤어? 그건 애인끼리 하는 거잖아.”

“입술에 말고 이마에.”

“신소리 그만 하고 가. 집에 다 왔다.”

“술까지 사줬는데 너무 매정하다.”

“그건 내가 좋아하는 사람에 대한 반칙이라서. 잘 가.”

아뿔싸! 나는 우리 곁을 스쳐 지나가는 차가 진채라는 사실을 미처 알아채지 못했다. 운표와 작별하고 돌아서는데 그 차는 우리 집 담벼락 밑에 멈춰 서고 있었다. 나는 재빨리 고개를 돌려 운표에게 어서 가라는 눈치를 주었다. 운표는 내 말은 아랑곳하지 않고 차에서 내리는 진채를 주의 깊게 바라보았다.

“이제 오세요?”

술 냄새가 날까 몇 번이나 훅훅 숨을 내뱉고는 그에게 다가갔다.

“응. 늦었구나.”

그가 자동차 키를 주머니에 넣으며 밝게 대꾸했다.

“신리야, 내일 보자!”

뒤에서 운표가 큰 소리로 외쳤다. 잠자코 갈 만도 한데 일부러 그런 게 틀림없다. 진채의 시선이 그에게로 향했다가 다시 내게로 돌아왔다. 나는 어깨를 한번 으쓱해 보였다.

"남자 친구?"

"남자끼리는 그런 걸 불알친구라고 하죠."

"불알친구? 그거 너무 선정적인데."

벨을 누르려는 내 손을 저지하고 그가 대신 열쇠로 대문을 열었다. 그리고 무슨 생각인지 그네를 가리키며 잠시 앉았다가 들어가자 했다. 그네를 보자 왠지 망설여졌지만 그가 먼저 앞서 가고 있었기 때문에 꼼짝없이 뒤를 따르는 수밖에 없었다.

거리를 둘 틈도 없이 나란히 앉으니 그네가 꽉 차는 느낌이다. 우리는 함께 밤하늘을 올려다보았다. 아쉽게도 별빛은 흐릿했다. 그러나 내 가슴속에서 이는 이 작은 설렘은 저 별빛의 의미보다 큰 것이었으므로 기분이 한결 나아졌다. 달무리가 잔뜩 낀 걸 보니 내일은 비가 오려나.

"그래도 여기 앉아서 하늘을 보고 있을 때가 제일 행복한 것 같아. 사심이 없어져서."

"여기 자주 앉으세요?"

"가끔. 휴식처를 정말 잘 꾸며놓으셨어. 운치가 있어, 그네도 그렇고."

"네, 정말 그래요. 아빠는 무척 낭만적인 분이거든요."

그네에 앉아 아빠 얘기를 한다는 건 내게 너무나 가혹한 일이었다. 내 눈은 금세 물기로 젖어들었다.

"신리, 많이 힘드니?"

나는 고개만 끄덕여 대답을 대신했다.

"술 많이 마신 거야?"

아무래도 술 냄새를 숨기기는 무리였나 보다. 나는 이번엔 천천히 고개를 가로저었다. 그가 몸을 조금 흔들자 그네도 따라 움직였다. 하늘도 덩달아 흔들렸다.

"내가 사랑하는 사람과 헤어지고 견딜 수 없이 아프고 힘들었을 때, 네 얘기를 듣게 됐지. 거의 비슷한 시기에 난 사랑하는 사람을 잃었고, 넌 아버지를 잃었던 셈이야. 난 내가 겪은 실연의 아픔이 이 세상에서 가장 크다고 느꼈었는데, 네 얘길 듣고는 내 자신이 너무나 부끄러웠어. 애인을 잃은 것과 가족을 잃은 것 중 어느 쪽이 더 견디기 힘들까 생각해 봤지. 비할 수 없는 슬픔이란 걸 그때 깨달았어. 어떤 책에서 보니까 실연을 이기는 방법 중 하나로 운동을 열심히 하는 게 나오더구나. 그래서 첫 번째 방법으로 그걸 택했어. 새벽에는 등산을 하고, 학교 가기 전에는 수영을 하고, 집에 오기 전에는 헬스를 하고. 그렇게 잊는 연습 중이야."

"오빠는 애인이랑 왜 헤어졌어요?"

내 질문에 그는 조금 쓸쓸한 표정을 지었다.

"수녀가 되겠대."

그 말의 충격파는 실로 엄청난 것이었다. 그가 사랑하는 사람과 헤어진 이유가 다른 남자가 생겨서이거나 또 다른 이유가 있어서가 아니라 수녀가 될 여자여서라니. 어떤 류의 여자일지 대충 윤곽이 잡혔다.

"하나님은 왜…… 그들을 데려간 것일까?"

그는 약간 인상을 찌푸린 채 하늘을 올려다보며 중얼거렸다. 굵고 큼직큼직한 선이 시원한 느낌을 주는 사람. 그럼에도 순수하고 깨끗한 눈동자, 선량한 눈매, 한 번 만져 보고픈 선명한 입술. 이렇게 하나하나 내 머리 속에 새겨놓으면 오늘밤엔 그의 꿈을 꿀 수 있게 될까. 나는 그의 얼굴에서 천천히 시선을 떼고, 그가 바라보는 하늘을 향해 나직이 읊조렸다.

"하나님은 평범한 사람들을 사랑하니까요."

그 말이 그에게 작으나마 위안이 되었으면 하는 바람이다. 그 말은 곧, 늘 내 스스로를 위로하던 말이기도 했으니까.

새벽부터 비가 내리기 시작했기에 약수터에 가는 건 포기해야 했다. 대신 그는 학교까지 태워다 주겠노라 자청했다. 둘만이라면 모를까, 승채도 있었기에 거절했더니 그는 서운한 표정이었다.

"그냥 가. 쟤, 우리와 같은 집에 사는 거 다른 애들한테 알려질까 봐 싫어해."

승채는 내 쪽은 쳐다보지도 않고 제멋대로 떠들어댔다.

"정말 그러니?"

진채는 놀란 듯 눈이 커지며 물었다. 순간 얼굴이 화끈 달아올라 황급히 부정했다.

"그런 거 아닌데요."

그리고는 후닥닥 뒷좌석에 올라탔다. 뒷좌석에는 커다란 화구들과 미술 전문용 책들이 차곡차곡 쌓여 있었다. Y대 시각디자인과 오진채. 책 겉표지에는 그렇게 쓰여 있었다.

"녀석들, 한반이라면서 아직도 이렇게 서먹하면 어떡해?"

보조석에 앉은 승채도, 뒷좌석에 앉은 나도 한마디 없으니까 진채가 무거운 분위기를 깨며 말했다.

"신리는 오늘부터 학원에 간다고 했지?"

"네."

"어디에 있는 건데?"

"사거리에 있는 유성학원이요."

"승채, 넌 학원 안 다닐 거냐?"

"공부도 안 하는데 학원은 무슨……."

"그러니까 공부 안 할 거냐고?"

"형까지 왜 그래? 안 그래도 비까지 와서 우중충해 죽겠는데."

그는 연신 투덜거렸다. 버르장머리없기는. 그의 뒤통수를 흘기며 맘씨 좋은 형 만난 줄 알아라, 하고 속으로 쏴주었다. 남자 형제만 넷인 운표를 보면 동생 괴롭히는 게 취미로 보일 정도니 말이다. 저런 녀석에겐 운표 같은 형을 만나야 제격인데.

진채는 학교 근처 사거리에서 우리를 내려준 뒤 직진을 해서 가버렸고, 승채와 나는 우회전을 해서 학교로 향했다. 이미 많은 아이들이 우리가 한 차에서 내린 것을 보았던 터라, 나는 애써 따가운 시선을 무시하고 앞서 걸어갔다. 하지만 그것이 아이들 눈에는 더 웃겨 보였을 것이다. 기껏 한 차에 타고 와서는 마치 싸운 사람처럼 한 사람은 앞에, 한 사람은 바로 뒤에서 일자로 나란히 걷고 있었으니 얼마나 우스꽝스러웠을까.

"신리, 여전하구나. 아침에 차로 모셔다 주는 기사까지 있고. 소문은 그저 소문일 뿐이었나?"

비에 젖은 우산을 탁탁 털고는 실내화로 갈아 신고 있는데 비아냥거리는 목소리가 옆에서 들렸다. 고개를 들어보았더니 1학년 때 같은 반이었던 허미루다. 입구로 막 들어선 승채는 허미루의 뒤에 서서 우산을 털고 있었다.

"소문이라니? 무슨 소문?"

"하루아침에 몰락해서 살던 집 창고에서 산다며? 정말로 알아들었더니 그건 아닌 것 같네, 자가용 타고 등교하는 거 보니."

대체로 나는 대인 관계가 원만한 편이고, 누구한테든 이유없이 미움을 샀던 적은 없었다. 모범생이었지만 티를 내는 타입도 아니었다. 나는 내 스스로를 지극히 평범한 학생이라고 평가한다. 내가 불량학생이었으면 좋겠다는 생각이 드는 건 바로 허미루 앞에서만이다. 이 앤 1학년 내내 내게 시비를 걸었었다. 이유는 아직도 모르겠다.

그동안은 단지 이 애와 부딪치고 싶지 않아서 될 수 있는 한 먼저 피해 버리는 편이었다. 이제 더 이상 한반이 되지 않게 해

달라 기도하면서. 나에 대한 소문이 정확한 걸 봐서는 이 앤 아직도 내게 특별한 관심이 있는 게 분명하다. 그렇지 않고서야 운표에게만 이야기했던 사실이 이 애의 귀에까지 들어갔을 리 없다. 자기 입으로 소문이라고 한 것 역시 그 입에서 비롯되었을 것이다.

"그래서 실망했겠구나? 내가 거리로 나앉아서 완전히 비참한 지경일 줄 알았는데 근사한 자가용을 타고 등교해서. 애석하게도 난 네가 상상하는 것만큼 비참하지 않아. 내 주위에 너 같은 사람만 있었다면 그야말로 비참했겠지. 하지만 세상에는 악한 사람들보다 선한 사람들이 더 많더구나. 그게 얼마나 다행인지 모르겠어."

분에 차 오르는 얼굴로 지그시 입술을 깨물며 나를 노려보던 허미루가 억수같이 쏟아져 내리는 빗속으로 느닷없이 툭 밀려 났다. 내 눈이 정확하다면 바로 뒤에 서 있던 승채가 일부러 밀친 게 틀림없었다. 제법 세게 밀쳐 냈기 때문에 허미루는 사정없이 바닥에 나동그라져 온몸이 장대비로 인해 순식간에 젖고 말았다.

"뭐야? 병신같이……."

승채는 되레 인상을 무섭게 그어대며 그 앞에다 대고 우산을 탈탈 털어 보이고는 안으로 들어가 버렸다. 나 역시 생쥐 꼴로 변해가는 허미루를 불쌍하게 내려다보다가 돌아섰다. 운수 나쁜 애는 따로 있다.

"너, 승채랑 같은 집에 산다는 거 사실이야? 승채가 너희 집에 이사 온 거라면서?"

그날을 채 넘기지 못하고 내게 가장 아킬레스인 이야기들이 내 귀에 속속들이 들어오기 시작했다. 내가 아무 대답이 없자 조바심이 나 죽을 지경인 얼굴이던 명지는, 곧 내 표정에서 그 대답을 읽었다.

"사실이었구나. 어머, 어떡해. 그래서 네가 승채에게 유난히 민감하게 군 거였구나. 미안해, 난 그것도 모르고."

나는 아무런 대꾸도 하지 못한 채 주섬주섬 책가방을 챙겨 교실을 나왔다. 아이들의 시선이 나와 승채에게 쏠려 있었음은 물론이다.

현관 입구에 왔을 때, 미처 우산을 챙겨오지 않았음을 깨달았다. 비는 그야말로 속사포처럼 쏟아 붓고 있었다. 그러나 그때 우산이 있었어도 쓰지 않았을 것이다. 비를 맞고 싶었다. 학원에 가야 하니 그래선 안 된다는 걸 알면서도 나는 어느새 입구에서 발을 내디뎌 비 내리는 운동장을 걷고 있었다. 내 눈에서 내리는 눈물을 가장하기 위해서였다. 누구에게도 내가 울고 있다는 사실을 보이기 싫었다.

운동장을 반쯤 갔을까 한데, 내 머리 위로 난데없는 우산이 척 받쳐졌다. 아이러니컬하게도 그건 내 우산이었다. 그리고 그 우산을 들고 서 있는 사람은 다름 아닌 승채였다.

“우산 쓰고 가.”

“…….”

“학원 가야잖아. 옷 다 젖으면…….”

“네가 무슨 상관이야?”

표독스럽게 그를 노려보았다.

“…….”

“내 앞에 얼씬거리지 마! 그리고 운표 앞에도! 알았어?”

그는 할 말을 찾는 듯 초조하게 혀로 입술을 핥았고, 인상을 구긴 채 눈알을 돌리며 서 있었다. 하지만 끝내 아무 말도 못했다.

“남의 자는 모습이나 엿보는 치한 주제에!”

매섭게 한마디 더 쏘아붙여 주고는 그의 손에서 내 우산을 탁 낚아채어 내 갈 길로 향했다. 교문을 돌아 나오다 얼핏 보니 그는 아직도 운동장 한중간에 서 있었다. 그가 쓰고 있던 우산은 비스듬히 기울어져 무용지물로 어깨에 아슬아슬하게 걸려 있었다.

4

바보. 네가 그 사람을 그만 사랑하게 된다고 해도

이 세상 모든 남자들을 다 사랑할 수 있을지언정 너만은 안 돼

그건…… 그 사람에 대한 반칙이거든

쾅쾅쾅!

문 두드리는 소리에 옷을 갈아입다가 마저 단추를 채우고는
문을 열었다. 결국 학원에 가지 못하고 집으로 곧장 왔었는데,
옷을 갈아입으며 이제라도 갈까 말까 망설이는 중이었다. 문 앞
에는 비를 맞아 물을 뚝뚝 흘리며 승채가 서 있었다. 추워서인
지 그의 입술은 시퍼렇게 얼어 있었고, 덜덜 떨리기까지 했다.
그는 몹시 화가 나 있었지만, 나는 하나도 무섭지 않았다. 나도
화가 나 있는 상태였으니까.

"뭐야? 나한테 더 할 말 있니?"

내가 냉정하게 묻자, 그는 여전히 비를 맞고 서서 버럭버럭

소리를 내질렀다.

"내가 말했잖아! 그날 일은 내 실수였다고! 내가 다른 맘 있어서 그런 게 아니고, 그냥 너 부르러 왔다가 깜깜해서 스위치도 안 보이고, 불러도 대답은 없고, 하도 죽은 듯이 누워 있어서…… 흔들어도 안 일어나니까 진짜 죽은 줄 알고……."

빗소리의 파장을 타고 그의 목소리가 창고 안을 쩌렁쩌렁 울렸다.

"그래서 뭐?"

그는 있는 대로 약이 오른 얼굴이 되어 재차 소리쳤다.

"내가 너한테 뭘 그렇게 잘못했는데?"

"가서 잘 생각해 보셔. 이렇게 당장 따지러 온 거 보니까 제대로 생각이 날지는 모르겠다만."

닫히는 문을 그는 손으로 덥석 막아내더니 무척이나 억울한 듯 또 소리를 질러댔다.

"내가 왜! ……너한테 이런 대접을 받아야 하는 거냐?"

"대접은 너희 집 식구들한테나 가서 실컷 받아. 난 네가 고귀한 주인집 막내아들이라 해서 특별 대우해 주고픈 마음, 추호도 없으니까. 그러니 당장 꺼지라고, 내 앞에서!"

나는 그의 코앞에서 문을 쾅 닫아버렸다. 덕분에 학원을 가야 하나 말아야 하나 하는 갈등에서는 완전히 벗어났다. 창고 안에서 듣는 빗소리는 유독 크다.

밤 아홉 시나 되어서 돌아온 엄마는 다소 지친 기색이었다. 나는 몸이 아프다는 핑계로 학원에 못 간 이유를 둘러대었다. 안에다 들여다 놓은 빨랫걸이대로 인해 집 안이 더욱 비좁게 느껴졌다. 빗소리는 점점 거세게 울려왔다. 좀체 그칠 기미가 보이지 않아 나는 더욱 우울해졌다. 거울 앞에 앉아 거의 바닥난 화장품을 손바닥에 두드리고 있는 엄마를 물끄러미 바라보다 침대를 파고들었다. 어쩌면 엄마, 내가 참을 수 있는 기간이 이 년 동안이라고 했던 거, 지키지 못할지도 몰라.

기어이 화장품이 손바닥에 묻어 나오지 않자 엄마는 화장대 서랍을 열어 덜그럭거리더니 샘플을 찾아내었다. 나는 길게 한숨을 내쉬었다. 화장품을 얼굴에 찍어 바르며 엄마가 말했다.

"승채 말이야, 오늘 학교에서 무슨 일 있었니? 아까 들어오자마자 제 방으로 뛰어올라 가더니 문을 잠그고는 악을 쓰면서 물건 집어 던지고 난리도 아니더라. 사모님하고 유채가 아무리 문을 두드려도 열지 않아서 결국 좀 전에 열쇠로 문을 열고 들어가지 않았겠니. 그런데 거울을 깨부쉈는지 손은 피투성이고, 방은 폭격 맞은 것처럼 엉망이어서 얼마나 놀랐던지. 눈매가 사나워 보이는 게 보통은 넘겠다 했더니 결국 그런 꼴을 보게 되는구나."

"……."

엄마가 그런 험한 꼴을 보고 얼마나 놀랐을지 가히 짐작이 갔다. 직접 눈으로 그렇게 폭력적인 사람은 처음 봤을 테니까. 그

것이 그의 본모습이겠지. 나는 대수롭지 않게 듣고 무심히 흘려
버렸다.

아침부터 교실 안은 평소와는 달리 정적이 깔려 있었다. 무겁
게 깔린 침묵과 숨 막힐 것 같은 고요함. 영문을 모르는 나는 어
리둥절하여 조심조심 발소리까지 죽여가며 자리로 가서 앉았
다. 담임이 갑자기 계엄령이라도 내렸나?
"무슨 일이야?"
고개를 숙여 명지에게 속삭이듯 물었다. 명지는 볼펜 끝을 제
입에다 대고 모로 세웠다.
"왜 그래?"
내가 못 알아채는 눈치이자, 그녀는 얼른 내 어깨를 끌어당겨
안고는 귀에다 속닥거렸다.
"승채가 손에 붕대를 칭칭 감고 왔어. 싸웠나 봐. 지금도 엄청
저기압이야."
"쳇! 겨우 그거 때문에 모두들 눈치 보고 앉아 있었다는 거
야?"
나는 혀를 차며 이죽거렸다.
"꼭 그러려고 그런 게 아니라, 분위기가 그런 쪽으로 흐른 것
뿐이야. 그러니까 괜히 분위기 흩어놓지 말고 너도 잠자코 있
어. 불똥이 나한테까지 튀면 곤란…… 헉!"
말을 하다 말고, 명지는 멱살을 잡힌 듯 숨이 턱 막히는 소리

를 내었다. 그녀의 놀란 눈은 내 너머에 가 있었는데, 고개를 처 든 걸로 봐서는 내 뒤에 누군가가 서 있는 듯했다. 나도 뭔가 하 고 고개를 돌렸다가 험악하게 인상을 쓰며 서 있는 승채를 발견 하고는 심장이 철렁 내려앉았다. 근데 이 자식이 끝까지!

눈을 부릅떠서 같이 노려보자 놈은 별안간 멀쩡한 오른손으 로 내 손목을 확 그러잡더니 억지로 잡아 일으켰다. 비틀거리며 일어나다 책상 모서리에 허벅지를 사정없이 부딪치고 말았다. 하지만 이미 눈에 뵐 것이 없어진 그에게 나는 포로가 된 채 속 수무책으로 끌려 나가야 했다. 이 상황을 뜯어말릴 사람은 아무 도 없었다. 그저 다들 갑작스런 이 상황을 나름대로 해석하느라 머리 굴리는 소리만 웅성웅성 들릴 뿐이었다.

대체 나를 어디로 끌고 갈 셈일까. 반 아이들이 죄다 문에 매 달려 우리를 구경하는 동안, 내 심장은 점점 공포감에 물들어가 고 있었다. 손목은 끊어질 듯 아프고, 이대로 끌려가면 무슨 험 한 꼴이 내 앞에 벌어질지 몰라 그때서야 비로소 겁을 먹고 반 항하기 시작했다.

"야! 이거 안 놔! 놔! 놓으란 말이야! 야, 이 나쁜 자식아!"

그랬으므로 우리 반뿐 아니라 복도에서 질질 끌려가는 나의 처참한 모습은 곧 다른 반 학생들에게까지 구경거리가 되고 말 았다. 안 되겠다 싶어 그의 팔뚝을 있는 힘껏 물어뜯었다. 느닷 없는 내 공격을 받고, 그는 잠시 걸음을 멈추었다. 그사이 그를 탁 밀치고 그의 손에서 벗어나는 데 성공했다. 반대편으로 냅다 도망을 쳤지만 그를 이길 재간은 없었다. 그는 긴 다리로 성큼성큼 걸어와서는 발버둥 치는 내 팔을 다시 낚아채서 무자비하게 끌고 갔다. 결국 나는 그 긴 복도를 고삐 꿴 소처럼 허망하게 끌려가는 신세가 되고 말았다.

내가 끌려간 곳은 옥상이었다. 옥상의 황량한 분위기가 더욱 공포감을 유발했다. 전날 내린 비로 옥상에는 드문드문 물이 고여 있었다. 잠시 유보하고 있을 뿐, 하늘은 금방이라도 비를 쏟아낼 것처럼 잔뜩 찌푸려 있었다. 그가 내 팔을 내팽개치듯 놓아주었을 때, 나는 화가 나기도 하고 무섭기도 해서 온몸을 부들부들 떨었다. 할 수만 있었다면 녀석의 뺨을 후려쳤을 것이다. 그러나 그러기에는 그의 키가 너무 컸다.

"무슨 짓이야?"

내 목소리에는 분노가 실려 있었다. 그도 뭐가 그리 분에 찬지 씩씩거리며 소리를 냅다 질렀다.

"너야말로 나한테 왜 이래?"

뭐 이런 어이없는 경우가 다 있담. 개처럼 옥상까지 끌고 온 건 저면서 나더러 왜 이러냐고?

"이런 빌어먹을!"

그는 갑자기 욕설을 퍼부으며 멀쩡한 손을 들어 제 이마를 짚었다. 대체 뭐가 문제인 것일까. 나까지 혼란스러워진다.

"씨발! 엿 같아!"

그러더니 붕대를 감았던 손을 뻗어 그대로 벽에 꽂아버렸다.

빡!

주먹과 콘크리트 벽이 맞부딪치는 소리에 내 몸이 절로 흠칫 떨렸다. 안 그래도 다친 손이 어떻게 됐을지는 소리만 듣고도 짐작이 갔다. 하얀 붕대에서 선혈이 스며 나오고 있었다. 분을 못 참아 그의 입술이 부르르 떨렸다. 정신없이 흔들리는 눈동자. 그의 초점이 어디에 가 있는지 알 길이 없다. 무엇이 저리도 분하고 억울해서 저 애는 나를 옥상까지 억지로 끌고 와 붙잡아 놓고, 자신을 학대하고 있는 것일까.

그를 쉽게 생각한 적은 없지만, 어쩌면 내가 생각했던 것보다 더 특별한 부류일지 모르겠다. 도저히 평범한 상상으로는 해석하기 힘든, 열여덟의 남자애로 보기에는 뭔가 다른. 그는 내가 서 있는 선에서 몇 발자국은 먼저, 아니면 훨씬 뒤에 서 있는 것 같은 느낌이었다. 그는 그의 말대로 내가 저에게 엄청난 잘못을 저질렀던 건 아닌지 착각이 일 정도로 무척이나 괴로워했다. 내가 알기로는 지금까지 내게 잘못한 건 그였는데도 말이다. 그러다 얼른 정신을 가다듬었다. 그에게 휘말려서는 안 된다는 이성이 놀란 내 머리 속을 차분히 정돈해 주고 있었다.

"그래! 내가 너 훔쳐봤어! 내가 잘못했다고! 됐냐?"

그렇게 순순히 실토할 거면서 화는 왜 내는 건지 모르겠다. 기가 막혀 말도 안 나오는데 그의 눈은 여전히 안타까워 미칠 것 같은 무언가가 담겨 있었다. 네 인생도 참. 나는 갑자기 맥이 풀려 온몸에 힘이 빠졌다.

"분명히 말해 두겠는데 더 이상 너와 이런 식으로 마주하고 싶지 않아. 내가 그 집에 계속 살고 있는 이유는 단 한 가지야. 엄마가 원해서였어. 내가 참을 수 있는 기간은 단 이 년만이라고 엄마에게도 말해 뒀어. 그러니 너도 나 건드리지 마. 네가 주체할 수 없을 만큼 힘들어하는 게 뭔진 모르겠지만 나보다 더 힘들겠니? 너는 이제껏 단 한 번도 패배나 상실감을 모르고 자라서 지금의 나를 이해 못해. 나에게 넌 이기적이고, 제멋대로인 부잣집 망나니로밖에 안 보여. 그러니 내가 너에 대해 이해해 주거나 호응해 주길 바라지 마. 난 너 같은 사람 싫어. 이렇게 함부로 대하는 거, 정말 못 참겠어."

떨지 않고 한 마디 한 마디 꼭꼭 씹어준 내 스스로에게 박수를 쳐주고 싶을 정도였다. 끝까지 나를 지키려면 그 앞에서는 약한 모습을 보이지 말아야 했다. 그를 힘껏 째려본 후 철제로 만든 문을 열려 손을 대는 순간, 그가 갑자기 내 손목을 휘어잡아 벽으로 확 밀어젖혔다. 그런 다음, 몸을 짓누르며 밀착해 왔다. 거친 행동에 놀란 나는 입이 벌어진 채 그를 멍하니 올려다보았다.

그래, 상식적인 인간이 아니었지. 잠깐의 기대감을 단숨에 무너뜨린 그를 보며 나는 이를 악물었다. 그는 내가 제안한 페어플레이를 가볍게 무시하고, 또다시 나를 기만했다. 용서할 수 없어! 내 속에서 용암처럼 끓어오르는 분노가 터지기 일보 직전이었다. 그의 손아귀에서 빠져나오기 위해 억지로 손을 비틀었

다. 그러나 그는 오히려 나보다 더 분한 눈이 되어서 깔려 있다
시피 한 나를 죽일 듯 노려보았다.

"그럼 대체 내가 어떻게 해야 되는 거야? 사과했잖아! 그럼
된 거 아냐? 못 참기는 나도 마찬가지야. 그 경멸 섞인 눈초리,
도저히 견딜 수가 없어!"

"비켜! 너와 더 이상 말하고 싶지 않아!"

나는 악을 썼지만 소리가 목구멍에 걸려 울대가 아프게 울렁
거렸다. 그는 스스로를 강하다고 생각하는 부류였다. 그런 부류
들은 대개 자신보다 약한 상대를 보면 흔히 얕잡아보는 경향이
있었다. 그는 애당초 나를 그런 아이로 본 듯하다. 그가 이토록
불안해하고, 나에 대해 힘겨워하는 건 내가 약한 아이가 아니라
는 걸 깨달았기 때문일 것이다. 남자들에게는 누구에게나 시답
잖은 승부욕 같은 게 있어서 자신보다 강한 상대를 만나면 끝까
지 굴복시키려는 경향이 짙다. 특히 여자에게는. 하지만 나는
결코 꺾이지 않을 것이다. 내가 여자로 꺾여야 한다면 그건 오
승채에게가 아니라 오진채에게다.

쾅!

갑자기 문이 벌컥 열리며 운표가 뛰어들어 왔다. 운표는 정황
을 살피기도 전에 승채를 내게서 멀찌감치 떼어내어 멱살을 움
켜쥐자마자 아구통을 갈겨 버렸다. 승채는 보기 좋게 저만치 나
가떨어졌다. 입 안이 터졌는지 그의 입가로 한줄기 피가 주르륵
흘러내렸다.

"괜찮니?"

나를 보는 운표의 안색이 하얗게 질려 있다. 고개를 끄덕여 그를 안심시켰다. 운표가 다시 한 번 승채에게 달려들었고, 나는 그의 허리를 붙잡고 늘어졌다. 더 큰 싸움으로 번지는 걸 원치 않아서다. 그러나 운표는 화가 머리끝까지 올라 승채를 아주 밟아버릴 요량으로 덤벼들었다. 그 바람에 나는 그만 그의 허리를 놓치고 뒤로 나자빠졌다. 그사이 운표는 승채를 올라타고 앉아 정신없이 주먹을 휘두르고 있었다.

"운표야! 운표야, 그만 해! 제발, 그만!"

그를 뒤에서 안다시피 하여 승채의 몸 위에서 끌어내리려 안간힘을 썼다. 그럼에도 운표는 좀체 떨어지려고 하지 않았다. 승채의 얼굴이 엉망이었다. 코피가 터져서 온통 피투성이였다. 한 손이 다쳤다고는 하지만, 일방적으로 맞고만 있다는 게 언뜻 이해가 가지 않았다. 한참 만에야 때리다 지친 듯 운표가 자리에서 일어나 바닥에 드러누운 채 가쁜 숨을 몰아쉬고 있는 승채를 내려다보며 이를 갈았다.

"오승채, 듣던 소문과는 딴판이라 아주 실망이야. 너 이 정도밖에 안 되는 녀석이었냐? 한 번만 더 이런 식으로 신리한테 치근덕대면 그땐 너 죽고 나 죽는 거다. 알아들어? 사내자식이면 사내자식답게 행동하란 말이야! 병신 같은 자식. 가자."

운표가 내 어깨를 감싸 안아 끌어당겼다. 그의 팔에 안겨 천천히 옥상을 빠져나가다 뒤돌아보니, 승채는 여전히 드러누운 채 키득키득 웃음을 터뜨리고 있었다. 섬뜩한 느낌에 나는 소름이 돋아 몸을 떨었다.

"정말 괜찮아? 어디 다치지 않았니?"

계단을 내려오면서 운표는 아직도 가라앉지 않은 목소리로 나를 살폈다. 나는 조금 웃어 보였다. 운표가 오지 않았더라면 어쩔 뻔했는가. 내 몸에 바싹 밀착된 채 죽일 듯 쏘아보던 그의 모습이 되살아나자 다시금 눈앞이 아찔했다. 얇은 교복만으로는 감출 수 없던 피부의 긴장감. 툭 건드리기만 해도 터질 것 같던 그 느낌. 내 어깨를 한번 꾹 잡아주며 운표가 말을 이었다.

"나중에 집에 같이 가자. 내가 교실로 데리러 갈 테니 꼼짝 말고 있어. 알았지?"

이번에도 가벼이 고개를 끄덕여 주고 서둘러 계단을 내려왔다.

교실로 돌아왔을 때 명지를 비롯한 몇몇 아이들이 내게 몰려와 걱정 어린 눈초리로 괜찮으냐고 물어주었다. 등을 토닥여 주는 아이들도 있었고, 명지처럼 안아주는 아이도 있었다. 아직도 내 편이 있다는 게 나를 안심시켰다.

승채는 끝내 교실로 돌아오지 않았다. 조회를 할 때 담임에게 들으니 그는 양호실에 갔다가 상처가 심해서 곧바로 병원에 갔다 한다. 그에게 잡혔던 손목은 시퍼렇게 멍이 들었고, 화장실 안에서 허벅지를 살펴보았더니 책상 모서리에 부딪쳤던 자리는 보랏빛을 띤 반점으로 변해 있었다. 나는 스트레스로 인해 하루 종일 뒷덜미가 뻐근했다.

그날 밤, 학원 차를 타고 집 앞에 도착했을 때였다. 자동차 불빛에 어렴풋이 누군가가 대문 앞에 쭈그리고 앉아 있는 것이 보였다. 가만 보니 승채다. 운전기사가 걱정했지만 아는 사람이라 하고 일단 학원 차를 보내었다. 그는 아예 바닥에 철퍼덕 주저앉아 어깨를 푹 수그리고 있었는데, 가만히 앉아서도 상체가 심하게 흔들거렸다. 나는 모른 척 작은 대문 앞으로 가서 섰다.

"야! 신리!"

그의 부름에서 술기가 잔뜩 묻어나 내가 외려 속이 메스꺼워졌다.

"신리…… 신…… 리……."

그의 호흡이 불규칙했다.

"잘난 계집애……."

혼자서 웅얼거리던 그가 힘없이 옆으로 넘어가더니 맨바닥에 아무렇게나 드러누운 상태가 되어버렸다. 나는 신경질적으로 열쇠를 자물쇠 틈에 끼어 넣고 있었지만 손이 떨려서인지 제대로 맞지 않았다. 결국 문 열기를 포기하고 그에게로 다가가 그 옆에 주저앉았다. 몸을 새우처럼 구부린 채 자빠져 있는 그는 영락없는 부랑자였다. 손에는 새 붕대가 감겨져 있었지만 저토록 술을 퍼마셨으니 치료도 소용없어졌다.

"일어나 똑바로 앉아."

“젠장.”

“내 말 안 들려? 앉으란 말이야!”

“소리 지르지 마, 귀 안 먹었으니까.”

그가 끙 소리를 내며 자리에서 일어나 앉았다. 몸을 가누기가 힘들었는지 기둥에 등을 기대었는데 그러고 나니 한결 편안해 보였다. 그가 눈을 감고 있는지, 눈을 떠 나를 보고 있는지는 그때 그의 얼굴을 쳐다보지 않았으니 확인할 길이 없다. 그러나 눈을 감아도 나를 보고 있는 듯한 느낌을 뭐라 설명해야 좋을까.

“신리.”

“…….”

“대답해.”

“말해.”

“내가…… 그렇게 싫으니?”

“…….”

“대답하라고.”

“그래, 싫어. 너, 이런 모습으로 내게 강짜 부리는 거 정말 유치하고 한심해. 이렇게 술만 진탕 마신다고 달라질 건 하나도 없어. 그러니 정신 차려.”

“그럼…… 차라리 내가 네 앞에서 사라져 주는 게 최선이겠구나? 그렇지?”

“그건 어차피 불가능한 일이잖아. 자꾸 트집 잡지 마.”

“왜 불가능해? 내가 죽어주면 될 거 아냐. 그럼 해결되네 뭐.”

“죽어? 넌 죽는다는 말이 그렇게 쉽게 입에서 나오니? 어떻게 죽는 게 쉬울 수가 있어?”

“누가 쉽댔어? 사는 것보다 죽는 게 더 낫다면 그렇게 해주겠다는 거지!”

“어린애 같은 투정 그만 해! 네가 죽든지 말든지 나하고는 상관없는 일이야. 그러니 네 목숨 갖고 내게 흥정하려 들지 말란 말이야.”

“씨발! 그럼 대체 나보고 어쩌라는 거야? 죽으라는 거야, 말라는 거야? 미치겠는데…… 미치겠는 걸 나더러 어쩌라고! 너, 그거 아냐? 나는 이제까지 단 한 번도 누구한테든 위축되거나 꿀려본 적 없었어. 나를 그렇게 경멸하고 혐오하고 증오하듯 쳐다보는 거 네가 처음이었단 말이야! 나도 내가 왜 그랬는지 모르겠어. 그냥 화가 나. 너만 보면…… 자꾸 화가 나는 걸 어떡해. 그게 아닌데…… 난 그게 아니었는데…… 에이, 씨……!”

그는 혼자 떠들고, 소리치고, 주절대다 스르르 잠이 들어버렸다. 이 녀석의 성장호르몬은 남들보다 몇 배로 철철 흘러넘치는 게 아닐까? 그러니 이렇게 자신도 주체하기가 힘들어 쩔쩔매지.

길게 뻗은 다리 사이에 멀쩡한 손을 푹 끼어 넣고, 기둥에 기댄 채 고개가 기울어져 있는 그를 보고 있자니 나도 모르게 쓴웃음이 나왔다. 이제 앞으로 이 녀석을 어떻게 해야 하나, 고민스런 한숨만 푹푹 내쉬고 있는데 작은 대문이 덜컹 열리더니 진채가 나왔다.

"신리야, 거기서 뭐 하…… 어라, 이 녀석 보게."

나는 슬그머니 엉덩이를 떼고 일어났다.

"같이 있었던 거야?"

"아뇨, 대문 앞에서 만났어요. 술이 너무 취한 것 같아서 혼자 두고 들어가기도 그렇고……."

"그랬구나, 나한테 전화라도 하지 그랬어."

"전화번호 모르는데요."

"어, 그렇지. 그럼 내일 아침에 알려줄게."

"네."

"그나저나 학원이 이렇게 늦게 끝나니 새벽에 일어나려면 힘 들지 않겠어? 나오기 힘들면 언제든 말해."

"아직까지는 괜찮아요."

"그래. 근데 이 녀석은 웬 술을 이렇게 퍼마셨지? 어이쿠, 술 냄새!"

그는 자기보다 키가 한 뼘은 더 큰 동생을 업느라 끙끙거렸 다. 나는 멀뚱히 서서 그가 하는 양을 쳐다보았다.

"신리야, 좀 도와줄래?"

"네? ……아, 네."

얼른 뒤로 돌아가 승채의 팔 밑으로 두 손을 끼어 넣어 일으 켜 세웠다. 그는 진채의 등에 업혀서도 완전히 정신을 잃었는지 축 늘어졌다. 때문에 아무리 운동으로 몸이 다져진 진채라도 힘겹기는 마찬가지였다. 나는 승채가 흘러내리지 않도록 뒤에서 받치고는 안채 문까지 가서 곱게 열어주었다. 그의 가족들이 수선을 피우는 소리를 들으며 조용히 문을 닫고 나오는데, 어느새 뒤쫓아 나온 유채가 계단을 내려가는 나를 불러 세웠다.

"승채, 왜 저렇게 된 건지 아니?"

그 질문이 마치 내 탓이 아니냐는 듯해서 심드렁하게 대답해주었다.

"깨어나면 직접 물어보시죠."

유채의 예쁜 이마에 살짝 주름이 지는 걸 지나쳐 계단을 마저 내려갔다. 이어 뒤에서 문이 쾅 하고 닫히는 소리가 들렸다.

다음날 아침, 마당 한중간에서 딱 마주친 그는 속이 쓰린지 손으로 명치를 쓰다듬으며 죽을상을 하고 걸어오다가 나를 보자 멀뚱히 쳐다보았다. 나도 한 걸음 다가가 빤히 그를 올려다보았다. 그는 주춤 상체를 뒤로 뺐다.

"좀 괜찮니?"

간밤에 녀석이 내게 부리던 어린애 같은 투정이 생각나서, 지금까지 내게 했던 모든 언행들을 단순한 치기 정도로 어여삐 여겨주려 마음먹었던 참이다. 철들려면 남들보다 배는 더 시간이 걸리려니 하고 불쌍하게 봐줄 생각이었다. 그것만이 그와 내가 한반에서, 그리고 한집에서 앞으로 이 년 동안을 평탄히 지낼 유일한 방법이라고 내 나름대로 내린 결론이었다. 고로 그다지 다정한 목소리는 아니었지만 진심으로 그의 손과 위와 더불어 간까지 걱정해 주는 차원에서 그렇게 물었던 것이다. 그런데 녀석은 그런 내 호의가 전혀 납득이 가지 않는다는 얼굴로 한동안 무표정하게 내려다보더니 무뚝뚝하게 한마디 툭 던졌다.

"뭐가?"

화끈. 무안해져 멍청한 표정으로 그를 바라보았다. 별꼴이라는 듯 그는 내게서 시선을 싹 거두고는 앞장서 가버렸다. 나쁜 자식. 나는 그날 아침, 녀석에게 무참히 깨졌다.

한바탕 소란이 있은 후, 그는 거짓말처럼 잠잠해졌다. 그런 짓을 서슴지 않고도 일말의 창피함이라고는 전혀 없이 말짱한 태도이자, 우리 반뿐 아니라 다른 반 학생들도 그를 신기한 외계인 보듯 대하기 시작했다. 나를 향한 시선 역시 그러했다. 이제까지는 나도 지구인이라고 믿었다가 어느 날 외계인이라는 게 탄로나 버린 것처럼, 승채에게나 내게나 아이들의 시선은 별반 다를 게 없었다. 딴짓을 하고 있다가 눈이라도 마주치는 날에는 불에 덴 듯 황급히 시선을 거두어들이는 아이들을 보며 승채는 어리둥절해했으나, 나는 서서히 그에게 말려들었다는 것을 깨닫게 되었다.

운표와 내가 십년지기 친구 사이라는 걸 모르는 이는 아무도 없다. 운표는 내가 자기 애인인 양 굴지만, 실지 그렇게 알고 있는 사람은 몇 안 되었다. 그러므로 승채가 내게 했던 치기 어린 행동은 아이들이 우리 두 사람을 주시했던 것만큼 큰 효과와 반향을 불러일으키게 된 셈이다. 운표 말고도 내게 대시를 해오거나 현재 대시 중이거나 앞으로 대시할 기회를 엿보던 녀석들에게는 승채의 등장이 아무래도 탐탁지 않았을 터였다. 그나마 이제는 죄다 포기를 해버린 얼굴들이었다. 나는 승표가 찍었던 여자에서 하루아침에 승채가 확실히 찍어버린 여자가 되어 있었던 것이다. 그런 이유로 녀석은 저리도 느긋한 얼굴을 할 수 있었던 게 아닐까 싶다. 운표에게 일방적으로 맞고, 괴로워 술 퍼마시고, 내게는 제 스스로도 제어 못하는 저능아 취급을 받은 그가 오히려 최후 승리자가 된 것 같아 나는 심한 자멸감에 빠졌다.

게다가 하교 시에 운표가 나를 데리러 왔다가 난데없는 봉변을 당하고 말았다. 뒷문으로 들어오는 그를 보더니 기다렸다는 듯이 몸을 벌떡 일으킨 승채가 다짜고짜 아구통을 날려 버렸던 것이다. 미처 방어할 틈도 없이 얼굴을 얻어맞은 운표는 그 덩치로 마룻바닥에 쿵 소리를 내며 나동그라졌고, 그를 내려다보는 승채의 입가에 비릿한 미소가 머물다 사라졌다.

"내가 맞고는 못사는 성미라서."

이어 무뚝뚝하게 한마디 던진 그는 가방을 어깨에 둘러메고는 유유히 문 밖으로 사라졌다. 언제쯤이면 이 전쟁이 끝날지

나는 그저 암담할 따름이었다.

“엄마, 혹시 앨범 못 봤어?”

일요일. 짐을 풀어놓을 곳이 마땅치 않아 한쪽 구석에 쌓아두었던 박스를 뒤지다가 빨래를 하고 있는 엄마에게 물었다. 엄마는 좁은 화장실 안에서 애벌빨래를 하다가 고개만 빼어 내다보며 대답했다.

“그거 아직 다락방에서 못 빼왔는데.”

그렇구나. 나의 오래 묵은 짐들은 거의 다락방 차지였었는데 아직도 그곳에 있는 모양이다. 문득 다락방이 가보고 싶어졌다. 이따금 옛 물건들을 찾으러 올라갔다가 하루 웬 종일 그곳에서 보낸 적도 있을 만큼 다락방은 나의 보물 창고나 다름없는 곳이었다.

안채로 건너갔더니 승채가 혼자 거실 소파에 드러누워 TV를 보고 있었다. 그러나 어디 한군데 딱히 정해놓고 보는 건 아닌 듯, 내가 현관으로 들어선 잠시 동안만 해도 그는 리모컨으로 연신 채널을 바꾸어대고 있었다. 그는 고개만 반짝 들어 누군가 확인했다가 나란 걸 알고 후닥닥 일어나 앉았다. 그 바람에 리모컨을 놓치고 말았는데, 리모컨 모서리가 그의 무릎에 정통으로 맞고 바닥으로 떨어졌다.

“아야!”

제법 아팠는지 그는 무릎을 손바닥으로 싹싹 문질러 대었다.

인간이 어쩜 저리 산만한지. 나는 속으로 혀를 끌끌 찼다.

"집에 누구 계시니?"

"아니, 다 나갔는데."

"그래?"

바로 돌아서 나가려고 하는데 그가 다시 리모컨으로 채널을 부산스레 돌리며 말을 툭 던졌다.

"왜?"

나는 망설이다 마음먹고 돌아섰다.

"다락방에 내 짐이 있어서 찾으러 왔는데 올라가도 돼?"

"……어."

대답 한마디 하는데 뭘 그리 뜸을 들인담. 쪽팔리게. 가볍게 눈을 흘겨주고는 거실로 올라섰다. 이층으로 올라가다가 살짝 뒤를 돌아보니 그는 도로 드러누웠는지 소파 등받이에 가려 보이지 않았다. 나는 그제야 안심하고 다락방으로 올라갔다.

집 맨 꼭대기에 위치해 있어서 지붕 모양을 닮아 다락방 천장도 삼각형이었다. 이곳에 오면 빨간 머리 앤이 생각나 기분이 좋아진다. 작은 들창을 열고 밖을 내다보면 저 아래 큰길까지 훤히 내다보였다. 간혹 이곳에서 들창을 내다보며 내가 빨간 머리 앤이라도 된 양 온갖 공상에 잠기곤 했었다.

"어디 뒀더라……?"

왼편에 있는 나무 상자에는 내가 어렸을 적에 썼던 장난감과 인형이 들어 있었고, 오른편에 있는 종이 박스에는 오래된 책들이 대부분이었다. 짐들 사이를 아무리 헤집고 다녀도 앨범이 쉽사리 눈에 띄지 않아 애를 먹였다. 아빠 사진이 거기 다 들어 있는데.

들창까지 열어놨는데도 다락방 안이 후텁지근했기에 짐들 속을 찾아 헤매던 나는 어느새 등이 축축해졌다. 물건들을 들출 때마다 얇게 내려앉은 먼지 때문에 기침을 콜록대야 했다. 손으로 부채질을 하자 형광등 불빛 아래 뽀얗게 먼지가 일어나는 게 보였다. 시간이 너무 지체됐다 싶은 생각이 들던 차여서 그만 포기하고 다락방을 다시 나가기 위해 낮게 몸을 움직였다. 일어서면 천장에 닿을 만한 높이였기 때문에 허리를 펴고 걷는다는 건 불가능했다.

짐 사이를 헤치고 오리걸음을 하다시피 문 쪽으로 가고 있는데 사람 머리 하나가 공중으로 불쑥 치솟아올랐다. 나는 깜짝 놀라 엉덩방아를 찧으며 그 자리에 주저앉았다. 승채는 멋도 모르고 허리를 폈다가 머리를 천장에 쿵 찧고 말았다.

"아, 씨발!"

그는 무릎을 굽혀 쪼그려 앉아서는 부딪친 머리의 부위를 손으로 마구 비벼대었다. 그가 아픈 것은 둘째치고, 나는 그의 난데없는 출현에 긴장하지 않을 수 없었다. 그가 이렇게 들이닥칠 줄 알았다면 문을 잠그는 건데 실수다. 설마 여기까지 오랴 싶었던 방심이 결국 일을 초래했다. 내가 겁먹은 눈으로 쳐다보자, 그는 머리를 비비고 앉았다가 인상을 묘하게 찌푸렸다. 그렇게 쳐다보지 마. 기분 나쁘단 말이야, 라는 말이 혀를 간질이고 있었지만 내 목구멍으로는 메마른 침만 꼴딱 삼켜질 뿐이었다.

"뭐가 이렇게 오래 걸려? 무슨 일 난 줄 알았잖아."

우리 둘 사이에 흐르던 어색한 기류를 깨고 그가 먼저 느릿하게 입을 열었다. 나는 얼른 자세를 고쳐 앉았다.

"모, 못 찾겠어. 어디 있는지 모르겠어."

"뭔데?"

"앨범."

"무슨 색인데?"

"가, 가죽으로 된 건데…… 새, 색깔이…….'"

그가 엉금엉금 내게 다가오고 있었기에 나는 진땀을 흘리며 말을 더듬거렸다. 그의 얼굴이 내 코앞까지 왔을 때에는 숨이 탁 막히는 것 같더니 어질 어지럼증마저 일었다. 반질반질한 눈동자가 나를 빤히 쳐다보고 있었다. 나도 시선을 떼지 못하고 그를 마주 쳐다보아야 했다. 먼저 눈길을 돌리면 겁내고 있다는 걸 눈치챌까 봐서다.

겉으로는 아무렇지도 않은 척하고 있었지만, 내 가슴은 심하게 두근거렸다. 그리고 귀에서는 경보음이 왱왱 울려대고 있었다. 이런 곳에서 그와 단둘이 있다는 건 위험천만한 일이었다. 그는 언제든 나를 삼키려 노리고 있는 악마였으니까. 지금 그의 눈빛만 봐도 그렇다. 점점 빛이 달라져 가는 그의 눈동자는 나를 두려움으로 자꾸만 몰아가고 있다. 시퍼런 불길이 그의 흑갈색 눈동자 안에서 뿜어져 나오고, 그 불은 나를 한 줌 재로 만들어 버릴 듯이 강렬하고도 무섭게 덤벼들었다.

나는 뒤로 짚었던 팔의 균형을 잃고 바닥에 털썩 쓰러지고 말았다. 시간이 정지된 듯 눈도 깜박하지 못하고, 그와 나는 한동안 그렇게 서로를 노려보는 자세로 멈춰 있었다. 내가 먼저 균형을 잃고 쓰러졌기에 숨통을 조여가던 긴장감에서 일단은 해방된 셈이었다. 그러나 그건 나만의 생각이었다. 그는 이제 내 위에서 느긋하게 내려다보고 있었다. 그의 왼손에는 아직도 붕대가 감겨 있었으므로 나는 여차하면 그 손을 가격할 생각이었다.

그런 생각을 품고 있는 것도 모르고, 내가 완전히 자기 수중에 들어왔다 싶었는지 그는 천천히 멀쩡한 손을 들어 진땀으로 번진 내 얼굴에 갖다 대었다. 그의 손끝이 내 이마를 부드럽게 쓸고 지나갔다. 말랑한 피부의 감촉이 내 피부와 맞닿을 때마다 세포들의 민감한 반응으로 인해 나도 모르게 몸이 움찔거렸다. 얼굴과 머리카락의 경계 부분을 그리듯 조심스레 움직이던 그의 손은 어느덧 내 턱을 살짝 쥐고는 멈추었다.

"왜, 왜 이래?"

흐트러진 정신을 애써 수습하면서 상체를 일으키려 했다. 그러나 그는 내 턱을 쥐었던 손에 힘을 주어 일어나지 못하게 내리눌렀다. 그의 얼굴이 서서히 내려오기 시작했고, 내 눈도 점차 초점을 잃어갔다. 그의 얼굴이 두 개로 보이면서 완전히 흐릿해지자, 두려움이 극도에 달한 내 턱은 심하게 떨렸다. 심장이 몸 밖으로 튀어나올 정도로 벌렁거리고, 꽉 쥐어진 주먹은 물기를 머금어 끈적거렸다.

그의 입술이 닿으려는 찰나, 아슬아슬하게 내 얼굴이 돌아갔다. 언뜻 그의 입술과 스쳤다는 느낌마저 들었다.

"나한테 손대지 마!"

"널 보면…… 자꾸 손대고 싶어져."

낮게 으르렁대는 내 목소리에 비해 그의 목소리는 힘없이 늘어졌다. 그의 안타까운 눈이 지친 듯 나를 내려다보고 있었다. 그가 내 어깨를 아프게 움켜쥐더니 바닥에 천천히 제 이마를 갖다 대었다.

"미칠 것 같아……."

그의 입에서는 신음 같은 소리가 흘러나왔다.

쿵, 쿵!

그가 바닥에 제 머리를 찧고 있다. 자책감에 휩싸인 그를 보며 내 눈가로도 눈물이 비집고 흘러나왔다.

"그, 그만 해. 이제 머리까지 붕대로 감고 있을 참이니?"

그를 있는 대로 두들겨 패주고 싶었는데 내 입에서는 엉뚱한 참견이 튀어나왔다. 계속 놔두면 이마가 깨질 것이다. 나는 손으로 그의 머리를 지그시 내리눌렀다. 손바닥에 느껴지는 까칠한 감촉이 따갑다.

"그만 하라니까. 제발 네 자신을 학대하지 마. 부탁이야."

그가 어깨를 크게 들썩여 숨을 골랐다. 스스로를 진정시키는 중인 모양이다. 나는 그가 고요해질 때까지 그의 머리를 손으로 내리누른 채 가만히 누워 있었다.

천장에 그네처럼 거미줄이 쳐져 있다. 그 거미줄에는 이름 모를 벌레가 한쪽 날개를 잃은 채 매달려 있었다. 벌레는 체액을 죄다 빨린 후 말라죽었을 것이다. 승채의 팔은 아직도 내 가슴 언저리를 걸쳐 반대편 어깨를 쥐고 있다. 그에게 사로잡힌 벌레가 된 기분이다. 언젠가는 나도 저 벌레처럼 말라죽을지도 모르지. 그와 함께 있는 것이 너무 힘들다. 그는 나를 너무나 지치게 한다. 그의 앞에서 평범한 숨을 쉬어본 적이 있었던가. 그는 내게 사막 같은 존재다.

그는 이제 뺨을 바닥에 대고 나를 쳐다보고 있다. 내가 천천히 숨을 들이쉬자 그의 팔도 작게 들썩였다. 잠시 평안한 시간이 우리를 점령하고 있다.

"내가 네게…… 위협적인 존재가 될 줄은 나도 몰랐다. 그게 무슨 뜻인지 알아?"

천천히 고개를 돌려 그를 마주 보았다. 내 눈은 울어서 충혈이 되어 있었다. 그가 어깨를 감쌌던 손을 들어 내 볼을 살짝 쥐었다. 감각이 무딘 걸 보니 내 얼굴도 부은 모양이다.

"빌어먹게도…… 내가 널 사랑한다는 거야."

그의 눈이 젖어든다고 생각했던 건 내 눈에 눈물이 고여서일 것이다. 내가 낮은 목소리로 천천히 읊조렸다.

"날 사랑하지 마. 그럼 너만 더 힘들어져."

"왜?"

숨을 크게 한 번 들이마시고는 그 이유를 차분히 말해 주었다.

"난 이미 사랑하는 사람이 있으니까."

"그럼 그 사람, 그만 사랑하면 되잖아."

"바보. 내가 그 사람을 그만 사랑하게 된다고 해도 이 세상 모든 남자들을 다 사랑할 수 있을지언정 너만은 안 돼. 그건…… 그 사람에 대한 반칙이거든."

그의 팔을 가만히 밀치고 자리에서 일어났다. 그는 내가 계단을 다 내려갈 때까지도 여전히 엎드려 있는 자세로 움직이지 않았다. 그가 언제까지 다락방에서 그러고 있었는지 나는 모른다. 그날 밤늦게 앨범을 내 손에 쥐어준 뒤 말없이 돌아갔을 뿐이다.

따분한 토요일. 주번인 명지를 기다려 주느라 아무도 없는 교실에 혼자 앉아 책을 보고 있을 때였다. 누군가 교실로 들어오는 인기척이 느껴졌으나 굳이 신경은 쓰지 않았다. 그런데 낯익은 롱다리가 내 옆에 와서 척 서는 게 아닌가.

"아직 멀었냐?"

다락방에서 그런 일이 있고 난 후, 일주일 만에 승채가 내게 처음 걸어온 말이다. 그는 운동이라도 하고 왔는지 반팔 티셔츠 앞섶이 땀으로 흥건히 젖어 있었다. 얼굴도, 잔디머리도 작은 물방울들로 온통 반짝거렸다.

"너 돈 가진 거 있냐?"

나는 책으로 다시 시선을 돌리며 심드렁하게 대꾸했다.

"부업도 하니? 조폭이랑 맞장까지 뜬다면서 남의 피 같은 용돈 빼앗는 짓은 너무 치사한 방법 아닐까?"

"어떤 구라 센 것들이 그래? 내가 조폭이랑 맞장 떴다고."

"아니라고?"

"칼 맞을 일 있냐? 조폭이랑 맞장 뜨게. 다 뻥이지."

"그나마 다행이로구나. 네가 조금은 멀쩡한 인간으로 뵌다."

"돈 있어, 없어?"

"부잣집 막내아들께서 창고 집에 사는 내게 그런 걸 물어보면 섭하지."

"나 배고파."

"동냥젖이라도 물려주랴?"

느닷없이 내게 와 민생고를 호소하는 녀석이나 어지간히 무료했던지 실없는 농담을 지껄이고 있는 나.

"하루 종일 책만 들여다보고 있음 안 어지러워? 그만 좀 봐라."

승채는 내가 보고 있던 책장을 마구 뒤적거려 놓더니 내 가방을 메고는 훌쩍 앞서 가버렸다. 내 가방이 그의 커다란 어깨에 붙어 있으니 꼭 유아용 가방처럼 앙증맞아 보였다. 어찌나 안 어울리는지.

"야, 나 지금 명지 기다리는 중이란 말이야. 야! 야, 인마. 오승채!"

부지런히 그를 쫓아가며 명지에게 전화로 구원요청을 했다. 명지는 내가 승채와 함께 있다니까 갑자기 바쁜 일이 생겼다며 전화를 뚝 끊어버렸다. 의리없는 계집애 같으니라고!

학교 앞 사거리에 있는 롯데리아에 마주 앉아 햄버거를 우적우적 먹고 있는 녀석을 보니 심란하기 이를 데 없다. 내게 또 무슨 말을 하려는 걸까. 그는 코드만 꽂으면 금세 화르르 끓어오르는 주전자 같아서 매번 나를 여간 당황시키는 게 아니었으므로 이번에도 마음을 단단히 다잡아먹지 않음 안 될 것이다.

"생각해 봤는데……."

내가 한입 베어 먹는 동안, 햄버거 하나를 뚝딱 해치우고는 콜라에 손을 가져가며 그가 불쑥 말을 꺼냈다.

"네가 사랑한다는 사람, 우리 형이지?"

햄버거를 쥐었던 내 손이 테이블 위로 툭 떨어져 내렸다. 그는 덤덤하게 나를 쳐다보고 있었지만 내 대답 여하에 따라서 이미 기름 부어진 장작불이 단숨에 활활 타오를 조짐이 보였다.

"그래서 이 세상 모든 남자들은 다 되어도 나만은 안 된다고 한 거지?"

영악한 자식. 굳어 있는 내 얼굴을 보자 그는 피식 웃더니 콜라를 쪽쪽 빨아 마셨다.

나는 그 콜라가 내 피처럼 느껴져 소름이 쫙쫙 끼쳤다. 다락방에서 보았던 그 벌레처럼 나 역시 보이지 않는 거미줄에 걸려 옴짝달싹할 수 없게 된 기분이다. 어쩌면 평생 그가 나를 놔주지 않을지 모른다는 불길함이 내 뇌리를 파고들었다. 이렇게 내 피를 조금씩 말려가면서 내가 서서히 죽어가는 꼴을 즐기겠지. 뭐라 대답을 해야 가장 적합한 대답이 될까. 그렇다고 한다면 형과의 의리를 생각해서라도 그만 물러나 줄까. 아아, 모르겠다.

“난…… 운표를…….”

“그래? 어차피 상관없어. 운표든 내 형이든.”

“뭐?”

테이블 위에 양 팔꿈치를 올리고 그 손 위에 턱을 괸 채 나를 빤히 쳐다보며 그가 다시 한 번 말을 꼭꼭 씹어주었다.

“그 누구이든…… 상관없다고.”

“너……!”

내 얼굴이 시뻘겋게 변해가고 있을 때, 문을 열고 들어오는 진채가 눈에 뜨였다. 그가 오기로 되어 있다는 걸 전혀 몰랐던지라 깜짝 놀라 승채를 쳐다보았다. 승채는 그새 상체를 느긋하게 뒤로 기대어 진채를 맞고 있었다. 진채는 우리를 발견하고는 싱그러운 미소를 흩날리며 다가와 내 옆에 앉았다.

“뭐야, 니들? 쌍으로 나 뜯어먹으려고 작당이나 하고.”

“내가 형한테 전화했어. 너 돈 없다며? 형한테 햄버거 값 받아.”

승채는 아무렇지도 않게 내게 지껄였다. 나는 괜히 침을 꼴딱 삼켰다.

"그래, 얼마 주면 돼? 와! 그래도 너희 둘이 사이좋게 지내는 거 보니까 기분 좋은걸."

남의 속도 모르고 진채는 지갑에서 돈을 꺼내며 웃고 있었다. 부글부글 끓고 있는 내 속을 훤히 들여다보고 있을 승채는 오히려 딴청만 부리다가 투박지게 딴죽을 걸었다.

"햄버거 들고 고사 지내냐?"

진채가 얼른 승채의 말을 받아 내게 물었다.

"왜? 맛이 없니?"

나는 슬그머니 햄버거를 내려놓으며 대답했다.

"갑자기 체할 것 같아서요."

토요일이라 롯데리아는 앉을 자리도 없이 북적거렸다. 얼마 안 있어 갑작스런 전화를 받고 진채는 급한 약속이 생겼다며 가 버렸고, 승채와 나는 또다시 둘만 남았다. 맞선보는 사람처럼 서로의 얼굴만 멀뚱멀뚱 쳐다보다가 내가 먼저 자리에서 일어 섰다. 승채는 한 걸음 뒤처져 어슬렁거리며 쫓아왔다. 집으로 가는 내내 나는 딴 데 정신이 팔려 있었다. 그건 바로, 옆 자리 에 앉았던 진채의 핸드폰 속에서 여자 목소리를 들은 까닭이었 다. 진채가 반색하여 서둘러 나간 걸 보면 특별한 여자인 것만 은 틀림없었다. 나는 그 여자가 진채와 얼마 전 헤어졌다는 반 지의 주인공이 아닐까 막연히 추측했다.

“넌 우리 형 어디가 좋으냐?”

승채는 어느새 내 옆에 바싹 붙어서 걷다가 뜬금없이 물었다. 나는 딴생각을 하느라 질문을 제대로 못 알아듣고는 ‘뭐?’ 하고 반문했다.

“우리 형 어디가 그렇게 좋으냐고?”

똑같은 질문을 거듭 해야 한다는 게 짜증났던지 승채의 목소리는 퉁명스럽기 그지없다.

“다.”

“다?”

“어, 다.”

혀에 중풍 맞은 것 같은 대화를 나누다 보니 머리 속까지 텅 비어진 듯하다. 정말 말을 한 자로만 표현할 수 있다면 얼마나 편리하고 좋을까. 지금처럼 말하는 것조차 귀찮을 때는 더 더욱.

“네가 우리 형에 대해서 뭘 알기는 하냐?”

“꼭 다 알아야만 좋아하는 건 아니잖아.”

“그런 뜻이 아니라 우리 형의 실체를 아느냐고.”

“뭐가 그리 거창해?”

“우리 형 좋다고 따라다니는 여자가 한둘이 아냐.”

“여자든 남자든 경쟁자들이 많으면 많을수록 자극을 더 받기는 매한가지니까.”

“문제는 너무 많아서 감당하기가 버거울 정도라는 거지. 일단 관리가 안 되거든."

"오빠가 사랑하는 사람은 딱 한 명뿐인데 다른 여자들에게 신경 쓸 까닭이 없지 않겠어?"

"우리 형은 안 그래. 원래 선천적으로 여자들에게 잘하는 성격이라고. 내 말 무슨 뜻인지 아직 못 알아들었냐?"

"됐어."

나는 그를 무시하기로 결정하고 쌀쌀맞게 대답한 후 먼저 앞서 걸어갔다. 털레털레 따라오던 그는 묻지도 않는 말을 혼자 주절거리기 시작했다.

"너, 우리 형 지금 어디 가는지 궁금하지? 가르쳐 줘?"

그 말에 아주 잠시 동안, 그와 가졌던 평화가 무참히 깨지는 소리를 들어야 했다. 그의 눈빛에 살짝 냉소가 담겨지는 걸 보자 오싹한 기운이 등덜미를 타고 흘렀다.

"아까 전화 온 사람, 형 애인이야."

내 추측이 들어맞았다. 가슴 한 켠이 슬슬 아파오기 시작한다.

"아마 오늘, 집에 안 들어올걸. 가끔 그래. 오늘도 그 여자 집에서 자고 올 거야."

차라리 듣지 말았어야 했다. 내 가슴에 수류탄 하나를 투척해놓고 놈은 싱글거리며 조롱하고 있었다. 또 속았지? 그런 눈빛을 하고서. 그리고 끝까지 그를 무시했어야 했다. 하지만 내 감정을 이성이 따라잡지 못했다. 대꾸조차도 말았어야 했는데 수

류탄 한 방에 정신을 못 차리고 장전이 됐는지 어떤지도 모를 총을 그에게 들이댄 것이다. 그때 나는 그것이 얼마나 어리석고 무모한 짓인지 깨닫지 못하는 실수를 범하고야 만 것이다.

"비열한 자식! 도대체 너란 인간은……! 그 여자는 수녀가 될 거라고 오빠가 내게 직접 얘기해 줬어. 그러니 그따위 더러운 소리 집어치워!"

주먹까지 움켜쥔 채 불같이 화내는 내 자신을 발견했을 때, 그의 농락에 휘말렸음을 깨달았지만 때는 이미 늦었으니 어쩌랴. 그는 한번 히죽 웃고는 느릿하게 말했다.

"순진하기는. 그럼 수녀 되실 분께서 헤어진 남자에게 뭐 하러 다시 전화를 했겠어? 그리고 수녀는 아무나 되는 줄 알아? 형이 네게 얘기한 여자와 내가 말하는 여자가 동일 인물이 확실하다면 그 여자는 절대 수녀가 될 타입이 아냐."

"뭐?"

내 안색이 흙빛으로 굳었다. 그가 어느 순간, 얼굴에서 웃음기를 싹 거두고는 나를 빤히 쳐다보았다.

"내가 널 사랑한다고 느꼈을 때가 언제였는지 알아? 네가 날 두려워하고 있다는 걸 알았을 때야. 그 다락방에서 그걸 깨달았지. 그전까지는 몰랐었지만 말이야. 그래서 헷갈렸었어. 너만 보면 내가 왜 그럴까. 왜 미친놈처럼 심장이 뛰고, 어지럽고, 괜히 자존심 상하고, 그런 내 자신에게 화가 나고, 주체할 수 없을 만큼 힘겹고, 아프고 그럴까. 한동안 정말 죽을 것처럼 그랬어.

하지만 이제는 그 의문이 확실히 풀어졌으니 더 이상 널 그냥
보고만 있지는 않을 거야. 나와 함께 있을 때 다른 남자 생각 안
나게 할 거고, 어떤 새끼든 네 옆에 얼쩡거리지 않게 만들겠어.
그게 우리 형이든 운표든 가만 보고만 있지 않을 거라고. 남자
들은 다 똑같아. 그러니 너도 우리 형에 대한 환상을 빨리 깨는
게 좋을 거야. 그래 봐야 결국 너만 상처받을 테니까.”

　“없는 자리에서 괜한 사람 음해하지 마. 다른 사람도 아니고
네 형인데, 그거 너무 비겁한 짓 아니니? 너란 애는 정말 아무리
잘 봐주래야 잘 봐줄 수가 없어! 어쩜 그렇게 맘에 안 드는 짓만
골라서 할까!”

　정말이지 오승채라는 인간한테 진절머리가 쳐져서 뒤도 안
돌아보고 뛰어가 버렸다. 그는 내 뒤통수에다 대고 아주 자신만
만하게 큰소리쳤다.

　“두고 봐! 언젠가는 네가 날 사랑하도록 만들 테니까!”

　나는 더러운 이야기라도 들은 듯 귀를 씻고픈 생각마저 들었
다.

　그날 진채는 정말로 외박을 했다. 새벽에 마당에 나갔더니 있
어야 할 진채는 없고, 엉뚱하게 승채가 졸린 눈으로 서 있었다.
내가 뭐라 그랬어? 형 안 들어올 거라고 했지? 하품을 찍찍하면
서 하는 그의 말에 가슴속에서 무언가가 쿵 하고 내려앉는 소리
가 들렸다. 그리고 이어 스산한 바람이 내 가슴속에 가득 차 있

던 무언가를 죄다 휩쓸고 지나갔다. 내 가슴은 그만 황폐해져서 서걱대는 모래바람만 뿌옇게 일어나고 있을 뿐이다. 아, 슬픈 새벽이여.

"씨발, 죽겠네. 왜 이렇게 먼 거야?"

떼어놓고 오려는 걸 기어이 쫓아오더니 녀석은 내도록 구시렁댔다.

"그러게 내가 따라오지 말랬지?"

내가 톡 쏘아붙이자, 그는 이번엔 두 팔을 강시처럼 내 쪽으로 길게 내뻗고는 최대한 처량맞은 얼굴로 나를 바라보며 말했다.

"나 좀 끌고 가주라."

모르는 사람이 보면 엄청 친한 사이인 줄 알겠다. 게다가 덩치에 어울리지도 않게 어리광이 웬 말인가. 진채가 외박을 했다는 걸로 완전히 승리했다고 믿는 저 단순함.

"흥!"

일체의 동정심이라고는 찾아볼 수 없이 콧방귀를 뀌어주고는 돌아섰다.

"아님, 잠깐만 쉬었다 가든지."

징징거리는 녀석을 참다못해 차라리 쉬는 쪽을 택하고, 길가 밑으로 거슬러 내려가 풀숲 사이에 아무렇게나 주저앉았다. 밤새 내린 이슬 때문에 풀들은 물기를 머금어 눅눅했지만, 신선한 공기는 상쾌함 그 자체였다.

내가 숨을 길게 들이마시고 내쉬기를 반복하고 있을 때, 그는 바지 주머니를 뒤져 담뱃갑과 라이터를 꺼내 들었다. 기껏 맑은 공기 쐬자고 산에 와서 담배를 피우고 싶을까. 게다가 들키기라도 하면 끝장인데.

말릴 틈도 없이 그는 담배 한 개비를 잽싸게 꺼내어 손가락 사이에 끼워 고정시키고는 불을 붙였다. 한 모금을 쭉 빨아 연기를 훅 내뿜는 폼이 꽤나 익숙해 보였다. 나는 누가 볼까 초조하여 자꾸만 주위를 살폈다.

"이제 좀 살 것 같네."

"여기까지 와서 그러고 싶니?"

핀잔을 주어도 그는 마냥 행복한 표정으로 담배 한 대를 알뜰히 피워 제쳤다. 그의 왼손은 붕대에서 자유로워 있었지만 아직 상처가 채 아물지 않아서 딱지가 덕지덕지 붙어 있었다. 손도 주인 잘못 만나 고생이다. 다친 손도 왼손, 담배를 피우는 손도 왼손. 나는 그제야 그가 왼손잡이란 걸 알았다.

"그만 가자."

젖은 낙엽 위에 담배꽁초를 비벼 끄는 것을 보고 자리에서 일어나려 하자, 그는 내 팔목을 잡더니 털썩 주저앉혔다. 멍들었던 부위를 재차 건드렸기에 내 입에서는 나도 모르게 아! 하는 비명이 새어나왔다.

"아프잖아!"

"왜?"

그걸 질문이라고 하나? 어처구니가 없다.

"왜라니! 지난번에 너한테 끌려가다 멍들어서 그렇지! 책상에 부딪쳐서 허벅지에도 멍이고, 이러다간 몸에 성한 구석이 없겠어."

안 그래도 열받는 터에 바락바락 소리 지르며 신경질을 냈더니 저는 한술 더 떠서 침까지 튀겨가며 성질을 부렸다.

"너만 그런 줄 알아? 난 너 때문에 손 다쳤잖아. 아차, 깨물었던 자국도 있다. 보여줘?"

그가 소매를 쓱 걷어붙이자 팔뚝에 뚝뚝 끊어진 반원 모양의 피멍 자국이 선명하게 나 있는 게 보였다. 어지간히 세게 물었던 모양이다.

"그거야 네가 자초한 일이잖아."

내가 입을 삐죽거렸다.

"어디 봐봐."

그는 은근슬쩍 내 안색을 살피더니 자연스레 손을 잡아 손목을 들여다보았다. 내 손목 역시 만만치 않은 멍투성이였다. 그걸 보고 제딴에도 미안했던지 손바닥으로 살살 문질러 주며 한다는 소리가 이랬다.

"그날 내 손목을 확 끊어버리려다가 그나마 손까지 병신이면 네가 날 더 혐오할까 봐 참았다."

어찌나 어이가 없던지 나는 그만 피식 웃고 말았다. 그러나 웃을 상황이 아니란 걸 깨닫고 얼른 웃음기를 거두자, 그는 오히려 슬쩍 웃음을 베어 물고는 부드럽게 한마디를 덧붙였다.

"나중에 집에 가서 약 발라줄게."

정말이지 종잡을 수 없는 인간이다, 오승채는.

그로부터 한 시간 후, 나는 승채의 집 이층 거실에 있었다. 솔직히 진채의 체취가 궁금해서 와본 것이다. 단지 그 이유 하나뿐이었다.

승채는 거실장 서랍을 뒤지더니 파스를 찾아내어 나를 소파에 앉히고 손목에 발라주었다. 아마 멍든 곳에 바르는 전용 파스인 모양인데, 살갗에 느껴지는 차가운 느낌과 폐까지 자극하는 향은 별로였다. 그가 호호 입김까지 불어가면서 정성스레 발라주는 동안, 나는 그에게 손목을 맡기고 앉아서 조심스레 거실을 둘러보았다.

"다 됐다. 그리고 이건 가져가서 수시로 발라. 효과가 있을 거야. 멍 없애는 데는 이게 최고거든."

그가 건네는 약을 받아 들다가 내 시선이 머문 곳은 맞은편 벽면에 걸린 사진 액자다. 진채와 진채의 목을 끌어안고 장난스레 웃고 있는 여자. 여자는 노란색을 띤 길고 구불구불한 머리에, 빨간색의 강렬한 줄무늬가 그려진 티를 입고 있었다. 시원스런 입술과 또렷하고 큼직한 눈매가 서구적이었다. 내가 보기에도 수녀가 될 만한 여자는 결코 아니라는 편견이 들 만했다. 한 번 보고 나면 절대 잊혀지지 않는 강한 인상 때문에 내 머리 속에는 이미 그 얼굴이 현상되어 박혀 버렸다. 소파에 나란히 앉아 사진을 감상하다가 그가 문득 물었다.

"어때? 미인이지?"

나는 하마터면 응, 하고 대답할 뻔했다. 그렇게 무언가를 넋 놓고 쳐다보기는 처음이었다.

"근데 네가 더 예뻐."

그가 툭 던진 말에 멍하니 그를 응시했다. 난 그 자리에 그 여자 대신 내가 있었으면 얼마나 좋을까, 아니, 언젠가는 저 자리에 나와 진채가 함께 찍은 사진을 걸 날이 올까 부러워하던 참이었다. 하지만 진채의 애인이라는 여자를 본 순간, 내 희망은 아득히 먼 곳으로 사라져 가는 느낌이었다.

나에게는 고통의 열여덟만 있을 것 같고, 키도 더 이상 자라지 않을 것 같고, 가슴도 여전히 밋밋할 것 같고, 아무리 섹시한 옷을 입고 화장을 해도 촌스럽거나 우스꽝스러울 것 같고, 저 여자는 수녀가 되지 않은 채 진채 옆에 두고두고 붙어 있을 것 같았다. 그것이 얼마나 큰 위압감으로 다가오는지 그때의 내 심정은 아무도 모를 것이다. 그러니 승채가 제 아무리 내가 더 예쁘다고 한들, 제 눈에 안경이라고 그걸 곧이들을 리가 없었다. 그때 이미 나는 승채가 약을 발라주겠다며 자기 집에 가자고 했을 때, 진채를 생각해서 순순히 따라왔던 걸 크게 후회하고 있었다.

그의 손이 내 어깨에 살짝 올라앉았다. 그리고는 엄지손가락만 펴서 내 뺨을 간질이듯 부드럽게 쓰다듬으며 말했다.

"두고 봐, 언젠가는 나도 너와 찍은 사진을 저 벽에다 걸게 될 테니."

그의 까만 눈동자가 유난히 반짝반짝 빛났다. 희망이란 언제나, 또한 누구에게나 빛을 내게 하는 법이다. 나는 어련하시겠어, 하는 표정으로 그의 멀끔한 얼굴을 쳐다볼 뿐이었다. 다시는 이곳에 오는 일은 없으리라. 그나마 사진으로도.

"뭣들 하는 짓이니?"

앙칼진 목소리에 화들짝 놀라 고개를 돌리니 계단 앞에 유채가 서 있었다. 유채는 예의 그 얼음장 같은 눈빛으로 무섭게 우리를 노려보았다. 나는 영문을 몰라 어리둥절한 표정으로 엉거주춤 소파에서 일어났다. 그때 유채가 다가오더니 다짜고짜 내 뺨을 후려쳤다. 그 바람에 나는 소파로 다시 풀썩 주저앉고 말았다. 생긴 것답게 손도 여간 매운 게 아니다.

"누나, 왜 이래?"

깜짝 놀란 승채가 유채에게 소리를 지르며 달려들었다. 나는 뭔가 크게 잘못되었음을 감지했지만 그 이유를 알지 못해 맞은 뺨을 감싼 채 유채를 멀거니 올려다보았다.

"누나, 미쳤어? 신리가 뭘 잘못했다고 때리는 거야?"

승채가 악을 쓰자, 유채는 그에게로 고개를 홱 꺾더니 차가운 눈빛으로 노려보았다.

"너도 똑같아! 아침부터 계집애나 집에 끌어들여서 엉뚱한 짓거리나 하고. 언제 철들래?”

난데없는 소란에 오 사장과 이 여사가 이층으로 뛰어 올라왔다.

“왜들 이러니? 무슨 일이야?”

이 여사가 다급히 소리쳤다.

“아무 일 없어요. 누나가 괜히 그러는 거예요!”

승채는 얼른 사태를 무마하려 했으나, 유채는 그의 말을 무참히 깔아뭉개 버렸다.

“괜히? 그럼 계집애가 아침부터 남의 집에 와서 남자애랑 입이나 맞추고 있는 꼴을 보고도 모른 척했어야 됐다는 거니?”

오 사장과 이 여사가 놀라서 동시에 입이 쩍 벌어지는 걸 보자, 나는 눈앞이 캄캄해졌다. 눈이 가자미가 아닌 다음에야 볼을 어루만지는 것이 어째서 입맞춤으로 둔갑해 보였는지 모를 일이다.

“그게 사실이니? 신리야! 승채야!”

이 여사가 경기를 일으키듯 파르르 떨었다.

“아, 아닌데…… 그런 거 아닌데요…….”

마음과는 달리 어찌 된 일인지 목소리가 자꾸만 기어들어 갔다.

“험! 두 녀석 다 내려오너라!”

오 사장은 언짢은 듯 헛기침을 하더니 뒷짐을 지고는 아래층으로 내려가 버렸다. 이렇게 난감한 일이 또 어디 있으랴. 승채도 당혹스럽기는 마찬가지였던지 유채를 죽일 듯 노려보기만 할 뿐, 더 이상 아무 말도 하지 못했다.

일층으로 내려오자 무슨 일인가 하고 계단 아래 서 있던 엄마가 나를 보더니 안색이 하얗게 질렸다. 내가 거기서 내려오리라고는 어디 상상이나 했겠는가. 이 모든 소란의 주범이 나란 걸 안 엄마의 놀라움과 부끄러움은 이루 말할 수 없이 큰 것이었으리라.

나는 소파에 앉아 죄인처럼 고개를 숙이고 있었다. 그건 단지 유채의 오해였을 뿐이니, 그 오해만 풀면 모든 게 해결될 거라고 단순하게 믿고 있었다. 그럼에도 아침부터 승채와 단둘이 있었다는 것만으로 민망해 어른들 앞에서 고개를 들 수가 없었다. 그게 크나큰 실수였음을 뼈저리게 통감하고 있었으며, 한편으로는 이런 창피한 모습을 진채가 보지 않아 천만다행이라고 여겼다.

"어떻게 된 거냐? 유채의 말이 사실이냐?"

오 사장이 근엄한 목소리로 캐물었다. 이 여사는 아직도 가슴이 떨리는지 얼굴이 상기된 채 우리 중 누군가가 이 발칙한 사건을 빨리 해명해 주길 조급하게 기다리는 눈치였다. 그건 엄마도 마찬가지여서 안절부절못하고 이 여사가 앉은 소파 뒤에 서 있었다.

"제가 그랬어요! 신리는 아무 잘못 없어요. 제가 신리를 사랑해요!"

청천벽력 같은 소리에 우리는 모두 기함을 하고 말았다. 오승채, 결국 네가 일을 내는구나. 나는 눈을 질끈 감아버렸다. 내 나이 이제 꽃다운 열여덟이다. 꿈도 많고 할 일도 많은 청춘이다. 그런데 저 망할 놈의 자식이 앞날이 구만 리 같은 내 인생에 결국은 이렇게 초를 치고 있는 것이다. 내가 세상에 태어나 죽고 싶다고 느낀 건 창고에서 첫날밤을 보내었을 때 이후로 그때가 두 번째였다.

그 이후에 어떻게 되었냐고?

진채는 나중에야 모든 정황을 설명 듣고 황당함을 금치 못했다. 그리고 나는 진채의 실체를 채 알기도 전에 얼마 뒤 그 집을 나와야 했다. 처음 엄마와 했던 약속은 내 예견대로 그렇게 물거품이 되어버렸다. 그것 또한 엄마가 자진해서였지만, 어차피 원인은 나였으니까 결론은 내가 약속을 깬 거나 마찬가지인 셈이다. 진채는 창고 안에서 또다시 짐을 싸고 있는 나를 찾아와 짧은 위로를 해주었다. 나는 굳이 변명하지 않았다. 왜냐하면 내가 그 어떤 말을 해도 지금으로서는 승채가 나를 사랑한다는 그 기막힌 사실에 모두 묻혀 버릴 게 뻔했기 때문이다.

"우리 승채가 좀 엉뚱하지?"

그는 웃었고, 나는 울었다. 억울하고, 분하고, 서럽고, 사는 게 처절해서 눈물밖에 안 나왔다. 내가 이사를 하던 날, 승채가 하도 길길이 날뛰고 난동(?)을 부리는 바람에 화가 난 오 사장은 그에게 외국으로 유학을 보내겠다고 엄포를 놓았다. 나 역시 그를 유학 보내지 않으면 나라도 전학을 가버리겠다고 대놓고 협박을 해버렸다. 얼마 후, 승채뿐만 아니라 내가 그토록 사랑하던 진채까지도 함께 유학을 떠난다는 소식을 전해 들었다. 아무튼 오나가나 이놈의 입이 방정이다.

"진채 오빠?"

[어! 신리야! 오랜만이네, 잘 지냈어?]

"네. 오빠는요?"

[나도 잘 지내지.]

"유학 간다는 소식 들었어요. 내일 떠난다면서요?"

[승채한테 들었구나?]

"승채가 얘기 안 하던가요? 나 승채랑 아직 말 안 하는데."

[그래? 에이, 그래도 내일이면 아주 떠날 텐데 그만 화해해야지. 바꿔줄까? 옆에 있는데.]

"아뇨. 지금은 오빠한테 할 얘기가 있어서 전화한 거예요."

[무슨 얘긴데?]

"오빠한테 그동안 고마웠다는 말, 꼭 하고 싶었어요. 그 외에도 하고 싶은 말이 너무 많지만 지금은 그냥 아껴둘래요. 건강하고, 공부 많이 하고 와요. 그땐 저도 당당한 어른이 돼서 오빠 앞에 설게요."

오빠, 사랑해요.

나는 마음속으로 그렇게 속삭였다. 내 눈에서는 어느새 뜨거운 눈물이 볼을 타고 흘러내리고 있었다. 그러나 딱히 이별의 슬픔에 가슴이 미어져서 흘리는 눈물은 아니었다. 그가 없는 동안도 나는 매일 산에 오를 것이며 그것이 그에게로 한 발자국씩 나아가는 기나긴 여정이라고 여길 테니까.

칠 년이 지난 오늘날까지도 그는 내 마음의 정상에 서 있고, 나는 날마다 그를 향해 오르고 있다. 이제 열여덟의 신리 이야기는 여기서 그만 끝낼까 한다. 사실 내 이야기는 이제부터 시작이다.

6

네가 진채를 칠 틴 동안 그리워하고 사랑했던 것처럼,
어째서 나는 승채도 나에 대해 그랬을 거라고 확신을 하였던가
네가 열여덟 그때를 가장 큰 치욕으로 새겼듯이
그에게 나 또한 치욕의 일부분일 줄은
진정 예상치 못했었기에 내 충격은 이만저만 큰 게 아니었다

나는 지금 (주)제니시스 화장품 사장과의 면담 때문에 회사에 방문을 하는 중이다. 스카우트 제의를 받은 것이 불과 한 달 전이었다. 스카우트 제안은 파격적인 대우를 전제로 하는 조건이어서 내 자신조차도 당황했던 사건이다. 게다가 내가 다니던 회사에 비하면, 제니시스는 그 규모 자체가 달랐기 때문에 한동안은 이게 꿈인가 생시인가 하면서 보냈었다.

　족히 이십층이 넘을 것 같은 빌딩 안으로 들어가 안내자에게 사장실의 위치를 물었다. 안내자는 내 이름을 대니까 아주 친절하게 층수를 가르쳐 주었다. 약속 시간보다 다소 일찍 왔던 터여서 사장 비서의 말로는 사장이 출타 중이라 자리에 없기도 하

거니와 회의실에서 잠시 대기하라기에 그곳으로 자리를 이동했다.

회의실은 무척이나 널찍했다. 한가운데는 회의 탁자가 길게 놓여 있었고, 정면에는 슬라이드 화면이 돌돌 감긴 채였다. 오후 한 시. 대부분 회사들이 그렇듯 지금은 점심 시간이었다. 불을 켤까 하다가 창문에 쳐져 있는 차양이 세로로 열려져 있는데다 그 사이로 들어오는 빛이 제법 환해서 사장이 올 때까지는 그냥 있기로 했다.

회의 탁자 앞으로 가서 앉아 천천히 숨을 골랐다. 사장과 직접 면담할 생각을 하니 긴장과 초조함을 감출 수 없어 내 손에는 자꾸만 땀이 배어나왔다. 가방 안에서 작은 수첩을 꺼내 들었다. 사장이 무슨 질문을 하든 막히지 않고 대답을 잘해야 된다는 압박감 때문에 예상 질문들을 빼곡히 적어놨었다.

볼펜으로 하나씩 체크해 가며 외우기를 반복했다. 그러던 중 버릇처럼 볼펜을 돌리다 그만 탁자 밑으로 떨어뜨리고 말았다. 고개를 숙여 들여다보았더니 볼펜은 그리 멀지 않은 곳에 있었다. 앉은 자세 그대로 손을 뻗었으나 아슬아슬하게 손이 닿지 않아, 하는 수 없이 몸을 완전히 굽혀 볼펜을 주웠을 때였다. 문 여는 소리가 들리기에 얼른 고개를 들었더니 들어온 건 사장이 아니라, 들어서자마자 서로 껴안은 채 격렬하게 키스를 나누고 있는 두 남녀였다. 어찌나 놀랐던지 탁자 밑으로 재빨리 몸을 숨겼다. 내가 있는 곳은 뒷문 쪽이었고, 그들이 들어온 건 앞문 쪽이었다. 긴 탁자를 사이에 두고 이 끝과 저 끝으로 떨어져 있었다손 쳐도 탁자 밑이 훤히 뚫려 있어 나는 두 사람이 서로 중심을 잡기 위해 비칠거리는 발 움직임을 또렷이 볼 수 있었다. 더욱이 아무도 없는 빈 회의실이라 남녀가 애무하고 키스하는 소리는 스테레오처럼 적나라하게 울려 퍼졌다.

짐작으론 사내 커플 같은데, 점심 시간을 틈타 이미 달아오를 대로 달아오른 두 남녀는 좀체 떨어질 줄을 몰랐다. 드디어는 탁자 위로 여자가 드러누운 자세가 되고 살짝 들린 여자의 다리 사이로 남자의 두 다리가 밀착되었다. 이쯤 되면 제정신으로 버티기가 얼마나 고역인지 알 것이다. 정신은 아찔하고, 몸 둘 바는 모르겠고 자칫 숨소리라도 새어나갈까 노심초사였다.

급히 버클 푸는 소리가 들렸고, 잠깐 사이 남자의 바지가 바닥으로 툭 떨어져 내렸기에 하마터면 소리를 지를 뻔했다. 간신히 손으로 입을 틀어막긴 했으나, 내 심장은 그때부터 속수무책으로 뛰기 시작했다. 남자가 여자의 한쪽 다리를 들어 올리고는 곧바로 돌진해 들어갔다. 이어 남자의 거친 숨소리와 함께 여자의 애끓는 목 울림이 묘한 박자로 어우러졌다. 규칙적인 흔들림, 점점 격정적으로 높아가는 숨소리, 가슴을 옥죄어가는 시간만이 그들과 나 사이에 아슬아슬하게 흐르고 있었다.

"아아아…… 하아, 하아, 하아, 아흐흑…… 제발…… 제발…… 그만…… 그, 그만…… 아아……!"

여자는 아주 자지러지고 있었지만, 남자는 끄떡도 하지 않았다. 여자가 교성을 내지를 때마다 남자는 더욱 세차게 여자의 몸을 내리찍고 있었다.

그러기를 얼마나 시간이 지났을까. 허공에서 정신없이 흔들리던 여자의 다리도, 거침없이 여자를 파고들던 남자의 몸도 동시에 뻣뻣하게 굳어지면서 절정에 달하는 소리가 들렸다. 그리고는 모든 것이 정지되었다.

잠시 후, 남자가 흘러내린 바지를 다시 추슬러 올리는 게 보였다. 여자는 탁자에서 내려와 올라간 치마를 단정히 내리면서 무척이나 흡족한 듯 호흡을 크게 골랐다.

"아무튼 못 말려. 옆방에 다 들렸겠네."

여자가 작게 웃으며 남자에게 속삭였다. 남자는 아무런 대꾸가 없었다.

그나저나 부동 자세로 잔뜩 긴장한 채 쪼그리고 앉아 있었더니 아까부터 발이 저려 죽을 지경이었다. 손가락 끝으로 침을 발라 부지런히 콧잔등 위에 찍어발라도 도저히 참을 수가 없는 정도가 되어 살짝 몸을 비틀었다. 그러다 그만 의자를 툭 건드리고 말았다.

"무슨 소리 들리지 않았어?"

여자의 말에 남자도 동작을 뚝 멈추었다. 맙소사! 나는 이제 죽었다.

"아니, 아무 소리도 못 들었는데."

남자의 말에 여자는 갑자기 까르륵 웃음을 터뜨렸다.

“자기 입술 좀 봐. 내 립스틱이 다 묻었어.”

“얼른 나가자. 나 오후 회의 준비해야 돼.”

“응, 그럼 나중에 봐. 쪽!”

문소리와 함께 정적이 깔리자 그때서야 안도의 한숨을 내쉬며 탁자 밑에서 기어나올 수 있었다. 다리가 저려 겨우겨우 의자에 걸터앉았다. 손에 땀을 쥐는 현장에 있다 보니 내 손바닥뿐만 아니라 이마에도 진땀이 흥건했다.

“휴우.”

손수건으로 땀을 닦으며 앉아 있기를 잠시, 뒷문이 열리는 소리가 들렸기에 화들짝 놀라 돌아보았다. 나를 이 방으로 안내했던 사장 비서라는 걸 알고 딱딱하게 얼어붙었던 심장이 절로 녹아들었다.

“사장님께 연락이 왔는데요, 시간 내에 못 오실 것 같다고 홍보실로 가서서 부장님과 먼저 면담하시랍니다.”

자리에서 일어나는 내 다리가 후들거리고 있었다.

“왜 그래요? 어디 불편해요?”

얼굴이 말상인 홍보부장은 면담 중에 내가 자주 멍한 표정을 짓고 있자 묻던 말을 자르고 이상한 눈으로 지그시 건너다보았다. 그렇게 생생한 포르노 중계를 보고 왔으니 좀체 충격이 가시지 않아 정신을 집중하기 어려운 게 당연했다. 한 달 내내 준비했던 질의문답도 머리 속에서 완전히 삭제되어 면담이 제대

로 될 턱이 만무했다. 대학 1학년 때 포르노 비디오를 처음 보고
일주일 내내 속이 메스꺼워 죽을 뻔했던 적이 있었는데, 그때의
것은 지금 것의 강도에 비하면 정말 아무것도 아니었다. 나이가
스물다섯이나 된 여자가 겨우 그만한 일에 이토록 진땀까지 삐
질거리며 넋이 빠졌다면 누가 믿겠는가마는.

"잠깐 쉽시다. 오 팀장 들어오면 다시 하죠."

"아, 네. 감사합니다."

부장의 배려로 접대용 주스를 마시며 잠시 열기를 식혔다. 서
서히 진정이 될 때쯤에 내 뒤로 문이 열리며 누군가가 들어왔
다.

"안녕하세요? 혹시 팀장님 안 들어오셨습니까?"

활기찬 남자 목소리에 문에서 가장 가까운 자리의 여직원이
선선히 대답했다.

"아직 안 들어오셨는데요."

"뭐 하느라 늦지? 회의 준비해야 되는데."

회의 준비라는 말에 가슴이 철렁하며 나도 모르게 고개를 홱
돌렸다가, 남자를 본 내 몸은 그야말로 돌처럼 굳어버렸다. 들
어선 사람이 다름 아닌 오승채였던 것이다!

나와 눈이 딱 마주친 그도 한순간 정지되었다 싶었는데 곧 굳
었던 인상을 탁 풀었다. 그리고는 엄청 반가운 얼굴로 내 옆에
바싹 다가와 앉았다.

"너 신리 맞지? 나 모르겠어? 고등학교 2학년 때인가 1학년

때인가, 아무튼 너 우리 집 창고에 얹혀살았잖아. 기억 안 나?"

기억이 안 나냐고? 너무나도 어처구니가 없어 멍청한 표정으로 그를 바라보았다. 그때 내 시야에 들어온 것이 바로, 그의 입가에 번져 있는 붉은 립스틱 자국이었다.

"정말 기억 안 나? 그때 우리 집 이층 거실에서 뽀뽀하다가 누나한테 걸려 가지고 결국 너는 우리 집에서 쫓겨나고, 나는 강제로 유학 보내지고 그랬잖아."

온 사무실이 떠나가도록 그딴 얘기를 떠들어대고 있는 그를 보자 나는 그만 머리 속이 텅 비어져 버렸다. 립스틱을 입가에 묻히고 앉아서 나의 암울했던 열여덟, 그때 기억을 억지로 끄집어내느라 입방정을 떨고 있는 승채. 그리고 지금의 이런 현실이 너무나 황당하고 기막혀서 입도 벙긋하지 못하고 앉아만 있는 나. 우리 두 사람을 호기심에 가득 찬 눈으로 지켜보고 있는 부장과 직원들. 무슨 엽기 퍼포먼스를 연출하고 있는 기분이다.

승채는 아주 짧았던 잔디머리에서 제법 머리가 길어 열여덟 그때와는 확실히 달랐다. 무뚝뚝하고 반항적이고 늘 불만에 절어 있던 그때와는 달리 그는 여전히 날카로운 인상이었지만 눈빛만은 장난기가 다분해진 것이 어떤 여유마저 느껴졌다. 더군다나 그때가 열여덟이었는지 열일곱이었는지, 뽀뽀를 했었는지 안 했었는지도 헷갈려 하는 그는 분명 예전의 오승채가 아니었다. 아무리 칠 년이란 긴 세월을 훌쩍 뛰어넘어 다시 만났다손 쳐도, 많은 사람이 있는 자리에서 어제 헤어졌다 오늘 만난 사람처럼 이렇듯 아무렇지도 않게 나의 수치스러운 과거를 수단 삼아 함부로 떠들어댈 수는 없는 일이었다. 그리고 내 짐작이 맞는다면 좀 전 회의실에서 웬 여자와 질펀한 섹스 행각을 벌인 놈과 동일인인 것이 확실했다. 입에 묻은 립스틱이나 회의를 언급하는 것만 보아도 뻔해서 굳이 확인해 볼 필요도 없이 나는 그렇게 믿어버렸다.

부장은 가만히 우리가 하는 꼴을 지켜보다 털털한 목소리로 우리의 이 어처구니없는 해후를 깔끔하게 마무리지어 주었다.

"오승채 씨, 가서 입에 립스틱 묻은 거나 빨리 지우고, 회의 들어갈 준비하시죠!"

세상에 이토록 기막힌 일이 또 있을까. 나는 기구한 내 삶에 비관했다. 열여덟 한참 감수성 예민한 그때, 평생 겪을 불행이란 불행은 다 겪고, 이제야 조금 살 만하다 싶더니 하늘도 무심하시지. 하필 내가 스카우트되어 간 회사가 오 사장 회사일 줄이야! 나중에야 안 사실이지만 내 직속상관이 될 팀장이란 바로 진채였고, 나를 스카우트해 온 사람도 그였다. 그는 일부러 내게 비밀로 했다 한다. 내 자존심에 오 사장의 회사에서 스카우트 제의가 들어온다면 거절을 할 것 같아서였으리라.

제 시간보다 늦은 진채는 사무실로 들어오자마자 나를 보더니 무척이나 반겨했다. 회의 때문에 긴 얘기를 나누지는 못했지만 대신 저녁 약속을 잡고 1차 면담은 그렇게 끝이 났다.

그날 저녁, 시내의 한 고급 레스토랑에서 마주 앉은 진채와 난 칠 년 만에 제대로 된 해후를 함께 나누었다. 앳되던 얼굴은 온데간데없고, 그는 더욱 말쑥한 신사가 되어 있었다. 부드럽게 웨이브진 머리칼은 그의 따스하고 푸근한 인상과 무척이나 잘 어울렸다. 지난 칠 년 동안 단 하루도 잊어본 적이 없던 얼굴. 그와 단둘이 사적으로 마주 앉아서야 비로소 반가운 눈물이 삐죽 흘러나왔다. 그가 얼른 내 옆 자리로 옮겨 앉아 손수건으로 눈가를 꼭꼭 찍어가며 닦아주었다.

"이런, 이렇게 눈물로 반겨줄 줄은 몰랐는데. 이거 행복한 눈물 맞지?"

"오빠."

오빠, 그거 알아요? 내가 오빠와 다시 만날 날을 손꼽아 기다리면서 오빠가 서 있는 그 정상을 향해 단 하루도 거르지 않고 올라왔다는 거. 아직 오빠를 정복하지는 못했지만, 난 믿어요. 언젠가는 나 역시 오빠 곁에 나란히 서게 되리라는 것을요.

"그만 울어. 예쁘게 화장까지 했는데 엉망이 되잖아."

"오빠, 나 오빠 한 번만 안아봐도 돼요? 오빠랑 이렇게 있는 거 정말 실감 안 나서 그래요."

"나야말로 물론 영광인걸. 그래, 이리 와. 오빠도 우리 신리 한번 안아보자."

그와 나는 다정히 포옹했다. 나는 손을 그의 겨드랑이 밑으로 깊이 끼워 넣으며 그의 품을 파고들었다. 은은한 향수가 마음까지 사르르 녹게 만들었다.

"이젠 길에서 스쳐 지나가도 몰라보겠어. 그나저나 숙녀를 이렇게 오래 껴안고 있어도 되는 건가?"

그가 이토록 어색해하고 쑥스러워하는 걸 보면 이제는 나를 여자로 느끼는 게 틀림없다. 그 사실 하나만으로도 지난 칠 년의 세월을 보답받은 기분이 들어 흡족하기 그지없었다.

"눈물겹네!"

툭 불거진 말투에 진채와 포옹을 풀고 쳐다보니 승채가 삐딱하게 서서 우리를 내려다보고 있었다. 나는 눈물을 마저 닦으며 자세를 바로 했다.

"내가 승채도 오라 그랬어. 어차피 한 번은 함께해야 할 것 같아서."

승채가 맞은편에 주저앉자, 진채가 내게 말해 주었다. 나는 그냥 고개만 끄덕거렸다.

"진짜 신리가 맞았네. 아까는 완전히 안면몰수더니. 하기야 뭐, 옛날에는 안 그랬나."

승채가 투덜거렸다.

"신리야, 저 녀석이 아까 네가 모른 척해서 완전히 삐쳤어."

진채의 말에 용기를 내어 먼저 손을 내밀며 지극히 사무적인 어투로 말을 건넸다.

"반갑다, 어쨌든 다시 만났으니까 앞으로 잘 지내보자."

그는 내 손을 잡는 대신 손끝을 세워 목 언저리만 벅벅 긁어

대더니 퉁명스레 한마디 툭 던졌다.

"그럽시다."

나는 그만 머쓱해져서 내밀었던 손을 얼른 거둬들였다.

그리 길지 않은 식사 시간을 끝내고 밖으로 나왔을 때, 진채는 승채에게 나를 바래다주라 부탁하고는 내가 뭐라 말을 하기도 전에 자기 차에 올라타고 출발을 해버렸다. 승채도 응당 그래야 마땅하다 생각했는지 별 거부반응 없이 제 차에 나를 태웠다. 날렵하고 매끈한 자가용이 그의 이미지와 썩 잘 어울린다는 생각이 들었다. 이 남자가 승채가 아닌 진채라면 얼마나 좋을까. 나는 진채와 긴 해후를 만끽하지 못한 것이 못내 아쉽기만 했다.

운전하고 있는 그를 보자 완전히 색달라 보였다. 열여덟의 이미지를 벗어나 비로소 어른으로 보였다고나 할까. 불현듯 낮에 그와 섹스를 나눈 여자가 누구인지 궁금증이 치솟았다.

"집이 어디야?"

"옥수동. 그냥 택시 타도 될 걸 그랬지? 길도 모를 텐데 번거롭기만 하고."

"팀장님 명령인데 임무는 완수해야지."

식사를 하면서도 계속 뚱한 얼굴에, 말까지 계속 퉁명스러워 나는 그와 있는 것이 내내 불안했다. 사무실에서 방정맞게 굴던 모습과는 전연 딴판이어서 더 그랬을 것이다.

"한국에는 언제 돌아왔어?"

침묵이 길어지자 나는 의례적인 질문을 던졌다. 그는 내 쪽은 쳐다보지도 않은 채 한 달이라고 단답했다. 그러면서 제품 개발 팀에 합류했다고 설명을 덧붙였다.

"뭐 한 가지만 물어보자."

"뭔데?"

"너, 우리 형 아직도 마음에 두고 있는 건 아니지?"

"후후, 그럼 넌?"

"나? 나, 뭐?"

"너, 옛날에 나 좋아했잖아. 기억 안 나?"

나는 농담처럼 물었다. 하지만 속으로는 그가 정말 기억을 못 하는 건지 확인을 해보고 싶었던 것 같다. 그는 내 질문을 받고 는 피식 웃고 말았는데, 그 웃음은 내 가슴에 작은 생채기를 내 며 아프게 박혔다.

"그랬었지. 이제 와서 하는 얘기지만 내 인생에서 가장 잊고 싶은 순간이 있었다면 그게 바로 너를 좋아하던 때였어."

그의 말에 나는 열 배는 더 강도 높은 펀치로 머리를 한 방 얻 어맞은 기분이었다.

"뭐?"

내가 얼떨떨하니 묻자, 그는 눈을 내리깐 채 내 쪽을 한번 쓱 쳐다보더니 말을 이었다.

"그땐 내가 왜 그랬는지 몰라. 너 같은 애가 뭐가 그리 좋다고 내 자신을 학대해 가면서 괴롭혔는지."

그때 기억이 새삼스러운지 그의 표정은 씁쓸하기만 했다. 그러나 정말로 쓰라렸던 건 내 가슴이었다. 내가 진채를 칠 년 동안 그리워하고 사랑했던 것처럼, 어째서 나는 승채도 나에 대해 그랬을 거라고 확신을 하였던가. 내가 열여덟 그때를 가장 큰 치욕으로 새겼듯이 그에게 나 또한 치욕의 일부분일 줄은 진정 예상치 못했었기에 내 충격은 이만저만 큰 게 아니었다.

잊고 싶은 순간은 더욱 또렷하기만 하여 사람의 마음을 괴롭게 하듯, 나는 그저 그의 인생에서 가장 잊고픈 단편 영화의 주인공에 불과해져 있었다. 그가 내게 품었던 그 열병과도 같은 사랑이 유치하기 짝이 없는 연애편지 한 장에 지나지 않았다니 은근한 패배감마저 느껴졌다. 그 순간 나는 내 옆에 있는 사람이 내가 알던 열여덟의 오승채가 아니라, 회사 회의실에서 한낮에도 질펀한 섹스 행각을 서슴지 않는 스물다섯의 남자라는 사실을 깊이 절감해야만 했던 것이다.

"훗!"

내가 가볍게 웃고 말자, 그는 미간을 기분 나쁘게 모으고는 나를 흘깃 쳐다보며 물었다.

"뭐가 우스워?"

"다행이야. 난 솔직히 그때 너에게 잘해주었더라면 좋았을걸, 하고 후회한 적 많았거든. 시간이 지나면서는 더 그랬어. 그때는 내 마음이 왜 그렇게 너그럽지 못했는지, 내 자신이 한심스럽기도 했고. 그랬다면 너와 난 좋은 친구가 될 수도 있었을 텐데.”

사실상 그게 내 본심이었다. 징글징글할 만치 오승채라는 인간에 대해서 질릴 대로 질려 버리긴 하였으나, 그렇기에 그 씁쓸함은 세월이 흐를수록 더욱 진하게 우러났었다. 그 다락방에서 그런 마음을 품었었지. 오승채는 내게 끝도 없이 이어지는 사막 같다고. 그를 보면 아직도 그런 느낌이다.

“좋은 친구?”

중얼거리는 그의 입가로 자조적인 웃음이 머물다 사라졌다.

“그럼 뭐, 지금부터라도 좋은 친구 하면 되지. 그럴 수 있을지 장담은 못하겠다만.”

비꼬는 투에 나는 애써 아무렇지도 않은 척 천연덕스럽게 대꾸해 주었다.

“그래, 그렇게 말해 주니 조금은 마음이 놓인다. 그리고 내가 진채 오빠를 아직도 마음에 두고 있냐고 물었지? 그 대답은 당연히 yes야. 난 누구처럼 감정에만 치우쳐 깊이 후회할 사랑 같은 건 하지 않거든. 열여덟 그때, 너와 내가 친구로도 연인으로도 발전할 수 없었던 이유가 뭔 줄 아니? 난 등산을 좋아하고, 넌 그렇지 않다는 거야. 너와 나는 애당초 엘리베이터와 계단 같아서 도저히 맞출 수도, 맞지도 않는다는 거지.”

“하지만 계단이든 엘리베이터든 한 건물에 있는 것만은 확실하잖아.”

“넌 아직도 날 원망하고 있는 것 같구나.”

"내가? 하! 웃기지 마. 난 널 잊었어. 그것도 아주 오래전에."

그는 과장되게 목소리를 높였다.

"물론 그럴 줄 알고 있었어. 네 입술에 묻은 립스틱 봤을 때 더욱 확신했고. 한국에 돌아온 지 한 달 만에 회사 회의실에서 섹스 행각을 벌일 정도라면 그동안 어떻게 살았을지 안 봐도 알지 않겠어?"

"뭐?"

그의 얼굴이 붉게 물들어가는 걸 보면서 나는 속으로 쾌감을 느꼈다. 그리고 조소가 가득 담긴 미소로 한심스레 바라봐 주었다.

"대단하더라, 오승채. 여자가 아주 넘어가던걸. 환영 이벤트 치고는 괜찮았어. 앞으로도 그 방에 가면 자주 볼 수 있는 거야? 한두 번 한 솜씨가 아니던데."

"지금 무슨 소리를 하는 거야?"

시치미 떼는 꼴이라니.

"다 왔다. 저기 세워줄래?"

나는 그의 물음을 싹둑 잘라먹고 그곳이 어딘지도 모르면서 무조건 차를 세우라 했다. 그는 황급히 핸들을 돌려 길가에 차를 세웠다.

"어쨌든 태워다 줘서 고마워. 월요일 날 회사에서 보자. 아차!"

내가 내리려다 말고 다시 말을 이었다.

"나 역시 네가 알던 예전의 신리가 아니란 것만 알아뒀으면 좋겠다. 내가 변하지 않은 게 있다면 오로지 진채 오빠를 사랑한다는 것 하나뿐이야. 그러니 너도 날 친구로 잘 지낼 생각이라면, 진채 오빠와 내가 잘될 수 있게 도와줘. 잘 가."

그의 약 오른 얼굴을 본체만체하고 차에서 사뿐 내려섰다. 그는 인상이 아주 굳어져 내 쪽은 쳐다보지도 않은 채 거칠게 차를 몰고 가버렸다. 나는 사라져 가는 차 뒤꽁무니를 바라보며 승리의 미소를 한껏 날려주었다.

진채를 생각할 때마다 분명 그 이면에는 승채가 있었음을 부인하지 않겠다. 어떻게 진채만 생각할 수가 있었겠는가. 나 역시도 승채와의 해후를 완전히 배제해 본 적은 없었다. 어쩌면 진채와의 해후보다 더 은근한 기대감을 가졌던 게 사실이다. 나쁜 기억이든 좋은 기억이든 내게는 그 시절을 공유한 사람임에는 틀림없었으니까.

그는 모두 잊었다지만, 나는 신통하게도 그때의 기억들 중 어느 것 하나 잊은 게 없었다. 그가 했던 말들, 그가 내게 지었던 눈물과 웃음과 눈빛들을. 내 머리 속에는 언제나 진채와 함께 그도 생생하게 살아 있었다. 하지만 그를 만난 뒤 나의 이 허무함과 우울함은 과연 무엇으로 해명해야 한단 말인가. 그가 나를 숨 막히게 사랑했다가 한순간 다 잊어버렸다 한들 내가 이토록 실망할 이유는 없었다. 그리고 그가 한국에 온 지 한 달이 아니라 단 하루 만에 다른 여자와 섹스를 나누었다 한들, 이처럼 충

격에서 헤어나지 못하거나 화가 날 이유는 없는 것이다. 그가
변한 것이 내 책임이 아니듯이. 망나니 기질이 여태 살아 있어
서 제멋대로 군다고 해도 이제 나와는 아무 상관 없는 일이었
다. 그럼에도 승리의 미소는 잠깐이요, 그의 차가 완전히 시야
에서 사라지자 몰려드는 허망함 때문에 나는 한동안 갈 곳을 잃
은 미아처럼 그 자리에 멍하니 서 있어야 했다. 대체 이게 뭐 하
는 짓이람. 내 자신에게 어이없는 타박을 던지면서.

"굿모닝!"
사무실로 들어오며 상쾌한 아침 인사를 건네는 진채를 사무
실 직원들이 일제히 바라보았다. 어디에 있든 가장 따스하고 화
려한 빛이 되는 사람. 그게 바로 진채의 매력이다. 이 회사에 출
근한 지 며칠 만에 나는 그가 나뿐만 아니라 뭇 여성들의 시선
을 한 몸에 받고 있다는 걸 알게 되었다. 단점이 없는 사람은 세
상에 없다지만, 그가 가진 단점은 수많은 장점에 묻혀 티도 나
지 않을뿐더러, 굳이 그 단점을 감추지 않기에 더 사랑스러워
보이는 남자라 하면 제대로 된 설명이 될까.
그는 실지 이 회사를 앞으로 이끌어갈 사람이기도 하고, 그의
따뜻한 인간성과 귀공자 타입의 외모 때문에 늘 주목받는 대상
이었다. 나이가 까마득히 위인 중역들도 한참 아래인 홍보팀장

에게 깍듯이 대하는 걸 보면서, 그가 이 회사에서 어떤 위치에 있는지를 여실히 알 수 있었다. 그리고 모두가 그를 좋아하고 따르는 이유가 단지 사장의 아들이어서가 아님은 분명하다. 그는 사람이 사람에게 사랑받는 법을 잘 아는 사람이었다.

"오늘 립스틱 색깔 잘 어울리네. 아, 이런. 또 말실수. 회사 안에서는 함부로 말 낮추지 않기로 하고선. 미안."

그가 내 어깨를 살짝 잡고는 윙크를 해 보였다. 나는 얼굴이 발갛게 달아올라 수줍게 미소 지었다.

"아, 그리고 정 대리님. 어제 회의 자료 작성한 거 어떻게 됐습니까?"

직급이 낮은 직원에게도 '님' 자를 붙이는 저 깍듯함. 그의 겸손과 지성이 한층 더 빛을 발하는 순간이다.

"예, 팀장님. 안 그래도 제품 개발실에 갖다 주려던 참이었습니다."

"그건 신리 씨에게 맡기고, 신상품 립스틱에 대한 여론조사 자료 가지고 내 방으로 오세요."

"알겠습니다. 자, 여기요. 제품 개발실이 어딘지는 알죠?"

정 대리가 건네준 자료 파일을 들고 사무실을 나와 복도 정중앙에 위치한 엘리베이터로 향했다. 삼층 위에서 내려 복도를 걸어가고 있을 때였다. 이제 막 제품 개발실에서 나오는 여자를 보고, 나는 몸이 경직되고 말았다. 타이트한 치마 때문에 몸매의 곡선이 더욱 두드러지게 보이는 여자는 바로 유채였다. 그녀

는 복도 중간에서 마네킹처럼 굳어버린 나를 발견하고도 미세
한 표정 변화 하나 없이 높은 하이힐 소리를 또각또각 내며 다
가와 내 앞에 섰다. 그녀와도 이것이 칠 년 만의 해후인 셈이다.
인형처럼 작고 예쁜 얼굴은 더욱 성숙해져 있었다. 그리고 차가
운 눈빛 역시. 마네킹은 내가 아니라 그녀라는 생각이 들 정도
로. 아무리 마음에 안 드는 사람이로서니 칠 년 만에 대하는 것
이 이토록 표정 하나 없이 차가울 수 있을까.

　심장은 두근대고 있었지만, 애써 정신을 가다듬으며 그녀와
시선을 똑바로 마주했다. 먼저 인사를 해야 마땅했을 텐데 목에
깁스를 한 듯 나는 선뜻 고개를 숙이지 못했다. 그녀 또한 빳빳
이 고개를 쳐든 채 눈알만 아래위로 찬찬히 굴려 나를 뱀이 휘
감듯 훑어보았다. 그리고 다시 별 미동 없는 내 눈동자로 되돌
아와 싸늘하게 노려보며 낮게 읊조렸다.

　"여전하네, 그때나 지금이나 건방지기는."

　그곳이 회사가 아니었다면, 열여덟의 못다 한 분풀이를 하기
위해 나는 그녀를 구둣발로 차버렸을지도 모른다. 그녀가 진채
오빠의 하나밖에 없는 여동생이 아니었다면, 그곳이 대로(大路)
였다 해도 그 고운 머리채를 잡고 뒤흔들어 놓았을지도. 그러나
내가 넘어야 할 산 가운데 그녀는 어쩌면 승채보다도 더 힘겨운
고비가 될지도 모른다는 생각이 언제나 내 가슴속에 앙금처럼
가라앉아 있었다. 그랬으므로 언젠가는 승채처럼 그녀를 만날
것이라는 짐작도 늘 하고 있었다. 그녀의 이런 반응 역시 어느

정도는 계산하고 있었다. 그리고 이것이 칠 년간의 휴전을 깨는 치열한 접전의 시작이라는 것도. 내 가슴 가장 밑바닥에 가라앉았던 앙금들이 서서히 일고 있는 물살에 의해 소리없이 떠오르기 시작했다.

"환영해 주셔서 감사합니다, 오유채 실장님. 실장님을 이렇게 다시 뵈니 면담 시에 받은 질문 중 언뜻 떠오르는 게 있네요. 화장품의 용도가 과연 무엇인가, 앞으로 신상품을 만든다면 어떤 화장품을 만들고 싶은가. 자세한 건 말씀드리기 어렵지만 화장품은 그저 얼굴 성형 대용만은 아니라는 게 제 견해였습니다. 그리고 발라서 얼굴이 예뻐지는 것도 중요하지만, 그 사람의 마음까지 예뻐지는 화장품을 만들 수만 있다면 히트할 거라고 말씀드렸었어요. 만약 제게 그런 연구를 할 기회가 온다면 첫 실험을 실장님께 하고 싶군요. 그럼."

나는 가볍게 고개를 숙여 보인 후, 그녀를 비껴 제품 개발실 문 앞으로 곧장 걸어갔다. 굳이 고개를 돌려보지 않더라도 그녀가 나를 향해 이를 갈고 있음을 따가운 시선만으로도 확실히 느낄 수가 있었다. 회사 안에서든 가정에서든 적을 만든다는 것이 얼마나 위험한 일인지 잘 알고 있다. 하지만 그녀로 인해 두 번 다시 자신을 잃거나 억울한 일을 당하지는 않을 것이다. 칠 년간의 휴전은 내겐 너무 길고 지루했다. 이것으로 본격적인 전쟁 선고를 유채에게 선포한 셈이 되었지만, 나는 더 이상 두렵지 않았다. 어디 두고 봐라. 기필코 진채 오빠를 사수하고 말리라.

사랑에 대한 집념만큼 무서운 건 세상 어디에도 없다는 것을 똑똑히 보여줄 테다.

"저, 이거……."

제품 개발실 안으로 들어가 직원 한 명에게 파일을 건네었더니 샘플 보관실로 가보란다. 그러면서 사무실 안쪽에 위치한 방을 가리켰다. 그녀가 가르쳐 준 대로 파일을 들고 그곳으로 향했다. 문을 열었더니 진열장 앞에 승채와 또 한 명의 여직원이 무언가 속삭이며 얘기 중인 게 보였다. 약간 비스듬히 허리를 꺾어 서 있는 여자의 뒷모습과 그녀의 몸에 가려져 있긴 했지만 키가 큰 승채의 옆모습이 묘한 곡선을 그려내어 한 폭의 그림 같은 착각이 일었다. 반대편 창문으로 엷게 스며들어 오던 햇빛의 반사작용으로 인해 그들은 하나의 완벽한 그림을 만들고 있었다.

그리고 그들이 함께 보고 있던 진열장 중간의 거울로 여자가 그의 가슴을 손으로 쓰다듬는 것이 비쳤다. 그 동작은 뭐랄까, 아주 친근한 행동에서 우러나오는 자연스러움이 깃들어 있었다. 마치 내가 그 방 안에 들어선 게 두 사람을 방해한 것만 같아 순간 기분이 묘했다. 특히 여자의 그 가느다랗고 긴 손가락 끝에 발린 빨간색 매니큐어가 승채의 하얀 와이셔츠와 대비를 이루어내 시선을 확 사로잡았다.

빨간색에 대한 공포는 열여덟 그때, 승채네 집에 갔다가 벽면에 걸려 있던 진채의 여자 친구 사진을 우연히 보게 된 것에서 비롯되었다. 그 당시, 사진 속의 여자도 빨간색 줄무늬 티를 입고 있었지. 그걸 보고 처음 느꼈던 위압감이 여태까지도 살아 있었던 탓에, 나는 언제나 빨간색을 보면 은근한 패배감 내지는 주눅이 들곤 했었다. 그래서였을 것이다, 승채의 가슴을 매만진 여자의 손보다 그 손끝에 발린 빨간색 매니큐어에 대해 거부감이 일었던 것은.

거울로 내가 들어온 걸 본 승채는 슬쩍 여자의 손을 밀쳐 내며 내 쪽으로 돌아섰다. 여자도 뒤를 돌아보다 나를 발견하고는 발레를 하듯이 사뿐 몸을 돌렸다. 키가 훤칠하고 이목구비가 뚜렷하여 미인 소리깨나 듣게 생겨먹었다. 게다가 세련미가 온몸에 배어 있어 승채와 썩 잘 어울렸다.

두 사람이 나란히 문 앞에 멀뚱히 서 있는 나를 낯선 사람 보듯 쳐다보자 뭐라 말로 표현할 길이 없는 감정에 휩싸였다. 그 순간 나는 민망하게도 회의실에서 격렬한 섹스를 나눈 당사자들과 맞대면하고 있는 것 같아 마음이 어수선해지고 만 것이다.

"뭐야?"

나를 향한 그의 목소리는 여전히 날이 날카롭게 서 있다. 어쨌든 노크를 안 하고 들어온 건 내 실수이니 내 쪽에서 저자세를 취할 밖에.

"지난 회의 자료 파일인데요. 여기 갖다 주라고 해서……."

"거기 놓고 나가."

그는 무척이나 심정 상한 태도다. 울컥하고 속에서 무언가가 치솟는 걸 억누르며 파일을 진열대 위에 올려놓고 돌아섰다.

"누구야?"

사근사근한 여자의 목소리가 그에게 묻고 있다. 아무래도 승채가 반말 찍찍 해대는 게 여자의 궁금증을 유발시킨 게지. 싸가지없는 새끼. 진채의 발가락 때만도 못한 놈. 똑같은 배에서 나왔는데도 어쩜 저렇게 상극일까. 나는 온갖 욕을 속으로 퍼부어대며 그 방을 나왔다.

"오늘 저녁에 다들 시간 어때요?"

아침에 승채와 여자를 본 이후로 하루 종일 심란하던 차에 진채가 갑자기 회식을 하자 한다. 아직 나를 위한 환영식을 못했다면서. 나는 드디어 기회가 왔음을 직감했다. 쇠뿔도 단김에 빼랬다고, 보아하니 그를 노리는 여자들이 주변에 산재해 있는 것 같은데 그에게 여자로 확실히 어필을 하려면 오늘이 바로 적기(適期)다.

그날 밤, 1차 회식을 끝내고 2차로 나이트클럽 앞에서 다시 모였을 때까지만 해도 나는 꿈에 부풀어 있었다. 그러나 그것이 나의 환영식만을 위한 게 아니라, 열받게도 제품 개발실과 조인트 회식 자리였음을 승채를 비롯한 직원들이 나타났을 때 비로소 알게 되었다. 아침에 보았던 그 빨간 매니큐어의 여자는 승채의 자가용 옆 자리에서 길고 미끈한 다리로 내려섰으며, 이후

두 사람은 클럽 안에서도 단연 돋보이는 커플로 자리매김했다.

그런 와중에 나는 어떻게든 진채와 잘해보려고 마음은 발버둥 치고 있었으나, 승채가 앞에 떡하니 버티고 있으니 행동에 제약이 걸리지 않을 수 없었다. 그가 내 마음을 모르는 바도 아니요, 내가 하는 행동 하나하나가 죄다 속을 까 보이는 것 같아 마음대로 할 수가 없는 것이다. 그런 나와는 반대로 승채와 여자는 아주 물 만난 고기처럼 무대 위를 펄펄 날았다. 여자가 춤을 추다 말고 거추장스러운 겉옷을 벗자, 등이 확 파인 원피스가 드러났다. 나는 그만 눈이 휘둥그레졌는데 다른 사람들은 그녀의 화끈한 행동에 휘파람을 날리며 난리가 아니었다.

더구나 우리가 둘러싼 무대 중간에서 그녀는 아주 노골적으로 승채와 대범한 춤을 시도하고 있었다. 거의 아랫도리가 아슬아슬하게 밀착되어 보기에도 민망스러운 춤을 두 사람은 너무나 자연스럽게 추고 있는 것이다. 돌아가는 허리 하며, 서로를 쓰다듬는 손길 하며, 야한 눈길 하며. 어딜 봐도 두 사람은 완벽한 하모니를 이루고 있었다. 밥 먹고 춤만 추러 다녔는지, 원.

한바탕 요란한 댄스 타임이 끝나고 블루스 곡이 이어지기가 무섭게 윤 주임이 진채를 낚아채는 게 보였다. 물론 승채와 여자는 서로 접착제로 딱 붙여놨는지 그새 끌어안고 가볍게 몸을 움직이고 있었다. 이럴 때 신청하는 사람 하나 없이 무대에서 내려와야 한다는 게 얼마나 쪽팔리는 일인지 경험해 본 사람은 알 것이다. 다행히 무대를 내려가려는 나를 붙잡은 사람이 있긴 했다. 말상 부장이라 문제지만.

클럽에 들어온 후 시간이 꽤 지났음에도 승채는 아예 빨간 매니큐어 여자가 장악을 하고 있어 다른 여자들이 접근을 시도할 틈은 엿볼 수도 없었다. 진채 또한 여자들이 너도나도 블루스 한번 쳐보겠다고 줄을 서고 있으니, 나는 결국 씁쓸한 마음으로 바라보는 신세를 면하지 못한 채 자리에 앉아 말상 부장과 술만 꼴깍대었다. 어디 그뿐인가. 내가 제법 술을 잘 마시는 걸 보자, 환영주라고 여기저기서 부어주는 술이 족히 맥주 세 병에 양주 반병은 되었다. 그걸 먹고도 정신이 멀쩡한 걸 보면, 내가 열을 받긴 받은 모양이다.

무대에서 남들 열심히 춤추며 놀고 있을 때, 나는 말상과 마주 앉아 열심히 술을 마시며 암울한 시간을 달래었다. 다시 한번 댄스 타임이 돌아왔을 때에야 풀려난 진채가 혼자 자리로 돌아왔다.

"왜 안 놀고 여기만 앉아 있어?"

남의 속도 모르고 야속한 말만.

말상 부장이 내 잔에 술을 따라주며 대신 대답을 했다.

"나와 노는 게 더 재밌나 보지."

썩을.

"신리야, 정신 차려. 신리야……."

그의 목소리가 아득하게 들려왔다. 마치 바람에 실려 나부끼

듯, 꽃잎에 구르는 이슬처럼. 달콤하고 편안하다. 이대로 잠들고 싶다. 술을 마시다 어느 순간 정신을 잃었던 것 같은데 지금은 여기가 어디인지 모르겠다. 낯익은 목소리만 하염없이 나의 잠을 깨우고 있다. 깨우지 마, 진채 오빠. 잠시만…… 그냥 잠시만 자게 놔둬.

"큰일났네. 도대체 누가 이렇게 술을 먹인 거야?"

그가 짜증 섞인 말투로 중얼거리며 내 몸을 똑바로 가눠주었다. 내가 또 한쪽으로 기울어진 탓이다. 물렁물렁 생기없는 고무 인형처럼 내 몸이 지금 그렇다. 그런데 참 이상도 하지. 어째서 그의 목소리가 예전과 다르게 느껴지는 것일까. 술이 취하니 귀도 이상이 생겼나 보다.

그의 손이 내 이마에 가만히 내려앉았다. 열을 재보려 하는 것 같다. 무척 큰 손이다. 따스한 미열이 그의 손바닥과 내 이마 사이에 잔잔히 흐르고 있다. 그리고 이번에는 뺨을 쓰다듬으며 내려온다. 정적. 그 짧은 순간이 그렇게 길게 느껴질 수가 없다. 목이 탄다. 물로 좀 축였으면. 나는 사막 한가운데 선 사람처럼 심한 열기를 느끼고, 인상을 쓰면서 몸을 뒤채었다. 그 바람에 힘없는 내 목이 한쪽으로 푹 기울어져 그의 손을 놓쳤다. 아아. 왜 이렇게 가슴이 아플까. 눈물이 흘러나온다. 그의 손이 내 눈가를 부드럽게 문지르며 눈물을 닦아주고 있다. 그리고 어두운 그림자가 내 얼굴을 서서히 덮쳐오더니 입술 위로 살포시 내려앉았다. 가벼운 입맞춤이라 생각했는데, 그의 손이 내 목덜미를 파고들면서 좀 더 강하게 입술을 부딪쳐 왔다. 그의 입에서 훅훅 느껴지는 열기가 내 입 안으로도 세게 밀려들어 와 숨이 턱턱 막힐 지경이다. 이번에는 그의 혀가 더욱 뜨거운 열기를 동반하고 입 안으로 쏟아져 들어왔기에 내 심장은 거칠게 뛰어오르기 시작했다.

목덜미를 타고 올라온 그의 손이 내 머리칼 속을 비집고 들어와 부드럽게 매만진다. 그렇게 하니 기분이 한결 좋아졌다. 터질 것 같던 흥분이 서서히 가라앉으면서 나는 편안히 그의 입술과 혀를 음미하고 있다. 그의 입술은 집요하게 내 입술을 빨아대고, 그의 혀는 내 입술 안에서 자유자재로 헤엄쳐 다니며 바싹 말라 있던 입 안을 적셔주고 있다. 그런데도 갈증은 쉽사리 사라지지 않는다. 나도 혀를 조금 굴려본다. 어색하고, 조심스럽다. 내가 혀를 굴리자, 그의 혀도 반응한다. 간간이 들려오는 그의 숨소리에 나 역시 숨이 차고, 맥박이 요동친다. 견딜 수 없어, 나는 소리친다. 그러나 입 밖으로 나오지는 않는다. 그의 혀가 내 혀를 옴짝달싹못하게 만들고 있다. 이대로라면 오늘밤, 그와 더 깊은 관계를 맺을 수 있을지도 모르겠다. 하지만 그런 생각에 머물자 조금 무서워진다. 이게 아닌데, 하는 생각이 내 머리 속을 지배한다. 무엇이 나의 욕구를 억누르고 있는지 모르겠으나, 그래서인지 나는 키스를 하다 말고 울음을 터뜨린다. 그냥 울음도 아니고, 서럽게 끅끅거린다.

내 울음 때문에 더 이상 그의 혀가 입 안에 머물지 못하고, 아쉬운 듯 물러난다. 대신 내 눈에 입맞춤하며 눈물을 조심스레 핥기 시작한다. 걷잡을 수 없이 넘쳐 나는 눈물을 어찌 다 없애 주려는지.

오빠, 미안해요. 그 소리를 들었을까. 그저 울음소리에 섞여 증발되어 버린 듯 그는 여전히 내 뺨을 핥고 부드럽게 쓰다듬는다. 그리고 모든 것이 정지된다. 내가 스르르 잠이 들어버렸기 때문에.

7

지난 칠 년 동안, 너만 형을 사랑했던 게 아냐
나 역시 한국에 돌아올 날만 손꼽아 기다렸어
한 달 동안 널 찾느라 얼마나 힘들었는지 알아?
겨우 널 찾아냈는데, 네 눈에는 여전히 형밖에 없는 거야
그걸 안 내 심정이 어땠을 것 같니?

새벽녘, 잠에서 깨어났을 때 나는 호텔방에 누워 있었다. 술이 덜 깼는지 정신이 혼미한데, 어디선가 물소리가 들렸다. 그런 혼미한 와중에도 그것이 샤워하는 소리임을 짐작했다. 어렴풋이 눈을 떠보니 내 옆에서 누군가가 잔 흔적이 보였다. 아마 나를 호텔방에 혼자 두고 가기가 뭣하여 그도 함께 잠을 잔 모양이다. 재빨리 내 몸을 더듬어보았더니 다행히도 옷은 겉옷 상의만 벗겨졌을 뿐, 그대로였다. 그럼 그렇지. 신사다운 진채가 감히 그런 몹쓸 짓을 할 리가 없지.

욕실 문이 열리는 소리가 들리기에 얼른 눈을 감고 자는 척했다. 그가 다가오는 기척이 느껴졌고, 이내 침대에 걸터앉아 내

얼굴을 쓰다듬었다. 아주 조심스럽고 잔잔한 느낌에 전신이 전기에 감전이라도 된 듯 찌르르 떨렸다. 아, 이 일을 어쩐다지? 이대로 눈을 뜨면 무지 민망해질 게 뻔한데. 안 되겠다. 이렇게 얼굴을 쓰다듬는데 끝까지 잠이 든 척해서 둔한 여자가 되느니, 차라리 스칼렛 오하라처럼 우아하게 깨어나는 게 낫겠다.

"으음……."

슬며시 눈을 떠 그를 올려다보았다. 그러다 말 그대로 기함했다. 진채가 아니었다. 귀신이 곡하게도 그건 바로, 승채였다.

"아아악!"

내가 기겁하며 침대에서 벌떡 일어나려 하자, 승채는 얼떨결에 내 입을 틀어막았다. 이건 열여덟 그때, 내가 살던 창고에 몰래 들어왔던 일과 전혀 다를 바 없는 상황이었다. 내가 심하게 버둥대며 그의 손을 기어이 떨쳐 냈다.

"놀랐잖아, 왜 소리는 지르고 그래?"

승채는 정말 놀랐는지 얼굴이 하얗게 질렸다. 그의 얼굴에 비하면 나는 이미 죽어 돌아가신 시체나 다름없었지만.

"뭐, 뭐, 뭐야, 너? 네, 네가 왜 여기 있어?"

내 말에 그는 어이없다는 듯 피식 웃고 말았을 뿐이다. 한쪽 입꼬리를 살짝 말아 올리며 비웃는 그를 보자, 나는 순식간에 이성을 잃고 격분했다.

"어떻게 그럴 수가 있어? 이게 말이 돼? 내가 말했잖아, 난 진채 오빠를 좋아한다고!"

　내가 울분을 토한 그 순간, 그의 눈빛이 싸늘하게 식어가는 것이 보였다. 태양이라도 삼켜 버릴 듯 어두운 그림자가 일순 그를 잠식했으며, 뭔지는 모르겠지만 그와 나 사이에 보이지 않는 그 무언가가 쩍 하고 갈라지는 소리가 들렸다. 그는 갑자기 고개를 외로 꼬고 한동안 어딘가를 가만히 응시했다. 그의 눈빛이 불안하게 일렁였다. 주먹을 서서히 움켜지며 부르르 떠는 것이 위험천만으로 보였다. 자칫 잘못 건드렸다가는 이보다 더한 낭패를 겪을 조짐이 컸다. 그때는 운표나 있었지, 지금은 그 누가 이 호텔 구석까지 날 구하러 와줄 것인가.

　그때서야 나는 내가 의도했던 것과는 뭔가 다른 기미를 그에게 느끼고, 그의 눈치를 보기에 이르렀다. 그는 왜 저리도 만감이 교차하는 표정이 되어 나를 또 혼란 속에 몰아넣는 것인지. 내 의도대로라면 미안해, 라는 사죄를 받자마자 녀석을 질근질근 밟아놓을 심산이었다. 그러나 그의 눈동자가 다시 내게로 돌아왔을 때 시퍼런 불꽃이 두 눈에서 파바박 튀는 것을 보고, 그 서슬에 나는 흠칫 몸을 떨어야 했다.

　그는 천천히 호흡을 가다듬더니만 성난 사자처럼 낮게 으르렁댔다.

　"그래서? 내가 널 겁탈이라도 했다는 거야, 뭐야? 기껏 비싼 호텔방까지 얻어줬더니 고맙다는 소리는 못할망정, 뭐가 어째?"

　질까 보냐!

사건 정황으로 보아 지난밤, 내게 키스한 사람도 진채가 아닌 승채라는 게 밝혀진 터에 나는 그만 이성을 잃고 자리에서 상체를 벌떡 일으키며 소리쳤다.

"넌 인간도 아냐, 이 나쁜 자식아! 술 취한 여자한테 어떻게 키스할 수가 있냔 말이야! 게다가 난…… 난……."

너무 악을 썼더니 목이 확 잠기면서 말문까지 턱 막혀 버렸다. 그는 내 멱살이라도 움켜쥘 기세로 불같이 화를 냈다.

"상대가 누구인지도 모르면서 키스를 한 너는 뭐가 달라서? 너 역시 한두 번 키스한 솜씨가 아니던데. 술 취한 여자한테 어떻게 그럴 수가 있냐고? 내가 인간도 아니라고? 내가 언젠가 그랬지, 남자는 누구나 다 똑같다고. 호텔방에 눕혀놔도 술 취해서 완전히 정신 잃은 여자, 건드리지 않을 남자가 어디 있어? 어젯밤 너와 함께 있었던 남자가 나인 걸 감사해!"

그는 나를 통렬히 비판하더니 벌떡 일어나 냉정하게 등을 돌렸다. 그러나 몇 발자국 채 못 가서 다시 돌아섰다.

"한마디 더 하겠는데, 지금쯤은 너도 눈치챘겠지만 우리 형 앞으로 줄 선 여자들이 수두룩해. 벌써 혼사 들어온 곳만 다섯 군데가 넘어. 다들 재벌 집 딸들이지. 그러니 일찌감치 꿈 깨는 게 좋을 거야. 설사 우리 형이 너를 여자로 사랑하게 된다고 해도 우리 집 식구들 중 그 누구도 널 맏며느리로 환영해 줄 사람, 아무도 없으니까!"

그는 그렇게 내 가슴에 대못을 쾅쾅 박고는 뚜벅뚜벅 걸어가 호텔방 밖으로 사라졌다. 나도 그렇게 콕콕 짚어 새겨주지 않아도 안다. 여자들이 줄줄이 사탕으로 진채 앞에 널브러져 있다는 것도, 그 정도 남자를 사위 또는 남편 삼으려 눈이 벌게져 있는 재력가들이 많다는 것도, 그리고 진채의 가족들 중 그 누구도 나를 달가워하지 않는다는 것도. 하지만 어쩌겠는가, 내 마음은 안 그런 것을. 세상 모두가 나와 진채를 반대하고 훼방 놓는다 해도 지고 싶지 않은 것을. 그를 마음 놓고 사랑하고 싶은 것을. 지난 칠 년 동안 그만을 생각해 왔고, 그리워했고, 사랑했던 걸 한순간 물거품처럼 날려 보내고 싶지 않은 것을. 게다가 아까는 말문이 막혀 채 다 하지 못했지만, 나에겐 그게 첫키스였던 걸 어쩌라고.

스물다섯 해 동안, 진채와의 첫키스를 위해 내 입술을 지키느라 나 역시 힘들었다. 내가 아무리 쫄딱 망해서 대학도 겨우겨우 연명하며 공부한 가난뱅이 여자라 해도 나에게 집적거리는 놈 하나 없었다면 거짓말이지. 어디 그런 놈들뿐이었을까. 여전히 떡쇠와 마님처럼 내 옆에 붙어 살았던 운표도 있었고, 진채 못지않게 튼실한 놈들도 몇 있었다. 그런데 겨우 승채란 놈과 얼떨결에…… 아니, 억지로…… 아니, 그것도 아니고…… 아무튼 강제성을 띤 키스를 한 것도 억울해 돌아가실 판에, 뭐? 한두 번 키스해 본 솜씨가 아니라고?

나는 너무나 기가 막힌 나머지 침대 위에 쓰러지듯 드러누워 버렸다. 저따위 바람둥이 자식에게 내 고귀한 입술을 빼앗긴 것도 환장하겠고, 어젯밤 진채가 아닌 그가 술 취한 나를 거둬주었다는 것도 속상해 죽을 지경이어서 발버둥 치며 어쩔 줄 몰라 했다. 도대체 저 자식은 나와 무슨 원한이 깊어서 내 인생에 일절 도움이 안 되는 걸까.

그 새벽에 도둑고양이처럼 살금살금 호텔을 빠져나와 부리나케 집으로 갔다. 엄마는 내가 들어온 줄도 모르고 세상없이 자고 있었다. 처음보다 형편이 많이 나아지긴 했지만 그래도 아직 월세방을 면치 못한 처지여서 나는 삶에 찌든 엄마가 더욱 안쓰러웠다. 언제나 이 지겨운 삶의 굴레에서 벗어나려나. 이래저래 내 입에서는 깊은 한숨이 비어져 나왔다.

아침에 사무실 문을 배꼼 열고 들어갔더니, 제일 먼저 나를 발견한 사람은 말상 부장이었다.

"여어, 신리 씨! 오늘 출근 못하는 줄 알았더니 용케 살아왔네. 역시 젊음이 좋긴 좋구먼. 못 당하겠어!"

나는 멋쩍게 웃으며 자리로 가서 앉았다. 말상 부장과는 달리 나를 대하는 다른 직원들의 시선은 하나같이 떨떠름한 표정인 것이 그리 달갑지 않아 보였다.

"신리 씨, 팀장님 방에 가봐. 출근하면 들어오라 했으니까."

"아, 예."

정 대리의 말을 듣자마자 따가운 눈총을 물리치며 진채 방으로 향했다. 그나저나 진채도 밤새 승채와 내가 함께 있는 줄 알 텐데 이 일을 어떻게 설명한담.

똑똑.

"들어와요!"

책상 앞에 앉아 무언가를 열심히 체크 중이던 진채는 내가 들어서자 고개를 들다가 금세 다정한 미소를 머금었다. 나는 그를 보자 불안하고 초조했던 근심은 눈 녹듯 사라지고, 마음이 한결 놓였다.

"괜찮아?"

진채는 무척 걱정한 얼굴로 내게 물었다. 그의 책상 앞으로 다가선 나는 그와 눈도 제대로 못 맞춘 채 어쩔 줄을 몰라 하며 서 있었다.

"어젠……."

"어젠……."

앗! 동시에 말이 튀어나왔다.

"먼저 말씀하세요."

내가 양보하자, 그는 헛기침을 한번 하더니 어렵게 말문을 열었다.

"어제는 내가 실수한 것 같아. 그렇게 술을 많이 먹이는 게 아니었는데."

"아, 아니에요. 알아서 절제를 했어야 됐는데 오히려 제가 죄송하죠. 그리고 어제 일은 너무 신경 쓰지 마세요."

"그럼 다행이고. 분별없는 놈이라고 엄청 욕할 줄 알았는데 이젠 한시름 덜었다. 고마워."

"저, 정말 승채랑 아무 일 없었거든요. 오해하지 말아주셨으면 좋겠어요."

"응? 어제 승채랑 함께 있었니?"

헉! 모르고 있었나 보다. 미쳐!

내가 몹시 당황해하자, 그는 빙그레 웃더니 한마디 덧붙였다.

"승채랑 잘 지냈으면 좋겠구나. 알고 보면 승채만한 놈 없다."

사무실을 나와 커피 자판기 앞에서 커피를 뽑고 있을 때, 누군가가 내 곁으로 다가오기에 쳐다보았더니 빨간 매니큐어였다. 이름이 뭐라 했더라. 최서현이랬지, 아마. 앞가슴을 비스듬히 가로지르는, 주름 잡힌 블라우스를 입은 그녀는 모델처럼 늘씬한 몸매를 뽐내며 걸어와 나를 향해 생긋 미소 지었다. 나는 드디어 올 것이 왔구나, 하고 확신했다. 저 여자 또한 어제 내가 승채와 단둘이 간 걸 아는 터에 가만히 있을 리가 없었으니까.

"안녕하세요?"

"네, 안녕하세요."

"얼굴이 많이 까칠하네요. 어젠 많이 취한 것 같던데 괜찮아요?"

"아, 네, 괜찮아요. 걱정해 주셔서 감사합니다. 커피 드시겠어요?"

막 나온 커피를 그녀에게 건넸다.

"어머, 고마워요. 잘 마실게요."

말하는 싹수가 보기보다는 매너가 좋은 편이군. 나는 속으로 웅얼거리며 100원짜리 동전을 자판기에 넣었다.

자판기 옆에 있는 간이 의자에 나란히 앉아 커피를 마시려니 그래도 서먹함은 감출 길이 없다. 어떻게 어제 일을 설명할까 이리저리 궁리만 하다가 그녀와 나 사이에 소리없는 초침만 째깍째깍 지나갔다.

"궁금한 게 있는데……."

역시나. 뜸을 들이고 앉아 있는 폼이 단단히 벼르고 온 것 같아 내심 불안하더니만.

"뭔데요?"

"승채 씨랑 무슨 사이예요?"

"그냥…… 조금 아는 사이인데요."

"조금?"

"승채가 나에 대해 따로 얘기한 게 없다면 저 역시 별로 해드릴 말이 없는 사이죠. 그저 잠깐 알았었어요. 고2 때 한반이었거든요. 그것도 그리 오래가진 못했지만. 승채가 금방 유학을 가서요."

"아……! 그래서 승채 씨가……."

"네?"

"아니에요. 홋."

서현은 영문 모를 웃음을 혼자 웃더니 조용히 커피 잔을 기울였다. 자판기 커피 마시면서 저토록 섹시하기도 힘들 거다. 부럽다.

"승채와 아주 잘 어울리던데요. 그런 얘기 많이 듣죠?"

내 말에 그녀는 커피를 마시다 말고 나를 지그시 바라보았다. 외국인처럼 깊이 팬 눈이 가까이 보니 무척 인상적이다. 화장을 잘하면 나도 가능해지려나? 성형을 하기 전에는 정말 꿈같은 일이겠지.

"승채 씨가 그래요, 나랑 사귄다고?"

"아니, 뭐, 꼭 그런 얘기 한 적은 없지만…… 아닌가요, 사귀는 사이?"

내가 정색을 하며 묻는데도 서현은 긍정도 부정도 하지 않은 채 예쁜 미소만 머금고 있을 뿐이었다. 참으로 아리송한 커플이랄 밖에. 만약 사귀는 게 아니라면 어찌 섹스를 할 수 있단 말인가. 요즘 유행처럼 번지고 있는 섹스 파트너는 아니겠지? 그걸 쿨하다나 뭐라나 하면서 사랑도 없이 섹스만 나누는 그런 미친 것들도 있다던데, 내 머리로는 도저히 상상할 수 없는 그런 부류는 아닐는지.

"신리 씨는 애인 있어요?"

"아뇨, 하지만 사랑하는 사람은 있어요."

"그래요? 물론 승채 씨는 아니겠군요."

서현은 아무래도 내가 승채를 가로채기라도 할 줄 아는지 자

신을 안심시키고자 하는 질문들로 나와 승채 사이에 바리케이
드를 하나씩 치고 있었다. 사실상 그녀에게 위협적인 존재가 아
닌 나로서는 그녀의 질문들에 내심 당황스럽기도 하고, 안돼 보
이기도 했다. 바람둥이 기질이 다분한 애인을 둔 여자라면 누구
나 그런 속사정은 있기 마련인가 보다. 지나가다 무심결에 한번
쳐다본 여자들도 죄다 적으로 보인다더니, 같은 여자가 보더라
도 완벽에 가까운 미모와 지성을 겸비한 최서현도 불안을 느낄
정도면, 승채가 어떤 인간일지 가히 짐작이 가고도 남았다.

"당연하죠! 솔직히 말씀드리면 학생 때도 그다지 좋은 교우
관계는 아니었어요. 친구든 애인이든 서로 느낌이 통해야 되는
건데, 승채와는 늘 상극이었거든요. 그건 앞으로도 바뀌지 않을
성싶네요."

"그렇군요. 솔직한 답변 고마워요. 신리 씨, 보기보다는 아주
화통하네요."

"제가 보기에도 승채보다는 서현 씨가 훨씬 낫군요."

묘한 매력을 풍기는 여자. 아마도 그녀에 대한 선입견이라면
빨간색 매니큐어와 회의실에서의 무분별한 섹스 행각 때문일
것이다. 그러나 짧은 대화에서 그녀는 겉으로 풍기는 도발적인
매력과 더불어 속에서 우러나오는 우아미까지 겸비해 있었다.
부드러운 커피 같은 말투와 정중한 매너는 내가 가졌던 선입견
을 다소 누그러뜨리는 데 일조했다. 승채가—나를 비롯한—여자
보는 눈은 제대로 박힌 모양이다.

"어제는…… 솔직히 조금 불안했었어요. 승채 씨가 술 취한 신리 씨를 챙기는 걸 보고."

"그거 오해예요. 우리 아무 일 없었어요. 집에 바래다주고 바로 갔는걸요. 가면서도 얼마나 투덜대던지."

"그래요? 승채 씨 그렇게 매너없지 않은데, 정말 사이가 안 좋긴 한가 보군요."

"그, 그럼요. 안 그래도 벌써 대판했는걸요."

"저런. 그래도 이왕 한솥밥 먹게 됐으니 꼭 그렇게 지낼 거 뭐 있어요. 우리 앞으로 잘 지내요."

"네, 네, 고마워요."

하도 긴장을 한 탓에 거푸 고개 숙여 인사를 하다가 들고 있던 커피 잔을 쏟고 말았다. 그 바람에 커피가 모두 내 옷 위로 쏟아졌고, 워낙 흰색을 좋아하는 탓에 내 옷의 대부분이 그러해서 커피를 쏟은 자리는 얼룩이 더욱 도드라져 보였다. 그러나 지금은 옷이 문제가 아니었다. 서현이 내 안색을 살피는 눈치여서 나는 냉정함을 되찾기 위해 무진 애를 써야 했다. 내가 여기서 지나치게 당황한 모습을 보이면 지금까지 승채에 대해 한 말들은 모두 거짓이 돼 그야말로 오해받기 딱 좋았으니 말이다.

"괜찮아요? 옷을 다 버렸으니 어째."

"괘, 괜찮아요."

나는 서둘러 일어남으로써 일단 그녀와의 자리를 피했다. 도무지 심장이 떨려 어떤 변명도, 대처도 할 수가 없었으니 한 발

물러선 뒤 차근히 마음을 가다듬는 것이 상책일 듯싶었다.

부리나케 화장실로 들어간 나는 커피 물을 지울 생각은 고사하고, 우선 맨 끝 칸으로 들어가 변기 뚜껑을 내리고 무너지듯 주저앉았다. 그리고 그때부터 내 머리 속에서는 커다란 타종(打鐘) 소리가 땡땡 울려대기 시작했다. 과음 후유증은 편두통을 필두로 배탈, 설사, 식욕부진 등등 온갖 잡병(雜病)을 동반했는데 그중에서도 눈앞이 캄캄해지는 증세가 계속되었다. 물론 엎친데 겹친 격으로 간밤에 내게 키스를 퍼부은 사람이 진채가 아니라 승채라는 사실에 그 충격이 이제껏 가시질 않은 상태였다.

그런 데다 서현에게 그 일을 해명까지 해야 하다니 나는 억장이 무너져 한동안 화장실 변기 위에 웅크리고 앉아 머리를 싸매고 있어야만 했다. 내 얼굴에는 생기가 싹 가셔서 거의 폐인 지경이 되어버렸고, 심장은 딱딱하게 굳어졌으며, 온몸의 피는 싸늘하게 식었다. 또한 머리 속에서는 오로지 승채를 어떻게 죽여줄까 하는 고심으로 가득 차 있었다. 생각할수록 분하다. 간만에 죽고 싶은 생각이 솟구쳐 올랐다. 그냥 이대로 변기통에 머리를 처박고 죽어버릴까? 아아, 정말 미치겠다.

✳

"이번에 새로 출시할 예정인 기초 화장품의 기획안이 나왔습니다. 담당자는 오유채 실장님이시고, 콘셉트는 마음까지 화장해 드립니다, 입니다. 오유채 실장님, 발표하시죠.”

　환영식이 있고 며칠 후, 신상품 프로젝트팀에 합류한 나는 회의실에서 기획안 발표가 있다 하여 참석했다가 참으로 어이없는 일을 당했다. 유채의 발표를 듣고 있자니 기가 막혀 웃음도 안 나왔다. 콘셉트가 ‘마음까지 화장해 드립니다’ 라고? 그건 내가 면담 시에 한 얘기라고 저한테도 엄연히 말을 했던 건데, 어째서 그게 자기가 만든 기획안에 버젓이 올라와 있는 것인가. 맞은편 자리에 앉아 있던 승채가 굳어가는 내 얼굴을 물끄러미 쳐다보다 시선이 마주치자 싸늘하게 눈길을 돌렸다.

　“자, 프로젝트 팀원들은 오늘부터 밤샘 각오하는 게 좋을 겁니다. 그리고 이번 주말에는 1박 2일로 단합회를 갈 예정이니 준비하십시오. 놀러가는 게 아니고, 극기훈련이니까 너무 좋아할 건 없습니다.”

　팀장인 진채가 팀원들에게 겁을 주고 있었다. 나야 진채와 함께라면 밤을 새는 거든 극기훈련이든 문제겠는가마는, 이번 프로젝트팀에는 유채와 승채까지 끼어 있으니 비위가 상하는 건 어쩔 수 없었다. 특히 지난번에 호텔에서 대판 한 이후로 승채는 나를 아주 깔보기로 작정을 한 모양이어서 눈길이 예전보다 더 곱지 못했다. 내가 상대도 못 알아보고 키스를 하고, 호텔까지 간 게 마치 상습범이나 되는 듯. 그럼, 잊은 지가 옛날이라 해놓고 술 취한 내게 키스를 한 저는 뭔데? 그게 다 충동적이고 동물 근성을 지닌 남자들의 주접이 아니고 무엇이랴.

생각할수록 열불이 이는 탓에 나 역시 승채를 보는 시선이 고울 턱이 없었다. 이것은 한팀원이 아니라 라이벌 회사끼리 맞붙은 것 같아서, 회의실 안은 싸늘한 정적마저 감돌았다. 승채가 먼저 회의 자료들을 챙겨 벌떡 일어나 나갔고, 그 옆에 앉았던 서현이 따라 나갔다. 나는 유채가 나가기를 기다렸다가 이내 뒤따랐다.

"오유채 실장님."

내 부름에 가던 걸음을 멈추고 유채가 돌아섰다.

"뭐예요?"

그녀는 안색 하나 바뀌지 않고 천연덕스럽게 대꾸했다. 두껍기도 하지, 어쩜! 속에서 끓어오르는 분을 삭이느라 내 눈가가 파르르 떨렸다.

"기획 콘셉트에 대해 질문이 있는데 여기서 할까요, 아님 자리를 옮길까요?"

그녀는 영악한 눈을 빛내며 잠시 생각에 잠기더니 곧 답을 내렸다.

"내 방으로 가지."

엘리베이터 안에는 먼저 나갔던 승채와 서현, 그리고 뒤이어 나와 유채가 합류했다. 네 사람 모두 함구한 채여서 분위기는 삭막 그 자체였고, 저기압인 공기에 숨이 콱콱 막힐 지경이었다.

"저녁에 가족 회식 있으니 서현 씨도 승채랑 함께 와요. 아버지가 한번 보자세요."

서현에게 대하는 유채의 태도는 나와 아주 딴판으로 목소리가 싹싹하기 이를 데 없었다. 그게 다, 나더러 들으라는 술수라는 걸 모르는 바 아니어서 나는 엘리베이터 층수가 바뀌는 것만 딴청 부리듯 올려다보았다.

"네, 승채 씨와 의논해 볼게요. 신경 써주셔서 고맙습니다."

서현이 상냥하게 감사를 표했다.

겨우 세 층 올라가는 게 어찌나 더디던지. 마침내 제품 개발실 층에서 엘리베이터 문이 열리자, 내 뒤편에 서 있던 승채가 나를 툭 밀치며 서현의 어깨를 보호하듯 감싸 안고는 내렸다. 사과 한마디 없이 서현을 꼭 끌어안고 가는 그의 뒷모습에 내 두 눈에는 칼날이 바싹 일어섰다. 유채가 내 안색이 변하는 걸 보고는 살짝 입술을 틀어 비웃었다. 나는 보이지 않게 입술을 깨물고 속으로 이를 박박 갈았다.

"그래, 얘기해 봐. 나한테 할 얘기가 뭐지?"

유채는 책상 위에 자료 파일을 툭 던지며 똑똑 부러지는 말투로 내게 묻고 있었다. 어쩜 저리도 뻔뻔스러울꼬. 저런 년은 필히 죽을 때 병원에다 몸을 기증해야 하리라. 도대체 뇌 구조가 어떻게 생겨 먹었는지 연구 대상이 아닐 수 없다. 가증스러운 것 같으니!

"마음까지 화장해 드립니다! 그거 너무하다는 생각 안 들어요?"

"뭐가? 콘셉트가 마음에 안 들어? 그럼 아까 회의실에서 말을 하지, 굳이 여기까지 쫓아와서 건방 떨 필요는 없지 않아?"

그녀는 자신의 배나 되는 의자에 몸을 푹 기대고 앉아 나를 말똥말똥 쳐다보며 말했다.

나는 어이가 없어 혀를 차며 웃었다. 그리고는 천천히 책상 위에 두 팔을 디디고 그녀 앞으로 몸을 숙였다. 내가 심상치 않게 굴자, 유채도 매섭게 눈을 치뜨고는 나를 노려보았다.

"이것 보세요, 오유채 실장님. 수단과 방법을 가리지 않는 걸 보니 사업가로는 아주 대성하겠네요. 어디 겁나서 말이나 제대로 하겠으며 일할 맛이나 나겠어요? 남의 말을 가로채서 자기 기획안으로 써먹다니 대단하십니다. 이 회사로 오길 정말 잘했지 뭐예요. 한 수 톡톡히 배웠어요. 고맙다는 말씀 드리고 싶어서 따로 보자고 한 겁니다. 앞으로 또 아이디어가 딸리거든 언제든 말씀하세요, 기꺼이 가르쳐 드릴 테니."

유채의 눈에 날이 바싹 서는 걸 보면서도 나는 비아냥거리기를 중단하지 않았다. 유채는 암고양이처럼 손톱을 세우고, 내 코앞에다 제 얼굴을 들이밀었다.

"착각하지 마, 너! 그깟 아이디어 정도는 누구 머리에서든 나올 수 있는 거였어. 네가 써먹을 정도면 벌써 다른 회사에서는 사용하고도 남아. 너에게 그럴 기회나 올지 모르겠지만 말이야!"

"실장님이 방해만 하지 않는다면 충분히 가능성이야 있겠죠.

안 그래요? 그럴 기회조차 주지 않을 거면 뭐 하러 스카우트를 해왔겠어요?"

"까불지 마! 네가 대단해서 스카우트되어 온 줄 아는 모양인데, 그게 다 승채 덕분인 줄 알아. 너 아니라도 스카우트해 올 재원들, 줄 섰어. 그런데도 승채가 굳이 널 택한 거야. 사람이 은혜를 입었으면 고마워할 줄을 알고 겸손해야지, 여기가 어디라고 네 까짓게 길길이 날뛰는 거야? 한 번만 더 내 앞에서 까불면 그땐 해고시켜 버릴 테니 그리 알아. 네가 뭘 믿고 이렇게 오만방자한지 모르겠다만, 예전처럼 승채 등 업을 생각일랑 아예 꿈도 꾸지 마! 승채가 아무리 널 감싸고 돈다 해도 여긴 회사야. 너네 연애하는 장소가 아니란 말이야!"

이건 또 무슨 귀신 씨나락 까먹는 소리인가. 날 스카우트해 온 사람이 진채가 아니라 승채라고? 나는 눈알이 튀어나올 지경으로 유채에게 얼굴을 바짝 들이대고 노려보았다. 내 서슬에 놀란 유채가 움찔 뒤로 물러나는 바람에 의자에 더 깊이 파묻혀 버렸다.

"지금…… 뭐라…… 그랬어? 날 스카우트해 오자고 한 사람이…… 승채였단 말이지?"

내 이놈을! 나는 유채의 대답을 듣기도 전에 사무실을 튀어나갔다. 그리고 엘리베이터를 기다릴 틈도 없이 계단을 쿵쾅거리며 달려 내려가 쏜살같이 제품 개발실로 뛰어들어 갔다.

"오승채 어디 있어요?"

내 기세에 놀란 직원이 손가락으로 샘플 보관실을 가리켰다.
나는 두 주먹을 꽉 움켜쥔 채 팔을 마구 휘저으며 노크할 생각
도 않고 샘플 보관실 문을 벌컥 열어젖혔다.

"야! 오승채!"

검지를 휘어지도록 세우고 팔을 쫙 뻗으며 소리부터 내질렀
으나, 순간 그 자리에서 돌처럼 굳어지고 말았다. 왜인고 하니
승채가 글쎄, 제 입술에다 빨간색 립스틱을 바르고 서 있는 게
아닌가. 한 손에 립스틱을 들고 거울을 들여다보며 있다가 느닷
없이 내가 출연하는 바람에 미처 닦을 틈을 찾지 못했던 그는
멀거니 나를 쳐다보기만 했다. 저런 변태! 이젠 아주 가지가지
하는구나.

"너 뭐, 뭐 하는 짓이야?"

내가 경악하여 얼굴이 새파랗게 질려 물어도, 그는 태연히 티
슈 통에서 휴지를 몇 장 톡톡 꺼내어 입술을 쓱쓱 문질러 닦았
다. 그때 내 뒤로 서현이 립스틱들이 죽 꽂혀 있는 상자를 들고
들어왔다.

"어머, 신리 씨. 실장님 방에 간 줄 알았더니 그새 온 거예요?
근데 왜 그러고 섰어요?"

어째서 내 눈에는 승채의 변태적인 행각이 서현의 눈에는 아
무렇지도 않게 비치는 것인지 도무지 이해가 가지 않았다. 그녀
는 상자를 승채 앞에 놓더니 화장 솜에다 입술 전용 리무버를
톡톡 두드려 바르며 상냥하게 말했다.

"승채 씨, 제발 리무버 좀 써. 그렇게 하면 잘 안 닦인대도. 이
것 봐, 다 번져 버렸잖아. 돌아서 봐. 내가 해줄게."

서현이 화장 솜을 손가락 사이에 단단히 고정시키고는 그의
얼굴에 들이대자, 그는 매정하게도 고개를 뒤로 싹 물리고는 쌀
쌀맞게 소리쳤다.

"내 얼굴에 손대지 마!"

싸늘한 그 말 한마디가 얼마나 서운했으면 서현의 그 예쁜 얼
굴에 금세 절망의 빛이 서렸다. 오히려 내가 민망해서 눈을 어
디다 둬야 할지 헤매었을 정도다. 나도 있는데 얼마나 무안했을
까. 아무튼 성질머리 하고는, 쯧.

"신리, 너도 할 얘기 있음 빨리 하고 가. 나 지금 바빠."

그는 서현이 내미는 화장 솜을 신경질적으로 낚아채어 입술
을 닦아냈다. 도대체 남자새끼가 저게 뭐 하자는 짓인지, 참. 그
나저나 내가 여기 왜 왔더라? 그의 엽기적인 행각에 또 한 번 놀
란 나머지, 나는 유채 방에서 여기까지 한달음에 달려온 까닭을
깜박 잊고 말았다.

내가 말이 없이 눈알만 굴리며 서 있자, 승채는 입술을 닦다
말고 거울을 통해 기분 나쁜 눈초리로 쳐다보았다.

"왜 왔냐니까! 귀먹었어?"

저 자식이 근데! 기차 화통을 삶아 먹었나, 소리는 왜 버럭버
럭 지르고 난리야? 내가 눈을 부릅뜨자, 그는 화장 솜을 팽개치
고 내 쪽으로 성큼성큼 다가와서는 어깨를 구부정하게 숙여 내

코앞에다 제 얼굴을 쓱 들이대었다. 입술 언저리에는 채 지워지지 않은 붉은 립스틱 자국이 그대로 묻어 있었다.

"또 뭐냐고?"

"그게…… 에이, 씨! 너 땜에 까먹었잖아! 도대체 립스틱은 왜 처바르고 있는 건데? 변태같이!"

"뭐, 변태? 이젠 시비를 걸다 걸다, 걸 게 없으니까 남 일하는 데까지 쫓아와서 행패냐? 나 오늘까지 지난번에 출시한 립스틱에 대한 보고서 작성해야 돼. 립스틱 발랐을 때 촉감 상태를 알아보려고 직접 실험 중이야."

"뭐?"

"너, 전에도 립스틱 묻은 내 얼굴 보고 엉뚱한 소리 한 거 맞지? 회의실에서 섹스 행각을 벌였느니, 어쨌느니."

"어머나!"

서현이 소리를 지르며 두 손으로 제 입을 가렸다. 그리고는 문까지 곱게 닫아주고는 나갔다. 고로 나는 이제 독 안에 든 쥐다.

"그럼 그날…… 회의실 주범이…… 네가 아니었단…… 거…… 야?"

오승채, 눈 똑바로 뜨니 무섭다. 아, 이 난관을 또 어찌할꼬. 완전히 오인해서 재회한 첫날부터 그딴 얘기를 얼굴 똑바로 쳐다보고 마구 퍼부어댔으니 이게 무슨 망신이란 말인가. 궁지에 몰린 나는 입술만 쥐어뜯으며 서 있다가, 내가 여기까지 온 이

유를 갑자기 떠올리고는 눈이 번쩍 뜨였다. 그러고 보니 내가
지금 이렇게 죄인처럼 서 있을 게재가 아닌데.

"그건 그렇고, 네가 날 이 회사에 스카우트했다는 소리는 뭐
야? 그게 사실이야? 사실이면 해명해 봐! 왜 그런 건데? 네가 뭔
데 날 스카우트해? 응? 말해 봐! 말해 보라니까!"

상황을 역전시키기 위해 속사포를 다다다 쏴대자 그는 당
황한 기색이 역력해서는 떠듬거리며 되물었다.

"누나가…… 그래?"

그가 기가 눌린 걸 눈치챈 나는 더욱 의기양양해져서 두 팔을
허리에 턱 고이고는 떼먹힌 곗돈 받으러 온 여자처럼 소리쳤다.

"그래! 스카우트해 올 재원들 줄 섰는데 네가 굳이 나를 택했
다며? 너, 내가 여기 온 첫날, 나한테 어떻게 했니? 너, 그날 내
가 올 줄 다 알고 있었으면서 일부러 쇼한 거잖아! 아냐? 왜 말
못해? 맞으면 맞다, 아니면 아니다, 사람이 물으면 대답이 있어
야 할 거 아냐. 계속 이렇게 사람 무시할래?"

승채는 귀밑까지 시뻘겋게 달아올라 어쩔 줄 몰라 하다가, 내
가 숨도 못 쉬게 다그치자 냉큼 되받았다.

"그래! 내가 그랬어! 네가 올 줄 다 알고 있었어! 됐냐?"

이제야 이실직고하는군. 이번에는 목소리 톤을 최대한 낮추
고, 심문하는 형사처럼 눈알을 번쩍 빛내며 캐물었다.

"근데 왜 그랬어?"

"네가 자존심 상할까 봐! 내가 널 부른 거 알면 틀림없이 거절

했을 거잖아. 그래서 형한테 대신 부탁했던 거야.”

그는 나와 시선도 맞추지 못한 채 대꾸했다. 넥타이를 느슨하게 풀어 젖히는 폼이 꽤나 목이 타는가 보다. 그가 얼굴이 벌게지는 것과는 상반되게 내 안색은 더욱 차갑게 식어가고 있었다.

“그럼…… 나에 대해 잊었다는 말은? 그것도…… 거짓말이었니? 너랑 나랑 한반이었던 게 고2 때였는지 고1 때였는지, 너랑 나랑 뽀뽀를 했었는지 안 했었는지 헷갈려 했던 거, 그것도 쇼였던 거야?”

“신리야, 그건…….”

“말해! 말하란 말이야! 다 알면서, 다 기억하고 있었으면서 감쪽같이 속인 거잖아! 기분이 어떻던? 사람 갖고 노니까 그렇게 재밌던? 예나 지금이나 하나도 달라진 거 없어, 개자식!”

“잠깐만!”

휙 돌아서는데 그가 재빨리 내 손목을 낚아채어 잡아당겼다. 그 힘에 나는 그의 품에 와락 안긴 꼴이 되고 말았다. 그는 기회다 싶었는지 반사적으로 뿌리치려는 내 몸을 더욱 세게 끌어안았다.

“미안해, 얘기하려고 했는데 번번이 기회를 놓쳤어. 네가 다가갈 틈을 주지 않았잖아. 그리고 나 같은 건 안중에도 없었잖아. 그때나 지금이나 하나도 변함없는 건, 너야. 그런 널 보면서 내가 어떻게 해야 할지 모르겠더라. 지난 칠 년 동안, 너만 형을 사랑했던 게 아냐. 나 역시 한국에 돌아올 날만 손꼽아 기다렸

어. 한 달 동안 너 찾느라 얼마나 힘들었는지 알아? 겨우 널 찾
아냈는데, 네 눈에는 여전히 형밖에 없는 거야. 그걸 안 내 심정
이 어땠을 것 같니? 네가 사랑하는 사람이 형만 아니었어도 어
떻게 해서든 널 가졌을 거야. 그 호텔에서 벌써 결단났을 거라
고. 가끔은 네가 사랑하는 사람이 형이어서 다행이란 생각도 들
었어. 안 그랬음 내 마음대로 널 내 여자로 만들었을 테니까. 하
지만 그러고 싶지 않았어. 두 번 다시 네가 나로 인해 가슴 아프
고, 눈물 나는 일 없게 해주고 싶어서 참고, 또 참고…… 지금도
참고 있어. 그러니 제발, 널 스카우트해 온 사람이 나라서 사퇴
를 하겠다거나 그런 말만 하지 마. 그냥 있어주라. 네가 원하는
대로 다 해줄 테니까 떠난다는 말만…… 하지 마.”

남자의 눈물을 본다는 건 여자에게도 고역이다. 여자가 울 때
남자는 무섭다지만, 남자가 울 때 여자는 미친다. 그건 상대를
사랑하고 안 하고를 떠나서 객관적으로 봐도 그렇다. 하물며 남
자의 눈물을 제공한 여자라면 일말의 자책감 정도는 누구에게
나 있다. 나 역시 승채의 가늘게 떨리는 몸과 어쩌면 나보다도
더 힘들고 지쳤을 마음을 피부로 느끼면서 조금은 양심에 찔렸
다.

이 방에 올 때까지만 해도 내가 승채의 품에 안겨 있게 되리
라고는 상상조차 못했었기에 사실은 나도 어찌할 바를 모르기
는 마찬가지였다. 게다가 눈물까지 흘리다니 나도 인간인지라
냉정하게 뿌리칠 수만은 없어 그가 울먹이며 하는 얘기를 다 들

어주었다. 그리고 그가 날 오래전에 잊었고, 그의 인생에서 가장 잊고 싶었던 순간이 바로 나라고 했던 게 모두 거짓이었다는 걸 알았을 때, 화를 내야 마땅한데 되레 후련해지니 별일이었다. 이로써 그와 나 사이에 화해 모드가 조성되려나. 그만 보면 신경을 곤두세우던 뇌도 분위기에 적응을 하는 걸 보면 여기서 내가 더 이상의 오버를 펼치는 건 불가능하다.

"알았으니까…… 그만 풀어줘."

내가 의외로 차분한 태도이자 그는 약간 주저하면서 나를 품 안에서 놓아주었다. 승채의 눈이 빨갛게 충혈되어 있었다. 광대처럼 눈도, 입 주위도 벌건 그의 얼굴을 보니 도로 심란해질 것 같아서, 나는 그에게서 얼른 시선을 거두고 말했다.

"약속할게. 또 다른 이유가 없는 한, 너 때문에 이 회사를 사퇴하는 일은 없을 거야. 대신 너도 약속해. 내가 원하는 대로 해주겠다고 한 거, 꼭 약속 지키겠다고."

그의 눈 속에 재차 어리는 눈물을 나는 부러 외면하고 돌아섰다. 내가 이토록 독한 여자였다니, 내 스스로도 경이롭다. 환경이 사람을 만든다는 말이 어느 정도 주효하다는 걸 나는 그때 확실히 깨달았다. 사람은 최악의 상태로 내려가면 내려갈수록 독해질 수밖에 없음은 진리라는 걸.

승채는 내가 저 때문에 사직을 할까 걱정돼서 차라리 평생 숨기는 게 나을 고백들을 쏟아내며 눈물까지 보였지만, 나는 애당초 사직을 할 생각은 추호도 없었다. 미쳤나. 진채를 두고 내 스스로 나가게. 더욱이 요즘 같은 불황에 이만한 대우를 받는 일자리가 어디 있다고. 바보 같은 승채는 제 꾀에 제가 넘어갔으니 이젠 그와 더 이상 쓸데없는 신경전을 벌이는 일은 없을 것이다. 이 정도면 내 앞을 가로막았던 태산 하나는 무너뜨린 셈이다. 이젠 유채, 그년만 남았다.

8

인상을 마구 구기면서 손등으로 입술을 닦다가 보니,
그가 뒷걸음질치면서 웃고 있었다
어어!
순간 가슴이 전기충격 받은 듯 저릿저릿해졌다
오승채도 해맑게 웃을 줄 아는구나

"랄랄라……."

콧노래를 부르며 나는 다 늦은 저녁에 손수 만든 김밥을 싸서 회사로 다시 가는 중이다. 진채가 야근을 하고 있다는 소식을 접했기 때문이다. 내일이면 단합회를 떠나기로 되어 있는데 전날까지 야근을 한다니 그냥 있을 수가 없어 야참을 준비해 그에게 가고 있다. 사랑하는 사람을 위해 야참을 준비하는 기분이야 해본 사람이라면 다 알 것이다. 준비할 때의 기쁨, 맛있게 먹어주는 거 볼 때의 기쁨이 얼마나 큰지.

대부분의 사무실이 불이 꺼져 있는 빌딩. 찬합을 들고 일층 엘리베이터 앞에 서 있는데 마침 문이 열리면서 윤 주임이 내려섰다. 그녀는 내리다 말고 나를 보더니 깜짝 놀라는 표정을 지었다. 나 역시 지금 이 시간에 그녀가 회사에 있으리라고는 생각도 못했기에 놀라긴 마찬가지였다. 게다가 나는 찬합까지 싸 들고 왔으니.

"어머, 신리 씨. 웬일이야, 이 시간에?"

"아, 네. 저기…… 사무실에 중요한 걸 두고 와서요. 찾으러 왔다가 팀장님 혼자 야근하신다기에 김밥 좀 갖다 드리려고 가져왔어요."

"아……! 그…… 래?"

그녀의 표정이 떨떠름한 거야 평소 나를 못마땅하게 여기던 여자들 중 하나이므로 그리 신경 쓸 것까지는 없다. 내일이면 입소문이 퍼져 있을 게 조금 걱정되긴 하지만.

"그런데 윤 주임님이야말로 이 시간에 웬일이세요?"

"나도 잠깐 뭘 가지러 왔어. 어서 가봐, 팀장님 배고프실 텐데."

"네. 그럼 들어가세요."

내가 고개를 숙이기가 무섭게 그녀는 황급히 정문 쪽으로 달아났다. 그때 내 시야에 잡힌 것이 있었다. 옷 뒤에 단추가 달린 블라우스를 입은 윤 주임은 단추 하나가 열려 있는 것도 모르고 서둘러 걸어가고 있었다. 회전문을 통해 눈 깜짝할 새 사라져 버린 그녀의 뒷모습이 내내 머리 속에서 사라지지 않는 것은 바로 그 풀어진 단추 때문이리라.

사무실 문을 배꼼 열고 들어갔더니 진채는 피곤했는지 소파에 길게 드러누워 있다가 나를 보자 난색하며 반겼다.

"웬일이야, 이 시간에?"

나는 양 입가를 예쁘게 위로 말아 올려 미소 짓고는 찬합을 소파 테이블 위에 올려놓았다.

"이게 뭐야?"

"야참이요. 지금쯤 출출할 것 같아서."

찬합 뚜껑을 열어 그의 앞에 밀어 놔주고, 나무젓가락을 뜯어 손에 쥐어주었다.

"와아! 이거 네가 직접 만든 거야?"

그는 찬합 속에 차곡차곡 담긴 김밥을 들여다보더니 감탄사를 내뱉으며 물었다. 나는 으쓱해져서 고개만 까닥대었다.

"진짜 맛있겠다! 마침 배고프던 참이었는데 너랑 필이 통했나 보다. 잘 먹을게, 고마워."

"잠깐만, 오빠."

나는 얼른 생수통에서 물을 따라다 그에게 내밀었다.

"물부터 마시고 먹어요. 체해요."

그는 말 잘 듣는 학생처럼 물 한 잔을 꿀꺽대며 마셨다. 목이 무지 탔었던 듯.

"너도 같이 먹어."

"전 만들면서 많이 주워 먹은걸요."

"그래도 그렇게 쳐다만 보고 있음 내가 민망하잖아."

그가 쑥스럽게 웃었다. 그리고 김밥 하나를 집어서 막 입으로 가져갔을 때였다. 문이 열리기에 뒤를 돌아보았더니 승채다. 그는 나를 보더니 혈침(血枕) 맞은 사람처럼 그 자리에 우뚝 서버렸다. 그도 지금 이 시간까지 야근하는 줄 몰랐기에 나 역시 멋쩍게 시선을 피하고 말았다. 나와 승채 사이의 어색한 기류를 눈치챈 진채가 얼른 말을 꺼냈다.

"마침 잘 왔다. 신리가 김밥 싸왔는데 같이 먹자. 이리 와."

그냥 나갈 줄 알았더니 그는 아무 말 없이 소파로 와서 앉는다.

"신리야, 젓가락 또 없니?"

"어, 없는데……."

"괜찮아, 손으로 먹으면 돼."

그러더니 승채는 손가락으로 김밥을 덥석덥석 집어 먹었다. 물도 없이 꾸역꾸역 김밥을 우적거리고 있는 그를 보노라니 체할 것 같은 사람이 따로 있어서, 나는 물을 한 잔 더 따라와 그의 앞으로 밀어 놔주었다.

"물…… 마셔."

그는 대답도 없이 물을 들이켰다. 물이 그의 목선을 타고 꿀꺽꿀꺽 내려가는 걸 보고 있자니, 내가 왜 이리도 목이 타는 것인지. 예정에도 없던 윤 주임을 만나지를 않나, 승채가 끼어들지를 않나, 오늘도 진채와 단둘이 오붓한 시간을 갖기는 다 글렀다.

“너도 야근하고 있는 줄은 몰랐는데.”

진채의 말에 승채는 김밥을 입 안 가득 넣고는 웅얼거렸다.

“보고서를 아직 다 못했어. 오늘까지 마무리를 해놔야 내일 단합회 갈 거 아냐.”

“그랬어? 뭐가 문젠데 그래?”

“일하다가 그냥 내려와 본 것뿐이야. 집에 전화했더니 형도 야근한다기에 같이 야참 먹자고 할 참이었어. 안 그래도 배고프던 차였는데 알아서 김밥 싸다 주는 사람도 있고, 잘됐네. 귀찮게 안 나가도 되고, 시간도 단축되고.”

“그러게. 신리가 선견지명이 있나 보다. 그러지 말고, 할 일 많이 남았으면 신리한테 도와달라 그래. 신리, 괜찮지?”

“네? 아…… 그게…….”

내가 선뜻 대답을 못하자, 승채가 얼른 말을 가로챘다.

“고맙다, 김밥 싸온 것도 모자라서 일까지 도와주겠다니. 나, 다 먹었어. 그만 올라가자.”

자리를 툭툭 털고 먼저 일어나 나가 버리는 그를 보며 나는 금붕어처럼 입만 벙긋거렸다.

“나중에 일 끝나면 내려와. 김밥 다 먹고, 찬합은 잘 싸둘 테니까.”

“……네.”

눈물을 머금고 자리에서 비척대며 일어나 승채를 따라 나갔다. 진채는 더 이상 내게는 신경도 안 쓴 채 신문을 끌어다 펼쳐

놓고 들여다보면서 김밥을 입 안에 넣고 있었다. 무심한 사랑이여. 나는 가슴이 갈고리에 채인 듯 아팠다. 내가 저 김밥을 싸느라 몇 시간을 투자했는데, 먹기는 엉뚱한 놈이 다 먹고 예정에도 없는 야근까지 덤으로 하게 생겼으니 기도 안 찬다. 승채도 있는 줄 알았으면 차라리 안 오고 마는 건데. 그러나 어쩌랴, 이미 엎질러진 물. 꼼짝없이 승채에게 붙잡혀 그의 방으로 끌려가는 운명에 처하고 말았으니.

아무도 없는 제품 개발실. 자기 자리로 가자마자 그는 산더미 같은 자료들을 내 품에 덥석 안겨주었다.

"이거 분류 좀 해줘. 연도 별로 체크되어 있을 거니까 립스틱 건만 찾아서 따로 모아주면 돼."

나는 쏟아질 것 같은 자료들을 조심조심 끌어안고 맞은편 책상에 내려놓았다. 글씨가 빽빽한 자료들을 보자 벌써부터 눈알이 팽팽 돌 지경이다. 하지만 어쩔 수 없는 노릇이라 책상 앞에 앉아 첫 장부터 찬찬히 훑어나가기 시작했다.

탁탁 탁탁……. 사각…… 사각…… 삭삭…….

그가 컴퓨터로 타이핑치는 소리와 내가 자료들에 연필로 체크를 하는 소리만 정적을 꿰뚫고 있다. 그의 사무실에 있은 지꽤 시간이 지난 듯했으나, 얼른 일을 끝내야 한다는 강박관념으로 인해 나는 흐르는 시간까지는 체크할 여력이 없었다. 자료에 체크를 해주고 있다 보니, 단지 이 많은 자료를 혼자 다 하려면 날을 새도 모자랐을 거란 생각을 하게 되었을 뿐이다. 진작 해 놓을 것이지. 이렇게 발등에 불이 떨어질 때까지 뭘 했단 말인가. 속으로는 한심스럽기 그지없었지만 그것마저도 쫓기는 시간 덕에 묻혀 버렸다.

깨알 같은 글씨를 들여다보고 있으려니 눈은 점점 침침해지고, 목과 어깨가 빠질 것같이 아파왔다. 고개를 살짝 뒤로 꺾으며 시선을 들어 쳐다보니, 맞은편에 앉은 승채는 컴퓨터 화면을 들여다보며 타이핑 치는 데만 몰두해 있었다. 우리가 앉은 책상 쪽만 불을 켜놓은 탓에, 승채의 얼굴은 음영이 짙게 드리워져 윤곽이 더욱 뚜렷해졌다. 그래서인지 굵은 선이 꽤 남자다운 느낌으로 다가왔다. 날카로운 눈매, 얼굴을 세로로 가로지르는 곧은 콧날, 그 밑으로 자연스레 이어지는 입술 선은 고집스럽게만 유지해 왔던 내 인식을 다소 새롭게 해준 계기가 되었다. 화면 안에 뭐가 나왔는지 그의 눈빛에 어리는 장난스러운 표정이 그러했고, 웃음을 머금으며 찡긋하는 콧날, 그리고 빙그레 웃음을 짓는 그 입술이 그러했다. 미술품을 감상하며 천차만별의 느낌을 가지듯이 나도 그때 우연찮게 그의 얼굴을 감상하면서 천차만별의 그 감성 중 하나를 느끼고 있었다. 그게 무엇인지는 모르겠지만 새로운 음악을 발견하고는 아! 하는 짧은 감탄사를 내뱉는 것과 같은 기분이었다고나 할까.

내가 시선을 떨어뜨리고 씁쓸하니 웃는데, 그 소리를 들었는지 그가 내 쪽은 쳐다보지도 않고 말했다.

"힘들면 쉬었다 해."

나는 다시 자료집에 머리를 묻으며 대꾸했다.

"아냐, 얼른 하고 쉬는 게 나아."

그러자 그가 먼저 컴퓨터 앞에서 물러나 소파로 가서 풀썩 주저앉았다.

"난 담배 한 대 피워야겠다. 너도 이리 와서 잠깐 쉬어. 커피 한 잔 마시든지."

와이셔츠 앞 주머니에서 담배와 라이터를 꺼내어 테이블 위로 툭 던진 그는 담배 한 대를 여유있게 피워 물었다. 정말 커피 생각이 간절하였기에 나도 그만 자리에서 일어났다. 그는 다리를 테이블 위로 길게 내뻗고는 소파에 푹 기대어 담배를 맛나게 피워댔다. 그래도 피곤한 기색은 얼굴에 고스란히 드러나 엄지손가락으로 눈두덩을 꾹꾹 눌러대었다.

"커피 뽑아다 줘?"

내가 물었더니, 그는 약간 지친 목소리로 대답했다.

"그럼 고맙고."

커피를 뽑으며 나는 생각에 잠겼다, 내가 왜 이 늦은 밤에 승채와 함께 있는 것인지에 대해서. 정작 진채를 만나러 와서는 승채에게 걸려 야근을 하는 신세가 되어 있으니 어처구니가 없다가도, 한편으로는 잘 왔다는 생각이 드니 별일이었다. 내가 안 왔다면 그는 영락없이 혼자 밤샘을 했을 테니까. 불쌍한 인간, 도와주는 셈치자. 이왕 도와줄 거 기분 좋게 일하자.

내 자신을 다독거리며 커피 두 잔을 양손에 들고 다시 사무실 안으로 들어갔을 때, 그는 담배를 입에 문 채 눈을 감고 있었다. 털지 않은 담뱃재가 아슬아슬하게 불의 경계선에 붙어 있었다. 내가 들어온 것도 모르는 걸 보니 그새 잠이 든 모양이다.

커피 잔을 조심스레 테이블 위에 내려놓고, 그에게 가까이 다가가 앉았다. 갑자기 부르거나 흔들어 깨우면 담뱃재가 그의 하얀 와이셔츠에 떨어져 내릴 것 같아서였다. 그의 입술 사이에 불안하게 끼어 있는 담배부터 빼야 하리라. 그리고 내 생각대로 담뱃재를 떨어뜨리지도, 깨우지도 않고 그의 입술 사이에서 담배를 빼내는 데 성공했다. 휴지통에 담배를 얼른 비벼 끄고는 깨울 참으로 어깨를 조금 흔들어보았다.

"승채야, 지금 자버리면 어떡해. 일 마저 해야지."

그런데 그는 아예 내 무릎을 베고는 누워버리는 것이 아닌가.

"애 좀 봐, 내 무릎이 적선용 베개인 줄 아니? 당장 안 일어나?"

"잠깐만……. 졸려 미치겠다. 한 시간만 자자."

"기가 막혀. 그럼 한 시간 동안 나더러 이러고 있으라고?"

그는 내가 못 빠져나가도록 다리를 두 팔로 깍지 껴 단단히 틀어쥐더니 팔 사이에 얼굴을 묻어버렸다.

"너 이러는 거 반칙인 줄 알지? 나랑 약속했던 거 잊었어?"

"쿨…… 쿨……."

자는 척. 물끄러미 그를 내려다보다 나도 소파에 가만히 등을 기대었다. 그제야 그는 좀 더 편안한 자세를 잡느라 몸을 뒤채었다. 아무리 사무실 안이라 해도 와이셔츠 한 장만으로는 살갗에 닿는 선뜩한 밤공기를 피할 수는 없을 것이다. 그의 어깨가 시려 보인 것도 그 때문이었다. 그의 양복 윗도리는 옷걸이에 걸려 있고, 하는 수 없이 내 겉옷을 벗어 그의 어깨에 덮어주었다. 그래, 자라, 자. 인심 썼다.

"신리…… 신리야."

가뭇 잠 속에서 내 이름을 부르는 소리는, 틀림없이 일전에 술에 진탕 취했을 때 들었던 목소리와 똑같았다. 나는 억지로 눈을 떠 목소리의 주인공을 확인했다. 흐릿한 시야 안에 점점 클로즈업된 건 승채였다. 그렇지. 꿈에라도 그게 진채였으면 얼마나 좋겠냐만 불변의 법칙처럼 바뀔 수 없는 진리가 되어버린 그날의 주인공, 승채.

"음……."

나는 신음 소리를 내며 잠에서 서서히 깨어났다. 소파에 기대어 그가 자는 걸 보고 있다가 나도 모르게 잠이 들어버린 모양이다.

"지금 몇 시야?"

"새벽 두 시."

"뭣?"

나는 화들짝 놀라 잠에서 번쩍 깨어났다. 그 바람에 내 몸에

덮여져 있던 그의 양복 윗도리가 흘러내렸다. 그럼 몇 시간을 잤다는 거야, 대체!

"깨웠어야지! 미쳤어, 진짜!"

"잘만 잘 때는 언제고. 데려다 줄 테니까 걱정 마."

그가 투덜댔다.

"일해야 되잖아."

"다 했어."

"다 했다고?"

"응."

"그럼 진채 오빠는?"

"벌써 갔지."

"갔어?"

"그럼 가지, 뭐 해. 찬합은 주고 가더라. 잘 먹었다고 전해달래."

나는 덤덤하게 말하는 그를 한껏 째려주었다. 아이, 씨. 이게 아니었는데.

"참내. 아니, 한 시간만 잔다고 했으면 기다렸다가 깨워줘야지 너까지 자버리는 게 어디 있냐? 내가 알아서 일어났으니 망정이지, 단합회도 못 갈 뻔했잖아."

"그러게 누가 보고서를 늦게 쓰래? 어유, 정말. 너 땜에 못살아, 내가!"

나는 주먹을 쥐어 그의 어깨를 마구 때려주었다.

“어우, 손 매운 건 여전하네. 너, 옛날에 내 뺨 때렸던 거 기억나?”

그가 갑자기 옛 기억을 끄집어냈기에, 나는 휘두르던 주먹을 멈추고 그를 바라보았다. 창피하게 그때 얘기는 왜 꺼낸담.

“그때 처음 알았어, 오승채도 여자한테 뺨을 맞을 수 있구나 하는 거.”

“뭐?”

내가 어이없어 눈을 흘기자, 그는 피식 웃더니 소파에 머리를 툭 기대고 추억에 잠긴 눈빛으로 천장을 올려다보았다. 그러고 있으니 영락없는 열여덟 소년으로 돌아간 것 같다.

“그때로 돌아가고 싶니?”

내가 묻자, 그는 한 치의 주저함 없이 아니라고 대답했다. 그리고는 혼잣말처럼 중얼거렸다.

“그때 난 사랑이란 게 뭔지도 모를 때였어. 막연히 너라는 여자애가 신경 쓰였을 뿐이었지. 그게 사랑이란 걸 깨달을 때까지 너무 힘들어서 다시는 돌아가고 싶지 않아. 솔직히 지금도 그때를 생각하면 창피해. 널 그때가 아닌, 지금 만났더라면 내 인생은 또 달라졌을 거야. 내가 지금 그나마 참을 수 있는 건, 네가 사랑하는 사람이 우리 형이어서야. 나는 형을 좋아하니까. 하지만 언제까지 견딜 수 있을지는 모르겠어. 널 보고 있음 점점 더 자신이 없어지거든.”

“야, 그건…….”

그가 갑자기 고개를 내 쪽으로 돌려 빤히 쳐다보았기 때문에, 나는 그만 말문이 막혀 버렸다. 그가 지금처럼 그런 눈빛으로 나를 볼 때가 가장 무섭다. 급히 시선을 돌리고 대신 손만 내밀어 그의 얼굴이 정면을 보게끔 뺨을 밀었다.

"나 쳐다보지 말고 얘기해, 제발."

그가 가만히 내 손을 그러쥐었다. 손바닥끼리 완전히 밀착되도록 꼭꼭 감싸 쥐고는 자기 뺨에 갖다 대는 순간, 나는 가슴이 쿵 하고 내려앉고 말았다.

"이러지 마. 안 그러기로 약속했잖아."

내가 억지로 손을 잡아 빼려 하자, 오히려 그는 잡았던 내 손을 억세게 끌어당겼다. 그 바람에 나는 몸이 확 쏠려 그의 가슴에 코를 박고는 품에 안겨 버렸다. 내 등에 맞닿은 그의 팔에 점점 힘이 가해지는 걸 느끼며 어떤 위기감에 사로잡혔다. 가슴은 두 방망이질 해대고, 말할 수 없는 두려움에 몸이 떨려왔다.

"겁내지 마, 그냥 가만히 있음 돼. 내가 다가설 때 억지로 밀어내려 하지 마. 그러니까 힘이 들지."

정말 그런 것일까. 그가 하는 대로 내버려 두면 제 풀에 지쳐 떨어져 나갈까. 집착보다 무서운 게 무관심이라 하듯. 그러나 지금 이는 가슴의 열기는 무엇이란 말인가. 그가 내게로 성큼 다가오면 혼비백산해지는 내 심장은 어떻게 설명해야 한다는 것인가.

내 머리카락 속을 파고드는 그의 입술. 나를 한 아름 품에 안고 조심스레 쓰다듬는 그의 낯선 손길. 나는 범접해서는 안 될 담을 넘은 사람처럼 오돌오돌 한기만 느껴지는데, 맞닿아 있는 그의 가슴은 불처럼 뜨겁기만 하다. 그의 커다란 손이 내 목덜미를 쓰다듬으며 올라왔고, 그의 입술이 내 이마를 스치듯 거쳐서 눈 위로 내려오고 있었다. 위험수위. 내 귓가에 경종 소리가 딸랑거렸다.

"스, 승채야, 제발……."

내가 가슴을 밀치자, 그는 내 얼굴을 양손으로 반듯이 감싸 쥐더니 내 눈 속을 파고들 것처럼 들여다보았다. 순간 가슴이 확 오그라들었다. 그의 시선을 똑바로 보질 못하겠다. 이대로 내버려 두면 그는 제어력을 완전히 잃게 될 것이다. 어쩌면 나를 보는 그의 눈이 너무 슬프고 안타까워서 오늘밤은 바보처럼 내가 제어력을 잃게 될지도 모르겠다. 그러므로 그만 하자. 타임아웃! 타임아웃!

눈을 질끈 감고, 몸은 잔뜩 움츠린 채 한참을 있어도 아무 반응이 없기에 한쪽 눈을 슬쩍 떴다. 그때까지도 그는 내 볼 살이 미어 터지도록 붙잡고는 내 얼굴을 죄다 핥듯이 쳐다보고만 있었다. 그러기를 잠시, 실컷 분위기 잡을 때는 언제고 기껏 한다는 말이 이랬다.

"집에 안 갈 거야?"

헉! 아무튼 사람 무안하게 만드는 데는 뭐 있다. 빨개진 내 볼을 밀치며 그가 벌떡 일어났기에, 불같이 펄펄 끓다가 갑자기 싸늘해진 그의 태도에 나만 바보 된 기분이었다. 내 무릎 위에서 양복 윗도리를 낚아채듯 주워 들고 그가 문으로 뚜벅뚜벅 걸어가는 사이, 나는 아직 사태를 파악하지 못하고 멍청하게 앉아만 있었다. 사람 갖고 노는 것도 아니고, 강제로라도 키스할 태세로 덤벼들더니 태도가 확 바뀐 이유는 또 뭐람!

"불 끈다. 셋 셀 때까지 튀어나와. 하나…… 둘, 셋!"

"우왓!"

그냥 해본 말이 아니라 정말로 불을 꺼버렸으므로 나는 기겁해서 사무실을 뛰어나갔다. 그가 암흑 속에서 그대로 돌진해 나가는 내 허리를 잡아채어 붙잡았다.

"천천히 세야지! 그렇게 빨리 세는 법이 어디 있어?"

신경질을 내는 내 얼굴에다 대고 그는 라이터를 찰칵 켜더니 약 올리듯 한마디 툭 던졌다.

"내 맘이야!"

한밤에 어두운 복도를 걸어가자니 우리 두 사람의 발자국 소리가 벽과 천장을 타고 크게 울렸다. 마치 뒤에서 누군가가 따라오는 듯 무서운 기분이 들어 나는 그의 팔을 꼭 잡고 바싹 붙어서서 걸었다. 그는 바지 주머니에 두 손을 찌른 채 느긋한 걸음으로 비상구를 향해 내처 걸어갔다. 하기야 엘리베이터 전원을 몽땅 내려 버렸으니 계단을 이용할 밖에. 여기가 십사층이니 내려가는 것만도 만만치가 않겠다.

다행히 계단에는 센서등이 설치되어 있어서 복도와는 달리 불이 들어왔으므로 더 이상 그의 팔을 붙잡고 가지 않아도 되었다. 그는 내내 아무 말 없이 혼자 앞서 계단을 내려가다가 반 정도 내려왔을 즈음, 내가 뒤처지기 시작하자 잠시 서서 기다려 주었다.

"힘들어?"

"극기훈련이 따로 없다!"

"업어줘?"

"됐네!"

"다행이다. 진짜 업어달라고 하면 어쩌나 걱정했는데."

"뭐야?"

"나도 지금 다리 풀렸거든. 부지런히 쫓아와, 안 그럼 혼자 가 버린다."

"야, 오승채! 내가 지금 누구 땜에 이 고생인데. 암튼 너 땜에 되는 일이 없어! ……같이 좀 가. 다리 아파 죽겠단 말이야. 구시렁구시렁……."

오늘따라 진채에게 예쁘게 보이려고 하이힐까지 신고 온 게 탈이었다. 발가락은 앞 코가 뾰족한 탓에 조여서 아프고, 뒤꿈치는 까졌는지 쓰라리고, 종아리는 당기고, 차를 주차해 놓은 지하 이층까지 내려갔을 때는 다리가 사정없이 후들거렸다. 내 다시는 야참 같은 거 챙겨오나 봐라.

"여기 맞지?"

　그의 차를 처음 탔던 날, 감정싸움 끝에 홧김에 내렸던 그 지점에서 차를 세운 승채가 물었다. 나는 뭐라 대답하기가 어려워 내릴 생각도 못하고 쭈뼛거리며 앉아만 있었다.

　"집이 어디야? 내려, 집 앞까지 데려다 줄게."

　"실은…… 더 가야 돼. 집, 여기 아니거든."

　"전에 여기다 세워준 것 같은데."

　"그땐 화가 나서 그냥 내려달라 했던 거고…….”

　"뭐야? 그럼 진작 그렇다고 얘길 할 것이지, 지난번에 너 술 취했을 때 내가 이 근방에서 얼마나 헤맨 줄 알아?"

　그때부터 우리 집 앞까지, 그날 있었던 일 가지고 그는 끊임없이 나를 구박해 댔다.

　"누군지도 모르고 키스를 하질 않나. 너 그때 내가 진채 형인 줄 알고 가만있었던 거지? 쳇! 아무리 그래도 그렇지, 어떻게 들쳐 메고 호텔방까지 들어가는데도 모를 수가 있냐? 평소에 나한테 하는 거 보면 아주 사람 쥐 잡듯 하면서. 그날 일 생각 하면 아직까지도 이해가 안 돼. 바보같이 술도 주는 대로 넙죽넙죽 다 받아 마시고, 나이트클럽에서 업고 나오는데도 아주 죽을 뻔 했구만. 그럴 거면 살을 좀 빼든지."

　"……저기 세워."

　"또 화났냐?"

　"이번엔 진짜야!"

　내가 성질을 버럭 내자, 그는 골목으로 들어가는 입구에 차를 세웠다.

"어쨌든 오늘, 일 도와줘서 고마웠다. 나중에 보자. 늦잠 자느라 지각하지 말고."

"댁이나 늦지 말고 오셔."

끝까지 핀잔을 주고는 차에서 내리긴 했는데, 풀린 다리가 영 말을 들어먹지 않았다. 차라리 하이힐을 벗어 던지고 맨발로 걷고 싶은 충동마저 일었다. 오늘 산도 탈 거라는데 이래 가지고 제대로 쫓아다닐 수나 있을지 모르겠다. 지친 다리를 이끌고 겨우겨우 한 걸음씩 옮기고 있자니, 낯익은 발자국 소리가 어둠을 뚫고 거침없이 다가왔다.

고개를 채 돌리기도 전에 승채는 다짜고짜 내 얼굴을 부여잡더니 입을 맞추었다. 엉겁결 당한 키스에 반항할 틈조차도 찾지 못하고, 후들거리는 다리를 지탱하느라 그의 와이셔츠 앞섶을 손으로 움켜잡았다. 그리고는 채 정신을 차리기도 전에 그가 내게서 뚝 떨어져 나갔다. 이런 걸 바로 속전속결이라 하던가!

그를 놓치고 나는 몸을 가누지 못해 우스꽝스레 비틀거렸다. 인상을 마구 구기면서 손등으로 입술을 닦다가 보니, 그가 뒷걸음질치면서 웃고 있었다. 어어! 순간 가슴이 전기충격 받은 듯 저릿저릿해졌다. 오승채도 해맑게 웃을 줄 아는구나.

"사랑해!"

손으로 메가폰을 만들어 소리친 그는 마지막으로 크게 손을 흔들어 보이며 차 속으로 빨려 들어가 버렸고, 곧 시야에서 사라졌다. 콩 볶듯 후다닥 해치운 그의 키스 습격이 역습이 되었을 줄 누가 알았으랴. 나쁜 놈! 내가 원하는 대로 다 해주겠다고 약속할 때는 언제고, 잘만 하면 형수님이 될 여자한테 하는 짓거리라니. 그러나 분에 찬다 해도 무엇 하겠는가. 차는 이미 떠났는데.

✳

진채와 승채, 유채가 각각 조장이 되어 우리는 세 조로 나누어졌다. 그리고 산의 세 면에서 각 조대로 출발하여 정상에 있는 산장에서 만나기로 했다. 꼴찌 한 팀이 뒤풀이 경비를 몽땅 책임져야 했기 때문에 우리는 모두 승부욕에 불타 있었다.

출발은 순조로웠다. 유채와 한 조라는 게 그리 탐탁지는 않았으나, 팀원 두 명이 더 있었기에 산을 잘 타는 나는 오히려 유채보다 조장 격으로 리드를 해나갈 수 있었다. 유독 유채가 힘겨워하는 걸 보고서 안 그래도 얄미운 터에 은근히 우쭐해지기까지 했다. 팀원 두 명은 남자여서 별문제가 되지 않았지만, 산세가 깊어질수록 유채는 자꾸만 뒤처졌다. 미울 때 밉더라도 버려두고 갈 수는 없는 노릇이어서 앞서 가는 팀원들과 한참 뒤처진 사이에서 내가 다리 역할이 되었다.

유채는 그새 또 바위 위에 걸터앉아 쉬고 있었다. 이러다가는 꼴찌로 도착할 게 뻔했다. 시간이 자꾸 지체되기에 되돌아 유채에게 내려갔다.

"괜찮아요? 이래서 끝까지 갈 수 있겠어요?"

그렇게 물으면서 다가갔을 때, 그녀는 마침 통화 중이었다.

"응…… 알았어…… 그럴게. 그럼 거기서 봐."

전화를 끊은 유채가 이마에 흐르는 땀을 손수건으로 닦으며 말을 이었다.

"어쩌지? 승채한테 전화가 왔는데 그쪽 산장이 폐쇄되어서 방향을 바꾸기로 했대. 조금만 더 올라가면 옆 산으로 빠지는 길이 있으니까 그쪽 산장으로 오래."

"그래요? 이상하네. 아까 출발할 때까지는 아무 말 없더니."

"근데 진채 오빠와 연락이 안 되어서 우리 조 중에 누구 한 명이 산장에서 기다렸다가 진채 오빠 조랑 합류해서 그리로 와달라는데 어쩌지? 내가 보기엔 신리 씨가 산을 제일 잘 타니 가장 적합할 듯싶은데."

"그러죠 뭐."

"다른 팀원들에게는 내가 얘기해 놓을게."

"그럼 나중에 봐요."

정말 힘들었는지 나에게까지 저자세로 나오는 유채의 태도가 마음에 걸렸지만, 단합회에 와서까지 시비 붙기는 싫어서 나도 한 발 양보하기로 했다. 건장한 남자 둘을 제쳐 놓고, 나에게 궂은일을 시키는 이유가 정말 산을 잘 타서가 아니라는 확신을 하면서도.

산은 올라가면 올라갈수록 험준해서 어느새 길다운 길은 끊기고, 숲 속에서 나 혼자만 표류하는 기분이었다. 출발하기 전에는 그리 높아 보이지 않던 산이 아무리 오르고 또 올라도 도무지 끝이 보이지 않았다. 그 자리를 뱅뱅 도는 것 같기도 하고, 더군다나 아까까지는 등산객이 꽤 많았었는데 이젠 사람 기척도 느껴지지 않았다. 숲 속에 갇혔다는 기분이 들기 시작하고부터는 슬슬 겁을 먹은 게 사실이었다. 엎친 데 덮친 격으로 날씨까지 변덕을 부려 쨍쨍하던 하늘은 어느 순간부터 먹구름이 잔뜩 끼어 있었다. 아니나 다를까, 얼마 못 가서 후두두둑 떨어지기 시작한 빗방울들이 거친 나무들과 잎사귀들에 부딪치면서 요란한 소리로 사방에 깔렸다. 그러자 순식간에 어둠이 숲을 뒤덮었다.

크르릉, 쾅쾅!

지천을 가르는 천둥 소리, 하늘을 조각 낼 듯 산발적으로 일어나는 번갯불. 나는 그제야 되돌아가기엔 너무 많이 올라왔지만, 산장까지 계속 올라가는 것 역시 위험 부담이 크다는 것을 깨달았다. 커다란 나무 밑에 일단 피신한 뒤 핸드폰을 찾아내어 닥치는 대로 전화를 걸어보았지만 연결되는 사람은 단 한 명도 없었다. 어쩌면 진채가 이끄는 조도 나와 똑같은 곤경에 처해 있을지도 모른다는 생각에 나는 망설임없이 산장 쪽을 택했다. 그곳에서 만나면 혼자 산을 내려가는 것보다는 나을 테니까.

억수같이 쏟아지는 빗속을 뚫고 혼자서 그 험준한 산을 기어이 올라가 마침내 원래 목적지였던 산장을 찾아내었다. 산장은 유채 말대로 폐쇄되어 비어 있었다. 다행히 문이 잠기지 않아 비를 피해 안으로 들어갔다. 폐쇄된 지가 그리 오래되지는 않아서 산장 안은 온기만 없다 뿐, 등산객들이 잠시 들렀다 쉬어간 흔적이 곳곳에 남아 있었다. 불씨는 없었지만 벽난로도 있었고, 그 옆에는 땔감들도 제법 많이 쟁겨져 있었다. 그것만으로도 일단 안심이 되어 배낭을 내려놓고, 젖은 겉옷을 벗어 손으로 쥐어짰다.

그리고 불이 될 만한 것이 있는지 산장 안을 뒤지기 시작했다. 진채와 그 조원들이 오더라도 당장 내려가기는 힘들 것이니 미리 불을 피워놓는 게 좋을 성싶었다. 나 역시도 축축한 옷을 그냥 입고 있자니 금세 한기가 등을 타고 엄습해 왔다. 그러나 아무리 산장 구석구석을 뒤져 보아도 불씨가 될 만한 것이라고는 눈에 띄지 않았다. 나는 실망감을 안은 채 불씨 찾기를 포기하고 벽난로 앞에 아무렇게나 주저앉았다. 창밖은 이미 다 늦은 저녁처럼 어둠이 거뭇하게 드리워져 있었다.

족히 두 시간은 그렇게 앉아 있었나 보다. 손목시계를 들여다보니 벌써 오후 네 시가 넘었다. 아무리 기다려도 오라는 진채는 안 오고, 그만 와주었으면 하는 빗줄기는 온 산을 쓸어버릴 기세로 점점 더 거세게 쏟아져 내렸다. 불 한 점 없이 몇 시간을 그러고 앉아 있으려니 춥기도 하고, 무엇보다 무서워 견딜 수가 없다. 터지지 않을 거 뻔히 알면서도 핸드폰을 수도 없이 눌러

보고, 진채도 오지 않을 거라는 생각을 가지면서도 버릇처럼 문만 하염없이 바라보기를 몇 시간째, 나는 비로소 유채의 농간에 속았다는 걸 깨닫고는 세운 무릎에 얼굴을 묻고 울었다. 날 골탕먹이려고 일부러 거짓말을 한 게 틀림없었다. 그런 결론에까지 다다르자 서러움에 겨워 저절로 눈물이 왈칵 솟구쳤다. 비가 오는 기세로 봐서는 밤새 내릴 것 같은데 불도 없는 이 산장에서 혼자 갇혀 있을 생각을 하니 정말이지 눈앞이 깜깜했다. 더 어두워져서 눈뜬장님이 되기 전에 궁여지책을 찾아야 하리라. 나는 줄줄 흘러내리는 눈물을 소매로 닦아내면서 자리에서 일어나 불씨가 될 만한 것을 찾아 산장 안을 또다시 헤매기 시작했다.

칠흑 같은 어둠이 완전히 나를 삼켜 버렸다. 결국 나는 땔감과 벽난로를 눈앞에 버젓이 두고도 불씨 하나를 구하지 못해 어둠과 추위와 공포 속에서 웅크린 채 앉아 있어야 했다. 빗소리 외에 미세한 소리만 들려도 겁에 질려 몸을 움츠려야 했고, 배낭만 품에 꼭 껴안고 두려움에 떨었다. 그나마 옷 여분을 가져왔기에 망정이지 무서워 죽기 전에 얼어 죽을 뻔했다. 지금이 4월 봄임에도 불구하고, 산속의 밤은 한겨울처럼 지독스레 추웠다. 갈아입긴 했으나 옷이 얇아 살갗에 착착 달라붙는 한기가 뼛속까지 스며들었다. 겨우 세 시간을 자고 나온 데다 몸도, 마음도 지칠 대로 지쳐 이젠 졸음까지 합세하여 나를 괴롭혔다. 조난당하면 추위에 잠들었다가 얼어 죽는 게 다반사라더니 이젠 내가 그 꼴 나게 생겼다. 이대로 잠들었다가는 사신이 기다렸다는 듯 내 영혼을 채갈 것 같아서 나는 이를 악물고 볼을 꼬집어 뜯으며 잠을 쫓았다.

유채에게 속았다는 걸 깨달은 직후 내내 이를 바득바득 갈았으나, 지금은 그런 기운조차도 없었다. 단지 이곳만 무사히 벗어날 수 있었으면 하는 바람뿐이었다. 그때는 진채도 아닌 엄마 생각만 간절했다. 만약 내가 잘못되면 엄마 불쌍해서 어떡하나, 오로지 그 걱정만 머리 속에 가득했다. 젊어 남편 잃은 것도 서러운데, 이제 하나밖에 없는 딸까지 잃는다면 그 박복한 팔자를 누구에게 하소연할까. 엄마는 아마도 오래 살지 못하고, 외롭고도 허망하게 세상을 접을지도 모른다. 엄마 생각에 너무 치우치다 보니 별 극단적인 상상까지 하게 되어 나는 감정에 취해 또 다시 눈물을 쏟고 말았다.

밤이 깊어지자, 산장은 공포 영화 찍기 딱 좋을 장소로 변해 있었다. 비바람은 악마의 손 갈퀴가 되어 창문을 마구 뒤흔들고, 문은 잠가놨어도 누군가가 들이닥칠 것처럼 불안하기만 했다. 끌어안은 배낭에 코를 박고 한참을 흐느끼고 있을 때였다. 갑자기 문을 쾅쾅 두드리는 소리에 나는 반사적으로 고개를 쳐들었다.

"신리야! 신리, 안에 있니? 신리! 신리야!"

연신 문이 부서져라 두드리면서 악을 쓰는 소리에 반해, 너무 반가우니 목이 메어 나는 아— 소리조차 제대로 나오지 않았다. 한 치 앞도 볼 수 없는 산장 안을 엉금엉금 기어서 문으로 향했다. 더듬거리며 문고리를 찾아 열었을 때, 문밖에는 승채가 서 있었다. 그는 나보다 더 두려움에 떤 얼굴이 되어 나부터 와락 품에 안았다. 그를 보자 가슴 조려 크게 울지도 못하고 있다가 설움에 복받쳐 한순간 눈물이 펑펑 솟구치면서 목 놓아 울음이 터졌다.

"엉엉!!"

"이젠 괜찮아, 내가 왔으니까."

"왜 이제 오는 거야? 무서워 죽는 줄 알았잖아. 엉엉엉!"

"미안해. 너 없어진 거 늦게 알았어. 도대체 여긴 왜 혼자 올라온 거야? 바보같이! 얼마나 놀랐는지 아냐? 너 잘못됐음 나도 이 산에서 확 죽어버리려고 했는데…… 이젠 됐다, 무사해서 다행이야. 정말 고마워, 무사히 있어줘서."

그는 나를 끌어안고 서서 하염없이 고맙다는 말만 되풀이했다. 그건 내가 저한테 할 말인데……. 그의 입에서 쏟아져 나오는 안도의 한숨이 내 양심을 콕콕 찌르며 박혀왔다.

9

이게 꿈이면 좋겠다. 그가 승채가 아니고,
나는 내가 아니었으면 좋겠다
욕정의 불길이 그와 나를 단숨에 태워 버릴 것만 같다
그와 나는 한줌의 재가 되어 이 산장 안에서 사라지고 말리라

타닥타닥…….

산장 안은 승채가 갖고 있던 라이터 하나로 인해 벽난로가 지펴지고, 본래의 아늑함을 되찾았다. 습기 때문에 땔감들이 모두 눅눅해져 불을 살리기가 힘들었지만, 일단 불이 붙고 나서는 더 오래오래 타 들어갔다. 벽난로 앞에 쪼그리고 앉아 긴 나뭇가지 하나를 들고 불씨를 골고루 섞고 있는 승채를 바라보았다. 그는 비옷까지 챙겨와 요긴하게 써먹었는데, 나는 산을 잘 탈 줄만 알았지 미처 그것까지는 생각을 못했다. 그나저나 산이라면 질색을 하던 그가 어찌 여기까지 혼자 날 찾으러 올 생각을 했는지 대견하다.

“어떻게 혼자 찾으러 올 생각을 다 했어?”

“아마 아무도 모를걸, 내가 너 찾으러 온 줄. 지금쯤이면 알지 모르겠지만. 너 없어진 거 안 순간. 눈에 뵈는 것이 없어져서 다른 사람들한테는 말할 정신도 없었다.”

나뭇가지를 벽난로 앞에 던져 놓은 그가 내 옆으로 다가와 앉았다. 벽난로가 주는 따스한 온기에 모든 억눌림에서 풀려난 듯 마음이 절로 사르르 녹아들었다. 긴장이 풀어지니 이제야 허기가 몰려왔다. 꼬르르륵!

“아참, 배고프겠구나. 잠시만.”

그는 배낭 안을 부스럭거리며 뒤지더니 호일에 싼 김밥을 꺼내어 내게 내밀었다.

“이거 어디서 났어?”

“영선 씨가 조원들 몫으로 하나씩 챙겨왔더라.”

“근데 왜 안 먹었어?”

“그땐 별로 생각이 없어서. 안 먹길 잘했지? 너 없어진 거 알고 곧바로 찾으러 오느라 미처 먹을 걸 챙겨올 생각은 못했다. 어서 먹어.”

종일 굶었던 탓에 김밥은 그야말로 꿀맛이었다.

“너무 맛있다, 그지?”

김밥 하나를 오물거리며 하는 내 말에 그는 빙긋 웃더니 말했다.

“네가 만든 김밥보다 맛없어.”

"당연하지! 내가 그거 싸느라 얼마나 공을 들였는데."

내가 으쓱하자, 그는 피식 웃더니 내 어깨를 끌어안았다. 나는 그의 입속에 김밥 하나를 쏙 넣어주었다. 간간이 웃는 그의 미소가 보기 좋다. 휴우, 그가 와서 참 다행이다.

"많이 추워?"

아무리 벽난로 앞이라지만 맨바닥에 배낭 하나만 베고 누워 있으려니 밑에서부터 올라오는 한기가 장난이 아니다. 그의 잠바까지 덮고 있었으나 계속되는 추위는 정말 견디기가 힘겨웠다.

"이리 와."

역시 조금 떨어진 곳에 배낭을 베고 누워 있던 그가 나를 끌어당겼다. 민망해도 어쩔 수 없다. 내게 잠바마저 빼앗기고 추위에 떨기는 그도 마찬가지일 테니 이렇게 서로의 체온이라도 빌릴 수밖에. 그가 나를 뒤에서 꼭 끌어안자, 달달 떨리던 냉기는 일단 가셔진 느낌이었다. 등에 와 닿는 그의 가슴을 느끼면서 물끄러미 벽난로 속의 불꽃을 바라보았다. 이제 산장 밖의 세상과 완전히 분리되어 산장 안은 그렇게 고즈넉할 수가 없다.

"자?"

그가 물었다.

"아니."

"잠 안 오지?"

“응.”

정말 그랬다. 혼자 있을 때는 졸려 죽을 것 같더니만, 이제는 정신이 점점 말똥말똥 살아나는 것이다.

“노래 불러줄까?”

“잠 더 깨울 거면 관두고.”

“나 노래 잘해.”

“누가 그래?”

“내가.”

“부르지 마.”

“흠흠…… 그럼, 시작한다.”

미성이 섞인 목소리가 생각보다 감미로운 발라드 곡과 잘 어우러졌다.

아무리 기다려도 난 못 가.
바보처럼 울고 있는 너에 곁에.
상처만 주는 나를 왜 모르고
기다리니 떠나가란 말이야.
보고 싶다. 보고 싶다.
이런 내가 미워질 만큼.
울고 싶다. 내게 무릎 꿇고.
모두 없던 일이 될 수 있다면.
미칠 듯 사랑했던 기억이

추억들이 너를 찾고 있지만
더 이상 사랑이란 변명에
너를 가둘 수 없어.
이러면 안 되지만
죽을 만큼 잊고 싶다…….

내 귓가에 조용히 들려오는 그의 노래는 내 가슴에 잔잔한 파
문을 일으키며 퍼져 나갔다. 지난날, 그가 그토록 애절하게 보
고 싶었던 사람이 바로 나인 걸 알기에 슬픈 고해를 듣는 것처
럼 가슴이 아팠다. 그래서 나는 그의 노래가 끝났어도 아무 말
도 하지 못한 채 죽은 듯이 누워만 있었다. 어느새 뿌옇게 흐려
진 눈앞에 일렁이는 불꽃마저 속절없이 흔들리고 있다.

"우는 거야? 내 노래가 그렇게 감동적이었어?"

"울기는 누가?"

"참 이상하다."

"뭐가?"

"너랑 단둘이 이러고 있으니까 진짜 연인이 된 것 같아."

그는 내 머리 속에 제 코를 처박고 숨을 몇 번 들이쉬더니 취
한 듯 중얼거렸다.

"네 향기…… 너무 좋아."

좋기도 하겠다. 비 맞아서 냄새 나는 머리. 그런데 나를 폭 껴
안고는 움직일 줄 모르던 그의 손이 슬금슬금 내 가슴 쪽으로

기어올라 오는 것이 아닌가.

"죽는다!"

내가 암사자처럼 낮게 으르렁거리자, 그는 움찔 손길을 멈추더니 이번에는 내 목덜미에 얼굴을 파묻었다. 그의 입술이 살갗에 닿는 순간, 발가락 끝에서부터 감전된 것 같은 전율이 순식간에 정수리까지 타고 올라왔다. 나는 얼른 목을 움츠리며 소리쳤다.

"당장 떨어져!"

내가 버둥대도 그는 내 허리를 꽉 틀어잡고는 아주 본격적으로 목덜미를 입술로 쓸어 올렸다. 촉촉하고 끈적끈적한 입술이 짧게 또는 길게 살결에 부딪쳐 오자, 몸의 가장 깊은 어떤 곳이 찌릿하게 반응했다. 귀밑까지 그의 입술이 파고들면서 혀로 살살 달래듯 핥기 시작했기에 나는 더 이상 견디지 못하고, 그의 팔에서 빠져나가기 위해 몸을 마구 뒤채었다. 그의 커다란 왼손이 내 두 팔을 움직이지 못하도록 움켜잡았고, 오른손은 거침없이 옷 안을 파고들어 와 브래지어 위로 내 한쪽 가슴을 감싸 쥐었다.

"아!"

나도 모르게 짧은 비명이 터져 나왔다. 그가 내 귓불을 살짝 깨물면서 애절하게 속삭였다.

"가만있어."

그런데 참 이상하다. 그의 속삭임에 최면이 걸린 듯 몸을 움직일 수가 없다. 아주 작은 소리로 부드럽게 속삭였을 뿐인데, 그 순간 강한 힘이 실린 명령으로 내 귓전을 때렸다.

내가 몸부림을 그치자, 그는 가슴을 쥔 손을 조심스레 움직여 브래지어 안으로 쑥 들이밀었다. 말랑하고도 미끈한 내 가슴살과 그의 거친 손바닥이 맞닿았고, 나는 입술이 아프도록 깨물고는 눈을 질끈 감고 말았다.

그의 손가락 사이에 걸려 버린 내 유두는 남자의 손이라고는 닿아보지 않은 그 불안감 때문에 신경이 잔뜩 곤두서 있다. 그가 꼼짝 못하게 붙잡았던 내 두 손목을 풀어주고는 대신 턱을 잡아 살짝 돌렸다. 그의 눈을 똑바로 볼 수가 없어 눈을 꾹 눌러 감은 채로 움직이지 못했다. 왜 이리도 추운 것일까. 심장은 불에 타는 듯 뜨거워 미치겠건만, 나는 온몸을 달달 떨면서 그의 입술을 고스란히 받아내고 있었다.

그가 손가락을 약간 움직이자, 그 사이에 끼어 있던 유두가 짜릿하게 반응하며 꿈틀대었다. 그것이 신호인 듯 그는 훅 하는 심호흡과 함께 불덩이 같은 혀를 내 입 안으로 거칠게 밀어 넣었다. 천천히 내 혀를 건드리고 빨아대고 정신없이 입 안을 헤집고 다니면서 그는 오래도록 내 입술을 음미했다. 그러면서 자유로운 오른손으로 내 허리를 들어 완전히 자기 쪽으로 돌려놓았다. 나는 이제 그의 밑에 깔려 옴짝달싹할 수 없게 되어버렸다. 그러나 자꾸만 혼미해져 가는 정신만은 놓지 않으려 무진 애를 썼다. 그가 내 입술을 몇 번이나 빨고 입맞춤하다 겨우 떨어져 나갔을 때, 그것이 끝이 아니라 새로운 시작임도 본능적으로 알고 있었다.

단숨에 내 티셔츠를 걷어 올리고 브래지어까지 끌어 올렸을 때는 정말이지 아찔해서 나도 모르게 주먹을 꽉 움켜쥐고 말았다. 그의 입술이 배꼽 위로 내려앉는 순간, 피부가 파르르 경련을 일으켰다. 어느 구석 하나 빠지지 않고 기억하듯 내 몸에 차분히 입술을 부딪치던 그가 천천히 내 몸을 타고 올라와 손으로 등을 쓱 쓸어 올리더니 손끝에 걸린 브래지어 끈을 풀었다. 이내 무방비 상태로 드러난 내 두 가슴이 그의 두 눈에 가득 들어찼다. 그는 잠시 내 몸을 감상하듯 황홀한 눈빛으로 내려다보다가 유두를 입술로 살짝 물었다.

이게 꿈이면 좋겠다. 그가 승채가 아니고, 나는 내가 아니었으면 좋겠다. 욕정의 불길이 그와 나를 단숨에 태워 버릴 것만 같다. 그와 나는 한줌의 재가 되어 이 산장 안에서 사라지고 말리라. 아아, 안 돼. 그는 단 한 사람도 거친 적 없는 순백의 내 몸 위에 엎드려 순결의 가슴을 마음껏 정복하고 있었다. 어쩌면 열여덟 그때, 다락방에서 미칠 것 같다고 하던 그 신음 섞인 독백이 바로 이런 것은 아니었을지. 혀끝으로 내 유두를 어르고, 입술로는 끊임없이 동그란 가슴 선을 타고 오르며 그는 점점 격정에 오르는 호흡을 신음처럼 내뱉고 있었다. 그리고 다시 내 어깨를 껴안고 올라와 딱딱하게 굳어버린 자신의 아랫도리를 나에게 완전히 밀착시켰다.

터져 나오려는 신음을 이 악물어 참으면서 그의 애무를 견뎌
낸 나를 내려다보는 그의 얼굴은, 쾌락의 정점을 맛보기도 전에
서서히 어두운 그늘이 드리워지고 있었다. 그의 얼굴 위로 어른
거리는 벽난로의 불빛이 슬픔으로 너울거렸다. 그의 촉촉이 젖
어든 두 눈도, 비를 맞아 이미 젖어 있는 머리칼도 붉은 슬픔을
뚝뚝 떨어뜨리고 있었다. 그를 바라보는 내 눈 속에도 그 슬픔
의 불빛이 일렁이고 있을 테지.

"널 갖고 싶어."

그가 붉게 타오른 입술로 토해내듯 말을 흘렸다. 내 눈가로
참았던 눈물 한 방울이 또르르 굴러 떨어져 내렸다. 나는 손을
들어 뜨겁게 달아오른 그의 볼을 감쌌다. 그리고 약간 숨이 찬
목소리를 간신히 입 밖으로 토해내었다.

"안 되는 거…… 알잖아."

당연한 그 말 한마디 하기가 왜 이리도 아픈 것인지. 내 몸은
그의 애무에 반항하지도, 반응하지도 않았고, 일체의 동요도 일
으키지 않았다. 벽난로 안의 나무토막처럼 강한 열기에 타 들어
가고 있었을 뿐이다. 그랬으니 그의 참담한 심정을 내 어찌 모
르겠는가.

"네 마음 돌릴 수만 있다면 무슨 짓이든 할 것 같아. 제발 날
거부하지 마. 지금 당장 네 마음 열 수 없다면 기다릴게. 그러니
제발 형만은 사랑하지 마."

그가 내 가슴 위로 무너져 내렸다. 그의 눈물이 내 가슴을 적

셨다. 눈물은 내 가슴속까지 스며들어 와 독약처럼 퍼져 심장박
동을 흩어놓았다. 숨이 멎을 것처럼 아프다. 그는 더 고통스럽
겠지. 나는 그의 젖은 머리칼을 쓰다듬으며 조용히 달래기 시작
했다. 그가 내게 들려준 노래 독백처럼 나 역시 이제 그에게 내
독백을 들려줄 시간이다.

"나 역시 열여덟이 아닌, 지금의 너를 만났다면 좋았을 걸 그
랬다는 생각을 한 적 있었어. 나에게 키스를 한 사람이 너라는
거 알고 호텔에서 따졌을 때 말이야. 넌 내가, 상대가 누군지도
모르고 키스했다는 것에 불같이 화를 냈지. 그때 너의 얼굴에
스치던 절망을 보았는걸. 너의 기대를 내가 한순간에 무너뜨렸
다는 걸 깨달았을 때, 아직도 네가 날 사랑하고 있다는 걸 확실
히 알게 된 거야. 승채야, 진채 오빠를 만난 이후 단 한 번도 잊
어본 적이 없었던 것처럼 나에게는 너 역시 그랬어. 다만 내 마
음속에 진채 오빠가 차지하는 비율이 너무 커서 네 존재가 작게
느껴질 뿐이야. 나도 네가 좋은 남자라는 거 알아. 네가 나쁜 남
자였다면 열여덟 그때, 다락방에서 이미 나를 겁탈했을 테지.
그도 아니면, 호텔에 갔을 때 얼마든지 네 여자로 만들었을 거
야. 그리고 지금도. 너도 알고 있는 거지? 만약 네가 나에게 그
런 상처를 주면 나와 너 사이는 완전히 끝날 거라는 거. 세상의
그 누구도 아닌 진채 오빠를 사랑하는 내가 너에게 얼마나 큰
아픔일지 아는데, 나도 너무나 잘 알고 있는데……. 하지만 두
남자를 다 사랑할 수는 없잖아. 네가 나에게 그렇듯 나 역시 멈

출 수가 없어. 진채 오빠가 나를 여자로 생각하고 있지 않다는 거 알면서도 그걸 견디기보다 내 마음을 포기하기가 더 힘든 걸 어떡해. 그래서 날 이해해 달라거나 기다려 달라거나 하는 말을 너에게 할 수가 없어. 진채 오빠에게 고백했다가 거절당한다 해도 난 너에게 갈 수가 없는 거야. 그래선 안 되는 거야. 그렇게 는 내 양심이 도저히 허락을 하지 않는단 말이야. 그렇게 하면 너에게 더 큰 상처를 주는 것 같아서 그럴 수가 없단 말이야. 알아, 바보야?"

"내가 예전에 했던 말 기억나? 네 곁에 그 어떤 남자라도 얼 씬거리지 않게 만들겠다고 한 말. 그게 형이든 운표든 상관없다 고 한 말. 네가 날 사랑하게 만들겠다고 한 말."

그도 그랬구나. 세월이 많이 흘러 폐휴지가 되어버린 기억들 속에서 나에게 했던 말들을 하나도 잊지 않았다니.

"그거…… 이제부터 다시 유효야."

"승채야!"

"대신! ……억지로 널 가지진 않겠어. 그것만큼 반칙인 게 없 을 테니까."

그는 상체를 벌떡 일으키더니 내 손을 잡아당겨 앉혔다. 그리 고는 손을 돌려 브래지어를 다시 채워주고, 들춰져 있던 티셔츠 를 반듯하게 끌어 내려주었다. 헝클어져 얼굴에 달라붙은 머리 칼을 손가락으로 떼어내 주는 그의 눈 속에는 확고한 의지가 담 겨 있었다. 내가 불안한 눈길로 계속 보고만 있자, 그가 내 머리를 손으로 쓱쓱 쓰다듬으며 싱긋 웃었다.

"그럼 공평하지?"

공평이라는 단어가 지금 이 상황에 적절하기나 한 걸까. 나는 무언가에 홀린 듯 마른 입술만 혀끝으로 훔쳐 내었다. 그는 자기가 베었던 배낭을 툭툭 털어 머리맡에 놓더니 잠바를 덮고는 드러누웠다.

"승채야, 그게……."

"시끄러. 그만 자."

일방적으로 말을 자른 그는 손만 뻗어 그대로 나를 제 품 안에 눕히고, 내게도 잠바를 꼭꼭 덮어주었다. 그리고 깍지를 껴 내 손등을 꼭 감싸 쥐었다. 뜬금없이 이제부터 유효라니, 그게 가당키나 한 말인가. 나는 속으로 한숨을 푹 내쉬고는 체념하듯 눈을 감았다. 그럼에도 그의 품은 크고 따스하다.

간밤에 내린 폭우로 계곡 물이 엄청나게 불어 멀리서도 콸콸 콸 넘쳐흐르는 소리가 숲 속을 청량하게 울렸다. 날씨는 거짓말처럼 개어 있었고, 승채와 나는 동이 트자마자 하산하는 길이었다. 발밑에 지천으로 구르는 돌멩이들과 나무줄기들을 살피며 가는데도 길이 미끄러워 나는 몇 번이나 중심을 잃고 넘어질 뻔했다. 승채의 손을 잡고서 부지런히 걸음을 옮기며 내가 말을 걸었다.

"서현 씨 말이야."

그는 순간 걸음을 멈칫했다. 그의 신경을 긁는 이름이라는 걸 알면서도 나는 마음이 다급해져 그의 기분일랑 무시하고 재차 입을 뗐다.

"되게 예쁘더라. 마음씨도 착한 것 같고. 여자가 참 싹싹하고 상냥해, 그지? 너한테도 잘하고."

"……."

"서현 씨가 너 좋아하는 거 맞지?"

내 말에 그는 무뚝뚝하게 한마디 툭 내뱉었다.

"신경 안 써도 돼."

나는 못 들은 척 덧붙였다.

"너도 서현 씨한테 잘해줘. 좋은 여자인 것 같던데."

결국 걸음을 우뚝 멈춘 그가 험상궂은 눈길로 나를 내려다보았다. 나는 속으로 찔끔하면서도 일부러 그와 시선을 맞추지 않고 딴청을 부렸다.

"그만 해."

그가 나직이 타일렀다.

"너희 가족 회식 자리까지 부를 정도면……."

"그만 하라니까!"

깜짝이야! 얼마나 크게 고함을 쳤던지 그 소리가 산골짜기를 메아리쳐 울려 퍼졌다.

"소리 좀 지르지 마! 없는 애도 떨어지겠네."

그는 성질을 삭이느라 이를 악물고는 내 손을 끌고 다시 산을 내려가기 시작했다. 아무래도 이제는 쉬이 물러날 것 같지 않아서 나는 어떻게든 산을 내려가기 전에 간밤에 있었던 일을 물려볼 작정이었다. 그래서 생각해 낸 것이 최서현이었는데, 그녀의 이름에 그토록 신경을 곤두세우는 걸 보면 제대로 공략을 한 듯하다. 그는 화난 사람처럼 한동안 말이 없더니만 내게 소리를 지른 것이 미안했던지 한층 누그러진 말투로 물었다.

"운표랑은 계속 만나?"

"그럼, 요즘은 뜸하지만."

"왜?"

"속초에 있거든."

"속초? 거긴 왜?"

"나한테 삐쳐서 속초로 가버렸어."

"왜 삐쳐?"

"내가 프러포즈를 안 받아줘서."

승채는 그제야 피식 웃었다. 그가 웃는 걸 보자, 나도 마음이 풀려서 살포시 미소 지었다. 그런데 풀린 게 마음뿐이 아니었다. 발을 디딘 턱의 높낮이 차가 너무 컸던 탓에 발목이 심하게 꺾이면서 그대로 넘어지고 말았다. 통증이 어찌나 심하던지 비명 소리도 입 안에서만 맴돌고, 눈물이 다 쏙 빠질 지경이었다. 내가 발목을 부여잡고 고통스럽게 인상만 쓰고 있자, 승채가 얼른 한쪽 무릎을 꿇고 앉아 운동화를 조심스레 벗겼다.

"아악……!"

발목이 움직거리는 통에 뇌신경을 꼬집어 뜯는 듯한 통증으로 인해 내 입에서는 비명 소리가 터져 나왔다.

“이런!”

양말까지 벗긴 승채는 순식간에 부어오른 발목을 보며 낮게 신음 소리를 흘렸다. 그는 다시 양말과 운동화를 얌전히 신겨주고 나서 등에 메었던 배낭을 벗어 내게 건넨 후, 곧장 내 앞으로 등을 돌렸다.

“업혀.”

“안 돼, 힘들어서. 금방 지칠 거야.”

“별수없잖아.”

“차라리 너 혼자 가. 지금쯤 사람들 걱정하고 난리났을 텐데, 안전하다는 것부터 알려야지.”

“너 혼자 두고 어떻게 가?”

“핸드폰 터지는 데까지만 내려가도 되잖아. 거기서 전화하고, 다시 올라오면…….”

“그럼 거기까지만 업고 가.”

“아이참, 힘들어서 안 된대도. 잘못하다가는 너까지 다쳐. 내 말 듣고 빨리 가.”

내가 등을 미는데도 그는 꿈쩍 않고 기어코 나를 들춰 업었다. 고집쟁이.

그렇게 나를 업고 산을 내려가기 시작한 지 얼마 후에 한 무리의 웅성대는 소리가 숲 저편에서 들려왔다. 소리가 나는 아래

쪽으로 고개를 쑥 빼어 내려다보니, 구불구불한 길 틈으로 사람
의 모습이 나타났다. 그쪽에서도 우리를 발견했는지 올라오는
속도가 빨라졌다. 이윽고 우리 앞에 당도한 사람은 진채와 남자
팀원 두 명이었다. 진채는 얼마나 걱정을 했으면 하루 밤새 눈
은 움푹 들어가고, 얼굴이 해쓱해졌다. 그는 우리를 보더니 안
도의 한숨부터 내쉬었다.

"다친 거야?"

"발목을 삐었어."

승채가 내 대신 대답했다.

"죄송해요, 걱정 끼쳐서."

내가 기어들어 가는 목소리이자, 진채는 엷게 미소만 지어 보
이더니 승채에게 말했다.

"이제 내가 업을게. 힘들 텐데."

그런데 승채는 진채의 말을 단호히 물리쳤다.

"아냐, 괜찮아. 내가 업고 갈 거야."

지칠 만도 한데 별로 그런 기색도 없이 승채는 나를 업고도
산을 쑥쑥 잘도 내려갔다. 나 몰래 산삼 뿌리라도 캐먹었는지,
원.

한달음에 본래의 출발 장소인 주차장으로 되돌아왔을 때, 모
여 있던 팀원들이 자리에서 우르르 일어나 우리를 반겼다. 그러
나 내 눈은 이미 팀원들 뒤편에 숨은 듯 서서 엉뚱한 곳만 쳐다
보고 있는 유채의 뺀질뺀질한 얼굴에 가 있었다. 자기가 한 짓

은 알아서 내 시선을 부러 외면하고 있는 그녀를 보자 잊고 있었던 증오심이 회오리처럼 일어났다. 하지만 때가 때이니만큼 나는 속 입술을 꾹 깨물어 참았다. 유채가 일부러 나를 골탕 먹인 걸 안다면 진채나 승채도 곤란해질 것이므로. 그리고 또 한 사람. 팀원들이 무어라고 한 마디씩 승채와 내게 건네는 동안, 아무 말 없이 안색이 흐려져 있는 서현을 발견한 나는 마음이 금세 움츠러들었다.

"나, 그만 내려줘."

내가 승채 귀에다 대고 속삭였다. 승채는 못 들었을 리 없을 텐데 꿋꿋하게 나를 업고 있었다.

"나, 이제 그만 내려도 되는데……."

이번엔 다른 사람들도 다 듣게끔 소리를 높여 말했더니, 그는 더 큰 소리로 외쳤다.

"죄송합니다, 저희 때문에 일정을 다 망쳐서. 한 번 더 죄송하다는 말씀드리고 저희는 먼저 가겠습니다. 병원에 가봐야 돼서요. 그럼 내일 회사에서 뵙겠습니다."

그러더니 나를 업은 채 자기 차로 향하는 것이다. 다른 사람들의 따가운 눈총이 화살처럼 등 뒤로 날아와 꽂혔다. 가뜩이나 미안해 죽겠는 판에 승채까지 눈치없이 구니 내 입에서는 절로 끙 앓는 소리가 새어나왔다.

"아프냐? ……나도 아프다."

그의 시시껄렁한 농담이 정말이지 나를 두 번 죽인다.

그는 나를 고이 옆 자리에 태우고 차를 출발시켰다. 서울로 돌아오는 내내 서현이 마음에 걸려 편치 않았다. 굳이 따져 보지 않아도 어젯밤 승채가 앞뒤 잴 것도 없이 나를 찾으러 간 걸 안 서현의 심정이 어땠을지 상상이 가고도 남았다. 방금 전에도 보았다시피 짙게 그늘이 진 그녀의 얼굴이 자꾸만 눈앞에 어른거려 마음이 괴롭기가 그지없었다.

승채는 곁눈으로 사이드미러를 여유있게 살피며 운전을 하다가 손을 뻗어 CD플레이어를 눌렀다. 곧이어 잔잔한 음악이 차 안을 가득 메웠다. 허벅지 위에 가지런히 놓인 내 손을 은근슬쩍 끌어다 잡는 걸 내가 매몰차게 탁 떨쳤다. 그런데도 그는 끝까지 손을 붙잡아다가 내 눈앞에 대고 보란 듯이 손가락을 하나씩 꼭꼭 깍지껴 가며 쥐었다. 내가 눈동자만 한쪽으로 몰아놓고 째려보자, 그는 나를 힐끔 보더니 빙그레 웃음으로 때운다. 그러면서 한다는 말이 그랬다.

"내가 어른이 되면 제일 하고 싶은 일이 뭐였는지 알아? 바로 이런 거였어. 내 차에 사랑하는 사람을 태우고, 이렇게 손 꼭 잡고 운전해 보는 거. 널 처음 내 차에 태우던 날, 내가 속으로 얼마나 우쭐했었는지 모르지? 고등학교 때 아버지가 형 대학 입학했다고 차를 사주셨는데 그게 그렇게 부럽더라. 형이 여자 친구라고 자기 차에 태우고 왔는데, 굉장히 멋있더라구. 너도 기억나지? 우리집 이층 거실에 있던 사진 액자 속의 여자. 수녀가 되겠다고 했던 여자 말이야."

물론 기억난다. 그 사진은 아직도 또렷이 내 머리 속에 현상되어 있으니까. 이제 진채의 손가락에는 그녀와 나누어 끼었던 커플링도 없어졌고, 그런 까닭에 나는 그녀에 대한 오랜 경계심마저 잊고 있었다. 그녀는 정말 수녀가 되었을까?

"그 여잔 어떻게 됐어?"

"결국 떠났어. 수녀도 되지 못한 채."

"수녀가 안 됐다고?"

"내가 말했잖아, 수녀가 될 타입은 아니라고."

그녀가 수녀가 되지 않았다는 소식에 내 마음은 더욱 울적해졌다. 그 여자에게서 다시 전화가 걸려왔던 그날, 진채는 외박을 했었다. 그럼 결국 그게 마지막이었던가. 하지만 이상하게도 자꾸만 사진 속 그 여자와 서현의 얼굴이 겹쳐 보였다. 동일 인물이 아님에도 불구하고, 비슷한 이미지 때문인지 여하튼 두 사람 다 내 가슴에 걸려 있는 빨래처럼 개운치 않은 느낌이었다. 햇볕에 바싹 말려 먼지 탈탈 털어서 추억 한 켠에 차곡차곡 개어 넣을 그날이 오기나 할는지.

"승채야."

"응?"

"너도 내가 네 마음 아프게 하니까 싫지?"

"또 무슨 말을 하려고 그래?"

그가 심드렁하니 대꾸했다. 그러나 나는 진지하지 않을 수 없었다. 안 그러면 그는 이 깍지 낀 손을 절대 놓지 않을 것이므로.

"너도 널 사랑하는 사람한테 상처 주지 말라고. 나 때문에 또 다른 누군가가 상처받고 아픈 거, 진짜 부담스럽고 싫어. 내가 누구보다 그 심정 알아. 그러니 나한테 그만 해."

그는 대답 대신 잡은 손에 힘을 가해 꼭 쥐었다.

"난…… 네가 상처받을까 봐 그게 더 걱정이야."

한참 만에 그가 내뱉은 말이다.

✳

그리고 불안하기만 한 며칠이 지나갔다. 승채는 아무리 관두라고 말려도 마치 내 보디가드라도 된 양 아침저녁 출퇴근뿐 아니라, 점심 시간을 이용하여 한의원에 가는 것까지 주구장창 내 옆에 붙어 다녔다. 그 와중에 유채와 나는 둘만의 교묘한 암투를 벌이고 있었는데—우리는 서로 눈길만 마주쳐도 이를 바득바득 갈아대었는데, 눈으로 이 가는 법을 나는 그때 터득했다—내게는 더 무서운 적이 있었으니 바로 서현이었다. 그녀는 내가 모르게 지켜보고 있을 때가 많았다. 그러다 눈이라도 마주칠라치면 아무렇지도 않게 시선을 거두곤 했다. 내 발목이 거의 나아갈 때까지도 그녀는 일체 승채에 대해 추궁하지도, 이전처럼 편하게 물어오지도 않았다. 그녀가 먼저 내게 말을 걸어왔다면 이전처럼 안심될 만한 변명이라도 해줄 터인데 시간이 지나면 지날수록 내가 먼저 그날의 일을 해명한다는 것이 더 우스워졌다. 그녀는 소리없이 나를 노리고 있는 상어 같다.

승채라도 좀 가만있어 주면 좋으련만, 그는 이제 사무실 안에서도 남이야 보든 말든 애정 표현을 서슴지 않아서 나를 곤란의 궁지로 몰아넣기 일쑤였다. 틈만 나면 스킨십을 일삼는 터에 내 심장은 하루에도 수십 번 오그라들었다 펴졌다 했다. 그 정도가 되니 아무리 눈치없는 사람도 다 알아챘을 일이다. 이걸 그냥, 직장 내 성희롱 죄로 고발해야 되나 말아야 되나. 아, 진짜 고민이다.

승채 때문에 내가 받는 스트레스가 그 정도니 그걸 지켜봐야만 하는 서현이야 오죽하겠는가. 그날도 여지없이 점심 시간에 승채와 회사 근처에 있는 한의원에 다녀와서 회의실로 향할 때였다. 그날이 한의원에 가는 건 마지막이라 이제부터는 승채와 더 붙어 다닐 일도 없고 홀가분한 기분이었다. 맞은편에서 서현이 걸어오고 있었다. 그동안은 내 쪽에서랄지 그녀 쪽에서랄지 용케도 둘만 있을 자리가 안 생기더니만, 결자해지라 했던가. 결국엔 이렇게 부닥치게 되었다. 한 번은 풀고 넘어가야 할 일 같아서 나는 마음을 다잡아먹고 그녀에게 다가갔다. 그녀는 나를 스쳐 지나갈 듯하다가 걸음을 멈춰 섰고, 내 쪽은 쳐다보지도 않은 채 불쑥 말을 꺼내었다.

"일곱 시까지 회사 앞에 있는 빅토리로 와요."

그 말 한마디만 던져 놓고 그녀는 쌀쌀맞게 내 곁을 지나갔
다. 어떻게 된 게 나는 그녀 앞에선 늘 주눅이 드는지 모르겠다.
내가 자기 남편이랑 불륜을 저지르다 들킨 것도 아닌데, 그녀만
보면 왜 이렇게 간이 콩알만해지는지. 내가 전혀 꿀릴 일이 아
닌데도 말이다. 아무리 연인 사이라 해도 내가 일부러 가로챈
것도 아니요, 바람난 애인이 저 혼자 필받아 덤벼드는 걸 어쩌
라고. 만나서 나더러 이러쿵저러쿵하기만 해봐라. 애인 간수나
잘하라고 되레 큰소리쳐 줘야지…… 그래도 무섭다.

그날 저녁. 언제, 어디서, 누구랑, 몇 시에, 왜. 육하원칙에 의
거하여 코치코치 캐묻는 승채를 겨우겨우 떼어내고, 십 분 정도
늦은 시간에 부랴부랴 ‘빅토리’로 달려갔더니 서현은 VIP실에
서 우아한 포즈로 앉아 기다리고 있었다. 지배인이 들어오자 그
녀는 미리 주문해 놓았던 음식을 가져오라 일렀다. 그리고 식사
가 나올 때까지도 눈을 내리깐 채 이렇다 저렇다 일체 말이 없
었다. 그랬으니 올 때까지만 해도 단단히 마음을 먹었던 나는
슬슬 겁을 먹기 시작했다.

폭풍전야의 밤이 더 고요한 법. 그녀의 입에서 무슨 말이 떨
어질지 몰라 가슴은 점점 콩닥거리고, 포크와 칼을 든 손이 미
세하게 떨렸다. 그 비싼 스테이크를 씹고 있어도 무슨 맛인지
도통 모르겠고, 식은땀도 뻘뻘 나는 게 이러다간 다 먹기도 전
에 체하고 말 것 같다.

“스테이크 맛 어때요?”

서현이 포크 끝에 달린 스테이크 한 조각을 예쁘게 입속으로 밀어 넣으며 물었다.

"네, 맛…… 있어요."

"승채 씨와 자주 왔던 곳이에요. 분위기 괜찮죠? 고급스럽고."

"정말 그러네요."

안 그래도 늦은데다 너무 긴장해서 들어온 탓에 인테리어가 어떤지까지는 미처 헤아리지 못했다. 눈알만 살짝 한 바퀴 돌려 둘러보았더니 VIP실이라 그런지 고급스럽긴 하다. 지금은 분위기가 워낙 살벌하다 보니 괜찮은지 어떤지는 솔직히 잘 모르겠지만. 차분함과 상냥함을 유지하고 있는 말투와는 달리, 그녀의 얼굴은 차디찬 물이 뚝뚝 떨어질 만큼 냉랭했으니 말이다. 쥐고 있던 칼을 그대로 내게 던질 것처럼 불안해서 신경을 잔뜩 곤두세운 채, 나는 먹히지도 않는 고기를 입 안으로 꾸역꾸역 밀어 넣었다.

앞에 놓인 커다란 접시 위의 스테이크가 삼 분의 이 정도 사라졌을 때 즈음, 딸깍 소리를 내며 칼과 포크를 한쪽에 나란히 내려놓은 서현은 냅킨으로 입가를 꼭꼭 눌러 닦았다. 다 먹은 모양이어서 나도 그만 어정쩡하게 포크를 내려놓았다. 지배인은 우리를 지켜보고 서 있다가 얼음에 재워져 있던 와인으로 잔을 다시 채워주었다. 서현은 그에게 이제 그만 나가 있으라고 명령했다. 그가 정중히 고개를 숙인 후 빈 그릇들을 챙겨 물러

갔다. 드디어 본격적으로 시작할 낌새다. 내 예상대로 그녀는 투명한 와인 잔을 들어 한 모금 마시더니 조용히 운을 뗐다.

"신리 씨, 내가 왜 따로 보자고 했는지는 알죠?"

"네."

이건 마치 타이르는 선생과 잘못한 제자 같다. 제기랄.

그녀는 잠시 나를 물끄러미 쳐다보더니 빙그레 웃음 지었다. 화난 거 뻔히 아는데 저 웃음의 의미는 또 무얼까. 입 안이 뻑뻑해져서 나는 얼른 와인으로 입 안을 축였다.

"내가 알고 싶은 건 승채 씨의 마음보다 신리 씨의 본심이에요. 일전에 내게 그런 말, 한 적 있죠? 좋아하는 사람 따로 있다고. 지금은 어때요?"

"물론 지금도 같아요."

뭐 그런 당연한 질문을 다 하냐는 듯 나도 조금 웃어 보였다. 그런데 그 웃음마저 안면 근육이 굳어 제대로 그려지지 않는 탓에 어색하기 그지없었다. 서현의 입가로 조소가 머금어졌다. 이제 내 말은 콩으로 메주를 쑨대도 믿지 않을 얼굴이다. 그녀는 와인 잔을 두 손으로 쥔 채 팔꿈치를 테이블 위에 느긋하게 올려놓더니 살짝 냉소가 담긴 눈빛을 들어 나를 똑바로 쳐다보고 말했다.

"그래요? 그럼 신리 씨 마음속에 있는 남자와 마음 밖에 있는 승채 씨와 더 이상 저울질하지 말아요. 그 축이 흔들리면 어떻게 되겠어요? 결국 다치는 건 신리 씨뿐이잖아요."

"저울질이라니요? 난……."

내 말을 자르듯 그녀는 팔꿈치를 떼고 의자에 깊이 기대앉으며 말을 이었다.

"오 실장님한테 얘기 들었어요. 승채 씨가 신리 씨를 좋아했다고요? 물론 철없던 시절의 이야기이니 굳이 마음에 담아두고 싶지는 않지만, 신리 씨를 스카우트해 온 사람이 팀장님이 아니라 승채 씨라는 소리 들었을 때 내가 뭔가 잘못 생각하고 있었구나 하고 깨달았어요. 물론 그래요. 남자들은 여자들과 달라서 잠깐 한눈파는 거 비일비재한 일이죠. 하지만 승채 씨가 어떤 남자인지 잘 알기 때문에 더 이상은 그냥 두고 볼 수 없겠어요. 왜냐하면 승채 씨와 난 곧 약혼할 거거든요. 승채 씨와 나, 만난 지가 벌써 삼 년이 넘었어요. 유학 시절에 만났는데 첫 느낌이 굉장히 좋은 남자였죠. 그래서 내가 먼저 사귀자고 했어요. 승채 씨가 그러더군요, 자기는 좋아하는 여자가 있다고. 신리 씨처럼 오래도록 마음에 간직하고 있는 사람이 있다고. 잊고 싶은데 그게 잘 안 된다고. 내가 잊게 해주겠다고 했어요. 우리의 만남은 그렇게 시작됐죠. 그게 무슨 뜻인지 알아요, 신리 씨? 솔직히 성인 남녀가 삼 년이 넘도록 만나면서 아무 일이 없었다면 그거 거짓말이죠. 팀장님도, 실장님도 거의 같은 시기에 유학 생활을 했으니까 우리 둘 사이 어느 정도라는 거 다 알고 있어요. 그리고 사내에 도는 소문, 사장님 귀에까지 들어가면 곤란해지는 건 신리 씨뿐이에요. 어떡하겠어요? 지금 멈추겠어요,

아님 끝까지 나랑 해보겠어요?”

그녀의 눈빛은 냉랭했지만, 입술만큼은 계속 웃고 있었다. 그
녀의 자신감 넘치는 말투에 나는 무어라 딱히 할 말을 찾지 못
하고 입술만 깨물고 있었을 뿐이다. 어디부터가 시작이고 어디
까지가 끝인지, 완전히 미로에 갇혀 버린 듯 기분이 정말 더럽
기 짝이 없다. 저울질은 또 뭐고, 삼 년이 넘도록 사귄 성인 남
녀에게 마땅히 있어야 할 그 일이란 대체 또 뭐란 말인가. 게다
가 약혼이라니.

“집안 형편이 어렵다고 들었어요. 단지 돈 때문이라면 더 좋
은 회사에 소개시켜 줄 수도 있어요. 신리 씨는 정말 아무 생각
없는데, 승채 씨 혼자 그러는 거라면 굳이 이 회사에서 버틸 이
유는 없지 않나요? 실장님과도 그런 식으로 계속 부딪치는 거,
서로가 괴로운 일일 테고요.”

지금 한 말은 다 옳다. 앞에 한 말들은 모두 귓가에서만 맴돌
뿐 마음 깊이 와 닿지를 않아서 한동안 멍해져 있었지만, 그 외
의 말들은 속속들이 내 머리 속에 아로새겨졌다. 집안 형편이
어려우니 더 좋은 회사에 소개시켜 주겠다는 거나 승채 혼자 그
러는 거면 굳이 회사에서 버틸 이유가 없다는 말이나 유채와의
보이지 않는 암투도 정말 괴로운 일이라는 거나 내게는 다 옳은
충고임에 틀림이 없었다. 그러나 나는 옳은 말은 귀담아 들을
생각이 애초부터 없었던 사람처럼 그녀가 앞에 한 말들만 자꾸
되새김질하고 있었다.

서현이 뭔가 잘못 알았다고 깨달았던 것처럼 나 역시 어느 순간 정신이 번쩍 들었다. 나는 못 알아들은 게 아니라 그녀가 내뱉은 사실들을 인정하기 싫었던 것은 아니었을까. 그녀가 나를 불러놓고 최고급의 스테이크를 대접하며 불량학생 다루듯 차분한 말투로, 그러나 더 이상 반항하지 못하도록 꼼짝 못하게 만드는 언변이야말로 보이지 않는 손을 휘둘러 내 뺨을 후려친 거나 다름없었다. 정신 차려, 이 계집애야. 감히 내 애인에게 꼬리를 쳐? 다시는 못 일어나도록 완전히 밟아버리기 전에 먼저 물러나. 그 정도 아량은 얼마든지 있으니까. 난 이미 오승채와 깊은 관계까지 맺었던 사이인걸. 그러니 당연히 결혼할 사이가 아니겠어?

그녀가 하고자 한 말이 바로 그거다. 처음부터 단도직입적으로 쉽게 풀어 얘기하면 될 것을 뭘 그리 빙빙 돌려 말하는지, 원. 이해력 테스트하는 것도 아니고.

"남자들이 왜…… 한눈을 판다고 생각해요?"

내가 다소 덤덤한 눈으로 느릿느릿 말을 잇자, 서현은 얼굴에 띤 미소를 서서히 거두며 이해할 수 없는 표정을 지어 보였다. 나는 그녀의 표정 따윈 개의치 않고 곧장 말을 이었다.

"승채나 서현 씨처럼, 그것도 섹스까지 스스럼없이 나눈 사이끼리 말예요. 사랑에는 책임이 따르죠. 책임이 따르지 않는 사랑은 진정한 사랑이 아닌걸요. 그리고 그 책임의 반은 두 사람이 똑같이 나누어가지는 거잖아요. 승채를 정말 사랑한다면 그

책임의 반은 서현 씨 몫인데, 왜 내게 이러는 거죠? 승채와 약혼을 하든 말든 나와는 상관없는 일이에요. 승채와 섹스를 했든 말든 그것도 나와는 하등 상관 없어요. 그런 걸로 남자 발목 잡아야겠다는 생각이라면 서현 씨야말로 뭔가 잘못 생각하는 거 아닌가요? 승채에 대해서 잘 안다고 했나요? 그렇다면 그런 걸로 승채가 서현 씨한테 질질 끌려 다닐 남자는 아니라는 것도 알 텐데요. 그렇게 자신이 없어요? 두 사람 사이에 있었던 은밀한 섹스 관계까지 흘려가며 경계하는 거, 우습지 않아요?"

쨍!

서현이 들고 있던 와인 잔을 테이블 위로 세게 내려쳤다. 그 바람에 반 정도 남아 있던 와인이 사방으로 튀었고, 그녀의 반지 때문인지 와인 잔은 비스듬히 금이 가며 깨졌다. 그런데도 그녀는 와인 잔을 놓지 않고, 손이 부르르 떨릴 정도로 더욱 힘을 가했다. 붉은 핏물이 그녀의 손과 깨어진 와인 잔 사이를 비집고 흘러내렸다. 금세 터질 듯 시퍼런 핏줄이 그녀의 하얗게 탈색된 얼굴에 불거져 올라왔다. 입술이 으깨지도록 악문 그녀는 시뻘겋게 충혈되어 숫제 귀신같은 눈으로 나를 잡아먹을 듯 노려보았다. 평소 얌전하다고만 생각했던 그녀의 돌발적이고 과격한 행동에 나는 순간 겁이 덜컥 나 마른침을 꼴딱 삼켰다. 무엇보다 날카로운 유리에 베어 피를 흘리고 있는 그녀의 손이 걱정스러웠고, 자존심 때문에 지지 않으려 괜한 말까지 토해내 버린 내 자신이 얼마나 원망스러웠는지 모른다. 평소 조용하고 착한 여자들이 한 번 화가 나면 더 무섭다더니, 저 여자는 피를 보고야 마는 성격이지 싶다. 달리 상어가 떠올랐을까.

"얼른 그 잔 놔요, 서현 씨!"

그러나 서현도 보통 고집은 아니라서 내 입에서 퇴사하겠다는 대답이 나올 때까지는 손이 두 동강이 나는 한, 결코 놓지 않을 태세다. 피는 투명한 잔을 붉게 뒤덮고 철철 흘러서 하얀 테이블 보까지 물들이고 있었다.

"알았어요. 내가 회사 그만둘 테니까 빨리 그 잔 놔요, 글쎄!"

빌어먹을. 뭐 이런 경우가 다 있담. 진짜 울며 겨자 먹기로 나야말로 책임도 못 질 말을 내뱉고 말았으니, 이미 쏟아진 서현의 피처럼 다시 주워 담을 수도 없고 그야말로 환장할 노릇이다. 서현은 내 말이 떨어지자마자 기운이 빠지는지 와인 잔을 움켜잡고 있던 손을 풀고 의자 뒤로 털썩 기대었다. 테이블 위에 축 늘어져 있는 그녀의 손바닥은 시뻘겋게 피로 물든 것뿐만 아니라 깊이 베인 자국이 선명했다. 서현의 마음도 지금 저 손바닥처럼 흉한 상처를 입고 피를 쏟아내고 있으리라. 저런 여자에게 달리 무슨 말이 필요하겠는가. 잠깐 스쳐 간 생각이지만, 그녀는 내가 생각하는 것보다 더 깊이 승채를 사랑하고 있는지도 모르겠다.

바닷가에서 모래 위를 걸어오고 있는 승채를 본 순간,
내 속에 축적되어 있던 그 두려움이
곧 이별을 암시하는 것임을 깨달았다
그리고 걷잡을 수 없이 솟구쳐 오르던 슬픔,
그게 바로 사랑은 아니었을지

"뭘 쓰기에 아까부터 한숨이야?"

편지지 한 장 앞에 놓고 아까부터 한숨만 폭폭 내쉬고 있는 내게 엄마가 걸레로 방을 훔치며 말을 걸었다. 나는 서현과 헤어져 집으로 돌아오자마자 책상 속에서 편지지를 꺼내 진채에게 편지를 쓰고 있는 중이었다. 사표를 쓰기에 앞서, 진채에게 내 속에 담긴 오래된 소중한 고백을 해야 직성이 풀릴 것 같아서다. 앞에 대놓고 말하기는 영 자신이 없고, 사표를 직접 건네주기도 안 되겠고 해서 오늘밤, 몰래 회사로 가서 그의 책상에 두고 올 참이었다. 그런데 막상 쓰려니 당최 뭐라 써야 할지 모르겠다. 서로 연애나 했어야 쓸 말도 많을 것인데.

칠 년 동안 오로지 오빠만 사모해 왔어요. 하지만 승채 때문에 제대로 좋은 시간 한 번 못 가져 보고, 내일이면 이 회사와도 끝일 텐데 마지막으로 오빠를 사랑하는 내 마음을 고백이나 하고 떠나야 할 것 같아서요. 용서하세요, 오빠. 그리고 행복하세요…….

어떻게 된 게 아무리 머리를 굴려보아도 다섯 줄이 안 넘냐. 시간도 없는데. 내 자신에게 혀를 쯧쯧 차가며 마치 글짓기 숙제라도 하는 양, 기어이 고백 편지랍시고 써서는 사표와 함께 봉투에 넣었다. 내가 승채를 죽어라 사랑하는 것도 아니고, 서현이 피를 보는 것도 불사하고 저 지경으로 나오는데 진짜 거품 물고 쓰러지기 전에 관두는 게 상책일 듯싶다. 내가 진짜 저 때문에 사표 쓴 걸 알면 자기 말대로 더 좋은 회사에 취직시켜 줄지도 모르지 않는가. 아무래도 화장품 회사는 적성에 안 맞는 것 같고, 이 참에 진채에게 고백도 하고, 유채도 더 이상 보기 싫고, 승채는 더 더욱 꼴 보기 싫고.

생각할수록 억장이 무너진다. 섹스까지 나누고 약혼까지 할 거면서, 인간의 탈을 쓰고 어떻게 그럴 수가 있느냔 말이다! 나만 병신을 만들어도 유분수지! 사지(四肢)를 갈가리 찢어발겨도 시원찮을 놈! 유채보다 더 나쁜 놈이다, 그놈은!

어쨌든 그런 복합적인 고민들로 머리 쥐어뜯어 가며 한 시간여에 걸쳐 쓴 편지와 사표가 든 봉투를 챙겨 회사로 향했다. 막상 사무실 앞에 서니 마음이 뭐라 말할 수 없을 만큼 착잡했다.

정말 이것이 최선의 방법일까, 내가 옳은 판단을 하고 있는 것인가. 이렇게 타인에 의해 쫓겨나는 기분, 진짜 싫은데. 두 번다시 억울하게 쫓겨나는 일 따윈 당하고 싶지 않았는데. 진채는 또 이 편지를 보면 뭐라 할지. 얼마나 당황할까. 그도 승채가 요근래 내게 한 행동들에 걱정 어린 눈초리를 보내곤 했었기 때문에 내 고백이 엉뚱하게 느껴질 것이 분명하다. 그러나 어쩔 수 없다. 진채에게조차 승채와 그렇고 그런 사이라고 오해받기는 싫으니까. 솔직한 내 마음을 진채가 알아준다면 나는 더 이상 미련없이 떠날 수 있다. 단지 아쉬운 건, 어쩌면 진채와도 이것으로 끝일지 몰라서다. 그와 내가 잘될 가능성은 승채 때문에라도 불가능 99%가 될 게 뻔했으니까. 슬픈 내 사랑, 열여덟 그때에도 망할 놈의 인간 때문에 일이 더럽게 꼬이더니만 전생에 살이 끼었는지 끝까지 내 사랑을 훼방놓는다.

경비원에게 받아온 열쇠로 사무실을 열고 들어가 진채의 책상 앞에 봉투를 올려놓고, 다시 사무실을 나왔다. 그 층은 모두 퇴근을 한 뒤라서 복도에는 엘리베이터의 엷은 불빛 외에는 온통 어두웠다. 그럼에도 행여 발소리가 날까 숨죽여 가는 심리를 도무지 알 수가 없다. 몰래 사표 써놓고 도망쳐 나오는 길이기 때문이겠지. 엘리베이터를 향해 되돌아가면서 조심스레 발걸음을 떼는데 회의실을 지나가다 보니 안에서 얼핏 인기척이 느껴졌다.

이 시간에 누가? 궁금증이 일어 살금살금 다가가 뒷문을 빼꼼 열고 들여다보았다. 순간, 살짝 젖혀진 커튼 틈 사이로 흘러 들어오는 달빛에 눈부시도록 하얀 여자의 나신이 눈에 확 들어왔다. 그러니 내가 얼마나 놀랐을지 상상해 보라. 아닌 밤중에 회의실에서 이게 웬 스트립쇼란 말인가. 귀신이 아닐까 내 눈을 의심도 해보았지만 그곳에는 그녀 혼자만이 아니었다. 여자의 나신은 회의 탁자 위에 무릎을 꿇은 자세였고, 바로 그 밑에는 틀림없는 누군가가 누운 자세로 깔려 있었다. 말하자면 남자가 밑에 깔리고 여자가 위에 앉은 자세였다는 거다.

눈이 왕방울만해져서 엿보았더니 여자의 잘록한 허리를 잡은 남자의 손을 따라 여자의 몸도 상하로 힘차게 움직이고 있었다. 푸른 달빛에 드러난 그녀의 탐스런 가슴 역시 그 움직임에 의해 출렁거렸다. 탁자 위에 드러누운 남자와 뒤로 한껏 젖혀진 여자의 얼굴은 보이지 않았으나, 나는 직감적으로 일전에 회의실 섹스 주범들임을 알아차렸다. 남의 비밀스러운 섹스 현장을 훔쳐본다는 것이 양심에 찔리긴 했지만, 그 주범을 승채로 오인했었던 전과가 있는 나로서는 그냥 지나칠 수만은 없다고 생각했다. 이번에야말로 진범을 가려낼 절호의 찬스였다. 그래서 턱이 빠지도록 벌어졌던 입을 거둬 올리고, 남녀의 얼굴을 확인하기 위하여 나름대로는 진지하게 눈이 빠지도록 두 사람의 섹스를 지켜보게 되었다.

옅은 신음 소리와 함께 뒤로 활처럼 휘어졌던 여자의 얼굴이 정면으로 돌아왔을 때, 겨우 제자리를 찾았던 입이 다시금 절로

쩍 하고 내려앉고 말았다. 놀랍게도 여자는 바로 윤 주임이었던 것이다. 얼마 전 진채에게 야참을 싸가지고 왔을 때, 블라우스 등에 달린 단추가 열린 것도 모르고 도망치듯 회사를 빠져나가던 그녀가 생생히 떠올랐다. 그제야 나는 그녀의 단추가 열렸던 까닭을 알게 되었다. 평소 있는 듯 없는 듯 사무실 안에서도 존재감이 없던 그녀가 다 늦은 시간에, 그것도 회의실에서 적나라한 섹스를 벌이고 있다는 사실 자체가 내게는 엄청난 충격을 던져 준 셈이었다.

그 충격을 수습하기도 전에 윤 주임과 남자는 체위를 바꾸고 있었다. 나는 침을 꼴딱 삼키고, 눈을 부릅뜨고는 남자의 얼굴을 보려 애썼다. 이번에는 윤 주임이 남자가 있던 자리에 눕고, 남자가 탁자 밑으로 내려섰다. 그 와중에 역삼각형을 이루는 남자의 단단하게 균형 잡힌 등이 참 멋있다는 엉뚱한 생각을 하던 찰나, 남자가 돌아서서 윤 주임 쪽으로 향했다. 비로소 진범을 알 수 있다는 약간의 흥분과 호기심에 눈을 더 크게 떴다가 나는 오히려 눈앞이 캄캄해지는 이변을 겪게 되었다. 너무나 놀란 나머지 문을 도로 쾅 하고 닫고 말았는데, 내 발은 나의 의지와는 상관없이 어디론가 달려가고 있었다. 정신없이 비상구 계단을 뛰어 내려갔다. 내 뛰는 가슴도, 날개가 달린 것 같은 다리도 도저히 멈출 수가 없었다. 한의원에 더 이상 가지 않아도 될 만큼 낫긴 했으나, 아직까지는 조심해야 될 발목은 갑작스런 운동으로 인해 조금씩 통증이 몰려오기 시작했다. 도대체 몇 층을 그렇게 달려 내려갔는지, 더 이상 통증을 견딜 수 없어 발걸음을 멈추고 계단 중간에 그대로 주저앉고 말았을 때는 이미 온몸이 땀에 젖어 있었다. 그리고 내 얼굴도 눈물로 범벅이었다.

"억…… 억…… 어어억…… 어어어어억……!"

헐떡이는 숨소리를 뚫고 울음인지 비명인지 모를 소리가 내 목구멍을 아프게 울렸다. 가슴이 갈기갈기 찢어지는 느낌. 심장이 터질 것 같은 아픔. 발목의 통증보다 더 광포(狂暴)한 고통이, 나를 송두리째 뒤흔들어 놓고 있었다. 푸르른 달빛 아래 드러난 그의 나신은 아름다웠지만, 그의 나신을 본 나는 세상에서 가장 슬프고도 비참한 여자가 되고 만 것이다. 진채. 사랑하는 나의 진채.

"아악……! 악! 악!"

나는 오래도록 비상구 계단 위에 앉아 하염없이 비명을 지르며 몸부림을 쳤다.

＊

태양은 바다를 도화지 삼아 그 빛으로 그림을 그려내고 있다. 빛은 바다에 닿는 순간, 금모래가 되어 흩뿌려진다. 바다색은 바람의 방향을 따라 층층이 달라지고, 금모래는 연신 일렁이면서도 가라앉지 않고 부유(浮游)한다. 그 광활(廣闊)한 아름다움이여.

'노을이 참 예쁘다. 세상에서 가장 아름다운 건 자연의 색깔인 것 같아. 인간이 아무리 흉내내 보려 해도 낼 수 없는 색채잖아. 매일 해는 뜨고 지는데 그때마다 색채가 오묘하게 다르니 정말 신비해.'

진채와 처음 약수터로 오르는 중턱에 나란히 앉았을 때, 그는 노을을 보며 그런 말을 했었지. 그러나 신이 만든 것 중에 가장 오묘한 건 뭐니 뭐니 해도 사람이 아닐까 싶다. 내 가슴속에 칠 년 동안 사랑이란 유일한 명제(命題)가 되어 있었던 진채. 그를 만든 신을 사랑했건만, 신은 나에게 사랑의 고통만을 안겨주었다.

태초에 뱀이 하와를 꼬여 선악과를 먹게 한 것은 아담과 하와의 사랑 때문이었으리라. 그들의 사랑이 너무나 아름답고 부러워서 뱀은 그들을 시샘했고 이간질했으며 결국 불행의 시조(始祖)로 만들어 버렸으니까. 나는 뱀이다. 아담과 하와의 사랑을 엿본 후 질투에 눈이 멀어버린 뱀.

한 폭의 그림처럼 펼쳐져 있는 동해 바다를 보고 앉아 있어도 그 위에 진채와 윤 주임의 나신이 환상으로 겹쳐 보였다. 눈을 뜨고 있어도, 감고 있어도 고장난 영사기처럼 그들이 보였다. 그게 얼마나 사람을 미치게 하는 것인지, 순간순간 정신을 탁탁 놓고 당장이라도 바닷물로 뛰어들고픈 충동을 느꼈다. 옆에 운표가 없었더라면 나는 온전한 뱀이 되어 바다 속으로 첨벙 뛰어들어 갔을는지도 모른다. 그리고 아담과 하와의 사랑을 훔쳐본

죄로 영영 씻지 못할 고통을 안은 채 이 속초 앞바다에 사라져 버렸으리라.

"정말 무슨 일 있는 거니?"

모랫바닥에 엉덩이를 대고 주저앉아 바다만 하염없이 바라보고 있는 내게 운표는 근심에 찬 목소리로 물었다. 어제 그 길로 무작정 밤기차를 타고 운표를 찾아왔던 나는, 동이 뜨기 시작하고부터 지금까지 한자리에 붙박여 앉아 있었다. 그랬으니 운표가 걱정을 하는 것도 무리는 아니었다. 연락도 없이 갑자기 찾아온 것도 모자라, 핏기 하나 없는 얼굴로 넋 나간 사람마냥 몇 시간 동안 바다만 보고 앉았으니 바보가 아닌 다음에야 뭔가 특별한 일이 생겼음을 짐작하고도 남았을 일이다.

"운표야."

"응?"

"남자들은…… 사랑이 없어도 섹스를 하니?"

그가 모래를 쥐었다 놓았다 손장난을 하다가 고개를 돌려 나를 쳐다보았다. 그의 손가락 사이로 소리없이 우르르 빠져나가는 모래들. 그의 손가락을 보자 문득 승채의 손가락이 기억났다. 그 손가락 사이에 끼어 있던 내 핑크 빛 유두와 윤 주임의 잘록하게 잘빠진 허리를 잡고 있던 진채의 하얀 손과 윤 주임의 출렁이는 가슴이 연상됐다. 그러자 내 얼굴은 또다시 말할 수 없는 고통으로 일그러지고, 상처 입은 마음은 끝이 없는 무연의 바다 밑으로 가라앉았다. 모든 게 다 돌이킬 수 없는 일들이 되어버리는 절망. 이해할 수 없는 일들과 이해하고 싶지 않은 일들. 그 속에 있는 승채와 진채, 그리고 나.

"도대체 왜 그래? 무슨 일이야?"

운표도 점점 심각해지기 시작했다. 나는 땅이 꺼져라 깊은 한숨을 내쉬었다.

"아무리 이해해 보려고 해도 잘 모르겠어. 정말 그게…… 가능한 건지."

"남자들은 그래. 생겨먹은 구조가 여자랑 달라서 그저 생리현상일 때가 많아. 인마, 스물다섯이나 먹어가지고 나한테까지 성교육 받으러 오냐?"

운표는 어이가 없는지 피식 웃고 만다. 그래, 내가 생각해도 참 반편이다. 운표가 다시 모래장난을 하면서 말을 이었다.

"솔직히 진짜 사랑하는 여자라면 쉽게 못 건드리지. 정말 지켜주어야 할 여자라고 생각하면. 물론 서로가 확신이 있고, 끝까지 함께할 책임감이 있다면 또 달라질 수도 있겠지만. 왜, 오승채가 그런 일로 속 썩여?"

그의 입에서 서슴없이 승채 이름이 나왔기에 나는 깜짝 놀라 쳐다보았다. 운표는 싱긋 웃더니 내가 뭐라 묻기도 전에 자진 실토했다.

"나한테 전화 왔더라. 너 여기 와 있냐고. 전화번호는 어떻게 알았냐고 물었더니 너희 어머니한테 여쭤봤대. 웬 놈이 다짜고짜 아침부터 전화해서는 너를 찾기에 얼마나 놀랐는지. 그게 오승채라는 거 알고 더 놀랐지만.”

“그래서, 나 여기 있다고 얘기했어?”

“얘기했지.”

“뭐 하러 알려줘? 모른다고 하지.”

“일단 테러는 막아야겠기에.”

“테러라니, 그건 또 무슨 소리야?”

“후후, 바른대로 안 대면 속초를 폭파시켜 버린다고 하잖아. 그 자식 미국 갔다 오더니 완전히 테러범 다 됐더라.”

아무튼 요즘 세상은 무식한 게 짱이다. 속초를 폭파시키겠다고 얼토당토않는 협박을 하는 놈이나 그렇다고 이실직고하는 놈이나. 오다가 자동차 펑크나 나버려라! 잔뜩 구겨진 얼굴로 승채에게 저주를 퍼붓고 있는데 운표가 갑자기 손에 묻은 모래를 탁탁 털면서 지나가는 말로 중얼거렸다.

“양반은 못 되겠군. 호랑이도 제 말하면 온다더니.”

그리고는 자리에서 일어나 저만치에서 걸어오는 승채를 맞았다. 승채는 편한 캐주얼 흰색 바지에 화려한 꽃무늬 남방을 걸쳐 입고, 선글라스까지 쓰고는 모래 위를 그 긴 다리로 성큼성큼 걸어오고 있었다. 요즘 남자들 유행 패션이 클리비지 룩이라더니 자기가 무슨 조인성도 아니고, 유행이 참 여럿 죽인다. 남은 바다에 뛰어드느냐 마느냐 사경을 헤매는 판인데, 한껏 멋을 부리고 나타난 그를 보자 왜 진작 바다에 뛰어들지 않았던가, 심히 후회되었다. 하도 오랜만이라 두 사람 다 머쓱한 표정으로 악수를 나눴다.

"너는 어째 살이 더 쪘냐?"

승채는 선글라스를 벗어 남방 앞섶에 콕 끼워 넣으며 운표에게 그런 말을 던졌다. 운표는 그딴 말을 듣고도 뭐가 좋은지 실실 웃더니 잠깐 회사에 들어갔다 온다며 훌쩍 가버렸다. 승채는 본체만체하고 있는 내게 다가와 안색을 쓱 살피더니 운표가 앉았던 자리에 흰색 바지가 더러워지는 것도 괘념치 않고 아무렇게나 털썩 주저앉았다. 그러나 나는 무릎 위에 오른 그의 기다란 손가락을 보자 짜증이 확 솟구쳐 견딜 수가 없어졌다. 짭짤한 바다 냄새에 승채가 뿌린, 이름도 알 수 없는 향수가 뒤섞여 순간 욕지기가 올라왔다. 그런 연고로 나도 모르게 그 자리에서 벌떡 일어나 버렸다. 그 바람에 방금 앉았던 승채도 화들짝 놀라며 스프링처럼 튕겨져 일어났다.

"왜, 어디 가게?"

그의 물음에 대꾸도 없이 사장(沙場)을 걷기 시작했다. 순식간에 내 옆으로 다가선 그는 계속 내 눈치만 살피다가 잘 빗어 넘긴 갈색 머리를 긁적이며 객쩍게 말을 꺼내었다.

"형한테 얘기 들었어. 그러니까…… 어젯밤에……."

주르륵.

고장난 내 눈. 밤새 기차를 타고 오면서 어지간히 울어 더 이상 나올 눈물도 없겠다 했는데 또다시 발동이 걸렸다. 몸에 있는 물기가 모조리 눈물이 되어 솟구치니 내 심장은 점점 더 메

말라 가고, 입술도 바짝 타 들어가고, 머리는 열 때문에 펄펄 끓고 있다. 가슴도 아프고, 머리도 아프고, 온몸이 두들겨 맞은 사람처럼 아프다. 아파서 죽을 것만 같다. 그러니 눈물이 안 나오고 배기겠는가.

"그러게 내가 뭐랬어? 형 실체를 알면 틀림없이 상처받을 거라 그랬잖아."

그걸 도대체 위로의 말이라고 하는 건지, 약 올리자고 하는 말인지. 말소리도 느물느물한 게.

"꺼져!"

"뭐라고?"

"꺼지라고! 너도 꼴 보기 싫으니까 사라져. 다시는 내 앞에 나타나지 마!"

내가 이를 으드득 갈며 무섭게 뇌까렸더니, 그는 분위기 파악도 못하고 야속한 얼굴로 툴툴거렸다.

"왜 나한테 그래? 걸린 건 형인데."

나는 걸음을 우뚝 멈추고 독사처럼 눈을 빛내며 그를 노려보았다.

"그래서 쌤통이니? 네가 아니라 형이 걸려서 천만다행이다 싶어?"

"어?"

"너도 똑같아! 너도 서현 씨랑 잤잖아! 또 모르지, 얼마나 많은 여자들과 사랑도 없이 관계하고 일말의 책임감이나 양심도 없이 등 돌렸을지."

그때 이미 승채의 얼굴은 참담하게 변해가고 있었다. 나는 눈물을 줄줄 흘리고 서서 지나가는 사람들이 보든지 말든지 악을 바락바락 쓰면서 신랄하게 그를 비판하고 있었고.

"어제 서현 씨 만나서 얘기 다 들었어. 내게 뭐라고 했는 줄 알아? 내가 물러나지 않으면 가만 안 두겠대. 나를 남의 애인한테 꼬리나 치는 비열한 년으로 취급하더라고! 그런데 난 그러는 서현 씨가 오히려 불쌍하고 측은했어. 오죽하면 그럴까 싶어서. 너에게 서현 씨란 여자는 단지 날 잊기 위한 방편이었는지 몰라도, 서현 씨는 너한테 진심이었어. 너도 서현 씨가 널 사랑하는 거 알고 있잖아! 그러면서 어떻게 그럴 수 있어? 어떻게 보는 앞에서 나한테 그럴 수가 있냐고? 그럼 난 뭐가 돼? 내가 그랬지, 나한테 그만 하라고! 근데 왜 말을 안 들어서 일을 이 지경으로 만들어놔! 왜 이렇게 난 비참하게 만들어, 왜! 으흐흑……."

"신리야! 잠깐만, 내 말 좀 들어봐."

일순 돌처럼 굳어버렸던 그는 절규하는 나를 보자 정신이 번쩍 드는지 손을 내밀며 내게 한 발자국 다가섰다. 그러나 나는 도리어 그에게서 한 발짝 물러서며 악을 썼다.

"시끄러! 네 말 듣고 싶지 않으니까 당장 돌아가. 내 눈앞에서 당장 꺼지란 말이야!"

승채는 이제 얼굴이 벌겋다 못해 까맣게 죽어버렸다. 이곳으로 달려올 때까지만 해도 그는 내가 진채의 실체를 알고 완전히 실망에 빠져 있을 거라 생각했을 것이다. 내가 이제는 진채를 포기할 수밖에 없게 되었다고 기뻐하면서. 그런데 자신에게까지 이런 비난의 화살이 퍼부어질 줄 어디 꿈에나 상상했으랴. 그것도 서현과의 관계까지 들통나 버렸으니 당혹스러운 거야 이루 말할 수가 없을 테지.

"야. 솔직히 남자 나이 스물다섯에 총각 딱지 안 뗀 놈이 어디 있겠냐? 그리고 말이 나왔으니까 하는 거지만, 나보다 형이 더 해! 형은 오는 여자 안 막고, 가는 여자 안 붙잡는 프리스타일이지만 난 그 정도는 아냐. 너 잊어보려고 나도 미국에서 무진장 노력했어. 그런데도 잘 안 됐어! 뭐, 굳이 말하자면 꼭 서현이랑만 그랬던 것도 아니고. 남자들은…… 그래, 꼭 사랑해야 섹스하는 줄 아냐?"

그래도 뚫린 입이라고 말은 잘하지. 운표나 승채나 어쩜 한결같은 소리만 해대는지. 짐승 같은 놈들! 게다가 서현이하고만 관계한 것도 아니라니. 나는 억장이 무너지다 못해 온몸이 바스스 모래가 되어 그대로 흘러내리는 느낌이었다.

"기가 막혀. 뭐? 그럼 진짜 서현 씨만이 아니었단 말이야?"

억울한 표정으로 남자들의 대변인이나 되는 것처럼 심정을 토로하던 그는 검지, 중지, 약지 세 개를 이마에 댄 채 얼른 펴 보이며 말했다.

"딱 세 명."

그 말이 끝나기가 무섭게 그는 별안간 모래 위에 무릎이 으깨

지도록 꿇어앉았다. 그리고는 지금까지 한 모든 말을 한마디로
요약했다.

"잘못했어!"

변명을 더 늘어놓을 줄 알았는데 너무나도 쉽게 그 한 마디로
모든 걸 함축시켜 버리는 그를 보자, 나는 악에 받쳐 울부짖다
가 그만 어이가 없어져 나오던 눈물도 뚝 멈추고 말았다.

"차라리 날 때려. 그리고 한 번만 용서해 주라, 응?"

그는 간절하고도 애절한 눈빛으로 두 손까지 착 모으고 나를
올려다보며 말했다. 먼 속초 앞바다까지 와서 아주 생쇼를 한
다. 지나가던 사람들이 킥킥거리며 구경을 하든지 말든지 그는
애달픈 눈동자로 최대한 불쌍한 표정을 짓고는 내 용서를 구하
고 있었다. 그가 하는 꼬락서니를 보고 성질이 더 머리끝까지
올라, 검지를 곧게 펴 그의 눈알을 찌를 듯이 앞에다 들이대고
는 소리를 버럭 내질렀다.

"야! 오승채! 내가 때리라면 못 때릴 줄 알아? 야잇, 나쁜 놈
아!"

뻥!

"억!"

내가 운동화 신은 발을 들어 가차없이 그의 가슴팍을 있는 힘
껏 차버렸기 때문에, 그는 단말마의 비명과 함께 모래 위로 나
가떨어져 대자(大字)로 뻗어버렸다. 잠시 후, 모래가 묻은 머리
를 휘휘 내두르며 겨우 일어나 앉은 그는 가슴팍을 손바닥으로

문지르며 얼굴이 벌게지도록 심하게 기침을 해댔다. 그리고 호흡이 제멋대로인데도 끝끝내 내 복장을 뒤집는 명언 한마디를 남겼다.

"나중에 아들 낳으면 축구선수 시켜야겠다. 쿨럭, 쿨럭……!"

탁!

쪼르륵.

꿀꺽.

그날 저녁, 나는 앞에다 운표와 승채를 나란히 앉혀놓고 혼자서 소주 한 병을 비우는 중이었다. 바닷가 횟집에서 운표와 승채는 내 술잔이 비기가 무섭게 번갈아 술을 채워주며 눈치만 보고 있었다. 녀석들이 그러고 앉아 있으니 뚱뚱이와 홀쭉이 콤비 같다. 녀석들을 보니 그저 심란할 따름이다. 사랑하는 남자에게 깊은 상처를 받고도 또 남자 놈들을 둘이나 앞에 앉혀놓고 술을 마셔야 하다니.

나는 그저 고독하게 술잔만 기울였다. 하얀 천사채 위에 핑크빛 살점을 죄다 드러내고 요염하게 자빠져 있는 생선회에도 흥미가 없고, 제발 먹어달라고 몸부림을 쳐대는 낙지에도 관심이 없어 오로지 깡소주로만 속을 채웠다. 얼어죽을. 그런데도 도무지 술이 안 취한다. 쓰긴 더럽게 쓰건만.

운표는 내 눈치를 보느라 눈앞에 있는 회도 선뜻 집어 먹지 못하고, 젓가락 끝에 초장만 연신 찍어 쪽쪽 빨아먹었다. 그러다 오른쪽 가슴팍에 내 운동화 밑창 도장이 꽉 찍힌 남방을 입고 역시 죄인처럼 고개를 푹 숙이고 앉아 있는 승채를 툭 치며 물었다.

"혹시, 그거…… 걸린 거냐?"

"……어."

그 질문을 알아듣고 승채는 또 잔뜩 기죽은 목소리로 한참 만에 대답을 했다. 운표는 남의 일 같지 않다는 듯 깊은 한숨을 내쉬더니 승채의 어깨를 토닥거려 주며 말했다.

"어쩐지 이상한 질문들만 하더라니. 아무쪼록 꿋꿋이 살아남길 바란다."

"고맙다, 친구야."

않느니 내가 죽어야지.

승채는 운전 때문에 술은 전혀 입에도 대지 않았고, 그나마 운표밖에 없어서 우리 둘은 코가 삐뚤어지도록 주거니 받거니 꽤 많은 술을 마셨다. 그래도 먼 데서 친구 왔다고 회에 술에 넉넉히 한턱 쏜 뒤 운표는 택시에 실려 알아서 사라져 주었다.

나는 비틀거리며 승채의 차에 올랐다. 그때까지도 일절 말 한마디 붙이지 않았으므로 그의 얼굴에는 서운한 빛이 역력했다. 과음을 한 탓도 있었지만 일부러 그와 말 섞기가 싫어 차에 올라타자마자 눈을 감아버렸다. 얕은 숨결에도 소주 냄새는 역겹게 새어나오고, 맥박은 알코올 과다로 인해 핏줄이 툭툭 불거질 정도로 급히 뛰었다. 잠을 청해보지만 당최 어지럽기만 할 뿐,

쉬이 잠들 수가 없었다. 가슴속을 치받쳐 오르는 슬픔의 부피가 형이상학적으로 점점 불어났다.

"사표는 왜 낸 거야?"

나는 대꾸하지 않았다.

"사표 낸 거 나 때문이니?"

그 질문도 대답하고 싶지 않기는 마찬가지라 그냥 무차별 씹어버렸다.

"그러지 마라, 제발. 너, 나 때문에 사표 낼 일은 없을 거라고 했잖아."

그건 나를 사랑하지 않겠다는 조건 하에 이루어졌던 것이다. 그러니 굳이 깨진 약속에 신용 걸 일이 무언가.

"정말 나랑 말 안 할 거야? 화 좀 풀어."

"……."

"솔직히 말해 봐. 지금 네가 이러는 게 나 때문이야, 형 때문이야?"

"……."

눈을 감고 생각해 보았다. 정확히 말하자면 둘 다에 원인이 있다는 건 사실이지만, 슬픔의 무게가 어느 쪽에 더 실려 있는지 나도 그게 내내 신경 쓰였었다. 내 마음 안에 있는 진채, 마음 밖에 있는 승채. 이건 고통의 늪에 빠져 있으면서도 어느 것이 진짜 지푸라기인지 선뜻 잡지 못하고 머뭇거리는 꼴이었다. 그러다가 점점 더 깊이 빠져들어 가고 있는 내 자신을 발견하

고, 내가 누구 때문에 멀쩡한 심장을 이렇듯 썩히고 있는지 헷
갈렸다.

이제야 가까스로 깨달은 거지만 이미 먼 곳으로 떠나 있는 진
채와 곧 떠나보내야 하는 승채, 둘 다 내겐 똑같은 슬픔이라는
것이다. 속초에 올 때까지만 해도 확실히 진채 쪽이 더 크리라
생각했는데 하염없이 바다를 보고 있는 동안, 어느덧 승채의 부
피가 커져 진채와 균등한 무게를 지니게 되었다.

사람이 가야 할 때를 알고, 때맞춰 돌아서면 그 뒷모습은 아
름답거니와 또 오래도록 사랑하는 이의 기억 속에 살아 있게 된
다는 걸 모르는 이는 아무도 없다. 그러나 그것만큼 힘이 드는
일 또한 없으니 문제가 아니겠는가. 특히 이성이 아니라 감성이
우선한 일에 부닥쳤을 때에는 더욱더.

나는 내가 지금 돌아서야 한다는 것을 안다. 안 그러면 서현
의 말대로 마음속에 있는 진채와 마음 밖에 있는 승채를 저울질
만 하다가 결국엔 내가 죽고 말 테니까. 바닷가에서 모래 위를
걸어오고 있는 승채를 본 순간, 내 속에 축적되어 있던 그 두려
움이 곧 이별을 암시하는 것임을 깨달았다. 그리고 걷잡을 수
없이 솟구쳐 오르던 슬픔, 그게 바로 사랑은 아니었을지.

집 앞에 다다라서야 졸린 눈과 메스꺼운 속 때문에 인상을 찡
그리며 비로소 승채에게 하고자 했던 말을 꺼냈다.

"서현 씨랑 약혼하기로 했다며? 축하해. 날짜 잡으면 연락해

라, 갈 수 있을지는 모르겠지만.”

승채가 내리려는 내 팔을 얼른 붙잡고 물었다.

“그 얘기 누구한테 들었어?”

그의 눈에 날이 바싹 서는 걸 보면서도 나는 아무런 감흥도 일어나지 않았다. 이젠 지친다, 이런 실랑이도.

“그리고 나, 진채 오빠 포기 안 해. 진채 오빠도, 윤 주임도 서로에게 진심이 아니라면 어차피 헤어질 거 아냐? 진채 오빠가 한 여자에게 안주하지 못하는 건 아직 진정한 사랑을 못 만났기 때문이야. 남자들 대부분이 일종의 생리 현상처럼 섹스를 한다니 나만 바보같이 울고불고 할 일은 아니잖아?”

“너…… 미쳤어?”

다락방에서 나를 바라보던 그때와 똑같은 진갈색 눈동자. 감정이 격해지면 격해질수록 미묘히 변해가던 다채색의 그 빛들. 마치 동해 바다, 그 오묘하던 빛처럼. 그를 바라보는 내 두 눈에 아픈 눈물이 스며들었다. 어찌할까, 이런 나를 어찌할까. 도무지 주체할 수 없는 내 슬픔을 어찌할까. 그리고 이 남자를 정말 어찌할까.

“정말 미치는 게 어떤 건지 보고 싶다면 너, 약혼할 여자 놔두고 계속 내게 이런 식으로 집적대.”

“너야말로 사람 미치게 좀 하지 마!”

승채는 무섭게 인상을 쓰며 내 팔을 아프도록 움켜잡았다. 그래, 돌아서자. 서로가 미쳐 버리기 전에.

"사랑은 나와 하고, 결혼은 서현 씨랑 할 셈이었니?"

독초를 씹는 것처럼 입 안이 아프다. 내 입에서 내뿜어지는 독설로 인해 승채는 중독되어 가는 사람처럼 안색이 파리해졌다.

"약혼 같은 거 안 해. 안 하니까, 제발 이러지 마. 내가 안 한다고, 내가!"

그리고 제발 이 말이 마지막이 되길.

"그런 말 해도 난 너한테 마음 안 돌려. 그럴 만큼 널 사랑하지 않아."

그럴 것이다. 어차피 두 사람 다 내게서 보내야 한다면 승채가 우선이리라. 그 다음 진채, 그리고 내가 되겠지.

그 말을 마지막으로 승채는 체념한 듯 내 팔을 놓아주었고, 힘없이 의자에 머리를 푹 기댄 채 한쪽 팔을 들어 눈가로 갖다 대었다. 나는 물에 흠뻑 젖은 솜처럼 무거운 몸을 천천히 움직여 차에서 내려섰다. 차에서 내려서도 그의 흐느끼는 소리가 귓전을 맴돌았다. 그가 흘리는 아픔의 눈물만큼 내 눈에서도 뜨거운 눈물이 흘러내리고 있었다. 안녕, 승채야. 이제 네가 있어야 할 자리로 가렴. 나도 내 자리로 돌아갈 테니.

나흘째. 승채는 더 이상 연락을 해오지 않았다. 무슨 일을 하다가도 불시에 그의 마지막 모습이 떠오를 때가 있다. 운전석에 기대어 팔로 얼굴을 가린 채 소리 죽여 흐느끼던 그 울음소리가 아직까지도 귓전에 쟁쟁하다. 그는 알까. 그날 밤, 그가 날 사랑하는 100%의 아픔까진 못 되더라도 나 역시 50% 정도는 쓰라리고 아팠다는 걸.

그를 처음 보았을 때는 반항적인 이미지가 너무 강해서 속된 말로 싸가지가 하늘을 찌르는 그런 부류로 여겼었다. 물론 그렇다 해서 그 반대로 얌전하고 소극적인 모범형이라는 건 아니다. 알다시피 그는 생긴 것답지 않게 눈물도 많고, 정도 깊으며 은근히 로맨스적인 감성도 풍부한 그런 남자다. 이따금 덩치에 어울리지도 않게 귀염도 곧잘 부릴 줄 아는.

승채의 마지막 모습을 눈앞에 가만히 떠올려 보다가 버릇처럼 또 한숨을 폭 쏟아내었다. 집에 있은 지 겨우 나흘 지났을 뿐인데 사 년은 족히 흘러 버린 것처럼 무료하고 따분하고 심심하기가 이를 데 없다. 엄마도 일을 하러 나간 종일, 나는 자폐증 걸린 사람처럼 방구석에 웅크리고 앉아 방바닥만 손끝으로 하릴없이 문질러 대었다. 백수들더러 방바닥만 긁고 앉았다더니 내가 지금 그 짝이다. 일할 때에는 돌아서면 점심 시간이요, 눈 깜박하면 퇴근 시간이라 몸이 열 개라도 모자랄 지경이었는데 집 안에서만 죽치고 있자니 권태로움에 몸살이 날 지경이다. 근육들이 죄다 쩌걱쩌걱 소리를 내며 녹이 스는 것 같아서 도저히 안 되겠기에 목욕가방을 챙겨 집을 나섰다. 한바탕 씻고 나면 몸도, 마음도 개운해질까 해서다.

그렇게 두 시간을 목욕탕에서 시간을 때우다가 머리도 채 말리지 않고, 집에서 입는 편한 반바지에다 맨발에 발가락이 트인 슬리퍼를 찍찍 끌며 집으로 털레털레 돌아가고 있을 때였다.

그때 시간이 저녁 일곱 시쯤이었다. 아직 날이 훤해서 집으로 들어가는 골목 어귀에 눈에 익은 차 한 대가 서 있는 걸 발견하고 나는 그 자리에 우뚝 멈추었다. 그리고 운전석에 앉은 사람을 보자마자 나도 모르게 몸을 획 돌리고 말았다. 애석하게도 나를 먼저 발견한 그가 얼른 차에서 내리며 내 이름을 불렀다.

"신리!"

도망치듯 종종걸음으로 재빨리 걸어가다가 나를 부르는 소리를 듣고는 그만 뒷덜미를 채인 듯 그 자리에 멈칫 서버렸다. 그렇다고 다시 돌아서지도 못하겠고, 애꿎은 엄지손톱만 잘근잘근 씹어대고 있으려니 그가 뚜벅뚜벅 구두 소리를 내며 내게로 다가왔다. 어떡해, 어떡해, 난 몰라. 나는 울상이 되어 발만 동동 구르며 서 있었다. 그는 다름 아닌 진채였던 것이다.

"리야!"

내 이름을 그렇게 정확히 불러주는 건 그가 처음인 것 같다. 아빠 빼고는. 하도 성이랑 붙여 불러서 어떤 이는 내 이름이 그냥 신리인지 알고 있기도 하다. 이젠 적응이 되고 물러 터져서 별로 개의치 않게 되었지만 막상 정확한 내 이름만 듣고 보니 그렇게 어색할 수가 없다. 그가 올 줄 알았으면 머리라도 말리고 나오는 건데. 푹 젖은 머리 하며, 화장기 하나없이 목욕탕 열기에 벌겋게 익은 얼굴 하며, 오늘따라 옷차림은 더 최악이다.

아빠가 살아 계셨을 때 엄마가 코앞에 있는 슈퍼를 가도 화장이며 옷 가짐을 꼭꼭 챙기던 이유를 이제야 알 것 같다. 그런 게 바로 이미지 관리라는 걸.

나는 망설이고 망설이다가 등 뒤에 태엽이 감기는 로봇처럼 발끝만 조금 움직여 그에게로 돌아섰다. 하지만 그의 얼굴을 똑바로 쳐다보지는 못하고 입술만 잘근잘근 씹으며 빨간 매니큐어가 발려진 발톱만 내려다보았다. 빨간 매니큐어가 발린 서현의 손톱을 보았던 날, 나도 집에 와 발톱에다 한 번 발라보았었는데 생각 외로 예뻐서 그 후로 계속 바르고 다녔다.

"안녕하세요?"

그와 시선도 맞추지 못한 채 머쓱하니 고개만 숙여 인사했다.

"잠깐 얘기 좀 할 수 있을까?"

"네."

"찻집 같은 데 갈 수 있겠어?"

그는 내 복장이 마음에 걸리는 듯 물었다.

"아뇨. 그냥 차에서 하죠 뭐."

내 말이 떨어지기가 무섭게 그가 먼저 돌아섰고, 나는 그 뒤를 쫄래쫄래 따라갔다. 보조석 문까지 정중하게 열어준 그는 내가 올라타자, 다시 되돌아가 운전석으로 올라탔다. 찻집에 안 가길 천만다행이지, 안 그럼 내내 그와 마주 앉아 있어야 했을 것이 아닌가. 휴우.

"음……."

그도 쉽게 말문을 열지 못하고 입 안으로만 비음을 내었다. 나 역시 발밑에 목욕가방을 내려놓고 보니 짧은 반바지 탓에 하얀 허벅지가 고스란히 드러나 민망하기 그지없었다. 바지 끝을 잡고 당겨보지만, 내려올 턱이 없다. 어느덧 이마로는 진땀이 삐질 배어나오고 있었다.

"무엇부터, 어디서부터 얘기를 해야 될지 모르겠다."

한참 만에 그는 조용한 어투로 본심을 토로했다. 나라도 뭐라고 말을 해야 좋을 텐데 그가 한 말이 곧 내가 하고팠던 말이라 달리 할 말이 떠오르질 않았다.

"편지…… 봤어."

편지? ……아, 맞다! 사표만 냈던 게 아니었지. 그걸 완전히 잊고 있었네. 이제 와 돌려달랄 수도 없고, 창피해서 쥐구멍에라도 들어갔으면 싶다. 작문 실력도 딸리는 주제에 다 늙어(?) 무슨 연애편지는 쓴다고 설쳐서 이게 무슨 쪽팔림이란 말인가. 그놈의 연애편지만 아니었어도 오늘날 진채와 내가 이렇게 서먹한 사이로 전락하지는 않았으련만.

"나한테 많이 실망했겠구나."

어디 실망뿐이랴. 아직도 절망의 구렁텅이에 거꾸로 처박혀 있는데. 내 잇새로 신음 같은 한숨 소리가 엷게 비어져 나왔다.

"오늘 내가 널 찾아온 건 꼭 그것 때문만은 아냐. 일 때문에 온 거야."

"일 때문이라면…… 더 이상 할 말 없네요."

나는 불안스레 양손 끝만 만지작대며 대꾸했다.

"윤 주임이 일을 그만뒀어."

의외의 소식에 어리둥절한 얼굴로 그를 올려다보았다. 컬 틈 틈이 연갈색 브리지가 들어간 머리칼은 언제 보아도 그의 부드 럽고 반듯한 얼굴과 썩 잘 어울렸다. 그는 내 얼굴을 똑바로 쳐 다보지 못했지만, 내가 그를 본 순간 가슴에 맺혔던 무언가가 물렁물렁해지면서 코끝이 찡해지고 눈물마저 핑 돌았다.

"혹시 저 때문인가요?"

내가 걱정스레 물었다.

"아니, 그건 아냐. 그냥 떠나 버렸어."

그는 담담하게 대답했다.

"그래도 이유가 있을 거잖아요."

"모르겠어, 그냥 전화 통보만 받아서."

세상에, 별 희한한 여자를 다 보겠네. 그렇게 화려한 섹스 신 까지 연출할 때는 언제고, 하루아침에 아무런 이유도 없이 떠나 버렸다고?

"그래서 프로젝트팀에 차질이 생겼어. 갑자기 둘이나 빠져 버 리니 다른 직원들이 너무 힘들어해. 나는 더 그렇고."

"유능한 직원들이야 얼마든지 많은데요 뭐."

"프로젝트팀이니만큼 아무하고나 일하고 싶지 않아서 그래. 나한테 실망한 것도, 뭔지는 모르겠지만 승채에게 화가 나 있는 것도, 그 외의 여러 가지 복합적인 문제들 때문이라도 돌아오고 싶지 않다는 거 알아. 하지만 사적인 건 배제하고 당장은 공적인 일만 생각해 주면 안 되겠니?"

이번에는 그도 내 눈을 똑바로 응시했다. 흰자위에 까만 바둑돌 같은 그의 눈동자는 여전히 맑고 깨끗하다. 이렇게 순수한 이미지의 표본 격으로 보이던 진채가 한 여자에 안주하지 못하는, 바람 같은 남자일 줄 어찌 알았으랴. 지금 나를 향해 있는 그 눈동자는 진지하게 대답을 기다리고 있었지만, 내 마음은 여전히 갈팡질팡 삼각지(三角紙)에 서 있다. 하지만 곧 마음을 굳히고 그에게서 시선을 거두며 대답했다.

"그러기엔 너무 늦었어요."

가슴속에서 다시금 진한 슬픔이 차올랐다.

"정말 안 되겠어?"

"죄송해요."

"내가 이런 말 할 자격은 못 되겠지만 그런 일로 스스로 물러선다는 건 너답지 않구나. 널 스카우트해 오겠다는 제안은 승채가 먼저 했어도 너에 대한 자료를 검토하고 최종 결정을 한 건 나였어. 네가 남들보다 특별히 뛰어나거나 일을 잘해서가 아냐. 승채는 감정만으로 널 뽑았겠지만, 난 이성적으로 널 채용했어. 너의 가능성을 보았기 때문에. 네 말대로 유능한 직원들은 주변에 얼마든지 많아. 하지만 내가 같이 일하고 싶은 사람은 너야. 그리고 네가 날 사랑하고 있다고는 정말 꿈에도 몰랐었다. 네 곁에는 항상 승채가 있었으니까."

나는 깊은 한숨만 내쉬었다.

그는 잠시 말을 쉬었다가 내게 한 가지 제안을 던졌다.

"그럼 이러면 어떨까? 프로젝트 끝날 때까지만 일하면. 경기가 불황이라 솔직히 회사가 위태로워. 이번 프로젝트에 우리 삼남매가 한꺼번에 뛰어든 것도 그 때문이야. 휘청할 만큼 막대한 투자금을 쏟아 붓고 있어. 성공이냐, 실패냐. 그 결과에 회사 운명이 달려 있는 거나 마찬가지지. 너 역시 이번 프로젝트만 잘 성공시키면 다른 회사에 가더라도 대우가 달라질 거야. 그때까지 생각해 보고, 그래도 굳이 그만둬야겠다 싶으면 그땐 내가 나서서라도 좋은 회사에 알선해 줄게. 네 기량 맘껏 펼칠 수 있는 곳으로. 원한다면 외국도 괜찮고."

"외국…… 이요?"

"어때? 나 지금, 너한테 조건부 계약 던지는 거야. 솔직히 이런 식으로는 널 보내고 싶지 않다."

"……."

"그리고 한 가지 더."

"뭔데요?"

"제발 부탁인데…… 그날 일은 네 기억 속에서 삭제해 주면 안 되겠니? 솔직히 지금 나, 민망해 죽을 것 같거든."

그의 얼굴은 정말 온통 시뻘게져 있었다. 나도 그날 밤 달빛에 드러난 그의 나신이 필름처럼 되살아나 시선 처리가 제대로 안 돼서 눈동자를 허둥대어야 했다. 내 얼굴도 발그레해졌음은 물론이다. 나는 잠시 뜸을 들이다가 드디어 결심을 굳히고 말했다.

"그럼 저도 한 가지 조건 있어요."

"응, 말해 봐."

"저한테도 기회 주면 안 되나요? 오빠의…… 여자로."

서현이 상어 같다면 그는 악어 같다고나 할까
고요한 수면 위에 파충류 특유의 갈라진 눈알을 번뜩이며
전혀 물살 일으킴 없이 다가오는 악어
물리지 않으려면 사방을 경계해야 하리라

내가 들어서자 사무실 안의 모든 사람들이 정전 상태에
처한 듯 일순 정지되어 나에게 시선을 집중했다. 나는 어정쩡하
니 목례를 하고는 내 책상 앞으로 가서 앉았다. 내게 보내는 눈
총들이 어찌나 따갑던지 자칫 얼굴이 곰보 되게 생겼다. 썰렁하
다 못해 냉랭한 사무실 분위기를 진채가 때마침 흩어놓았다.

"프로젝트팀은 회의실로 모여요. 그리고 신리 씨는 그동안 못
한 일까지 만회하려면 오늘부터 야근 각오해야 할 거예요."

내가 정작 무서운 건 야근이 아니라 회의실에 가는 일이었다.
회사에 올 때까지 마음을 단단히 먹었건만 왜 이리도 떨리고 겁
이 나는 것인지. 아무래도 얼굴에 철판 두 장은 더 깔아야 할 모

양이다.

진채와 함께 회의실로 향하는데 마침 엘리베이터에서 승채와 서현이 내려섰다. 두 사람 다 나를 보고 동시에 그 자리에서 우뚝 멈췄다. 나는 그들의 시선을 피해 눈을 내리깔다가 하얀 붕대가 감겨져 있는 서현의 손을 보게 되었다. 물끄러미 그 손을 바라보다가 가만히 고개만 까닥해 인사를 건넨 뒤, 진채를 따라 회의실로 앞서 들어갔다. 먼저 와 앉아 있던 유채는 나를 보자마자 눈꼬리가 대번에 치켜 올라갔다. 나는 지나가는 똥개 쳐다보듯 하고 인사도 없이 내가 늘 앉던 자리로 가버렸다.

내 맞은편에 앉았던 승채는 회의 시간 내내 히죽거렸다. 내가 돌아온 게 저리도 좋을까. 정작 돌아온 이유를 알면 까무러칠 것을. 여하튼 기한은 프로젝트가 완성되어 출시되는 날까지라고 했으니 그때까지만 잘 견뎌봐야지. 물론 진채도 그 기간에 나에 대해 진중히 생각해 보겠노라 약속했다. 나름대로는 내가 회사로 다시 돌아올 명분이기도 했고, 승채를 서현 옆으로 보내게 하려는 속셈도 담겨 있는 결정이었다. 서현의 붕대 감은 손도, 나를 보는 불안한 눈길도 신경 쓰여 회의가 끝나자 먼저 그녀에게 다가갔다.

그녀는 생기없는 눈동자로 나를 바라보았다. 같은 여자가 보더라도 화사한 복사꽃처럼 아름답던 서현. 그러나 그녀는 며칠 새 딴사람이 되어버린 것 같다. 그 자신감 넘치던 태도도, 우아한 미소도 더 이상 찾아볼 수가 없었다. 바로 내가 그녀에게서 그 모든 것을 앗아갔다는 생각이 들어 마음이 심히 괴로웠다.

"미안해요, 약속 지키고 싶었는데 이렇게 또 나타나게 돼서요. 하지만 걱정 말아요, 승채 때문에 온 게 아니니까. 팀장님이 윤 주임님도 갑자기 퇴사해 버려서 프로젝트가 끝날 때까지만 일해달라고 간곡히 부탁을 하시더군요. 나도 그다지 마음 내켜 온 건 아니니까 내 얼굴 보는 거 괴롭더라도 당분간만 참아줘요. 그리고 약혼 미리 축하해요. 승채에게도 날짜 잡히면 알려달라고 했는데 혹시 잊으면 서현 씨라도 나한테 일러줘요. 선물 생각해 놨다가 전해줄게요. 그럼."

급히 등을 돌려 모두가 빠져나간 회의실로 다시 들어갔다. 그리고 문을 꼭 닫고, 문고리를 뒤로 움켜잡은 채 가만히 기대었다. 어쩔 수 없이 눈가로 스며드는 물기 때문에 한동안 회의실 천장만 올려다보고 서 있었다. 눈물이 날 땐 하늘을 보라. 내게 지금 필요한 말이 그것이었다.

"힘들지?"

야근 삼 일째. 책상 앞에 커피를 놔주는 내게 진채가 다정히 물었다. 나는 엷게 미소 지어 보이며 고개를 가로저었다.

"팀장님이야말로 너무 무리하시는 것 같네요. 거의 하루도 안 빠지고 야근이잖아요."

"어쩔 수 없지 뭐. 커피 고마워. 매번 커피 심부름만 시키는 것 같아서 미안하네."

"이 정도는 얼마든지요."

내 자리로 돌아와 물끄러미 진채를 바라보았다. 서류 더미 속에 고개를 박은 채 그는 한 손에는 커피를, 한 손에는 펜을 들고 일에 빠져 있었다. 그를 보고 있노라면 이따금 강렬한 섬광처럼 그의 나신이 내 눈앞에 번쩍거리며 나타나곤 한다. 윤 주임은 정말이지 바람처럼 사라져 버렸지만, 진채에게는 이별의 흔적조차 찾아보기 힘들다. 어쩌면 그 아픔을 일로 해결하고 있는 건 아닐까 하는 생각이 들 정도다.

희한하게도 그의 부탁대로—내 의지가 더 강해서겠지만—그날의 일은 더 이상 내겐 무의미해져 있었다. 그 대신 어느 순간부터인가 진채와 윤 주임의 나신이 승채와 서현의 나신으로 변하여 내 눈앞에 나타나기 시작해서 문제였다. 그런 상상만 해도 속이 뒤집어질 것 같은 구토가 일어 며칠째 나를 괴롭히고 있었다. 그것은 마치 내가 스무 살 때 포르노 비디오를 처음 보고 일주일 내내 욕지기가 일었던 증세와 비슷했다. 정작 진채에게는 덤덤해졌는데 말이다.

그런가 하면 승채는 어찌 된 일인지 내가 처음 이 회사에 왔을 때처럼 냉담하기가 얼음장 같아졌다. 내가 돌아와 좋아 죽겠는 표정이던 게 한낱 나의 망상이었을 줄이야. 그는 날 아주 잊기로 작정한 얼굴이었다. 그저 무표정으로 일관하고 있어 무슨 생각을 하고 있는지 도무지 알 길이 없었다. 처음에는 내게 또 얕은 수를 쓰는 게 아닐까 했는데, 내가 진채와 예전보다 한결 더 가까워졌음에도 조금의 동요도 보이지 않았다. 그렇다고 서현에게 특별하게 잘해주는 것 같지도 않았다. 도대체가 그 속에 뭐가 들어 있는지 의문이어서 마음이 편하기보다 은근한 불안감에 시달려야 했다. 폭죽처럼 언제, 어떤 모양으로 터질 줄 몰라서 그만 보면 나는 가슴이 늘 조마조마했다. 서현이 상어 같다면 그는 악어 같다고나 할까. 고요한 수면 위에 파충류 특유의 갈라진 눈알을 번뜩이며 전혀 물살 일으킴 없이 다가오는 악어. 물리지 않으려면 사방을 경계해야 하리라.

"이번 주말에 시간 어때?"

야근이 끝나고 집으로 가는 길에 문득 그가 물었다. 어디를 가자고 할 모양이다.

"매일 야근만 시키고, 미안해서. 청평에 별장 있는데 거기 어때? 밤 낚시도 하고, 하루쯤 푹 쉬고 오고 싶은데."

"좋아요."

"O.K! 그럼 토요일 저녁에 출발이다."

그렇게 해서 토요일 저녁, 다 늦은 시간에 진채의 차를 타고 별장에 가게 됐는데 놀랍게도 도착했을 땐 우리보다 먼저 승채가 와 있었다. 그는 문소리를 듣고 주방 쪽에서 나오다가 나란히 들어서는 우리를 보고 얼굴이 대번 심상치 않게 굳었다. 나 역시 그를 보자 가슴이 철렁 내려앉았다. 진채도 그가 와 있을 줄은 몰랐는지 대뜸 물었다.

"너, 여기 와 있었어?"

“응.”

그는 폭풍 전야처럼 표정이 어두워져서는 입술은 악다문 채 간단히 대꾸했다. 딱딱하게 굳은 눈으로는 나를 계속 노려보면서. 너무 눈알에 힘 주어 쳐다보니 눈가가 파르르 경련을 일으키고 있다. 무서워라. 부러 못 본 척 현관 위에 가지런히 놓인 하늘색 실내화로 갈아 신는데 진채가 올라서다 말고 킁킁 냄새를 맡았다.

“이게 무슨 냄새야? 매운탕 끓였어? 그새 낚시한 거야?”

“응.”

또 단답. 불안하기만 한 말투와 질투로 이글이글 타오르는 승채의 눈빛과는 상관없이 진채는 큰 소리로 감탄사까지 내뱉고 있었다.

“와, 냄새 죽이는데! 밥은 있어? 회사에서 바로 오느라 우리 밥 못 먹고 왔거든. 승채 너도 아직 안 먹었으면 같이 먹자.”

승채는 이번에는 대답도 없이 몸을 싹 돌려 주방으로 들어가 버렸다. 그의 등이 얼음장처럼 어찌나 차 보이던지 나도 모르게 마른침을 꼴깍 삼켜야 했다. 그나저나 이 일을 어쩐다? 하필이면 또 여기서 부닥칠 게 뭐람. 나와 진채가 별장에 오기로 했다는 걸 미리 안 것 같지는 않은데. 결국엔 청평까지 와서 악어에게 물려 죽게 생겼다.

그는 이제 막 식사를 하려던 참이었나 보다. 식탁 위에는 방금 끓여 내놓은 냄비가 무럭무럭 뜨거운 김을 피워 올리고 있었

다. 그가 주걱을 드는 것을 보고 나는 자리에 앉기 전에 얼른 그
에게로 다가서며 말했다.

"내가 할게."

그가 들고 있던 밥주걱으로 손을 뻗었을 때, 어긋 잡아 내 손
과 그의 손이 맞닿았다. 어색하기도, 참. 그렇다고 불에 덴 듯
손을 떼기도 뭐해서 가만히 있자니, 그가 먼저 아무 일도 아닌
듯 손을 거두어갔다. 나는 속으로 안도의 한숨까지 내쉬었다.

그리고 식사 시간 내내 승채는 말이 없었다. 석고처럼 얼굴만
잔뜩 굳힌 채였다. 그는 제가 정성껏 잡아 끓였을 매운탕을 보
고도 인상을 빡빡 썼고, 아무 죄 없는 밥을 보고도 단내가 나도
록 곱게 씹어주지는 못할망정 대충대충 목구멍 너머로 넘겼다.
나 역시 밥이 코로 들어가는지, 입으로 들어가는지 모를 만큼
좌불안석이었다. 그가 얼마만큼 화가 나 있는지 알기에 숨소리
도 크게 못 낼 지경이었다. 게다가 회사에서 내게 그토록 냉담
하게 굴었던 이유가 나를 잊으려는 노력 때문이 아니라, 속초에
다녀오던 그날 일로 화가 나 있어서였다는 것을 그때 비로소 깨
달은 것이다. 그런 데다 이 밤에 진채와 단둘이 별장까지 왔으
니 눈에 불이 안 나고 배기겠는가. 가뜩이나 잘 삐치는 오승채
가. 청평도 좋고 별장도 좋지만 진짜 괜히 왔다 싶다.

"음, 진짜 맛있게 끓였네. 승채가 다른 건 몰라도 매운탕 하나
는 잘 끓이지. 리야, 많이 먹어."

진채의 말에 승채가 갑자기 풋 소리를 내며 사레질을 했다.

내 저럴 줄 알았다. 나는 밥 먹다 말고 얼굴이 빨개져서 고개를 푹 떨어뜨렸다. 승채는 목이 메는지 물 한 잔을 벌컥대며 마시더니 밥도 채 다 먹지 못하고 자리에서 일어났다.

"나, 먼저 낚시터에 가 있을게."

우리 머리 위로 무뚝뚝하게 한마디 내던진 그는 쌩하니 찬바람을 일으키며 주방을 나가 버렸다. 나도 숨이 막힐 듯 가슴이 저려 매운탕 국물만 몇 수저 뜨고는 숟가락을 힘없이 내려놓았다.

낚시터에 내려갔을 때, 승채는 작은 랜턴 하나만 켜놓고 동상처럼 낚시 의자에 앉아 있었다. 그곳은 별장이 호수와 지척에 있는 까닭에 그리 멀리 가지 않더라도 낚시하기는 그만인 장소였다. 둔덕 아래라 별장 불빛이 반감(半減)되어 발 아래는 어둡고, 4월의 밤바람은 찼다. 나와 진채는 미리 준비한 방한복을 껴입고 있어서 아직까지는 크게 추위를 느끼지 못했다. 그나마 얼마나 버틸 수 있을지는 모르겠지만.

우리는 승채와 어느 정도 간격을 두고 자리를 잡았다. 얼핏 보니 그는 드리워진 낚싯대보다 먼 호수의 어딘가를 바라보고 있는 듯했다. 어두워 정확히 가늠키는 어려웠으나 그냥 내 예측이 그랬다. 진채는 낚시 의자를 펴서 나를 한쪽에 앉혀놓고, 가져온 낚싯대 두 개에 떡밥을 매달아 나란히 물속에 던져 놓은 다음, 뜰채를 그 옆에다 드리워 놓았다. 과연 몇 마리나 뜰채 속에 담을 수 있을는지.

달빛이 어른거리는 호수 면이 아름다워서 나는 잠바 주머니에 두 손을 푹 찔러 넣고 다리를 모으고 앉아 하염없이 호수를 바라보았다. 얼마 전에 갔던 속초 앞바다에서처럼. 한낮의 바다와 밤 호수는 분위기가 확연히 달랐지만, 그때나 지금이나 어수선한 마음인 것만은 별다를 바 없었다. 나는 옆에도 눈이 달려 승채를 보고 있었으니. 춥지는 않으려나.

스치는 바람처럼 내 뺨에 머무는 손길이 있어 넋 놓고 앉아 있다가 깜짝 놀라 진채에게로 고개를 돌렸다. 그가 손가락 끝으로 내 뺨을 톡톡 두드렸다.

"무슨 생각을 그렇게 해?"

"아뇨, 여기 전경이 너무 좋아서요."

진채가 엷게 웃으며 내 뺨에서 손을 거두었다.

"낚싯대를 보니까 문득 아빠 생각이 나네요. 아빠도 낚시, 참 좋아하셨거든요."

콧날이 시큰해질 정도로 보고 싶은 아빠.

"후회 안 돼?"

호수에 고요한 시선을 던지며 그가 물었다.

"뭐가요?"

후회에 대한 목적어가 불투명해 내가 되물었다.

"나와 연애하기로 한 거."

조금 떨어진 자리에 앉아 있는 승채가 신경이 쓰여 나는 그의 질문 요지에 집중하지 못하고 허둥댔다. 우리의 대화가 그곳까지 정확히 들리지 않는다는 걸 알면서도.

"오빠는요?"

"솔직히 지금까지 만난 여자들 중에서 네가 가장 힘든 상대인 것만은 분명해. 쉽게 내릴 결정은 아니지. 왜냐하면 넌 상처가 많은 사람이니까. 사랑은 동전 같아서 양면성을 지니고 있어. 앞면은 사랑, 뒷면은 상처. 그 둘은 양면이되 항상 붙어 있지. 동전을 던져 앞면이 나올 확률과 뒷면이 나올 확률은 던지는 사람의 재량에 달려 있는데, 난 언제나 앞면이 나오도록 손가락을 튕기지. 그런데 이번에는 자신이 없네. 한 번도 나온 적 없는 뒷면이 내 손안에 쥐어질 것 같아 불안해. 불가능한 99%보다 가능성 있는 1%에 자신있어했었는데 너에겐 그게 안 된다. 네가 나 때문에 또 상처받을까 봐 두려워."

"오빠."

"어떡할래? 지금이라도 물려달라면 그래 줄게. 아직 던지지 않은 동전이 내 손안에 그대로 있으니까."

나는 침묵했다. 그는 내가 어떤 결정을 하든 따를 것이다. 문득 그가 날 진심으로 사랑한다 해도 붙잡고 늘어질 일은 없을 거라는 생각이 들었다. 그는 사람을 떠나보내는 데 너무나도 익숙해 있는 사람이었으니까.

"그 동전…… 다시 주머니에 넣어둬요, 오빠. 그리고 오빠가 던지고 싶을 때, 정말 던져야겠다는 생각이 들 때, 어떤 면이 나오든 후회하지 않을 자신이 있을 때, 그때 던져요.”

“단지 널 당장에 회사로 끌어들이기 위해 그런 제안을 받아들인 건 아니었어. 나 역시 이제는 누군가 한 사람에게만 안주하고 싶다는 생각 많이 들거든. 어릴 때 봐서 그런지, 이상하게 너한테만은 마음이 편해. 나를 속속들이 다 드러내 보여도 괜찮을 것 같고, 다 이해해 줄 것 같고.”

그의 옆모습이 쓸쓸해 보였다. 그는 주목받는 차세대 경영인임에도 불구하고 왜 방랑객처럼 이러고 있는 것일까. 동전의 양면은 비단 사랑에만 해당되는 것은 아니리라.

“그 여자, 수녀가 되겠다던 분. 아직 못 잊은 거죠?”

내 질문이 가슴에 콕 박힌 듯 그의 눈빛이 일순 굳었다. 그리고 그 위로 아득한 슬픔의 그림자가 스쳐 지나갔다. 사랑의 상처가 싫어 그는 매번 동전의 앞면만 던지는 사람이 되어 있었지만, 그렇기에 정작 동전의 뒷면은 그의 손바닥에 닿아 있음을 깨닫지 못했던 것 같다. 불쌍한 사람.

“사랑과 상처가 함께 공생하는 건 상처의 치유약이 사랑밖에 없기 때문이에요. 그런 걸 보면 세상 이치가 하나도 그른 게 없어요. 전 그래서 신을 존경하죠.”

“난 언제나 신을 원망하는 편이었는데 너한테만은 못 당하겠구나.”

그는 하얀 이를 드러내며 조금 크게 웃어 보였다. 승채가 그새 또 한 마리를 잡아 올렸다. 낚싯대를 끌어 올리는 기척이 들려 쳐다보니 낚싯대 끝에 달려 세차게 요동치는 물고기 한 마리가 달빛에 은색 비늘을 반짝이며 퍼덕거리고 있었다. 물고기들은 죄다 승채 쪽으로만 몰려가는 것 같다. 우리 쪽 낚싯대는 한 시간이 넘도록 입질 한 번 하지 않았는데, 승채는 그사이 서너 마리는 족히 낚아 올렸을 것이다. 역시 낚시는 목이 좋아야 한다더니.

“승채하고는 여전히 안 좋은 거야?”

나는 그저 짧게 미소만 짓다가 말았다. 그가 재차 물었다.

“정말 괜찮겠어?”

진채도 승채가 신경이 쓰이긴 했나 보다. 그런 질문을 다 하고.

“오빠야말로 괜찮겠어요?”

내가 묻자, 그는 다소 걱정스러운 눈초리를 건네며 대답했다.

“글쎄다, 아까도 봤지? 승채 녀석, 지금 우리 둘한테 단단히 삐쳤어.”

“미안해요, 오빠. 하지만 승채 곧 괜찮아질 거예요. 서현 씨와 약혼하고 나면 안정되겠죠.”

“그래, 지금 우리 모두에게 필요한 건 시간인 것 같다. 그러니 너도 승채에 대해 좀 더 시간을 두고 생각해 봐.”

“오빠……!”

“그래도 질투하는 남자가 너에겐 좋은 거야. 너희 두 사람에게 내가 질투 느끼게 되는 날이면 진짜 골치 아파져, 인마. 서현이한테 승채 빼앗는다고 생각하지 말고, 그냥 승채와 너 둘만 두고 생각해. 지금 당장은 혼란스럽고 막막해도 점차 네 마음의 윤곽이 뚜렷해질 날이 올 거야. 승채가 정말 약혼해 버리기 전에 생각 잘 정리해 봐. 결정은 그때 가서 해도 늦지 않아. 실은 너에게 이 말, 해주고 싶어서 여기 오자고 한 거야.”

나는 갑작스레 추위를 느꼈다. 호수 저편에 머물러 있던 차디찬 공기가 바람에 실려 약간의 습기를 띠고 내 뺨에 달라붙고 있었다. 나는 그것이 단지 호수의 물방울들이라고만 생각했다. 어느새 흘러내린 내 눈물인지도 모르고.

“이런, 울리려고 한 말은 아닌데.”

“미안해요, 오빠. 그리고…… 고마워요.”

내가 흐느끼며 말했다. 그게 내 본심이었다. 그러나 내 마음을 사이에 두고 진채와 승채가 안팎으로 위치가 바뀌었는지는 아직 모르겠다.

“큰일났구나. 앞으로 눈물 마를 날 없게 생겼네. 울지 마, 인마. 나, 승채한테 더 이상 욕먹기 싫어. 지난번에 제품 개발팀과 조인트 회식하던 날도 너한테 술 먹였다고 얼마나 닦달했는데.”

진채는 가볍게 나를 포옹하더니 등을 토닥토닥 두드려 주었다. 그러나 내가 그의 품에서 일락(一樂)의 위로를 느끼기도 전에 진짜 큰일이 일어나고 말았다. 마치 축지법이라도 쓰는 듯 어둠을 뚫고 단숨에 우리에게 달려온 승채가 그 큰손을 뻗어 내 어깨를 사정없이 잡아채어 진채에게서 떼어놓았던 것이다. 그 바람에 나는 의자 뒤로 벌러덩 나자빠지고 말았다.

"이게 무슨 짓……!"

진채는 말도 다 끝내지 못하고 승채가 휘두른 주먹에 나와는 정반대 쪽으로 쿵 소리를 내며 쓰러졌다.

"오빠, 괜찮아요?"

비명처럼 소리를 지르며 일어나 진채에게로 달려갔다. 맞은 충격으로 머리를 휘휘 내두르며 비스듬히 몸을 일으키던 그가 손바닥으로 입가를 꾹 누르자 피가 묻어나왔다.

"형이 어떻게 나한테 이럴 수 있어? 신리, 내 여자야! 내가 사랑하는 여자!"

승채는 분을 참지 못해 온몸을 들썩이며 세찬 숨을 몰아쉬고 있었다. 나는 똑똑히 보았다, 승채의 온몸에서 화르르 타오르는 불을. 그는 진채와 나를 죽 지켜보다가 포옹하는 걸 보자마자 완전히 폭발해 버린 게 분명했다.

"미쳤어? 어떻게 형을 때릴 수가 있어?"

악을 쓰는 내게 저벅저벅 다가온 승채는 내 손목을 확 그러잡고 제 쪽으로 끌어당겼다. 그런 그의 손목을 진채가 턱 움켜잡았다. 오옷!

"놔!"

승채가 이를 악물고 낮게 으르렁거렸다.

"너야말로 그 손 놔!"

진채도 지지 않고 목소리에 힘을 실었다. 진채도 화가 나니 무섭다. 나는 그가 이토록 무섭게 인상이 변하는 걸 처음 보았던 탓에 놀라서 눈이 휘둥그레졌다.

"경고했지! 신리, 내 여자라고. 그러니까 건들지 말라고!"

승채는 침까지 무수히 튀겨가며 악을 버럭버럭 질러댔다.

"왜 이렇게 뭐든지 네 멋대로야? 이렇게 억지를 부린다고 해결되는 게 아니잖아! 네 감정만 그렇게 중요하고, 신리 마음은 안 중요해? 너의 이런 일방적인 사고방식 때문에 신리가 얼마나 힘들지 생각은 해봤어? 사랑이 한쪽 감정으로만 되는 거냐고! 신리에게도 차분히 생각할 시간을 줘야 할 거 아냐!"

진채의 말에 승채의 손에 힘이 빠지는가 싶더니 펄펄 끓던 열기가 한순간 냉동된 것처럼 사라졌다. 그러나 그 반대의 시퍼런 서슬이 그의 눈 속에 자리잡았다. 곧 그의 입에서 서슴없이 진채에 대한 악평이 쏟아지기 시작했다.

"형이나 잘해. 그 많은 여자들이 하나같이 먼저 형을 떠났다고 하지만, 그렇게밖에 할 수 없도록 만든 건 형이야!"

"그래도 난 너처럼 억지로 여자를 취하려고 했던 적은 없었어!"

"그럼 자기 감정에 적당히 울타리 쳐놓고, 사랑을 방관하고 관조만 하다가 상대가 지치고 힘들어 먼저 떠나가면 자기는 상처받지 않으려 합리화시켜 버리는 게 사랑이야?"

"……."

"사랑은 쟁취하는 거야. 무슨 일이 있어도 끝까지 상대를 사랑하는 거야. 자신을 끝까지 사랑하게 만드는 거야! 어떻게든 자기 것으로 만드는 게 내가 아는 사랑이고, 내가 할 수 있는 사랑이야! 무슨 말을 해도 지금 내 귀에 아무것도 안 들려. 그러니까 나한테 시답잖은 충고할 생각 하지 마. 그 누가 뭐래도 신리, 내 여자야. 아무도 못 건드려. 이제까지는 형이기 때문에 참아왔지만, 앞으로는 형이기 때문에 용서 안 해."

어쭈구리! 오승채도 저런 심오한 말을 할 줄 아네. 열변을 토하는 모습을 멍하니 보고 있자니, 진채의 손을 탁 떨치고는 그가 내 손목을 잡은 손에 힘을 실어 거칠게 잡아끌었다. 그때서야 사태의 엄중성을 깨달은 나는 끌려가지 않으려고 발버둥을 쳐댔지만, 이미 화가 머리끝까지 올라 완전히 꼭지가 돌아버린 승채는 막무가내였다. 힘도 어찌나 센지 잡힌 손목이 얼얼할 지경이었다.

"오빠, 오빠, 나 좀……! 오빠, 나 좀 살려줘요! 진채 오빠!"

이러니 내가 꼭 괴한에게 납치되어 가는 아녀자 같다. 그러나 내가 아무리 뒤돌아보고 또 돌아보며 S.O.S를 날려도 진채는 그 자리에 주저앉은 채 움직일 생각을 않았다. 아아, 난 이제 진짜로 죽었다.

별장 안까지 기어이 끌고 들어온 승채는 나를 소파 위에다 물건 내팽개치듯 내던졌다. 손목이 너무 아파 눈물까지 찔끔거리며 겨우 몸을 추슬러 일어나 앉은 나는 눈에 독기를 품고 그를 쫙 째려보았다. 그러나 분이 안 풀려 허리에 손을 얹은 채 한 자리를 정신없이 왔다 갔다 하는 그를 보자, 왠지 가슴이 덜컥 내려앉았다. 내가 정말 그에게 잘못했구나 하는 생각이 들었기 때문이다. 그의 가슴 깊숙이 패어진 상처의 골이 얼마나 깊은지 내 눈에도 선명하게 비춰졌고, 드디어 내 무게중심이 그에게로 기우뚱해지는 것도 느낄 수 있었다.

바로 그때, 바깥에서 차 시동 거는 소리가 들려왔다. 나는 총알같이 창문으로 달려가 매달렸다. 진채의 차가 천천히 마당을 빠져나가는 게 보였다. 미친 듯이 창문을 두들겼다. 그러나 당연히 내 구조의 부름도 눈치채지 못했을 진채는 붉은 미등(尾燈)을 늘이며 사라져 갔다. 그의 차가 완전히 시야에서 사라졌을 때에야 온몸의 기운이 쏙 빠지며 나는 창문에 붙었던 손을 축 늘였다. 그때 내 뒷꼭지로 표창 같은 시선 하나가 박혔다. 내가 겁먹은 눈으로 천천히 몸을 돌렸을 때, 그의 눈에 이채(異彩)가 스치며 입가로는 잔인한 미소가 슬며시 내려앉아 있었다. 그리곤 이를 악물고 내뱉는 단 한 마디.

"너, 이제 죽었어!"

안 그래도 그런 생각이 들던 차였으니 그의 말이 떨어지자마자 나는 내 쪽에서 가장 가까운 방으로 냅다 뛰어들어 갔다.

투다다다.

마루가 울리는 소리를 뒤로하고, 방 안으로 쏜살같이 뛰어들어 가 얼른 문부터 잠그고는 문고리를 붙잡고 그 자리에 쪼그리고 앉았다.

"문 안 열어?"

승채는 악에 받쳐 주먹으로 방문을 쾅쾅 두들겨 대며 소리를 질렀다.

너 같으면 열겠냐? 나는 벌벌 떨면서 문고리를 손에 핏줄이 불거지도록 꽉 움켜쥐고는 놓지 않았다. 어떻게든 그가 진정할 때까지는 시간을 벌어야 한다. 그는 이미 이성도 잃고, 제어력도 잃고, 초점도 잃고, 최소한의 인간미도 잃었을 것이므로. 오늘밤에 그에게 걸렸다가는 정말 초주검이 되고 말리라.

그런데 문이 부서져라 두드리던 소리가 별안간 뚝 끊겼다. 문에다 귀를 바싹 들이대고 기척을 느껴보려 했으나 시간이 흘러도 더 이상의 소리가 없자, 문고리를 놓고 바닥에 엉덩이를 힘겹게 주저앉혔다. 도대체 오밤중에 이게 뭔 짓인지 모르겠다, 이런 난리법석이 없다. 애고, 힘들어.

일단 한 고비는 넘긴 것 같아 그제야 방 안을 둘러보았다. 어두워서 제대로 눈에 들어오는 것은 없었으나 그나마 마음에 와 닿는 것이 하나 있었으니, 바로 널찍한 침대였다. 나는 잇새로 끙 소리를 내며 무릎을 펴고 일어나 무거운 방한복을 벗어 던지고 침대 위로 기어올라 갔다. 폭신한 소재의 이불이 마음에 쏙 들었다. 베개 위에 무거운 머리를 뉘이고 이불을 가슴께까지 끌어올려 덮었다. 음. 이런 데서 자면 정말 잠 하나는 끝내주게 잘 오겠다.

승채는 이제 포기를 했는지 문 밖엔 정적이 깔려 있었다. 나는 잠자는 공주처럼 두 손을 가지런히 배 위에 올려놓고는 마음 편히 눈을 감았다. 계속되는 야근과 여러 가지 정신적 스트레스로 인해 피곤하던 참에 승채와 한바탕 실랑이까지 벌인 끝이어서 그런지 그야말로 얼음 녹듯 스르르 잠이 들어버렸다.

얼마나 그렇게 시간이 지났을까. 잠결에 옆으로 돌아눕다가 내 팔이 침대까지 떨어지지 않고 중간에서 무언가가 툭 걸리는 느낌이 들어 게슴츠레 눈을 떠보았다. 비릿한 미소를 머금은 채 샛별처럼 눈을 반짝이며 나를 보고 있는 승채와 정통으로 눈이 딱 마주쳤다. 늘어졌던 뇌세포며 온몸의 신경들이 순식간에 바늘 끝처럼 뾰족 일어서는 것은 발작적인 증세를 일으켜 본 사람만이 알 것이다. 심장이 쩍 갈라지는 느낌과 함께 내 입에서는 절로 헉 소리가 튀어나왔다.

여유롭게 싱긋 미소까지 지어 보인 승채는 베개에서 머리를 떼어 왼손으로 괴었다. 그러면서 내 어깨 밑으로 흘러내린 머리끝을 오른손 검지에 돌돌 말며 늘어지는 투로 말했다.

"잠이 오냐, 지금?"

나는 울상이 되어 도망칠 궁리를 머리 속으로 그려보다가 얼른 반대쪽으로 몸을 돌렸다. 그러다 그만, 그의 손가락에 걸린 머리카락 때문에 되레 비명을 지르며 침대에 철푸덕 떨어지고 말았다.

"어딜 도망가려고? 당장 제 위치로 온다! 실시!"

그가 명령했다. 그러고도 내가 아픈 머리를 감싸 쥐고는 꿈쩍
도 않자, 그는 내 머리카락을 말고 있던 손가락을 죽 잡아당겼
다.

"아얏……! 아야야……! 잠깐만, 잠깐만. 갈게, 갈 테니까, 제
발 머리카락은 잡아당기지 마."

무슨 초등학생들 장난도 아니고, 한밤의 대화치고는 참 멋쩍
다. 그가 손을 느슨하게 풀어주었기에, 나는 그의 앞으로 슬금
슬금 몸을 움직여 당겨갔다. 그는 그제야 입 끝을 만족스럽게
세우고, 나를 끌어당겨 품에 안았다. 좋은 냄새. 향수가 아닌 진
짜 살 냄새다. 여자의 향과는 또 다른.

"어떻게 들어왔어?"

내가 시무룩하게 물었다.

"열쇠로. 그놈의 열쇠 찾느라 한 시간도 넘게 걸렸네."

그가 힘들었는지 투덜댔다. 머리를 길게 쓰다듬는 그의 손길
의 느낌이 오늘따라 색다른 것은, 나 역시 마음이 그쪽으로 기
우뚱해졌기 때문이리라.

"이젠 그러지 마. 나, 진짜 힘들어."

그가 나지막이 타일렀다.

"나한테 시간을 좀 주면 안 되겠니?"

그의 손길이 멈칫했다. 그러나 나는 멈추지 않았다. 지금 이
순간이 내게도 마지막 선택의 기로였으므로.

"시간을 줘. 내 마음이 완전히 결정날 때까지만 참아주면 안

될까? 내가 더 이상 널 밀어내지 않고, 오히려 잡고 싶어질 때까지. 그것도 안 돼?"

그가 나를 꽉 껴안았다. 아주 깊이. 갈비뼈가 으스러지도록.

"정말…… 그러고 싶어?"

"응."

"그러다 나한테 안 돌아오면…… 어떡해?"

"안 그럼 너와 나, 이렇게 계속 힘들 거잖아. 대신 이젠 서현 씨 때문에 물러나지 않을게. 그냥 너와 나, 둘만 두고 생각해 볼게."

"정말?"

그가 얼른 내 얼굴을 들여다보았다. 고개를 두어 번 주억거리고, 손을 들어 그의 뺨을 감쌌다. 그는 기대에 찬 눈으로 내 눈 안에 아주 들어앉을 듯 바라보았다. 나는 빙그레 웃어주고는 천천히 입을 열었다.

"그러니까 오늘밤…… 나, 건드리지 마."

그 말 한마디에 그는 그만 어깨를 둘렀던 손을 축 늘어뜨려 버렸다. 아무튼 남자들이란.

"그건 내겐 너무 가혹한 형벌이야."

그렇게 중얼거리던 그는 또 조를 심산으로 얼굴을 찌푸리며 애절한 눈빛으로 나를 쳐다보았다. 나는 매정히 눈길을 싹 돌리고 천장을 향해 똑바로 몸을 눕히며 이불을 끌어다 가슴에 다져 덮었다. 그리고 한자한자 짚듯이 말해 주었다.

"난 결혼 전에는 절대로 안 되는 사람이니까 그리 알아. 그리고 시간을 주기로 했음 그것도 지켜줘야지."

"넌 요즘 애가 뭐 그리 꽉 막혔냐? 사람이 좀 쿨해봐라."

"아무리 성 개방 어쩌고 해도 난 나야. 혼전 관계만큼은 절대 용납 안 돼!"

"네 몸은 뭐, 금테라도 둘러났냐?"

"꼬지 마. 오승채라는 인간에 대해 재점검해 보는 데 지장 생기려고 그러니까."

"치사해."

"고마워."

"그런 의미에서 키스만 하면 안 될까?"

"싫어."

"뽀뽀는?"

"발동 걸릴 짓은 아예 말아야지."

"아아잇, 진짜!"

그가 갑자기 침대 위에서 온몸을 심하게 버둥거리더니 내 몸으로 착 올라붙었다. 그리고는 콧소리까지 흘리며 어리광을 부렸다.

"으흐흥, 한 번만."

징그럽다.

"안 내려가?"

내가 인상을 무섭게 그려도 그는 계속 칭얼대었다.

"나, 지금 죽을 것 같단 말이야."

"죽든지."

"어휴, 말하는 거 보면 진짜 정나미 뚝뚝 떨어져. 그래, 좋아! 안 건드린다, 안 건드려. 더럽고 치사해서 안 해!"

그렇게 그는 곧바로 하산(下山)했다. 삐쳐서 등까지 휙 돌리고 움직임이 없기에 이젠 얌전히 자려나 했더니, 별안간 엉거주춤 몸을 일으켜 뭔가 심히 불편한 자세로 어기적거리며 방에 달려 있는 화장실로 들어간다. 정신 차리려 샤워라도 하러 가나? 내 예상대로 한참 동안 샤워기에서 물 쏟아지는 소리가 들리긴 했다. 그런데도 어찌 된 셈인지 다시 화장실에서 나왔을 때는 샤워한 흔적은 전혀 없고, 오히려 몸이 축 늘어져 보였다. 걱정스러워 침대 위로 기운없이 드러눕는 그의 얼굴을 살폈다. 별로 덥지도 않은데 어쩐 일인지 그의 이마로 땀이 송송 솟아나 있다.

"어디 아파?"

진심으로 걱정이 되어 물었더니, 그는 민망한 듯 얼굴까지 붉어져서는 슬쩍 돌아눕는 것이 아닌가. 나도 고개를 갸웃하고 자리에 누웠다가 언뜻 스쳐 지나가는 생각이 있어 그제야 나오려는 웃음을 참느라 애를 먹었다. 아무튼 못 말린다!

결국 웃음을 참지 못한 나는 아예 배꼽을 떼어놓고, 마음껏 웃어 젖혔다.

"웃지 마."

승채는 여전히 등을 돌린 채 뿌루퉁하게 말소리를 늘였다.

"쿡쿡쿡…… 우후후…… 아하하하…… 아이고, 배꼽이야!"

너무 웃겨서 나중에는 주체할 수 없을 만큼 웃음이 그쳐지질 않았다. 웃음은 사람을 간지럼 태우는 기술이 있다 하지 않던가.

"웃지 말라니까!"

종류도 다양한 내 웃음소리를 듣다 듣다, 승채는 정말 화난 목소리가 되어 내 쪽으로 몸을 휙 돌리며 소리쳤다. 그래도 한 번 터진 웃음 보따리를 다시 주워 담기에는 이미 늦어버렸다. 배를 잡고 침대에서 마구마구 뒹굴어대는 나를, 승채가 골난 얼굴로 쏘아보았다. 빨개진 얼굴을 보니 또 웃음이 쏟아졌다. 아하하. 이제 그만 웃어야지. 눈물까지 찔끔거리며 겨우겨우 웃음을 그친 뒤, 입까지 불퉁 내민 그의 얼굴에다 대고 말했다.

"오승채, 너 왜 이렇게 귀엽게 노니?"

그 말속에 약간의 비틀림이 들어 있는 줄도 모르고, 승채는 대번 말대꾸를 했다.

"그걸 이제 알았냐? 나, 원래 귀여워!"

그 말이 또 우스워 내가 박장대소를 할 참으로 배를 움켜잡으며 입을 크게 벌리자, 그는 그 큰손을 들어 아예 내 입을 틀어막으며 윽박질렀다.

"웃지 말라고 했지!"

"읍읍……."

그러나 그가 손을 떼기가 무섭게.

"푸하하하하하……!"

"너, 그때 왜 그랬니?"

그의 팔베개를 하고 편히 누워 내가 물었다.

"언제?"

"나, 너희 집 창고에 살 때 말이야. 몰래 들어와서는, 자는 거 훔쳐봤잖아."

"그때 진짜 죽은 줄 알고 그랬다니까. 물론 처음에야 훔쳐본 건 사실이지만. 너 그때, 진짜 예뻤어. 그때 내 기분이 어땠는지 알아? 넌 백설공주고, 난 난쟁이가 된 것 같았어. 내가 널 사랑하게 된 게 아마도 그 순간이었던 것 같아."

백설공주란 말에 은근히 기분이 좋아서 그동안 숨겨왔던 비밀 한 가지를 털어놓기로 했다.

"나, 한 가지 고백할 거 있는데."

"뭔데?"

"그때 차 안에서 너랑 키스한 거 말이야, 그거…… 첫키스였다."

나는 괜히 쑥스러워 말을 통통 퉁겼다.

"그래? 에이, 아닌 것 같은데?"

그는 전연 믿는 눈치가 아니다. 그래서 그의 옆구리를 팔꿈치로 쿡 찌르며 목소리에 힘을 주었다.

“진짜야!”

“알았어, 그렇다고 쳐줄게.”

“치! 진짠데.”

“그러니까 너랑 나랑은 천생연분이라지. 첫키스도 아주 능숙하게 하잖아. 그게 쉬운 일은 아니거든. 암!”

갖다 붙이기는.

“넌 어땠어, 첫키스? 서현 씨랑…… 했어?”

“그랬나?”

잠시 생각 중이던 그는 별 저항 없이 대답했다.

“생각 안 나는데. 누구였지?”

“엉큼 떨지 마. 첫키스가 생각 안 나는 사람이 어디 있니?”

“여기 있잖아, 나!”

“그럼…… 그건?”

대체 그게 왜 궁금한지는 내 자신도 모르겠다. 어쨌거나 알고 싶다, 일단은.

“쩝! 글쎄, 그것도 기억 안 나는데. 그때 술이 많이 취했었거든. 아, 기억나는 거 하나 있다! 가슴이 이따만하게 큰 여자였는데.”

그는 손으로 조금은 과장되게 가슴에다 반원을 그리는 제스처까지 쓰며 ‘이따만하게’ 를 강조했다.

“누가…… 제일 좋았어?”

“그거야 물론…… 가만있어 봐. 이거 꼭 청문회 당하는 기분이잖아. 나, 안 해!”

그가 입을 꾹 다물었다.

"누가 제일 좋았냐니까!"

내가 괜히 성질을 버럭 내며 그를 째렸다. 그러자 그는 눈가에 빙글 웃음을 띠더니 능글맞은 말투로 물었다.

"너, 지금 질투하지?"

나는 인상을 딱딱하게 굳히고, 눈길을 싹 돌렸다. 이번엔 그가 쿡쿡 웃음을 터뜨리며 내 머리를 끌어안았다.

"오홋! 자칫 말려들 뻔했네. 괜히 솔직한답시고 똑바로 얘기했다가 속초 바닷가에서처럼 걷어채이라고?"

"이번엔 안 찰게. 말해 봐."

"진짜?"

"어."

"맹세해, 그럼!"

"맹세!"

"당근, 서현이지. 일단 몸매가 죽이잖아!"

"……."

"이럴 줄 알았어. 여자들은 진짜 이상해! 결국엔 이렇게 화낼 거면서 도대체 그런 걸 왜 물어봐?"

낸들 아니? 그래도 궁금한 걸 어쩌라고.

"누가…… 화났대?"

"어디 보자. 화났나, 안 났나."

그가 손으로 내 턱을 들어 올리더니 얼굴을 빤히 들여다보았다. 그러면서 다정히 속삭여 주었다.

"하지만 그때도 내가 사랑하는 사람은 오로지 너 하나뿐이었어."

아마도 사람에게 용서라는 감정이 없었더라면 세상은 삭막 그 자체지 않았을까. 말 한마디에 천 냥 빚을 갚는다고, 나는 승채가 자신의 치부를 솔직하게 털어놓는 이유를 조금은 알 것 같았다. 지난 세월, 내가 곁에 없었다 할지라도 그의 마음속엔 언제나 살아 있었기에 얼굴도 기억 안 나는 첫키스 상대자나 첫 성교자(性交者), 혹은 서현까지도 그에게는 나였다는 걸 막연하나마 이해할 수 있었다. 그가 그녀들을 제대로 기억하지 못하는 이유는 바로, 나를 상상하며 한 몽정과도 같아서라는 걸.

서현에게는 안 된 일이지만, 나는 승채의 말을 믿기로 했다. 승채가 그녀를 안았을 때도 역시나 나를 생각하면서였을 거라고. 그렇게라도 억지로 주워섬기자 불현듯 내 눈앞에 두 사람의 나신이 영상처럼 떠오르면 욕지기가 끓어오르던 예민 증세가 말끔히 가셔졌다. 그에게 약속한 대로 내 남자라는 타이틀을 걸어놓고 생각을 달리 해보기로 마음먹었으니, 그와 난 지금부터가 진정한 사랑의 출발점에 서 있는 거나 다름없다. 출발점에서는 앞만 보되, 뒤는 돌아보지 않는 법. 그러자 출발 신호를 기다리는 육상 선수처럼 몹시도 긴장되고 흥분되었다. 과연 나는 승채가 서 있는 마지막 골인지점까지 쉼없이 달려갈 수 있을 것인가.

이제 나는 열여덟인 시절을 돌아보지 않으려 한다. 내가 그토록 바랐던 산 정상에서의 진채를 바로 코앞에 두고, 산은 산이니 산으로 남는다는 명언처럼 한때 사랑했던 남자로 남겨두려 한다. 승채가 서현을 과거의 여자로 남겼듯이. 그리고 승채에 대해 마음이 70% 정도는 기울어져 있음을 느낀다. 앞으로 또, 내 마음에 이것이 사랑인지 아닌지 정확하지 않을 시에는 이별을 상상해서 견딜 수 있는 확률이 몇 퍼센트인지를 따져 보기로 한다. 확신컨대, 사랑과 이별의 아픔에 대한 퍼센트는 동일하니까. 사랑이 크면 클수록 이별의 아픔도 클 테니까.

상상해 보자. 내가 만약 승채와 이별했을 때, 내 아픔은 과연 몇 퍼센트일지. 사랑을 숫자로 계산한다는 자체가 우습긴 하지만, 나 역시 그에 대한 사랑이 하도 막연하여 그렇게라도 정산해 보지 않으면 마음이 다시 흔들려서 갈피를 못 잡게 될 것 같다. 그럼에도 한 가지 확실한 건 이별했을 때 내가 견딜 확률보다 그가 견딜 수 있는 확률이 현저히 낮다는 것이다. 고로 불쌍한 중생 하나 구하는 셈치고 너그러이 기회를 한 번 줘보기로 했다. 팔베개를 한 그의 손을 만지작거리며 그새 정리한 내 생각들을 말해 주었다.

"다른 건 몰라도 이거 하나는 장담할 수 있어. 만약 내가 널 진짜 사랑하게 된다면, 그때는 네가 날 사랑하는 것보다 내가 널 더 많이 사랑하리라는 거. 그러니까 조금만 더 참아, 알았지?"

순간, 그의 눈이 어둠 속에서 반짝반짝 빛났다. 그리고는 얼른 말을 받았다.

"키스해 주면."

또 시작이다. 간만에 진지해 볼까 했더니!

"사람이 말하면 좀 진지하게 들어봐!"

내가 핀잔을 줘도 그는,

"키스해 주면."

"어쭈! 네가 또 반항이지? 고만 해라. 쯧."

내가 혀를 차며 눈을 흘겨도 그는,

"키스해 주면."

"아유, 참. 그만 해. 내가 말을 말아야지. 신소리 하지 말고 자, 얼른!"

그래도 꿋꿋하게 그는,

"키스해 주면."

"어우, 야. 그만 졸라. 징하네, 진짜!"

내가 아주 곤욕스럽게 인상을 찡그려도 그는,

"키스해 주면."

모든 대화의 대답을 '키스해 주면' 으로 끝내는 저 언변력과 불굴의 의지! 졌다, 졌어. 그래. 너 짱 먹어라!

"그럼 진짜 키스만이다! 알았…… 읍!"

말도 끝내기 전에 입 골대를 향해 혀를 단번에 쏘아 꽂아 넣는 저 돌파력! 놀랍다. 이 녀석에겐 필히 아들이 있어야 할 모양이다. 입만으로 하는 축구도 아주 프로선수 급이니.

조르고 조른 끝에 한 키스라 처음에는 거칠게 파고들던 그의 입술은 어느 정도 시간이 흐르자 안정감을 되찾아갔다. 나 역시도 첫키스래 봐야 술이 만취된 상태에서 했던 거라 뚜렷한 감각도 없었고, 두 번째는 집 앞에서 화톳불에 콩 튀겨 먹듯 기습키스를 당했으니 어디 제대로 느껴보기나 했어야 말이지. 산장에서는 아무 느낌도 없이 그저 먹먹하기만 했으니 키스라고 할 수도 없고. 그러니 나로서도 지금 하는 키스가 내 마음의 빗장을 열고 난 후, 진정한 첫키스나 다름없었다. 그렇게 생각하니 약간 떨리기도 한다. oops!

그가 나를 위에서 단단히 끌어안고 아주 오래도록 내 입술을 음미하고 있는 동안, 나는 아무리 집중을 하려 해도 이놈의 손처리는 어떻게 해야 할는지, 입은 더 벌려야 할지 좁혀야 할지, 혀는 동서남북 어디다 방향을 잡아야 할지, 아주 정신을 못 차리고 헤매고 있었다. 이러다 입이 아주 붙어버리는 건 아닐까 하는, 말도 안 되는 기우에까지 집중력을 분산시켰다. 아무리 생각해 봐도 적선하듯 허락한 키스에 긴장하긴 내가 더 긴장하고, 떨기는 내가 더 떨고 있는 듯하다. 한창 키스 중이니 말은 못하겠고, 키스에 관한 논문이라도 준비할 듯 아주 세밀하게 구석구석 몰두해 있는 그에게 속으로만 물었다.

'나, 떨고 있니?'

고요한 방 안에는 감칠맛나게 쪽쪽, 쭙쭙 소리만 가득하다. 입술이 부르트도록 하고 또 하고, 하고 또 하고. 아주 키스에 걸

신들린 사람처럼 구는 그가 버겁긴 해도 나 역시 콩닥거리는 가슴과 침대 위에서 버둥대고 있는 손을 진정시키고, 가만히 그의 등에 손바닥을 갖다 대보았다. 그의 몸이 뜨겁다, 마치 화로를 끌어안은 듯. 그의 입술이 조금 멀어질 땐 약간 턱을 쳐들고 내 입술이 쫓아가고, 그의 입술이 힘있게 밀어붙일 땐 턱을 조금 당겨 그의 혀를 진정시킨다. 그의 호흡은 흩어졌다 모아졌다, 당겼다 늘였다, 빨라졌다 느려짐을 반복하고 있다.

그가 내 겨드랑이 사이로 손을 돌려 깊이 껴안고 조금 들어 올리자, 내 가슴이 그의 가슴과 맞닿았다. 몸의 군데군데에서 바싹 긴장하며 일어나는 예민한 감각들. 내 몸이 그에게 반응을 하고 있는 것이다, 짜릿한 흥분과 함께. 그의 등에 엉거주춤 붙여놓은 손을 떼고, 좀 더 적극적으로 목을 휘감아보았다. 혀의 활발한 움직임 덕에 끈적끈적한 침이 입 안에 가득 고여 나도 모르는 새, 목구멍 너머로 꿀꺽 삼켜졌다. 그도 내 침을 여러 차례 삼켰을 것이다. 우리는 동시에 침을 분비하고, 혀를 움직이며 입술을 핥는다. 나는 정신이 아득해짐과 동시에 바로 이런 게 키스로구나 하고 진정으로 느끼게 된다. 사랑도 결국은 이렇게 종이 한 장 차이인 것을. 그때서야 비로소 나는 그를 내 마음 안에 정성껏 들여놓는다.

기네스북에 도전해도 될 만큼 깊고 긴 키스를 나눈 우리는 누가 먼저랄 것도 없이 마침내 서로의 입술에서 떨어졌다. 진정되지 않은 가쁜 호흡과 후끈 달아오른 몸의 열기를 식히지 못해 우리는 잠시 숨을 헐떡이며 서로를 바라보았다. 따스하고 신뢰가 담긴 그의 눈빛이 거칠어지고 혼탁해진 나의 호흡을 점차 가라앉히고 있다. 키스가 이토록 큰 에너지 소비였던가. 진이 다 빠진 듯 별안간 몸이 노곤해지면서 졸음이 몰려오기 시작했다.

근사하고 열정적이고 만족스러운 키스에 나는 후한 점수를 쳐주기로 했다. 내가 그에 대해 마지막 결정을 내릴 시간은 아직 많이 남아 있었지만, 내 마음은 이제 90% 정도는 기울어진 사랑이 되어 있다. 어쩌면 단 시일 내에 나머지 10%도 채울 수 있을 것 같다는 예감이 든다. 그래서 지금은 사랑한다는 말을 아껴두기로 한다. 100% 다 채워지는 바로 그날, 나는 더 이상의 주저함없이 고백하리라. 사랑한다고, 그리고 미안했다고.

그가 이글이글 타오르던 시선으로 가만히 나를 내려다보다가 촉촉해진 입술을 열어 부드럽게 속삭여 주었다.

"사랑해."

그 말은 내 가슴속에 사르르 녹아들어 편안한 수면제가 되고, 내가 눈을 감자 그도 나란히 내 옆에 눕더니 손을 꼭 잡았다. 내가 자다가 도망이라도 갈 줄 아는지. 그를 안심시키고자 손가락을 돌려 하나씩 그의 깍지에 끼워 넣고 한번 꼭 쥐어 보았다. 그날 밤, 우리는 그렇게 침대 위에 나란히 누워 서로의 손을 꼭 잡은 채…… 그냥 잤다……. 진짜다.

12

나, 이번에는 진짜 잘 지내보고 싶거든
회사에서 또 쫓겨나기 싫어. 그러니까 다시는 그러지 마
그리고…… 다시 불러줘서 고마워

아침에 눈을 떴을 때, 승채는 엎드린 자세로 입까지 헤벌린 채 완전히 곯아떨어져 있었다. 짜식! 자는 것도 은근히 귀엽네. 나는 입가로 슬며시 미소를 짓고는 손을 들어 그의 이마 밑으로 흘러 내려온 머리카락을 가만히 쓸어 올려주었다. 내 손길을 느낀 그가 입맛을 몇 번 다시더니 눈도 뜨지 않은 채 웅얼거렸다.

"왜 깼어? 더 안 자고."

"안 일어날 거야?"

"몇 신데?"

나는 손목시계를 들여다보며 대답했다.

“아홉 시.”

“왜 새벽부터 깨우고 그래.”

그가 투덜댔다.

“아홉 시가 새벽이니?”

“내 일요일은 정오까지가 새벽이야.”

“배고파, 어제 너 땜에 밥도 제대로 못 먹었단 말이야.”

“난 먹었냐?”

그는 여전히 눈을 감고도 잠꼬대처럼 대답은 꼬박꼬박 했다.

“그러니까 얼른 일어나서 밥 먹자고, 응?”

달래듯 얘기하니까 그도 순순히 ‘응’ 했다. 그러고도 내가 샤워까지 하고 잠시 마당에 나가 아침 호수의 전경까지 만끽한 후, 다시 들어왔을 때까지도 방에서 나올 생각을 않았다. 이번엔 다잡아 끌고 나올 참으로 방으로 들어갔을 때, 그는 마침 화장실에서 나오던 참이었다.

“어머!”

그를 보자마자 나는 외마디를 지르며 돌아서고 말았는데, 이유는 샤워를 했는지 그가 팬티바람으로 나왔기 때문이다. 내가 그만 무안해서 ‘아하하…… sorry’ 하고 어설픈 웃음과 함께 얼버무렸다. 승채는 주섬주섬 바지를 입으며 농담을 했다.

“하룻밤 같이 잔 사이끼리 뭐 그렇게 쑥스러워하나?”

“어머머, 그게 어떻게 잔 거야?”

내가 발끈하자, 그가 피식 웃었다.

"그럼 아냐? 너, 어제 밤새웠냐?"

자긴 잔 거 맞구나. 쪽팔려. 얼굴까지 발개져 후닥닥 문 밖으로 나오는데 갑자기 현관문이 벌컥 열렸다. 깜짝 놀라 쳐다보았다가 나는 얼굴이 하얗게 질리고 말았다. 마침 티셔츠를 껴입으며 방에서 나오던 승채도 동작을 우뚝 멈췄다. 현관 앞에 서 있는 서현 역시, 어쩜 우리보다 더 놀라고 황당했을 얼굴로 우리 두 사람을 바라보았다. 곧 그녀의 어깨가 바르르 떨리기 시작했기에 몸이 움츠러들며 나도 모르게 뒤로 한 발 물러섰다. 승채가 그런 나의 손목을 탁 잡아 세웠다. 승채는 내 손목을 슬쩍 놓고 대신 어깨를 끌어안았다. 그러면서 이제는 어깨뿐만 아니라 주먹을 꼭 쥔 채 온몸을 심하게 떨고 서 있는 서현을 향해 퉁명스레 물었다.

"어쩐 일이야, 여긴?"

"여기…… 있을 거라…… 그래서…….'

나를 쏘아보며 대답하는 그녀의 목소리까지도 무서우리만치 떨렸다.

"드, 들어오……."

"그냥 가라. 나, 오랜만에 쉬러 왔어. 방해받고 싶지 않아."

승채는 내 말을 중간에서 가로채어 얼음장같이 차가운 말투로 내뱉고는 내 어깨를 꼭 끌어안은 채 주방 쪽으로 데려갔다. 그런데 축지법은 승채만 부릴 줄 아는 게 아닌 모양이었다. 어느새 마루 위로 올라선 서현은 한달음에 달려와 있는 힘껏 내 뺨을 후려쳤고, 나는 승채의 품 안에서 비틀거렸다. 아침부터 느닷없이 별을 보니, 정말이지 눈물이 핑 돈다. 성질 같으면 손이 벌써 나가고도 남았겠지만, 역시 난 너무 착해서 탈이다. 그녀의 심정을 조금은 알 것 같았으니 말이다.

짝!

난데없는 살의 마찰음과 함께 서현의 몸이 바닥으로 힘없이 무너져 내렸다. 잇달아 승채의 악쓰는 소리가 귓전을 쟁쟁하게 울렸다.

"너, 죽고 싶어!"

승채가 서현의 뺨을? 서현이 맞은 뺨을 감싼 채 고개를 들어 승채를 올려다보았을 때, 그녀의 두 눈에 맺혔던 눈물이 또르르 굴러 떨어졌다. 그러나 승채는 일말의 동정심도 없이 그녀의 가슴에 대못을 쾅쾅 박아대고 있었다.

"내가 말했잖아! 너랑 결혼 안 한다고! 단 한 번도 널 사랑한 적 없었다고! 난 신리를 사랑한다고! 한 번만 더 신리에게 함부로 굴면 그땐 너라도 가만 안 놔둬, 알았어?"

사자가 포효하듯 서현에게 무섭게 으르렁거리던 승채는 얼른 내 얼굴을 살피며 목소리를 확 바꾸어 물었다.

"괜찮아?"

"아, 응."

"어디 봐봐. 얼음 넣어놓은 거 있나 모르겠네."

그러면서 내 손을 잡아 주방으로 데려갔다. 얼핏 뒤를 돌아보니 서현은 망연자실한 채 그 자리에 앉아서 움직일 줄 몰랐다.
젠장, 나 이제 어쩌면 좋니?

"저기…… 서현 씨, 아직 밖에 있으면……."
"그냥 먹어, 갈 거 없어."
"……."

승채는 무뚝뚝하게 대꾸는 해도 밥은 맛있게 잘도 퍼먹는다.
하지만 나는 또 제대로 먹긴 다 글렀다. 당최 밥알이 목구멍으
로 넘어가질 않으니.

얼마 후, 현관문 닫히는 소리가 들려왔다. 별로 크게 울린 것
같지도 않은데, 문 닫히는 소리가 마치 괴기영화에 나오는 음향
효과처럼 들려 몸서리가 쳐졌다. 이젠 서현을 배제하고 승채와
나, 둘만 생각하자 마음먹고서도 왜 이리 불안하고 초조해지는
지.

그랬다. 우리는 그때 서현을 그렇게 보내는 것이 아니었다.
어떻게든 모든 상황을 차근차근 설명하고, 내가 승채에 대해 어
떤 결정을 내리기 이전에 서현의 마음부터 돌려놨어야 했다. 그
게 올바른 순서였다. 그걸 깨달았을 때는 이미 서현이 자살을
시도했다는 비보를 전해 들은 후였으니, 내 심정이 어떠했을지
는 상상이 갔을 줄로 안다.

그날 밤, 집으로 돌아가는 길에 승채의 전화로 온 그 소식은
그야말로 우리에겐 청천벽력과도 같았다. 서현은 집으로 돌아

가자마자 수면제를 다량 복용했던 모양인데 다행히 일찍 발견한 덕에 목숨을 구할 수 있었다고 한다. 승채도 그제야 안색이 파리해져서 서울로 가는 내내 아무 말도 하지 못했다. 그의 침묵에 나는 더욱 불안 속으로 빠져들었다.

병원으로 먼저 가보라고 해도 기어이 집 앞까지 바래다주더니 그는 내가 내리기 전에 손을 한 번 꼭 쥐어 보였다. 내가 불안해하고 있다는 걸 그도 눈치챘을 터이니 나를 안심시키고자 함이다. 내가 내리자, 차는 곧바로 출발했다. 서현의 소식이 궁금하여 그 밤에 그에게 전화를 해봤으나, 나중에 전화한다는 말뿐이었다. 그러나 밤새 잠을 못 자고 기다려도 전화는 끝끝내 걸려오지 않았다.

다음날 아침 출근을 했을 때, 진채에게라도 서현의 소식을 들을 수 있을까 했더니 사장실에 갔다 했다. 그리고 자리에 가서 앉기도 전에 나까지 호출이었다. 정말 뭔가 일이 잘못됐구나 하는 걸 그때 감지했다. 쿵쾅거리는 가슴을 애써 다스리며 사장실로 향했다. 사장실로 통하는 비서실로 들어서자마자 육중한 문너머로 굵직한 고함 소리가 터져 나왔다. 비서가 인터폰으로 내가 왔다는 소식을 알렸다. 들어가 보라는 비서의 말이 떨어지자, 나는 크게 심호흡을 하고 나서 긴장된 얼굴로 사장실에 들어섰다. 안에는 오 사장뿐 아니라 진채도 함께였고, 고함을 친 장본인인 굵직한 목소리만큼 풍채가 좋은 남자가 또 있었다. 그는 오 사장과 비슷한 연배로 보였다. 부드러운 인상의 오 사장과는 정반대의 무게가 느껴지는 사람이었다. 순간, 그가 서현의 아버지일 거라고 짐작했다. 그리고 그들 외에 또 한 사람. 내게서 등을 돌린 채 소파에 앉아 있었지만 뒤통수만 보고도 고개를 숙이고 있는 남자가 승채라는 걸 알 수 있었다.

"저 애요?"

서현의 아버지는 대뜸 서슬 퍼런 눈을 들어 나를 지목했다. 나는 지레 놀라 몸을 흠칫 떨었다.

"이리 와……."

오 사장은 나를 쳐다보지도 않은 채 냉정하게 진채의 말을 잘랐다.

"앉을 거 없다. 승채가 직접 얘기해 봐라. 서현이 자살을 하려던 이유가 신리 때문이 맞아?"

"……"

"왜 말을 못해? 맞느냐고 묻잖아!"

"죄송합니다…… 맞습니다."

승채는 굳은 목소리로 대꾸했다. 승채의 맞은편에 앉은 서현의 아버지는 인상이 무섭게 일그러졌고, 분위기가 더 악화되었음은 물론이다. 그럼에도 나는 승채의 그 대답에 안도의 한숨이 쉬어졌다.

"내, 가만있지 않겠소! 이번 거래는 없었던 걸로 합시다. 프로젝트 건에 들어간 투자비는 다 회수할 테니 그리 아시오. 나한테 이런 수모를 주다니 용서치 않을 거요!"

서현의 아버지가 사장실을 완전히 뒤엎을 태세로 펄펄 뛰었다.

"최 사장님, 고정하십시오! 젊은 아이들이니 잠시 잠깐 한눈을 판 것 같은데, 제가 잘 설득해 보겠습니다. 한 번만 너그러이 이해를 해주십시오. 내, 이리 부탁하리다."

오 사장은 최 사장의 팔을 잡고 통사정이었다. 그사이를 승채가 끼어들었다.

"아버지……."

오 사장은 최 사장에게 대하는 얼굴과는 전혀 상반되게 인상을 쓰며 승채에게 호통을 쳤다.

"넌 입 다물어! 나 역시 너를 용서할 수가 없다. 나쁜 놈의 자식! 네가 어떻게 그럴 수가 있어? 당장 최 사장님께 용서를 빌어라. 당장!"

"아버지!"

"그래도 이놈이! 약혼은 아직 안 했지만, 이건 양가가 엄연히 인정한 사실이었어. 네가 이렇게 우리의 뒤통수를 쳐도 되는 거냐? 네가 직접 최 사장님께 무릎 꿇고 사죄드려. 다시는 이런 일 없을 거라고 맹세라도 해! 그래야 나도 널 용서하겠다. 당장!"

"그럴 수 없습니다!"

흥분한 오 사장은 그만 감정을 주체 못하고, 승채의 뺨을 사정없이 후려쳤다. 그리고 노기가 단단히 서린 눈발로 내게 시선을 홱 돌렸다. 나는 숨도 못 쉴 만큼 몸이 경직되고 말았다.

"너도 무릎 꿇고 사죄드려라. 네 아버지와 오랜 친분이 있어 그동안 너를 어여쁘게 여겨줬건만 이런 식으로 계속 나를 우롱하다니, 이 자리에서 용서 빌고 다시는 승채 옆에 얼씬거리지 마라. 한 번은 용서하되, 더 이상은 나도 가만있지 않겠다."

"아버지!"

승채는 울음 섞인 소리로 아예 악을 썼다.

"아버지, 신리한테는 제가 얘기 잘하겠습니다. 그만 보내주시죠."

진채가 안색이 하얗게 넘어간 나를 지켜보다가 정중히 말을 꺼냈다. 하지만 오 사장이나 최 사장은 전혀 그러고 싶지 않은 얼굴이었다. 기어이 이 자리에서 내가 승채와 나란히 무릎 꿇고 사죄하기를 바라는 기세였다. 나는 입술이 바싹 말라붙어 혀로 한 번 축인 다음, 뻣뻣해진 무릎을 천천히 굽혀 바닥에 꿇어앉았다. 승채는 뒤로 돌아앉아 있어 나를 보지 못했더라도 진채는 뻔히 나를 보고 있다가 얼굴이 살풋 일그러졌다. 그의 눈 속에 잠시 일렁이는 슬픔의 그림자를 보았다. 내 눈에 눈물이 고이기 시작하고 있었다.

"잘…… 못…… 했습…… 니다."

목소리가 덜덜 떨리고 있어서 말이 제대로 나오질 않았다. 그저 글자 하나하나가 허공에 산산이 부서져 가는 느낌이었다. 그 소리를 듣고는 승채가 돌아보지도 못하고 머리를 감싸며 고개를 숙이는 게 보였다.

"잘못했습니다…… 승채, 용서해 주세요……. 그리고 저
희…… 아무 일도…… 없었습니다. 그러니까…… 서현 씨에
게…… 걱정 말라고……."

꿀꺽. 침이 다 어디로 가버렸을까. 입 안이 탄다. 혀가 굳어서
말도 잘 안 나오고, 머리는 이미 텅 비어버렸고, 그냥 빨리 이
방을 나가고 싶다. 오 사장과 최 사장의 노기 띤 얼굴도, 진채의
당혹스러운 얼굴도, 그리고 승채의 절망적인 뒷모습도 더 이상
보고 싶지 않다.

"저, 정말입니다. 그냥…… 옛 친구였을 뿐입니다. 너그럽
게…… 용서해 주세요. 제가 다 잘못…… 했습니다."

후드득. 참아보려 했는데, 결국엔 이렇게 눈물을 떨어뜨리고
야 말았다. 제기랄. 왜 이렇게 눈물이 쏟아지는 것인지. 내가 비
굴하거나 억울하거나 속상하거나 그런 감정들보다, 승채의 숙
인 어깨가 안쓰러워 그저 눈물이 하염없이 쏟아졌다.

"승채는…… 아무 잘못 없으니까…… 저만…… 이렇게 무릎
꿇고 사죄드리는 걸로…… 용서해 주세요……. 부탁드립니다."

나는 그때 무슨 용기로, 무슨 정신으로 그랬던 것일까. 그러
나 그게 통하긴 한 모양이다. 최 사장은 그제야 노기를 사뭇 가
라앉힌 얼굴이 되어 내게서 고개를 싹 돌리고는 소파 등받이에
기대었고, 오 사장 역시 나를 안면몰수하고 매몰차게 말을 내뱉
었다.

"진채는 저 애 데리고 나가거라. 다시는 보고 싶지 않으니 오늘 중으로 사표 처리해라."

"아버지, 그건……."

"글쎄, 내 말대로 해!"

진채가 더 이상 대꾸하지 못하고, 내게로 뚜벅뚜벅 다가와 팔을 잡아 일으켰다. 나는 그새 다리가 후들거려 제대로 일어나지 못해 비틀거렸다. 내 어깨를 감싸 안은 진채가 조금 힘을 주어 보였다. 눈물 때문에 흐릿해서 자세히 보이지는 않지만 승채의 어깨도 작게 들썩이고 있었다, 머리는 여전히 꼭 감싼 채. 가슴이 미어져 갈기갈기 찢어진다더니 바로 이런 느낌이 아닐까 싶다.

진채는 비어 있는 회의실로 데려가 나를 옆에 앉혔다. 그때까지도 나는 어깨를 들썩이면서 흐느끼고 있었다. 나중에는 콧물까지 줄줄 나오자 그는 주머니에서 손수건을 꺼내어 내게 건네주었다. 나는 그의 손수건에 코를 파묻고 또 울음을 터뜨렸다. 이제 와서 생각해 보니 진짜 억울하고, 서럽고, 속상해서 눈물만 펑펑 솟구쳤다. 근데 왜 아까는 그런 생각이 하나도 안 들었지?

"미안하다."

내게 아무 잘못도 없는 진채가 오히려 다 죽어가는 목소리로 사과를 했다.

"서현이 그렇게까지 나올 줄은 몰랐어. 워낙 깔끔하고, 쿨한 여자라 자살까지 시도할 정도로 타격을 받을 줄은 정말 몰랐다. 별장에 내가 같이 있기만 했어도 일이 이렇게까지는 안 됐을 텐데."

그러나 그건 진채의 단편적인 생각일 뿐이었다. 서현이 깨진 와인 잔을 손바닥에 박히도록 움켜잡고는 피를 줄줄 흘리던 모습을 봤어야 했다. 나 역시도 그녀가 그리 쉽게 물러서리라는 안일한 생각은 말았어야 했다. 그녀에게 늘 주눅 비슷한 감정을 느꼈던 것은 쉽지 않은 적수가 되리라는 걸 예감해서였으리라.

그날 밤, 승채는 예상했던 대로 나를 찾아왔다. 아침에 그렇게 사장실에서 뒤통수만 본 이후로 통 보이질 않더니, 어딜 있다 왔는지 하루 새에 얼굴이 말할 수 없이 초췌해져 있었다. 그의 차에 올라타고도 나는 아침과는 상반되게 그저 담담한 얼굴로 그를 맞았다. 오늘밤 승채가 찾아오리라는 걸 알고 있었기에 나 역시도 마음의 준비를 단단히 하고 있던 참이었다. 될 수 있는 한 아무런 내색도, 더 이상 그가 보는 앞에서 아프게 울지도 않으리라 결심을 했었다. 하지만 그를 정면으로 바라보는 건 불가능하여 내내 앞 유리만 뚫어져라 바라보며 앉아 있었다.

승채도 한동안 아무 말 없이 앞만 보고 앉아 있었기에 할 수 없어 내가 먼저 말을 꺼냈다. 짜증나지만 요즘 추세가 쿨하다는 거라니 나도 이틈에 그런 부류에 억지로라도 끼어들어 보자. 빌어먹을. 뭔가 제대로 연애나 해보고 중간에 아웃됐으면 덜 억울하겠는데, 이제 좀 시작해 볼까 하니 또 이렇게 꼬인다. 이번엔 꼬여도 아주 된통 꼬여서 완전히 매듭이 지어져 버렸다. 아예 풀지도 못하도록.

나는 일부러 목소리를 경쾌하게 굴렸다.

"야, 뭐 그렇게 죽을상이냐? 서현 씨 괜찮다니까 그것만이라도 어디야? 정말 잘못됐음, 너랑 나랑 평생 죄짓고 사는 걸 텐데. 잘됐어, 잘된 거야. 나도 생각해 봤는데 아무래도 너랑은 힘들 것 같았어. 만날 싸울 것 같아서 영 자신없더라. 그러니까 너도 부담 안 가져도 돼. 너랑 나랑 정식으로 사귀었던 것도 아니잖아. 회사도 원래 그만두려고 했던 거고. 그러고 보니 내가 원하던 대로 다 됐네. 이제 너 안 봐도 되니까 속만 시원하다."

"……."

"그러니까 너도 앞으로는 서현 씨한테 잘해줘. 또 한눈팔지 말고. 요즘 세상에 그런 여자가 어디 있냐? 나라면 그렇게까지는 못했을 거야. 널 그만큼 사랑한다는 거잖아."

"……."

"미안해서 온 거라면…… 난 아무렇지도 않으니까, 내 걱정 같은 건 안 해도 돼. 나, 괜찮아…… 진짜…… 괜찮아."

절로 고개가 밑으로 수그러지면서 목소리도 젖어 들어갔다. 승채는 벌써 핸들에 엎드린 채 어깨를 들썩이며 울고 있었다. 나도 어느새 흘러내린 눈물을 손등으로 몰래 훔치고는 씩씩하게 마지막으로 그에게 해주고 팠던 말들을 쏟아냈다.

"밥 잘 먹고, 잘 자고, 울지 말고, 좀! 남자새끼가 왜 이렇게 눈물이 흔해? 생긴 건 꼭 깡다구만 남게 생겨 가지고. 나도 밥 잘 먹고, 잘 자고, 안 울고, 잘살 테니까 너도 잘살아. 알았지? 그럼…… 난 간다, 너도…… 잘 가라."

그리고는 얼른 차에서 내려 버렸다. 뭐야? 뭔가 할 말 있어 왔을 텐데 저는 한마디로 못하고, 나만 들입다 하고 내렸네. 에이, 씨! 나만 왜 이렇게 만날 따라지 인생이란 말이더냐. 집까지 뛰어가는데 눈물이 얼마나 쏟아지던지 아주 공중에 흩뿌려졌다. 그래, 뭐, 따라지 인생이라도 인생은 인생이니까. 잘살아보자, 배터지게. 승채네 집보다 더 잘살고 빵빵한 집안의 아들을 꼬시든지 구워 삼든지 해서 나도 사람 대접 좀 받고 살아보자. 우리 집이 만약 쫄딱 망하지 않고 아버지가 살아 계셨더라면, 오 사장 역시 나를 며느리 삼으려고 혈안이 됐을 게 아니던가. 진채나 승채, 둘 중에 아무나 찍어라 하면서. 훌쩍.

그런데 어찌 된 셈인지 며칠 뒤 진채에게서 다시 연락이 왔다, 출근하라고. 그 말을 듣는 순간 알아차렸다. 승채가 결국은 나를 회사로 다시 불러들이는 대신, 서현과 결혼을 하겠다고 허락했음을. 그가 나를 회사로 다시 불러들인 이유가 무엇이겠는가. 그렇게라도 나를 곁에 두고 싶어하는 게 아니겠는가. 나는 망설였다. 더 이상은 분란의 씨앗이 되고 싶지 않아서. 거절했더니 진채는 승채 때문에 힘들 일은 없을 거라 했다. 프로젝트가 끝나면 서현과 미국 지사로 가겠다고 자청했다 한다. 전화를 끊고 나니, 왠지 모를 허탈감이 몰려와 내 속을 죄다 뒤집어놓기 시작했다. 이젠 괜찮을 줄 알았는데 다시금 욕지기가 나를 괴롭혀 댔다. 견딜 수 없이, 정말 견딜 수 없이.

이성적으로는 그 회사에 또다시 발을 들여놓지 말았어야 옳다. 하지만 내 마음을 나도 잘 모르겠다. 그가 정말 떠나 버릴지도 모른다고 생각하니, 시간이 아까워졌다. 이렇게라도 그의 곁에 있겠다고 한다면 사람들은 또 나를 손가락질해 대겠지. 서현이 자살을 시도했다는 암울한 소식을 듣고 회사 사람들이 모두들 내게 그랬던 것처럼. 그러나 상관없다. 아무래도 상관 않겠다. 어차피 그는 떠날 사람이니까. 뭐, 어때? 나만 아무렇지도 않게, 정말 아무렇지도 않게 그의 곁에 고요히 있다가 그를 떠나보내면 되는 것을.

진작 그러지 않았던가. 속초에 다녀오던 날, 나는 승채를 먼저 서현에게 돌려보내고, 그 다음으로 진채를 내 마음에서 완전히 떠나보내기로 했었다. 어쩌다 보니 그 순서가 바뀌긴 했지만 아무래도 억울하고 찜찜해서 그렇게라도 견뎌볼까 한다. 진채에게 그랬던 것처럼 나 혼자 마음에 고이 품고, 그를 바라보며 지내볼까 한다. 그러니 당분간만, 모두들 나를 이해까지는 하지 못하더라도 용서해 주길. 또 남의 약혼자 빼앗으러 왔다고 욕하지 말길.

그 다음날, 사장실로 불려가 오 사장에게 단단히 약속을 한 후 다시 일할 수 있게 되었다. 오 사장은 죽을죄 짓고 사형선고 대신 무기징역 내려주듯, 아주 너그러운 처사를 해준 것처럼 내게 대했다. 나는 그저 묵묵히 착한 학생처럼 예, 예, 대답만 해주고 그 자리를 벗어났다.

내가 돌아옴으로 인해서 사무실 분위기가 침체되어 있긴 했지만, 여전히 일상은 나와는 상관없이 분주하게 돌아갔다. 모두가 나와는 반대로 달려가고 있는 기분이었다. 나만 그들과 마주 서서, 그들이 내 곁을 찬바람을 일으키며 휙휙 스쳐 지나가는 것 같은 느낌을 받았다. 그럴 때마다 내 몸은 오싹하게 살얼음이 돌곤 했다.

그 다음날이 되어서야 프로젝트 회의실에서 승채를 다시 만났다. 우리는 예전 그대로 회의 탁자를 사이에 두고 반대편에 마주 앉아 있었다. 승채는 나를 단 한 번도 쳐다보지 않았다. 아니, 어쩌면 내가 그를 쳐다보지 않아서 모르고 있었을지도.

서현은 아직도 병원에 있어서 볼 수 없었다. 조만간 다시 나오긴 하겠지만, 나도 더 이상은 그녀에 대한 아무런 두려움도 일지 않았다. 오히려 그녀가 내게서 승채를 빼앗아 가버렸다는 생각이 들기 시작해서다.

회의가 길었던 것 같은데 무슨 말을 했는지 끝나고 나니 전혀 생각이 나지 않았다. 회의가 끝났다는 것도 갑자기 모두들 자리에서 일어났기에 알아차렸다. 회의 노트를 챙겨 부스스 일어나는데 유채가 내게 차가운 말로 명령했다.

"신리 씨, 오늘 강남 일대 매장들 좀 돌고 와요. 상품들 갖다 줄 게 있는데 오늘 마침 담당 직원이 결근을 했다네. 급하다니까 신리 씨가 해."

나는 그만 황당해서 멀거니 그녀를 쳐다보았다. 내게 어째서 영업부에서 할 일을 맡기는 것인지 이해하기 어려워서다.

"뭘 그렇게 봐요? 얼른 가지 않고."

그러나 내가 뭐라 대답을 하기 전에 승채가 또 끼어들었다.

"그건 영업부에서 할 일이잖아."

절로 내 인상이 찌그러졌다. 제발 가만있어 주면 좋겠건만.

"네 일, 내 일이 어디 있어? 여기 있는 직원들 중에 매장 한 번 안 돌아보고 일한 사람 있음 나와보라 그래, 그건 기본이야. 다른 데서 스카우트해 온 직원이라 해서 특별 대우받을 일이 뭐가 있어? 그리고 상사가 시키면 무슨 일이든 하는 게 당연한 거 아냐?"

"차도 없는 사람이 그 많은 물건을 들고 어떻게 강남 매장을 혼자 다 도냐고? 말이 되는 걸 시켜야지!"

"오승채 씨, 여기 지금 회사예요, 난 당신 상사고. 남의 일에 끼어들지 말고, 가서 당신 일이나 잘하시죠!"

유채는 날카롭게 쏘아붙인 뒤, 내게 거래 장부를 탁 내던지고는 회의실을 나가 버렸다. 다른 직원들도 눈치를 슬슬 보다가 하나둘 회의실을 빠져나갔다. 탁자 위로 내던져진 장부를 집어 들려 손을 뻗는데 입술을 꾹 깨물며 서 있던 승채가 신경질적으로 장부를 낚아채서는 바닥에 내동댕이쳐 버렸다. 장부는 날개 잃은 나비처럼 아무렇게나 구겨진 채 떨어져 내렸다.

나는 그를 지나쳐 장부를 탁탁 털어 집어 들고는 아무 말 없이 발걸음을 떼었다. 그러나 좀체 발이 떨어지질 않았다. 그가 나를 뒤에서 붙잡고 있는 것 같아서. 도저히 안 되겠기에 몸을 팽그르르 돌려 장부를 가슴에 끌어안은 채 그의 앞으로 다가가섰다. 그런 다음 빙긋 웃어주며 말했다.

"나, 이번에는 진짜 잘 지내보고 싶거든. 회사에서 또 쫓겨나기 싫어. 그러니까 다시는 그러지 마. 그리고…… 다시 불러줘서 고마워."

영업부에서 챙겨주는 짐을 양손에 잔뜩 들고 회사 건물을 나와 지하철로 향했다. 아무래도 한 번에 다 돌기에는 무리여서 일단 할 수 있는 한만 다녀볼 생각이었다. 화장품 용기는 대개가 유리 소재인지라 그 무게가 만만치 않았다. 회사에서 100m 거리에 있는 지하철까지만 가는데도 팔이 떨어져 나갈 것처럼 아프고 무거웠다. 때문에 몇 번이나 짐들을 바닥에 내려놓고 쉬어야 했다.

거의 지하철 입구에 다다랐을 때였다. 요란한 굉음과 함께 내 옆으로 급히 차가 한 대 섰다. 깜짝 놀라 쳐다보았더니 승채가 운전석에서 내려선다. 모른 척 걸음을 재촉했지만 몇 발자국 떼지도 못하고 내가 들고 있던 화장품 가방의 손잡이를 그의 손이 낚아채듯 움켜쥐었다. 그런 그의 손을 떨쳐 버리며 내가 최대한 평상적인 어조로 말했다.

"내 일이니까 상관하지 말고 가. 나 혼자도 충분히 할 수 있어."

그러나 승채는 나와 눈을 맞추지도, 대꾸도 않은 채 그저 가방만 빼앗아서는 제 차 뒷좌석에 갖다 실었다. 나도 슬슬 화가 오르고 있었으므로 두말 않고 그가 서 있는 뒷좌석 문 쪽으로 걸어가 다시 짐을 꺼내려 고개를 들이밀었다. 화장품 가방이 무거워서 단번에 꺼내기가 힘들었다. 낑낑거리고 있으려니 그가 내 허리를 잡아끌어 억지로 보조석에 태웠다.

지쳐서 이제 그만 하고 싶은데 그는 또 나를 이중삼중으로 힘들게 하려는 모양이다. 운전석에 올라타 시동을 걸려는 그의 팔목을 내가 억세게 움켜잡았다. 그는 그제야 퀭한 눈을 들어 나를 쳐다보았다. 날카롭고 매섭다가도 장난기가 다분하던 그의 눈매는 시커먼 그늘로 얼룩져 있어 내 마음까지도 어둡게 드리웠다. 빛이라고는 전혀 찾아볼 수 없는 암흑의 눈동자. 안타깝고 슬프고 애처로워서 오히려 내 언성은 격하게 높아졌다. 아니, 차라리 사정이라도 하고 싶다.

"네가 이러는 거 나한테 하나도 도움 안 돼. 날 더 힘들게 할 뿐이라고. 아직도 모르겠어? 제발 날 그냥 내버려 둬. 그게 날 도와주는 거고, 편하게 해주는 거야. 네가 지금 얼마나 견디기 힘든지 나도 알아. 그래서 다시 회사로 돌아온 거야. 네 마음 편하게 해주려고. 하지만 계속 이런 식으로 한다면 회사 다니기 힘들어져. 그러니까 제발 정신 좀 차려봐! 너 하나 때문에 얼마나 더 많은 사람이 다치고 아파야 되겠니?"

그는 내 말을 인정할 수 없다는 듯 고개를 가로저었다. 눈알은 빨갛게 충혈되어 있었고, 까칠하게 솟은 수염과 가뜩이나 작고 하얀 얼굴은 더욱 주먹만해지고 검게 죽어 있었다. 그의 눈에 서서히 젖어드는 눈물이 내 마음을 마구 헤집어놓았다. 내가 입술을 아프게 악무는 대신, 그는 마른 입술을 열어 힘겹게 말을 꺼냈다.

"방법이 있을 거야. 시간을 벌기 위해서 결혼하겠다고 거짓말한 거야. 반드시 방법을 찾아낼 테니까……."

"어떤 방법? 나 데리고 도망이라도 가게?"

"차라리 그러고 싶어."

"그렇다고 해결되는 건 없어! 아무것도! 웬 줄 알아? 내가 그럴 정도로 널 사랑하지 않기 때문이야. 서현 씨처럼 널 위해서 내 목숨까지도 버릴 수 있을 만큼 사랑하지 않는다고! 난 아직 갚아야 할 빚도 있고, 세상에 오로지 나밖에 없는 엄마도 있어. 너 하나만을 택하기 위해 버려야 할 게 너무나 많아. 포기하고 외면해야 할 게 너무도 많단 말이야. 내가 왜? 내가 왜 너 때문에 그래야 해? 네가 뭔데? 네가 도대체 나한테 뭔데? 뭔가 착각하나 본데…… 오승채! 너, 나한테 아직 아무것도 아냐. 겨우 키스 몇 번했다고, 사랑 도피까지 할 만한 사이 아니라고."

“이러지 마.”

“너야말로 이러지 마. 난 네가 하도 쫓아다니니까 불쌍해서 마음 한번 고쳐먹어 볼까 했던 것뿐이야. 그러니까 제발 네 자리로 돌아가. 나, 더 이상 나쁜 여자 만들지 말고! 난 네가 싫어! 날 이렇게 비참하게 만드는 네가 싫어! 너무너무 싫어! 진짜 미치도록 싫어!”

눈물을 목구멍으로 꾸역꾸역 삼기며 애절하게 바라보는 그를 외면한 채 매몰차게 등을 돌리고 차에서 내렸다. 그리고 뒷좌석의 짐을 꺼내어 지하철로 향했다. 다행히도 그가 뒤쫓아 오는 기미가 없어 나는 계단 중간쯤에서 드디어 바삐 움직이던 두 다리를 멈추고 무너지듯 주저앉았다. 목구멍에서 그렁그렁 울음이 솟구치고 있었다. 그걸 참으려고 하니 끅끅 마른 울음소리가 잇새를 비집고 새어나왔다. 계단을 오르내리는 숱한 사람들이 힐끔거리며 내 옆을 지나갔다. 그래도 사무치는 울음소리는 쉽게 사그라지지 않아서 나는 오래도록 지하철 계단에 주저앉아 울었다.

하루 종일 무거운 짐을 들고 강남 일대를 발이 부르터라 돌아다녔더니 집에 돌아오자 초죽음 상태가 되어 완전히 뻗고 말았다. 어깨는 어깨대로, 팔은 팔대로, 다리는 다리대로 몽땅 떼어내고 싶을 만큼 아프고 아렸다. 며칠 동안 잠을 못 잔 탓에 피로가 몰려 더욱 힘에 부쳤다. 누우면 곧장 누가 업어가도 모를 만큼 잠이 들 줄 알았는데 오히려 온몸의 통증 때문에 그것마저도 쉽지 않았다. 바로 옆에서 곤히 잠들어 있는 엄마의 얼굴을 물끄러미 바라보다가 문득 승채와 도망가고 싶다는 생각이 들었다. 그런 내 자신에게 흠칫 놀라 망상을 떨치려 마음속으로 고개를 세차게 가로젓는 그때, 핸드폰 진동 소리가 들렸다.

드드드드…….

번호를 확인했더니 승채다. 그때가 자정이 거의 다 되었을 시각이었다. 나는 전화를 받을까 말까 잠시 망설였다. 계속되는 진동 소리를 못 참고 결국엔 전화를 받았지만, 핸드폰 속에서 들려온 목소리는 그가 아니었다. 처음 듣는 목소리인데다 주변이 몹시 소란스러워 절로 미간이 찌푸려졌다.

[신리 씨, 맞습니까?]

남자는 부러 큰 소리로 묻고 있었다. 그렇다며 누구냐 물었더니 그는 대뜸 술집 이름을 대면서 와달라 부탁했다. 그의 다급한 목소리 뒤로 누군가 고함을 치고, 무언가는 박살이 나는 소리가 들려왔다. 나는 무슨 소리인지도 모르게 고함을 쳐대는 만취한 목소리가 승채임을 알아차렸다. 종업원 말로는 그가 술집에서 난동을 부리며 나만 찾는다 한다. 일단 가겠노라 하고 전화는 끊었으나, 금방 후회했다. 차라리 진채에게 전화를 해보라 할 걸 그랬나 싶은 생각이 들었다.

핸드폰을 손에 꼭 쥔 채 머뭇거리고 갈등하다가 어느 순간 자리를 박차고 일어났다. 좀 전 승채의 핸드폰으로 전화를 걸어왔던 종업원에게 위치를 물어물어 택시를 타고 도착했을 때, 나를 기다리고 있던 전화 속의 종업원이 바삐 승채가 있는 룸으로 안내했다. 긴 복도 끝 맞은편에 있는 VIP룸으로 발을 내딛는 순간, 나는 흠칫 놀라 벌어지는 입을 손으로 가렸다. 벽에는 승채가 던진 술병들 때문에 군데군데 술 자국이 기하학적인 무늬로 퍼져 있었고, 바닥이며 탁자 위에는 유리 파편이 즐비한 상태였다. 종업원 둘이 떨어지고 쏟아지고 깨진 접시들과 음식들과 술병들을 치우느라 분주했다.

승채는 탁자 위에 아무렇게나 엎드려 무언가를 끊임없이 웅얼거렸다. 종업원이 다가가 팔을 붙들어 일으키려 하자, 있는 힘껏 그를 뿌리치고 그나마 탁자 위에 남아 있던 안주와 술병들을 그 긴 팔로 한 번에 싹 쓸어버렸다.

"씨발 것들! 다 죽여 버리겠어! 다 죽여 버릴 거야! 그러니까…… 건드리지 말란 말이야!"

발음도 불분명하게 고함을 꽥꽥 질러대던 그는, 그래도 온몸으로 터져 나오는 울분을 못 이겨 손으로 아예 탁자를 뒤엎어버렸다. 그 크고 묵직해 보이던 탁자가 그의 괴력에 힘없이 쓰러지고, 또다시 바닥에 널려 있던 술병들을 으깨어 룸 안은 그야말로 아수라장이 되고 말았다. 그는 머리를 뒤로 젖혀 소파 턱에 비스듬히 기대어 앉아 있었다. 이 방 안만큼이나 처참하게 부서지고 으깨어진 그의 모습이 고스란히 내 눈 안에 들어찼다. 순간, 가슴 한복판에서 무언가가 울컥하고 치받쳐 올랐다.

내가 다가가자, 종업원이 뒤로 물러났다. 나는 그 자리에 앉아 승채의 얼굴을 가까이 들여다보았다. 룸 안에 퍼져 있던 술 냄새와는 다른 아주 독하게 찌든 냄새가 그에게서 풍겼다. 도대체 얼마나 마신 것일까. 인사불성으로 정신을 잃고 누군가를 향해 끊임없이 욕설을 낮게 지껄이고 있는 그를 보자 마음이 아파서 눈물마저 빙글 돌았다. 나직이 그의 이름을 불러보았다.

"승채야."

그는 못 알아들었는지 아무런 반응이 없었다.

"승채야. 나야, 신리야."

내 이름을 말했을 때에야 그는 웅얼거리다 말고 인상을 아프게 찡그리면서 눈을 떠보려 애썼다. 그러나 결국 눈을 뜨지는 못했다. 내가 그의 왼쪽 가슴 위에 손바닥을 가만히 갖다 대었다. 거칠게 뛰는 그의 심장이 내 손바닥으로도 확연히 느껴질 정도였다. 이러다가는 심장이 터져 버리고 말 것 같다.

잠시 후, 그의 손이 내 손을 감쌌다. 뜨거운 손, 뜨거운 그 한마디.

"신리……?"

"응, 나 왔어."

가슴에 대었던 손을 끌어당겨 그가 내 머리를 안았다. 내 귀는 이제 손바닥에서 느꼈던 그의 심장 소리를 고스란히 듣고 있다. 불규칙한 울림들이 불안하다.

"리야……."

그는 쏟아내던 욕설 대신 내 이름을 하염없이 부르기 시작했
다. 내 손을 꼭 그러잡고, 나를 품에 안고서 그렇게.

"미안해. 내가 널 더 사랑하지 못해서…… 미안해, 승채야."

내 눈물이 그의 와이셔츠 앞섶을 적셨다. 그는 내 말을 들었
는지 못 들었는지 그저 내 이름만 목마르게 불러대고 있을 뿐이
다.

종업원들의 도움을 받아 그를 겨우 근처의 호텔에 데려왔다.
거의 실신지경으로 취해 버린 그를 침대 위에 눕혀놔 주고 종업
원들이 돌아간 후, 나는 그의 구두와 양말을 벗기고 소파 위에
걸쳐 놓았던 양복 겉옷과 넥타이를 옷걸이에 잘 걸어두었다. 그
가 괴로움을 못 이겨 침대 위에서도 계속 몸을 뒤척였다. 그의
와이셔츠 단추를 몇 개 더 끌어놔 주었다. 열린 사이로 그의 매
끈하고 탄탄한 가슴이 엿보였다. 손을 가져가 그의 가슴에 가만
히 대어보았다. 불덩이. 가만히 주먹을 쥐어 그의 가슴에서 손
을 떼고, 이번엔 바지를 낑낑거리며 벗긴 후 이불을 잘 덮어주
었다. 그러고 나니 나도 완전히 기진맥진이어서 이마 위로 땀이
송골송골 맺혔다. 욕실에서 적셔온 수건으로 열이 펄펄 끓는 그
의 얼굴을 닦아주고, 목이 타는 거 같아서 물도 내가 먼저 입에
머금은 후 그의 입속에 조금씩 흘려 보냈다. 그나마 제대로 삼
키지 못하고 반은 입가로 흘려 버렸으나, 그의 숨이 편안히 가
라앉을 때까지 몇 번 더 물을 먹여주었다. 진땀이 연신 배어나

오는 그의 이마를 물수건으로 닦아주는 동안, 그의 거칠고 괴롭던 숨소리는 점차 잦아들어 마침내 고른 숨으로 돌아왔다. 그가 완전히 잠 속에 빠진 걸 확인하고 나서야 물수건을 거두고 침대에서 내려왔다.

침대 옆 스탠드만 켜놓은 채 한쪽 귀퉁이 벽에 가서 등을 기대고 쪼그려 앉았다. 엷은 불빛 아래 승채는 그림처럼 누워 있었다. 정말 방법이 있는 걸까? 갑자기 불쑥 치솟는 한줄기 희망의 빛 때문에 나는 소스라치게 놀랐다. 애써 당혹감을 떨치고 몸을 동그랗게 말아 웅크렸다. 이 밤이 끝나지 않았으면 좋겠다. 그는 침대에서, 나는 여기서 이러고 있어도 좋으니.

얼마나 그렇게 웅크리고 앉아 있었는지 뻐근한 통증이 꼬리뼈에서부터 척추 뼈를 타고 올라오기 시작했다. 괴었던 턱을 들었을 때, 마침 침대 위에서 승채가 일어나 앉는 게 보였다. 그는 미처 나를 발견하지 못했는지 엉금엉금 기어 침대 끝에 두 다리를 내리고 걸터앉았다. 한동안 머리에 손바닥을 대고 앉은 폼이 깨질듯이 아파 보였다. 그의 몸이 스탠드 불빛에 가려 한 점의 조각처럼 보였다. 엷게 미소 지으며 그를 바라보았다. 왜 일어났을까. 화장실에 가고 싶은 걸까. 아님, 목이 말라서인가.

어둠 속에서 나는 그의 움직임을 주시했다. 그가 여전히 관자놀이에 한쪽 손을 대고 비틀거리며 일어나, 첫 번째 예상대로 화장실에 들어갔다가 나왔다. 그리고 침대 쪽으로 다시 걸음을 옮기다가 멈칫 몸을 세운 다음 천천히 내 쪽으로 돌아보았다.

나는 그때까지도 웅크리고 앉은 채로 그를 비스듬한 시선으로
올려다보고 있었다. 무거운 발걸음을 떼어 비칠거리며 내게로
다가온 그가 두 무릎을 바닥에 대고 무릎 꿇듯 주저앉았다. 나
도 그도 한동안은 말없이 서로를 바라보기만 했다. 이윽고 그가
내 머리를 끌어다 가슴에 안았다. 내 등을 쓰다듬는 손길이 안
쓰럽고 또한 정답다. 두근두근, 낮게 들려오는 그의 심장 소리
가 나를 편안하게 함과 동시에 또한 슬프게도 한다.

"미안해."

속삭이는 그 소리조차 내게는 너무나 큰 두려움이다.

침대에 나란히 누운 우리 두 사람에게 더 이상의 기쁨은 없
다. 그도 알고 나도 아는 사실이다. 우리에겐 방법이 없다. 그러
므로 한줄기 희미한 희망의 빛 따위는 애당초 없었던 거다. 우
리는 뜬눈으로 밤을 지새웠다. 아무것도 하지 않고 침대에 죽은
듯이 누워 낯선 호텔의 천장만 바라보면서.

그로부터 며칠 후, 서현이 퇴원했다는 소식과 함께 두 사람의
약혼 날짜가 잡혔다는 소식이 전해졌다.

13

옷, 다 젖잖아…… 우산 쓰고 가

화가 나서 빗속을 내처 걸어가는 내게 우산을 들고 달려왔던 승채

나는 왜 그때 그를 사랑하지 못했던가

회사로 돌아온 서현은 많은 사람들의 걱정과 위로 속에서 다시금 화사함을 되찾고 있었다. 반면, 나는 불면증과 과로로 인해 그로기 상태가 되어 있었다. 그녀가 회사에 복귀하던 날 회의실 앞 복도에서 마주쳤지만 나는 죄지은 사람처럼 눈길조차 마주치지 못했다. 그녀 역시 냉랭한 눈으로 나를 한 번 쳐다보았을 뿐이었다. 내 어깨를 툭 치며 지나가는 그녀에게서 화사한 향이 났다.

나에겐 이제 그녀에게 미안하던 감정조차 사라졌다. 왜냐하면 그녀가 내게서 가장 소중한 것을 가져가 버렸기 때문이다. 호텔방에서 나란히 누워 멍하니 천장만 응시하고 있는 동안, 내

가 승채를 어느새 100%가 아닌, 200%, 300%…… 아니, 그 이상, 감히 숫자의 개념으로 따질 수 없을 만큼 사랑하고 있다는 것을 깨달았다. 얼마나 아이러니컬한가. 이제껏 그를 내 마음대로 저울질해 대며, 그가 내게 베푸는 지고지순한 사랑을 마음껏 즐기기만 했다. 아닌 척, 싫은 척, 매번 그의 사랑을 농락하면서 나만 마음을 먹으면 아무것도 변함이 없으리라 자만했다. 그가 영원히 내 곁에, 내 것으로, 나만을 사랑하는 남자로 남을 거라 믿었다. 그래서 그에게 상처를 줘도 된다고 생각했다. 동정처럼 약간의 가책을 느껴가며. 적선하듯 내 입술을 허용하며.

하지만 결국은 내가 잡으려고 하니 손 안에서 놓쳐 버린 대어처럼 황당하고, 당혹스럽고, 억울하고, 마음이 쓰라리다. 그가 이제 내 남자가 아니어서가 아니라, 미처 깨닫지 못한 내 오만 때문에 그가 원하던 만큼 사랑해 주지 못했던 것이 사무치도록 가슴 아팠다.

5월로 접어든 후, 가끔씩 찾아온 비는 종일일 때가 많았다. 물꽃처럼 떨어지는 빗방울들을 보고 있노라니, 짧은 순간이지만 내 허전한 가슴속에도 똑같이 물꽃 같은 추억이 피어난다.

"옷, 다 젖잖아…… 우산 쓰고 가."

화가 나서 빗속을 내쳐 걸어가는 내게 우산을 들고 달려왔던 승채. 나는 왜 그때 그를 사랑하지 못했던가.

비릿한 비 냄새 속에 달콤한 커피 향이 스며들었다. 창문에서 시선을 떼고 고개를 돌렸더니 자판기 커피 한 잔을 내게 내밀며 진채가 서 있다. 나 역시 직원 휴게실에 커피를 빼러 왔다가 창 밖으로 쏟아지는 빗줄기를 넋 놓고 바라보고 있었던 것이다. 입 가를 살짝 말아 올려 보이며 그의 손에서 잔을 받아 들었다. 비 오는 날은 왜 유독 커피 맛이 좋은 것인지.

"맛있다."

한 모금 마시며 내가 그렇게 말하자, 진채는 빙긋 웃더니 타 박조로 말했다.

"밥은 맛없고?"

무슨 말인가 하고 그를 물끄러미 건너다보자, 그가 어이없다 는 듯 피식 웃었다.

"너, 요즘 통 밥을 못 먹잖아."

나는 그제야 빙그레 웃음을 입에 물었다. 그랬다. 사내 식당 에서 같이 식사라도 할라치면 임신한 사람처럼 욕지기가 불쑥 불쑥 올라 도통 입에다 밥을 대지 못했다. 그나마 집에서는 견 딜 만한데 회사만 오면 더욱 심해졌다. 도저히 안 되겠고 걱정 도 되어 병원에 갔더니 신경성 위장병이라 했다. 과로에 만성 두통, 가끔 찾아오는 위경련. 그게 요즘 내가 가지고 있는 전부 다.

"많이 힘드니?"

진채의 목소리는 빗속에 섞여 푸근하기 그지없다. 나는 대답 대신 궁금한 걸 먼저 물었다.

"승채는 좀 어때요?"

"조용해, 불안할 만큼."

그럴 것이다. 나도 그렇게 느꼈으니.

그는 얼른 가라앉았던 목소리 톤을 바꾸어 내게 물었다.

"저녁에 시간 어떠니? 괜찮으면 같이 저녁 먹자. 오빠가 맛있는 거 사줄게."

"정말이요? 이왕이면 술도 한잔하고 싶은데."

내 입에서 선뜻 호응의 장단이 튀어나왔다. 실지 저녁보다 술이 더 당겼다.

"좋지!"

진채도 흔쾌히 O.K했다.

그날 퇴근하여 진채가 잘 가는 레스토랑에 들어갔을 때, 마침 입구에서 지배인의 안내를 받기 위해 서 있는 승채와 서현을 발견했다, 그리고 유채까지도. 승채는 바지 주머니에 손을 꽂아 넣고 서 있다가 들어서는 우리를 보곤 얼굴이 경직되었다. 그건 서현도 마찬가지였다. 나는 얼굴보다는 마음이 먼저 굳고 말았다. 유채는 이마를 살짝 찌푸리면서 못마땅한 말투로 진채를 타박했다.

"선약있다더니 이거였어?"

"너희도 여기로 온 거야?"

진채도 탐탁지 않은 태도였다.

“우리 신경 쓰지 말고, 너희들끼리 먹어.”

진채의 말을 유채가 냉큼 받았다.

“그럴 거 뭐 있어? 다 아는 사이끼리. 좋은 자리 예약해 놨으니까 같이 하자.”

똑똑 부러지는 말투가 어찌나 얄밉던지 내 마음은 벌써 그녀의 머리채를 휘어잡고 있었다.

“그냥 둘이 먹을 테니 신경 쓰지 말아줬음 좋겠다.”

진채는 따끔한 어조로 유채의 제안을 거절했다. 하지만, 내 속에서는 또 슬슬 오기가 발동하고 있었다.

“오빠만 괜찮다면 합석해요. 실장님 말대로 모르는 사이도 아니고, 저 빼고는 다 가족인데 이렇게 우연히 만나서 따로 식사한다는 것도 우습잖아요.”

내 말에 진채나 유채보다 승채와 서현이 더 놀란 표정이 되었다.

“같이 먹어요. 실장님이 특별히 생각해 주시는 건데.”

유채를 향한 내 눈이 빙그레 웃음을 띠었다. 그러나 그녀는 느꼈을 것이다, 표정없는 눈웃음의 살기를. 그녀가 흠칫 몸을 떠는 것이 내 눈에도 확연히 보였다.

“오늘 승채랑 서현이 약혼복 맞췄거든. 두 사람, 진짜 잘 어울리더라. 서현이는 또 얼마나 예쁘던지. 모로코 공주 같았어.”

“어머, 실장님도 참.”

놀고 있네. 둘이서 주거니 받거니 아주 잘하는 짓이다. 나는 속으로 입을 삐죽거렸다. 자리에 앉은 이후, 유채는 혼자서 내 도록 승채와 유채의 약혼복 맞춘 일에 대해 실황 중계를 해대고 있었다. 두 사람이 잘 어울린다는 말을 필히 강조하면서. 서현은 연신 흡족한 미소를 짓고 있다가 자기 얘기가 나오면 으레 얼굴을 붉히며 수줍어했다.

둘이서 그러든지 말든지 나는 열심히 먹는 데만 집중했다. 지난번 서현과 단둘이 먹었던 것에 비하면, 스테이크 맛은 썩 괜찮았다. 승채도 의외로 차분한 태도로 일관했다. 나를 보는 눈동자도 흔들리지 않았고, 다소 굳은 표정이긴 했으나 그리 신경이 거슬릴 정도는 아니어서 한숨 놓였다. 그것이 고맙기도 하고, 한편으로는 서운한 감정도 들었다. 그가 조금씩 마음의 정리를 하고 있다 생각하자 우습게도 마음이 스산해졌던 것이다.

"일성(日星)의 둘째 아들 얘기 들었어? 글쎄, 어떤 계집애한테 발목 잡혀 가지고 오피스텔에, 차에 엄청 돈 뜯겼대. 약혼녀도 있었다면서 정신 나갔지. 결국 정리하려고 헤어지자 그랬더니 계집애가 다 폭로를 하네 마네 협박해서 한몫 단단히 떼어주고 정리했다지, 아마. 들어보니까 그런 꽃뱀들이 돈 좀 된다 싶은 남자들 어떻게든 꼬셔보려고 혈안이 되어 있대. 정말 세상 말세지 뭐야."

약혼 중계에서 느닷없이 채널을 바꾸어 이번엔 꽃뱀 중계를 한참 떠벌리던 유채는 눈을 삐딱하게 치떠 맞은편의 나를 쳐다보았고, 이어 꽃뱀 중계의 마지막 멘트를 날렸다.

"그러니까 오빠랑 승채도 조심해. 순진한 남자들 꼬셔 가지고 한탕 잡으려는 미친 것들이 우리 주변에도 있더라고."

나는 들은 척 만 척, 시큰둥한 태도로 쓱쓱 싹싹 고기만 썰어 입 안에 부지런히 쑤셔 넣었다. 가끔 와인도 음미하면서. 하지만 유채의 말에 고기를 썰던 승채의 손이 뚝 멈추었고, 진채가 얼른 주위를 환기시켰다.

"오유채, 그게 지금 이 자리에서 어울리는 화제는 아닌 것 같다."

"그런가? 그냥 노파심에서."

그리고 얼마 후, 유채가 화장실에 가려는지 자리에서 일어나기에 나도 냅킨으로 입가를 닦고는 양해를 구한 뒤 곧바로 뒤따랐다. 유채의 뒤를 따라 화장실로 들어간 나는 그녀가 나올 때까지 세면대에 물을 받으면서 기다렸다. 잠시 후, 화장실 칸에서 나와 세면대로 다가온 유채는 물을 틀어 손을 씻으며 거울 속의 나를 향해 살짝 조소를 머금고는 비아냥거렸다.

"너, 진짜 웃긴다. 승채가 안 되니까 이젠 진채 오빠니?"

내가 빙긋 마주 웃어주며 아무렇지도 않게 반문했다.

"왜? 그럼 안 돼?"

유채가 씻던 손을 멈추고, 동그란 눈이 더 동그래져서 어이없다는 듯 쳐다보았다. 그녀는 손을 씻느라 구부정한 허리 그대로 내게 물었다.

"너, 지금 뭐라 그랬니?"

"눈만 사시인 줄 알았더니 이젠 귀도 먹었니? 다시 한 번 말해 줘? 승채는 이제 약혼녀에게 갔으니 진채 오빠랑 연애 좀 해보겠다는데 왜, 떫어?"

"하! 뭐…… 이런 게 다 있어? 너, 미쳤구나?"

"그래. 나 미쳤어. 특히 네 낯짝 보면 아주 돌아버려. 죽이고 싶어서."

"뭐, 뭐, 뭐라고?"

유채는 아예 사색이 되어 새파랗게 변한 입술을 바르르 떨었다.

"나, 고등학교 때 허미루라는 계집애가 있었거든. 그년이 삼년 내내 나만 보면 아무 이유도 없이 미워하고 갈구기에 참고 참다가 내가 어떻게 했는지 알아? 바로…… 이렇게 해줬어!"

나는 유채의 머리카락을 손으로 사정없이 움켜쥐어 물을 틀어놓은 세면대 속으로 처박아 버렸다. 느닷없는 기습을 받은 유채는 물속에 머리를 처박은 채 심하게 버둥거렸다.

"이렇게 해주고 나니까 다시는 안 건드리더라. 고등학교 졸업할 때까지 내 곁엔 얼씬도 안 하더라고."

그녀가 숨을 참지 못해 꼬르륵 거품을 냈다. 어지간히 물 좀 먹었다 싶을 때쯤, 그녀의 머리카락에서 손을 빼고 놓아주었다. 푸왓 소리를 내며 세면대에서 고개를 쳐든 유채의 코와 입에서 물이 좌르르 흘렀다. 나는 비틀거리며 몸을 못 가누는 그녀를 양껏 째려보다 물기 묻은 손을 탁탁 털고는 화장실을 먼저 나왔다.

아무 일 없었다는 듯 자리로 돌아와 다시 앉는데 진채가 물었다.

"유채는?"

내가 능청스럽게 대답했다.

"세수하던데요."

"세수?"

영문을 몰라 멀뚱해지는 진채와는 달리 건너편에 앉은 서현의 눈에는 난색하는 기미가 스쳤다. 유채가 화장실에서 나온 모양이다. 서현의 굳어진 반응에 승채도 고개를 돌렸다가 똑같이 동작을 굳혔다. 그러나 곧 그의 얼굴에 서서히 웃음이 내려앉기 시작했다. 비싼 돈 주고 정성껏 드라이했을 머리까지 온통 젖어 있는 유채의 몰골은 가히 봐줄 만했다. 물귀신처럼 물을 뚝뚝 흘리며 테이블로 쫓아오는 유채에게 다른 좌석에 있던 사람들의 놀란 시선이 한꺼번에 따라붙었다.

"야! 신리!"

유채의 격한 목소리에 뭔가 심상치 않은 일이 생겼음을 알아차린 진채도 얼른 뒤를 돌아보았다가 눈은 휘둥그레지고, 입은 쩍 벌어졌다. 유채가 씩씩거리며 한달음에 달려와 내 앞에 서기에 나도 발딱 일어나 그녀를 똑바로 마주했다. 키는 내가 조금 더 커서 살짝 눈을 내리깔아 노려보았다. 열이 받칠 대로 받쳤을 유채는 인정사정 볼 것 없이 내 뺨을 향해 손부터 날렸다. 이미 그럴 줄 알고 있었으니 가만히 당하고만 있을 내가 아니지. 그녀의 손목을 허공에서 탁 낚아채 아귀에 힘을 넣었다.

독기를 잔뜩 품은 그녀는 죽일 듯이 나를 무섭게 노려보다 내 머리칼을 잡기 위해 다른 손을 뻗었으나, 결과는 마찬가지였다. 나도 손이 두 개이니 그냥 잡아줍쇼 하고 머리를 들이대고 있을 리 없었으니 말이다. 그녀의 손목을 엇갈려 잡아채어 아주 비틀어져서 끊어질 지경으로 아귀에 힘을 넣었다. 아픔으로 그녀의 입에서 아아 하는 비명이 터져 나왔다. 움직이지 못하도록 손아귀에 더욱 힘을 가해 단단히 움켜잡은 나는, 그녀의 면상에다 대고 조용히 뇌까려 주었다.

"오늘 저녁 식사는 실장님이 사는 거 맞죠? 잘 먹었습니다, 그것도 아주 맛있게."

그리고는 잡았던 그녀의 두 손목을 있는 힘껏 밀어버렸다. 그 바람에 유채는 보기 좋게 뒤로 벌러덩 나자빠지고 말았다. 서현이 놀라서 엉덩이가 들썩했고, 진채는 일부러 못 본 척 검지를 들어 이마만 긁적거렸다. 또한 승채는 승채대로 웃음을 참느라 애를 먹는 얼굴이었다. 그가 웃으니 된 거지 뭐. 나는 서현을 향해 생긋 미소를 지어주며 다시 한 번 양해를 구했다.

"죄송해요, 먼저 갈게요. 아무래도 제가 낄 자리는 아니었던가 보네요. 그럼."

엘리베이터를 기다리며 서 있자니 뚜벅뚜벅 발자국 소리를 내며 진채가 다가왔다.

"혼자 가면 어떡해? 약속은 나와 해놓고선."

좀 전의 기세는 어디 가고 그를 보자 나는 그만 기운이 쏙 빠졌다. 어깨를 축 늘인 나를 보고 그가 웃었다. 같이 엘리베이터를 타고 내려가면서 나는 속에 담았던 사과의 말을 건넸다.

"죄송해요, 오빠. 좋은 자리를 망쳐 놔서."

"아냐, 재밌었어."

경쾌한 말에 놀란 눈으로 그를 올려다보았다.

"너무한 거 아닌가요? 그래도 하나밖에 없는 여동생을 그렇게 해놨는데, 웃음이 나와요?"

"후후후, 역시 신리는 대단한 여자야."

그는 엉뚱한 대답 끝에 크게 웃음을 터뜨렸다. 오히려 내가 어이가 없어서 따라 웃고 말았다. 그래도 허미루만큼은 통쾌함이 느껴지지 않았다. 유채는 허미루가 아니니까.

밖에는 아직도 빗줄기가 굵었다. 봄비라 그런지 제법 운치가 좋기도 하여, 나는 그 다음 장소로 그가 좋아할지 어떨지도 모르면서 탁 트인 포장마차를 택했다. 그런데 그도 포장마차를 자주 애용한단다. 길가 포장마차의 한쪽 자리를 차지하고 앉아 소주와 찌개 안주를 시켜놓고, 천막에 부딪치는 빗소리를 듣고 있노라니 얼마나 정겹던지.

첫 잔을 부딪친 후, 우리는 꽤 많은 술을 나눠 마셨다. 그가 마시는 분량만큼 나도 지지 않고 마셔댔다. 그런 나를 진채는 별로 말릴 생각도 없이 그냥 내버려 두었다.

시간이 지나면서 내 몸이 점차 흐느적거리기 시작했다. 동그란 테이블 위에 한쪽 팔꿈치를 대고도 중심을 잡지 못해 몸이 제멋대로 흔들거렸다. 그러면서 입으로는 부지런히 무슨 말인가를 주워섬겼다. 내가 무슨 말을 하고 있는지도 모를 정도로 정신이 오락가락하는데도 말이다.

"오빠, 내가 오빠를 얼마나 좋아했는지 모르죠? 내 나이 열여덟 살 때 오빠를 처음 본 순간부터…… 지금까지도 죽, 자그마치 칠 년간을 짝사랑해 왔어요. 그거, 알죠? 오빠를 너무나 좋아해서 새벽마다 오빠 따라 약수터 다녔던 거예요. 나도 사실은 승채처럼 산 타는 거 무진장 싫어하거든요. 근데 오빠 손 한 번 잡아보고 싶어서…… 약수터 갈 때마다 내 손 잡아주니까 그게 좋아서…… 코피 터져 가며 쫓아다녔던 거였어요. 난 오빠가 내 마음을, 내 사랑을 몰라준다고 생각했거든요. 근데 실은 내가 오빠를 배신한 거예요. 한 번 좋아하면 그 사람이 어떻든 끝까지 좋아했어야 되는데, 승채가 나한테 잘해주니까 그거에 홀딱 넘어가서…… 결국엔 이렇게 되어버렸잖아요. 오빠, 내가 그렇게 간사해요! 약혼할 사람 뻔히 있는 거 알면서도 승채가 바보처럼 나만 사랑하니까…… 얼마나 두 사람한테 못할 짓 했는지 말예요. 그러게 남의 눈에 눈물 내면 내 눈에는 피눈물이 나리라 하던 말이 딱! 정답이지 뭐예요. 하하하…… 내가 서현 씨의

눈에 눈물 나게 하니까 내 눈에는 결국 피눈물 흘리고 말잖아
요."

쭉 한 잔을 들이키자 진채는 자동으로 내 잔을 채워주고는 자
신도 한 잔을 입 안에 쏟아 부었다. 그가 자작하며 말했다.

"너무 그렇게 자학하지 마. 너, 그 정도로 몹쓸 애 아냐. 너도
어쩔 수 없었던 거잖아. 승채 녀석이 좀 더 신중해야 했어."

내가 도리질을 하며 그의 말에 반박했다.

"아뇨, 승채는 아무 잘못 없어요. 내가 애당초 받아주질 말았
어야 해요. 자꾸만 여운을 남기니까 포기를 못했던 거라고요.
다 제 잘못이에요. 서현 씨 말대로 내가 꼬리친 거나 마찬가지
죠 뭐. 진채 오빠도 나 보니까 되게 우습죠? 실컷 오빠 좋아한다
고 고백 편지까지 쓸 때는 언제고 실연은 엉뚱한 데서 당하다
니, 되게 실없지 않아요? 내가 생각해도 진짜 웃겨! 내 인생은
왜 이렇게 허구한 날 코미디일까요? 그냥 오빠만 끝까지 좋아하
다가 연애나 제대로 해볼 걸 그랬어요. 그것도 지금 생각하니까
진짜 억울한 거 있죠. 진작 오빠랑 연애했음, 승채가 나한테 그
렇게 못했을 텐데. 그죠?"

진채는 그저 웃어넘겼다. 그래, 말이 안 되겠지. 나도 지금 내
가 무슨 말을 하고 있는 건지 모르겠는데. 그런데도 자꾸만 말
이 헛나가더니 결국엔 얼토당토않는 말들만 쏟아내고 있었다.

"오빠, 우리 실연당한 사람들끼리 그냥 연애나 할까요? 진짜
쿨하게, 응? 솔직히 오빠를 이해할 수가 없었는데 가만 생각하

니까, 그거 되게 좋은 방법일 것 같아요. 나중에 헤어져도 서로에게 큰 타격을 주지는 않을 거잖아요.”

그런데 진채는 내 실없는 소리에 별로 깊이 생각하지도 않고 큰 소리로 맞장구를 쳤다.

“그럴까? 우리 연애할까?”

나는 그가 농담하는 줄로만 알고 킥킥 웃으며 박수까지 쳐댔다.

“그래요, 오빠. 우리 연애해요, 네? 멋지게 연애해서 승채나 서현 씨 못지않은 완벽한 커플이 되는 거예요. 같이 밥도 먹고, 영화도 보고, 여행도 가고…… 솔직히 뭐, 승채만 아니었음 오빠랑 잘해보는 거였잖아요. 킥킥킥…….”

“농담 아니고, 인마. 진짜로.”

그가 짐짓 진지해졌기에 나도 얼굴에 웃음을 싹 가시고 멀거니 쳐다보았다. 그러다 또 혼자 킥킥거리며 웃었다.

“진짜 웃긴다. 킥킥, 킥킥…… 아이고, 배꼽이야! 그럼 오빠, 차라리 결혼을 확 해버리면 어때요? 다들 깜짝 놀라 자빠지게. 내가 승채를 꼬신 줄 알고 있었는데 알고 봤더니 진채 오빠의 연인이었다! 어때요? 진짜 까무러칠 뉴스겠죠?”

“그것도 괜찮네. 나도 이제는 연애만 하는 데 신물이 나서.”

나는 그의 말에 아예 눈물까지 찔끔거리며 고개를 뒤로 한껏 젖히고 크게 웃었다. 얼마나 오랫동안 웃었는지 배가 당기다 못해 술이 거꾸로 치받쳐 올라 구역질이 날 정도였다.

"아이고, 배야. 진짜 재밌다. 난 진채 오빠가 이렇게 재미있는 사람인 줄 오늘 처음 알았네. 오빠, 우리 나이트 갈래요? 나, 갑자기 춤추고 싶은데. 어때요?"

"그래, 그럼."

"와, 신난다! 오빠, 우리 이왕 노는 거 오늘 진짜로 화끈하게 놀아버려요. 아주 미친 듯이, 정말 미친 듯이. O.K?"

미친 듯이 아니라 나는 그날 아주 미쳐 버렸다. 미치지 않고서야 나이트에 가서 그렇게 무대를 휩쓸지는 못했으리라. 나도 내가 그렇게 춤을 잘 추는지 처음 알았다. 내 속에 그런 끼가 잠재되어 있을 줄은 미처 몰랐다. 음악이 내가 되고 리듬이 내 몸이 되어, 거의 반나체인 쇼걸들보다 더 화끈하고 대담하게 춤을 췄다. 무대는 내 것이었다. 진채도, 수많은 사람들도 모두 내 관객이었다. 내 모노 인생을 지켜보는 관객들과 비극과 희극이 수없이 교차하는 내 삶을 관조하는 사람들 앞에서 나는 아주 미쳐버리고야 말았다.

언젠가 회식 날, 서현이 이렇게 춤을 추었지. 아주 환상적이고도 섹시하게. 승채와 아슬아슬하게 몸을 스치며, 서로를 다정히 어루만지며, 매혹적인 눈빛을 끊임없이 주고받으며. 그렇담 나라고 못할 거 없지. 나도 아예 블라우스를 벗었다. 그러자 그 안에 받쳐 입었던 끈 달린 슬립 티 하나만 달랑 남았다.

빙글빙글. 나를 둘러싼 사람들이, 무대가, 천장이, 어지러운 조명이, 그리고 위험스러운 눈빛으로 보고 있는 진채가 정신없이 돌고 있다. 내가 바라보는 세상이 마구 흔들리고 있다. 내 몸에서는 짜릿한 흥분이 일기 시작하고, 이대로 세상이 끝났으면 좋겠다는 극단적인 생각에까지 이르렀다. 내 뇌는 포화 상태에 도달해 있었다. 지금 나를 건드리면 바로 폭발하고 말리라. 지난번 술집에서 승채가 그랬던 것처럼.

꽝꽝 울려대던 댄스 음악이 때마침 그쳤기에 나는 비틀거리면서 진채에게 안겼다. 그의 품에 기대어 격렬하던 춤 때문에 가빠진 호흡을 서서히 진정시켰다. 그에게 기분 좋은 미소를 지어 보이며 좀 더 근사하게 그의 목을 두 팔로 휘감았다.

진채는 웃지 않았다. 그의 눈 속에서, 일전 사장실에서 내가 무릎을 꿇었을 때 보았던 그 슬픔의 그림자를 발견했다. 그는 지금까지 나를 동정하고 있었던 거다. 그러자 갑자기 견딜 수가 없어진다. 그가 나를 동정하는 게 견딜 수가 없어진다. 누군가가 나를 동정하는 게 견딜 수가 없어진다.

진채에게서 뚝 떨어져 나와 비틀거리는 발걸음을 무대 밖으로 옮겼다. 내 눈에서 견딜 수 없는 눈물이 흘러내리기 시작했다. 눈물은 곧 모멸과 좌절과 고통에 뒤섞여져 내 가녀린 목덜미를 타고, 얇디얇은 티 사이로 살짝 숨겨진 가슴을 뜨겁게 적시며 흘러내렸다. 진채가 어느새 나를 따라와 내 팔을 잡았다. 그 팔을 뿌리치자 이번엔 뒤에서 내 허리를 휘감듯이 붙잡았다. 그에게서 벗어나려 발버둥 치며 나는 울부짖었다. 아아, 승채. 그 무엇도 그를 대신할 수 없다는 사실이 끝없는 고통의 나락

속으로 나를 떨어뜨리고 있었다. 그래, 그를 사랑하지 말았어야
했다.

　"오빠, 진짜 저랑 결혼할 수 있어요?"

　결국 진채에게 들처 메어 룸 안으로 들어온 나는 얼음주머니
를 이마에 올린 채 소파에 길게 드러누워 있었다. 그는 혼자 양
주병을 기울이고 있다가 별다른 고민 없이 쉽게 대답했다.

　"너만 좋다면."

　끙 소리를 내며 소파에서 일어나 그의 옆으로 자리를 옮겼다.
내가 어깨를 약간 숙여 그의 얼굴을 빤히 들여다보자, 그는 왜?
하는 눈빛으로 나를 지그시 건너다보았다. 잘생긴 얼굴.

　"오빠, 나 사랑해요?"

　뜬금없는 내 질문에도 그는 웃지 않았다.

　"사랑하고 싶어, 너라면."

　그 말에 나는 엷게 웃음을 드리웠다. 이 사람은 어째서 뭐든
지 이렇게 담백하고 간단할까. 그러나 나를 보는 그의 눈빛만큼
은 별로 간단해 보이지가 않았다.

　"큰일났네. 나 또 사장님께 불려가게 생겼네. 이번엔 스캔들
상대가 큰아들이라 회사에서 완전히 쫓겨나게 생겼으니 이를
어째?"

　그제야 그가 후후 웃었다. 그 웃음이 왠지 자신있게 들렸다.

　"진짜 사랑한다면 그렇게 안 만들지. 나 역시도 그런 일은 내

인생에서 단 한 번뿐일 테니까."

나는 그의 말을 언뜻 이해하지 못했다. 그도 그럼, 승채와 나처럼 그런 일이 있었던가? 설마 그 수녀가 되겠다던 여자?

"오빠도 그 여자 분이랑 억지로 이별한 거였어요?"

그는 조용히 술잔을 기울이더니 고개를 두어 번 끄덕거렸다. 동병상련을 느낀 나는 그의 팔짱을 끼며 어깨에 머리를 기대곤 나직이 읊조렸다.

"근데 어쩌죠, 오빠? ……오빠랑 사랑하기엔 이미 늦어버린 걸요. 실은 오빠도 알고 있는 거죠? 내가 이렇게 괴로워하는 이유. 오빠, 나…… 승채, 사랑해요. 그것도 아주 많이."

그러고도 또 얼마나 술을 퍼마셨는지 모른다. 승채를 진짜 사랑하게 되면 서슴없이, 주저 않고 고백하리라 마음먹었었는데 엉뚱한 진채를 앉혀놓고 그 말을 해야 하다니. 그것도 내가 칠 년 동안이나 짝사랑하던 장본인 앞에서. 이제야 승채를 미치게 사랑한다는 사실을 알고도 고백할 수 없는 내 심정. 그게 얼마나 쓸쓸하고 안타깝던지 지금으로서는 나를 조금이나마 위로해 줄 도구가 술밖에 없었다. 취기 때문에 필름이 원활하게 돌아가지 못하고 띄엄띄엄 끊기기 시작했을 때에는, 승채와 함께했던 시간들이 편집 화면처럼 삽입되고 있었다. 앞으로도 두고두고 이렇게 그와의 추억이, 나를 괴롭혀 대겠지.

차 떠난 후에 후회하면 무슨 소용 있겠냐만 그래도 후회밖에 안 되는 걸 어쩌랴. 진채야 내 술상대가 되어주느라 아주 고역이겠지만, 그라도 지금 내 옆에 있다는 게 얼마나 다행인지 모르겠다.

잠시 화장실에 간다고 나갔다가 다시 들어온 진채가 자리에 앉자, 나는 술에 만취해 흐느적거리면서 혼잣말을 중얼거렸다.

"오빠, 내가 승채 사랑한다는 말, 비밀인 거 알죠? 절대! 절대 얘기하면 안 돼요. 안 그럼 그 자식, 득달같이 쫓아와서 또 조르기 시작할 거야. 걔가 나한테 뭐랬는 줄 알아요? 자기랑 도망가재. 우후후후, 승채는 그러고도 남을 놈이거든요. 만약에 우리가 진짜 도망가 버리면 어떻게 되겠어요? 서현 씨는 또 죽는다고 난리칠 거고, 회사는? 그 많은 직원들은? 그리고 또 오빠는? 진짜 중요한 건 우리 엄마 불쌍해서 못 가요. 승채 걔가 워낙 단순해 갖고 그런 거 앞뒤 재는 성격이냐고요? 뱁새 같은 자식! 지가 이런 봉황의 뜻을 알기나 해……. 그러니까 오빠, 절대 말하지 말아요. 알았죠?"

"……."

진채는 가타부타 말이 없다. 그러기에는 이미 늦었다는 거 그도 알 테니 말하지 않을 거라는 걸 알면서, 나는 수십 번도 더 부탁에 부탁을 거듭하며 주정 아닌 주정을 하고 있었다. 차라리 그가 꼭 말해 주길 바라는 사람처럼.

"흑흑…… 나, 이제 어떡해, 오빠? 그 자식 가버리면…… 나, 이제 어떻게 살아? 으흐흑…… 이럴 줄 알았으면 잘해줄 걸. 내가 그동안 얼마나 구박했는데. 엉엉……!"

진채가 나를 품에 꼭 끌어안고 등을 토닥여 주었다.

결국 나는 완전히 녹다운 돼서 그의 등에 업혀 차에 태워졌고, 그때까지만 해도 그것이 막연히 콜택시라고만 짐작했다.

드디어 구토가 터져 나오려는 모양이었다. 속이 메슥거려 도저히 참을 수가 없게 된 나는 상체가 갑자기 앞으로 확 쏠리며 구역질을 해대기 시작했다.

"우웩!"

그런데 첫 번째는 가짜였다. 헛구역질이었지만 아무래도 상태가 상태니만큼 욕 안 먹으려면 차를 세워야겠다는 생각이 들었다. 내가 한 손으로 입을 틀어막고 다른 한 손으로는 차를 세우라고 사래질을 치자, 운전기사도 별수없었는지 갓길에 차를 세웠다.

차가 서자마자 가누지도 못하는 몸을 내려 본격적으로 토악질을 하기 시작했다. 운전기사는 우산까지 받쳐 들고 내 등을 토닥거려 주며 토악질을 도왔다. 한참 만에 죄다 게우고 허리를 펴자 이번에는 생수병까지. 참 친절도 한 운전기사다. 생수로 입 안까지 몇 번 가신 뒤 비틀거리며 일어났더니 운전기사는 나를 제대로 부축까지 해서는 도로 조수석에 태웠다. 그 와중에 나는 그에게 고개를 숙여가며 고맙다는 말을 잊지 않았다.

토악질을 시원하게 하고 났더니 비로소 정신이 돌아오는 듯

해서 내릴 곳을 알려주기 위해 눈을 게슴츠레 뜨고 창밖을 살폈
다. 그런데 술이 어지간히 취하긴 취했는지 도무지 어느 동네인
지 알 수가 없다. 게다가 차량도 드문 시간이고 별로 멀지도 않
을 거리여서 이렇게 한참을 달릴 이유가 없는데.

“아저씨…… 여기가 어디예요? 우리 집 옥수동인데…….”

질질 늘어지고 꼬부라지는 말투로 물었더니 운전기사는 여전
히 말이 없었다. 시야가 넓어졌다 좁아졌다 하는 줌인 상태가
계속되는 가운데, 일순 여자로서의 본능적인 위험 신호가 오락
가락하는 정신을 화닥닥 깨어나게 했다. 혹시 이놈의 운전기사
가 엉뚱한 짓 하려는 거 아냐? 가슴이 철렁 내려앉아 얼른 운전
기사 쪽으로 고개를 돌렸다. 그래도 얼굴은 알아놔야 나중에 못
된 짓을 당해도 신고는 하지 싶어, 시민 의식을 갖고 용기를 내
었던 것이다. 처음에는 어렴풋하던 얼굴의 윤곽이 눈을 모으고
힘을 줬더니 점점 뚜렷해지기 시작했다. 그리고 완전히 선명한
해상도에 근접했을 때, 눈이 번쩍 뜨임과 동시에 취기가 싹 가
시고 말았다. 왼쪽 팔꿈치를 차창가에 대고 턱을 괸 채, 한 손으
로 느긋하게 운전을 하고 있는 사람이 다름 아닌 승채였기 때문
이다.

“너……!”

그때의 반가움이라니! 술이 확 깼다. 어디 그뿐인가. 얼굴에
절로 화색이 돌고 입가로는 반가움의 미소가 내려앉았으며 마
음이 설레다 못해 목이 다 메었다. 내가 어쩌다 이렇게 됐는지,

참. 그러나저러나, 이게 웬 귀신이 곡할 노릇인지. 도대체, 왜, 언제, 어디서부터 등장한 거지? 진채가 불렀나? 내 얼굴에서 웃음기가 싹 가시고 멍해진 틈에, 그는 내 쪽은 쳐다보지도 않고 태연스레 물었다.

"실컷 잘 놀았냐?"

그러더니 눈동자만 삐딱하게 돌려 힐끗 쳐다보며 한마디를 덧붙였다.

"춤 잘 추더라!"

특유의 느물거림과 빈정거림이 혼합되어 있는 말투에 나는 바늘 끝으로 양심이 콕 찔려 그를 빤히 응시했다. 그는 뭔가 잔뜩 불만인 얼굴로 운전만 하고 앉아 있었다. 가만있어 봐, 이제 보니 진채와 나를 계속 뒤쫓아 다닌 거 아냐? 자기가 스토커야, 뭐야? 그럼에도 지금 내게 중요한 것은 그것이 아니었다. 나이트클럽에서 아주 미친년처럼 무대를 휩쓸고 다닌 것이 더 아찔했다. 그때서야 대충 사태 파악이 된 나는 얼굴이 빨갛게 달아올랐다. 그게 뭐 그리 큰 창피라고 굳이 저 앞에서 주눅까지 들어야 하나 싶다가도, 내가 하는 꼴을 죄다 봤을 거라는 생각만 하면 저절로 목이 움츠러들었다. 결국엔 나도 괴로움의 몸부림을 쳐대고 있다는 게 모조리 드러난 셈이었으니 말이다.

"다…… 봤어?"

내가 기어들어 가는 목소리로 계면쩍게 물었더니, 그는 본격적으로 성질을 펄펄 냈다.

"도대체 춤추다가 옷은 왜 벗는 건데? 이층에서 보니까 아주 가슴이 훤히 들여다보이더라!"

그래도 할 말이 없어 나는 양 볼에 공기를 가득 불어넣고 앉아만 있었다. 그렇게 추했나? 춤추다 옷 벗어 던지면 멋있을 줄 알았지. 서현이는 섹시하기만 하던데. 그 짓도 아무나 하는 게 아닌 모양이다. 가만, 근데 왜 자기가 씩씩거리면서 화를 내는 거야? 옷은 내가 벗었는데. 내가 그만 뾰로통해져서 눈을 흘기며 신경질을 부렸다.

"남이야 벗든지 말든지 네가 무슨 상관이야? 그리고 거기까지 왔으면 아는 척을 하든지 합석을 하든지 할 일이지, 네가 스토커니, 몰래 따라다니면서 훔쳐보기나 하게?"

내가 바락바락 대들자, 그도 지지 않고 응수했다.

"형이랑 아주 신났더라! 블루스도 촌스럽게 그게 뭐냐? 매너 없이 딱 달라붙어 가지고."

그런 저는 서현이랑 안 그랬나?

"쫓아다닌 용건이나 얘기하셔. 왜 왔어?"

내가 시선을 매정하게 싹 돌리고 퉁명스레 묻자, 그는 그제야 뻗치던 열을 가라앉히고 툴툴거리며 말을 받았다.

"왜 오긴! ……보고 싶으니까 왔지."

"참나. 회사에서 보고, 아까 저녁 먹을 때 보고, 이제까지 뒤따라 다니면서 다 봐놓고 뭐가 또 보고 싶다는 거야? ……중얼중얼……."

"비 맞았냐? 뭘 그렇게 중얼거려?"

내가 입을 대발 내놓고 그를 째리며 말을 툭 내뱉었다.

"남이야!"

내가 삐쳤다 싶었던지 그는 목소리를 누그러뜨리며 넌지시 물었다.

"넌 나 안 보고 싶었냐?"

"네가 왜 보고 싶어? 약혼녀까지 있는 남자를."

"진짜 하나도 안 보고 싶었다고?"

이게, 사람 놀리나.

"그래! 눈곱만큼도 안 보고 싶었다, 됐니?"

"쳇!"

다시 침묵. 그렇게 골난 얼굴로 서로 딴 데만 쳐다보다가 차를 세우기에 창밖을 살폈더니 어느덧 우리 집 앞이다. 그리고 또 침묵. 할 말이 있는 것 같은데 입을 봉하고 앉아 있기만 해서 하는 수 없이 내가 먼저 풀죽은 목소리로 말을 꺼냈다.

"태워다 줘서 고맙다. 잘 가."

"한 번만 안아봐도 돼?"

에효. 그래, 네가 안 그러면 오승채가 아니지. 나는 가소로운 눈으로 그를 흘기며 핀잔을 주었다.

"네 약혼녀 있잖아. 그 예쁘고, 도도하고, 돈도 들입다 많고, 몸매까지 끝내주는 여자. 그런 여자 놔두고 왜 나를 안아? 가서 네 약혼녀를 안든지 이든지 지든지 맘대로 해!"

"아까 형이랑은 안았잖아!"

그는 되레 성질을 버럭 낸다. 대체 내가 진채를 안은 거랑 저가 나를 안아야 되는 이유랑 무슨 상관이 있느냐 그 말이지, 내 말은!

"그게 춤춘 거지, 안은 거니? 그리고…… 남이야!"

"에이, 씨……!"

그가 신경질적으로 한숨을 토해냈다. 처음부터 끝까지 뭔가 잔뜩 불만인 얼굴인 게, 틀림없이 진채와 내가 서슴없이 야한 춤을 춰댔기 때문이리라. 이층에서도 가슴이 훤히 들여다보였을 정도면 진채는 아주 깡그리 훑어봤겠군, 쩝! 낮에는 기품있게 굴기에 이제는 안정이 되어가나 보다 했더니 영 잘못 알았다. 진채랑 춤 한 번 춘 것 갖고 또다시 질투심에 불타오른 나머지 비가 철철 내리는 이 야심한 밤에 내게 생떼를 부리고 있는 그를 보자, 정말이지 어이가 없어 기도 안 막혔다. 내일 모레면 약혼할 놈이 맞는 건지, 원.

"한 번만 안아보고 갈게."

또 조르기 시작이다.

"됐어! 그놈의 한 번만에 속아서 결국 나만 따라지 만들어놓고, 나한테 한 번만 안자는 말이 나오니, 지금?"

"잠이 안 와."

난데없이 잠타령은.

"수면제 먹어, 서현 씨처럼 많이만 먹지 말고."

“나, 진짜 그냥 가?”

“누가 붙잡아? 누가 너더러 오랬냐고? 말 되게 많네. 신경질 나게, 정말!”

“너, 그때 내 바지는 왜 벗겼냐?”

얼레! 거저 가기 싫으니까 이제는 얼토당토않는 트집을 다 잡고 앉았다. 무슨 바지를? 하고 묻다가 일전, 술집 난동 사건 후 완전 실신 상태로 호텔에 실려갔을 때 낑낑거리며 죽기 살기로 바지를 벗겨주었던 게 기억났다.

“아, 그거야 바지 구겨질까 봐 그랬지. 그리고 편하게 자게 해주려고…… 뭐야, 치! 내가 뭐, 엉뚱한 짓이라도 했을까 봐? 웃겨, 진짜! 보려도 볼 것도 없겠더구만.”

“뭐? 어휴! 내가 왜 볼 게 없어? 그날은 술이 취해서…… 그런 거지.”

애, 진짜 왜 이러니? 며칠 동안은 곧 죽어나갈 얼굴이더니 오늘은 왜 이렇게 펄펄한 건데? 그나저나 내가 지금 얘랑 이런 이야기나 하고 있을 때가 아닌데. 한참 심각 모드로 잘 나가다가도 이 녀석만 끼었다 하면 어째 대화가 유치한 쪽으로만 흐르는 것인지.

나는 어깨를 한번 들썩 하여 팔짱을 끼고는 아예 대화를 접어볼 참으로 고개를 외로 꼬았다. 그런데 그는 목소리에 힘을 실어 단단한 어조로 묻는 것이었다.

“너, 나 안 잡는 거 진짜 후회 안 하지?”

잡는다고 될 일이었음 내가 미쳤다고 비 오는 날 술 먹고 싸 돌아다니겠는가.

내가 대답이 없자, 그는 재촉하듯 말을 이었다.

"나, 진짜 간다."

"가."

"……."

"안 가?"

그는 빤히 나를 쳐다보다가 힘없이 말을 내뱉었다.

"네가 내려야 가지."

힘……! 나는 멋쩍게 시선을 돌리고는 차 문을 열려 손을 뻗었다. 그것이 기회다 싶었는지 그가 냉큼 내 어깨를 끌어당겨 안았다.

"어머, 이러지…… 말라니까……."

아, 씨. 안겨 버리니 마음이 또 약해지네. 진짜 갈등 생긴다. 그냥 미친 척하고 붙잡아 버려? 그럼 이 녀석은 진짜 제가 가진 거 다 버릴 수 있는 놈일 텐데. 하지만 난? 그는 나를 옆으로 꼭 끌어안고 있다가 마땅치가 않았는지 내 어깨를 돌려 제대로 품에 안았다.

"실은 나, 오늘 마지막으로 찾아온 거야. 약혼식 일주일밖에 안 남았어. 오늘도 네 대답 못 들으면 진짜 마음 정리하려고. 말해 봐. 나, 정말 안 사랑해?"

"……."

"조금도?"

"……."

"눈곱만큼도?"

"……응."

그가 기운없이 나를 제 품에서 떨어뜨려 놓았다. 그리고는 시무룩하고, 울적하고, 서운한 얼굴로 나를 바라보았다. 나는 눈물이 핑 돌아 일부러 목소리만 높였다.

"나, 너보다 더 멋진 남자 만나서 잘 먹고 잘살 거야! 너보다 훨씬 잘생기고, 너보다 훨씬 착하고, 너보다 훨씬 매너도 좋고, 너보다 훨씬 돈도 많고, 너보다 훨씬…… 어른스러운 남자 만날 거야. 그러니까 걱정 마."

그는 윗입술을 비틀더니 혀를 끌끌 차며 투박지게 대꾸했다.

"행여나! 나나 되니까 너같이 못생기고, 성질 더럽고, 자존심만 들입다 센 여자를 좋다 그러지. 나 같은 남자가 어디 그리 흔한 줄 아냐? 내가 가진 거 다 포기하고, 너 하나 선택하겠다고 나오는데도 개뿔이나 가진 것도 없으면서 튕기는 이유가 뭔데? 그깟 알량한 자존심? 그게 뭐 밥 먹여줘?"

자기 말에 자기가 흥분하여 나중에는 침을 툭툭 튀겨가며 소리를 지르는 그를 보자, 하나 틀린 말은 아니라서 나는 마땅히 대꾸할 말을 찾지 못하고 눈알만 굴려대었다. 솔직히 하는 말이지만 그가 나 때문에 모든 걸 포기하는 게 싫다. 그가 가족들과 의절하고 살게 되는 것도 싫고, 나처럼 가난뱅이가 되는 것도 싫다. 아무리 내가 오 사장 내외나 유채가 밉고 싫다 해도 승채와 나로 인해 회사가 타격을 입고, 혹은 그 이상으로 아빠처럼 완전히 주저앉게 되는 걸 원치 않는다.

오늘이 마지막으로 온 거라 하니 가슴이 더욱 쓰라리지만, 그도 예전처럼 죽을 만큼 괴롭거나 아픈 것 같지는 않아서 편히 보낼 수 있으니 다행이었다. 그리고 그도 내 대답을 이미 알고 있었던 듯하다. 섭섭한 마음에 뿌루퉁해 있지만 그다지 절망스러운 얼굴은 아니라서 마음이 한결 놓였다. 오히려 가슴이 물컹해진 건 내 쪽이었다. 마지막이라니 정말 마지막 인사를 해야 하는 건가? 게다가 프로젝트가 끝나는 즉시 그는 서현과 떠날 것이고, 나도 회사를 그만둘 것이니 진정한 이별은 그때라고 생각했었다. 그런데 오늘이 마지막이라니 왠지 급작스럽다.

가슴에 서서히 물기가 차 올라 내 눈가가 뜨거워졌다. 젖어드는 눈을 안 보이려고 일부로 고개를 비틀어 유리창을 바라보았다. 바깥의 소음이 완전히 차단되어 유리창에 부딪치는 빗방울들이 마치 무성영화 화면 같다. 이제 무엇이든 결단을 내려야 할 시간이다.

"승채야."

"어."

"나랑 지금 별장 갈래?"

"뭐? 진짜?"

승채의 목소리가 번쩍 뜨였다. 틀림없이 눈도 희번뜩해졌을 것이다.

"응. 원래 너한테 약혼 선물 주려고 그랬는데, 오늘이 마지막이라니까 지금 아니면 기회가 또 없을 거 같아서."

"선물이 별장에 있어?"

"응, 저번에 거기 놓고 왔거든. 대신 그거 받고 나면 나 잊는 거다, 약속할 수 있지?"

승채는 내가 별장에 가자니까 좋아했다가 뭔가 불길한 낌새를 눈치챘는지 불안한 기색을 감추지 못하고 되물었다.

"무슨 선물인데 그래?"

나는 빙긋 웃어주며 활기차게 대답했다.

"받아보면 알아. 가자, 별장으로."

14

이제 그는 버게 사막이 아닌 오아시스다
먼 길을 방황한 끝에 드디어 찾아번 오아시스
오아시스 버 사랑, 오아시스 버 청춘

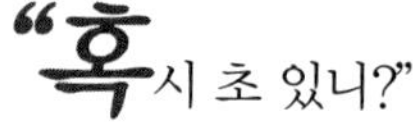

"혹시 초 있니?"

"초? 초는 왜?"

"촛불 켜놓고 싶어서."

"글쎄…… 아! 잠깐만."

별장에 도착하여 침대 방으로 들어가자마자 내가 초를 찾자 그는 지난 크리스마스에 쓰던 게 있을 거라며 붙박이장 안을 뒤졌다. 그가 꺼내 든 종이 상자 안에는 크리스마스 장식물들과 함께 다양한 모양의 초들이 들어 있었다. 나는 그중 맘에 드는 것으로 세 개 정도만 골라내어 침대 머리 탁자 위에 키 순서대로 가지런히 올려놓았다.

“라이터 줘봐.”

승채가 건네준 라이터로 초 삼 형제에 불을 붙인 뒤 방 안의 불을 껐다. 그는 내내 흥미로운 표정으로 내가 하는 모양을 지켜보고만 있었다. 내가 그의 손을 끌어 침대 끝에 앉혀놓았다. 그리고 그 앞에 서서 명령했다.

“자, 이제 눈 감아.”

승채는 착하게도 순순히 눈을 감으며 물었다.

“대체 무슨 선물인데 이렇게 절차가 복잡해?”

“내가 눈 뜨라고 할 때까지 절대 눈 뜨면 안 돼. 알았지? 실눈 떠도 안 돼. 그거 반칙이다. 그럼 무효 처리 해버릴 거야.”

“알았어. 뜸들이니까 더 궁금하네. 비싼 거야?”

슬쩍 짓궂은 미소를 입가에 담으며 그가 농담처럼 물었다.

“그럼! 돈으로 따질 수 없는 거지. 세상에서 단 하나밖에 없는 거거든.”

“하나밖에 없는 거? 아, 알았다! 네가 직접 만든 거구나.”

“만든 건 만든 건데 내가 만든 건 아냐.”

“그럼 누가 만든 건데?”

“뭐, 정확히 따지자면 신의 작품이라고 할 수 있지. 세상에서 가장 오묘하고 아름다운 작품.”

“되게 거창하네. 아니기만 해봐…… 근데 아직 멀었어?”

“다 됐어. 자, 이제 하나 둘 셋 하면 눈 뜨는 거다. 하나…… 둘…… 셋!”

제법 기대에 찼을 승채는 눈을 뜨자마자 충격을 머금고 그대로 굳어버렸다. 자식! 감격 먹기는.

"자, 선물!"

"……리, 리…… 야……."

그는 어울리지도 않게 말까지 더듬거렸다.

"안 받고 뭐 해? 계속 그렇게 쳐다보고만 있음…… 내가 민망하잖아."

나는 얼굴이 붉게 달아오르는 걸 느끼며 두 손을 얌전히 뒤로 돌리고, 몸을 살짝 꼬았다. 승채는 장승처럼 굳어 있다가 어느 순간 눈을 두어 번 껌벅대며 정신을 화닥닥 차렸다. 마른침을 꿀꺽 삼키는 소리가 내 귀로도 확연히 들려왔다. 마치 맛 좋은 음식을 눈앞에 둔 사람처럼. 그렇기도 할 것이다. 나는 팬티와 브래지어만 입으려다가 도저히 쑥스러워 안 되겠기에 얇은 슬립 티 한 장은 초보 예의상 걸쳐 주고, 미스코리아 포즈로 서 있었으니 말이다.

나를 보자마자 환장하여 덤벼들 줄로만 알았는데, 녀석은 좀체 손가락 하나 까닥할 기미도 보이지 않았다. 그저 내 얼굴만 넋이 빠져라 쳐다보고 있다. 안 그래도 부끄러워 시선을 어디다 둬야 할지 몰라 죽을 지경인데 이건 꼭 저는 순진한 총각이고, 나는 순진한 총각 홀리러 온 옹녀 같은 분위기가 되어버렸다. 여자가 대범하게 옷을 벗었으면, 남자가 알아서 뒷수습을 해줘야 진도가 나가는 건데. 쪽팔리니까 눈물이 다 나려고 하네. 에

잇, 무효 처리 해버릴까 보다!

내가 점점 울상이 되어가자, 힘겹게 숨만 고르고 앉아 있던 그가 그제야 침대 위를 디디고 있던 손을 들어 내 허리를 잡아 끌어당겼다. 주춤주춤. 나는 초보답게 약간 미적거리며 그의 앞으로 다가가 섰다. 그가 가만히 내 허리에 팔을 두르면서 끌어안았다. 뜨끈하게 달아오른 내 배 부위에 제 얼굴을 들이대고도 한동안 그런 자세로 움직일 줄 몰랐다. 나는 머쓱해서 뒤로 돌려놨던 손을 내밀어 조심스레 그의 머리를 감싸 안았다.

"……고마워."

들릴 듯 말 듯 목 메인 그 소리에 나도 그만 가슴이 뭉클해져서 눈물이 핑 돌았다.

"잘 써야 돼. 단 한 번뿐이니까."

단 한 번뿐이라는 내 말에 가슴이 더 아려와서 입술을 지그시 깨물어 눈물을 참고 있으려니, 그는 내 배에서 제 얼굴을 떼고 나보다 더 젖은 눈을 들어 올려다보았다. 나는 겨우 미소를 지어 보이며 그의 앞머리를 손빗으로 쓸어 넘겨주었다. 그리고 허리를 구부려 그의 입술에 내 입술을 가만히 포개었다. 어떻게 해야 하는지, 이렇게 시작하는 게 맞는지 잘은 모르겠으나 오늘 밤만은 내 마음이 가는 대로, 또 그가 원하는 대로 나를 맡겨볼 생각이다.

살며시 포개어진 입술에 조금 힘을 주어 그의 입술을 빨아들였다. 젤리처럼 말랑하고 쫄깃한 입술이 내 입 안에 달콤하게 가득 찼다. 잠시 입술을 떼었다가 재차 그의 달아오른 입술을 건드리며 입으로 물고, 빨아 당겼다. 그의 부드러운 머리카락 속에 손을 넣어 쓰다듬어 보고, 그의 뜨거운 목덜미를 어루만져도 보았다. 그가 두 손을 들어 내 뺨을 감싸고, 깊게 내 입술을 끌어당겼다. 내가 먼저 그의 입 안으로 혀를 밀어 넣어 그의 혀에게 인사를 건넸다. 안녕, 너에게도 이게 마지막이겠구나. 그동안 자주 인사하지 못해 미안해, 용서하렴. 오늘 우리, 그동안 못한 회포 몽땅 풀어버리자꾸나. 내가 적극적으로 나오자, 그의 혀도 분주히 내 혀를 감싸고 뒤엉켜 마침내 우리의 몸 중 가장 먼저 하나를 이루었다.

그가 내 허리를 끌어당겨 자기 허벅지 위에 앉혔다. 우리의 몸은 완전히 밀착되어 서로를 강하게 끌어안았다. 서로의 몸을 정신없이 더듬고 쓸어 올리며 잠재되어 있던 욕정의 불을 죄다 불러일으켰다. 격렬하던 키스에 이어 그의 입술은 내 목덜미로 파고들고, 나는 고개를 뒤로 젖혀 그가 애무하기 편하도록 배려해 주었다. 맞닿은 하체의 중앙부에 불룩하고도 딱딱해진 그의 성기가 느껴진다. 귓전을 아릿하게 퍼져 나가는 그의 은밀한 숨소리. 내 가슴을 두근거리게 하고, 설레게 하고, 흥분을 일으키게 하는 그 소리. 한껏 차 오른 그의 욕정이 급히 내 슬립 티를 몸에서 걷어내고, 그의 손에 의해 풀어진 브래지어가 방바닥에 툭 떨어져 나갔다. 나는 이제 하얀 가슴을 고스란히 드러낸 채 그의 품에 안겨 있다. 그가 내 엉덩이를 손으로 받쳐 들어 올리면서 오른쪽 젖가슴을 입으로 물었다. 나의 입술 새로 숨 가쁜 호흡이 토해졌다.

"하아……!"

어느새 탱탱하게 불거진 내 유두를 살짝 깨물고 혀끝으로 간질이며 애무하던 그는 그대로 몸을 돌려 나를 침대 위에 조심스레 뉘였다. 내가 불안하게 보였는지 짧은 입맞춤을 해주고, 일어나 서둘러 옷을 벗기 시작했다. 촛불에 비껴 서서히 드러나는 그의 알몸을 나는 수줍고 또한 긴장된 눈으로 바라보았다. 와이셔츠 앞 단추를 하나하나 끄르자, 나풀 벌어지는 그 틈에서 매끈하게 내리 솟은 가슴과 단단하게 배치된 배의 골격이 촛불에 어른거렸다.

그는 침대 위에 누워 있는 나를 이글거리는 눈으로 내려다보며 소매 단추를 끄르고, 곧이어 와이셔츠를 몸에서 완전히 벗겨내었다. 그의 탄력있고 윤기나는 몸매가 마냥 사랑스럽고 신기해서, 그가 바지와 팬티를 벗는 것까지 숨죽여 지켜보았다. 포르노 비디오 외에 남자의 성기를 본 게 그때가 처음이어서 나도 모르게 흠칫 몸을 떨었고, 느슨해졌던 신경세포들이 바싹 긴장하여 일어서면서 일순간 심장이 확 오그라들었다. 그때부터 내 호흡은 불규칙하게 이어지기 시작했다.

내 발 아래로 다가온 그는 무릎을 꿇고 앉아 내 발가락부터 출발하여 서서히 종아리와 허벅지를 쓰다듬고 핥으며 올라왔다. 마치 새로이 자기 것으로 빚어내는 작업인 양 충실히 이행

했다. 그 의식은 너무나 진지하고 세심하여 어떤 숭고함마저 자아내었다. 그의 부드러운 혀끝에 나는 처녀의 허물을 벗고, 새로이 태어나고 있었다. 내 몸의 가장 깊은 곳, 그 미지의 세계가 그의 손에 닿았다. 그러자 내 안에 웅크리고 있던 무언가가 요동치며 긴장했던 신경들은 불일 듯 일어나 피부를 간질이고, 유두 끝은 따끔거렸다.

그는 내 몸을 감추고 있는 마지막 팬티를 손끝으로 벗겨냈다. 내 음모를 부드럽게 쓰다듬는 그의 손길이 긴장으로 떨리고 있다. 그가 내 다리를 양 옆으로 조심스레 벌린 후, 어느새 촉촉이 젖어든 그곳에 얼굴을 파묻었다. 그리고 정성껏 나를 준비시켰다.

"하악!"

그의 혀가 노크를 시작했기에 내 입술 또한 살짝 벌어지며 흥분에 찬 신음 소리가 거침없이 흘러나왔다. 엉덩이와 침대 위를 디뎠던 두 다리에 힘이 들어감과 동시에 허리가 들썩여졌다. 그가 두 손으로 내 허리를 감싸 쥐듯 받치고 다시 한 번 혀끝을 깊이 밀어 넣었다. 혀의 움직임에 따라 내 몸은 어쩔 수 없이 조금씩 뒤채었다.

"하아, 하아, 하…… 아아, 아……!"

처음 섹스를 할 때 누구나 본능적으로 갖게 되는 두려움. 그를 받아들이지만 익숙하지 않은 몸은 여전히 조심스럽고 무섭고 힘겹기만 하다. 나는 지금 여자가 되는 법을 몸을 통해 아련히 터득해 가고 있다. 호흡 소리는 점점 더 가빠져 가고 숨이 끊어질 듯 가슴이 탔다. 침대보를 움켜잡았던 손을 뻗어, 나도 모르게 그의 머리칼을 쥐었다.

"아아……!"

그는 내게 사막이다. 끝이 없으며 때로는 황량하게, 때로는 아름답게, 그리고 뜨겁게. 나는 지금 사막을 헤매고 있다. 입 안에 가득 고이는 침으로도 견딜 수 없이 목이 말라왔다. 목구멍에서 갈갈 끓는 소리에 승채의 입술이 비로소 그곳에서 물러나 내 배꼽과 허리를 타고 올라왔다. 그의 입술이 스치는 곳마다 내 몸은 파르르 작은 경련을 일으켜 댔다. 가슴 부근까지 와서는 혓바닥을 쑥 내밀어 작은 둔덕을 향해 거침없이 밀고 올라와 순식간에 유두를 입 안에 가득 빨아 넣고 점령해 버렸다.

"하아악…… 하악……!"

그가 다른 가슴을 손으로 거세게 움켜쥐자, 내 입에서는 짜릿한 고통의 비명이 터져 나왔다. 곧이어 그가 쥐었던 가슴마저 그의 입속으로 함몰되어 갔다. 혀끝을 세차게 놀려 내 유두를 간질이자, 나의 가장 깊은 그곳도 서서히 조여지며 은근한 흥분이 온몸을 타고 구석구석 퍼져 나갔다.

내 손을 더듬어 깍지 끼고 세게 움켜쥐는 그의 손바닥이 땀으로 흥건하다. 그리고 발기될 대로 발기된 그의 성기가 마침내, 나의 가장 깊숙한 골짜기로 단번에 푹 찌르며 박혀왔다. 찰나 내 머리 속도, 마음도 하얗게 비워지면서 자유로운 한 손으로 그의 어깨를 세게 끌어안고 이를 악물었다. 깨문 입술도, 꼭 감긴 눈도, 땀과 침으로 번들번들해진 피부도, 강력한 공격 한 방에 타격을 입고 심한 경련을 일으켰다. 내 귓가에는 그가 내게로 들어올 때 내지르던 광희(廣熙)의 신음 소리가 아득하게 맴돌고 있었다.

단전을 중심으로 그와 맞닿은 아랫도리 부위가 뻐근해지면서 굉장한 통증이 단숨에 심장까지 타고 올라와 호흡을 정지시켰다. 이대로 죽는 건 아닐까 싶을 정도의 극심한 통증이었다. 내 고통을 덜어주기 위해 꽉 움켜쥐었던 손을 놓고 잠시 동작을 멈추었던 그가 천천히 허리를 움직이기 시작했다. 그제야 나는 내 심장이 멈추지 않고 다시금 박동하고 있음을 느꼈다.

그가 나를 편안히 품에 안은 채 격했던 호흡을 따스한 입맞춤으로 조절해 주고 있다. 우리의 호흡은 곧 알맞게 뒤섞이며 아름다운 화음을 이루어갔다. 내 몸도, 그의 몸도 하나가 되어 흔들렸다. 우리의 몸은 드넓은 바다 위에 작은 물결을 일으키며 오래도록 떠다녔다. 가끔은 거센 파도를 타고, 때로는 사선을 넘나들기도 하면서. 그럴 때에는 그가 나를 더욱 세게 품에 보듬어 안아주었고, 두려움과 아픔과 사랑의 고통에 몸부림쳐 대는 나를 쓰다듬고 입맞추면서 용기를 주고 달래주며 위로를 아끼지 않았다. 내 눈가로 흐르는 눈물과 이마로 배어나오는 땀줄기를 핥고 닦아주면서도 나를 자꾸만 뜨거운 불 속으로 안고 들어갔다. 그는 멈출 줄도, 지칠 줄도 모르는 열정으로 더욱더 강해져서 끊임없이 내 속을 파고들어 왔다. 이제야 그를 어렴풋하게나마 인식한 내 몸 역시 서서히, 그러나 조심스럽게 그를 조이고 반응하기 시작했다.

"헉, 헉, 헉……!"

승채는 격정의 신음 소리를 내 귓가에 연신 쏟아 붓다가 왼쪽 팔을 들어 내 다리 한쪽을 걸고는 마지막 힘을 내어 거세게 내 몸을 몰아붙였다. 내 머리 속이 말갛게 비워져 가는 그때에, 승채가 절정에 다다르는 비명을 내질렀다.

"어억……!"

그 비명을 끝으로 그가 내 몸 위로 털썩 쓰러졌다. 들썩이는 그와 나, 숨차게 달려온 끝이라 가슴의 벌렁거림은 한동안 이어졌다.

한참 만에 겨우 눈을 뜬 나는 내 옆에 엎드려 있는 그의 얼굴을 바라보았다. 약간 입을 벌린 채 가쁜 숨을 내쉬고 있는 그의 이마 위로 땀방울이 또르르 굴러 떨어졌다. 나는 손가락 하나 까닥할 기운이 없는데, 그는 손을 들어 내 볼을 감싸더니 이마에 입술 도장을 꾹 찍고는 나지막이 속삭였다.

"선물…… 고마워."

미친 듯 갖고 싶었던 그 무언가를 드디어 쟁취한 뒤에 품는 미소가 얼마나 행복한 것인지, 나는 그때 그의 미소를 보고 깨달았다. 또한 그가 얼마나 멋진 남자인지도.

"오승채…… 사랑해."

그의 눈에 금세 스며드는 눈물을 보자 나도 그만 눈물을 뚝뚝 떨어뜨렸다.

“그리고…… 미안해.”

흐느끼며 가슴에 늘 품고 있었던 그 말을 덧붙였다. 그가 나를 끌어다 품에 안으며 이마에 또다시 입맞춤을 하고는 내 등을 길게 쓰다듬어 주었다. ‘쉬이’ 하는 소리로 나를 얼러주며. 나는 그의 가슴에 얼굴을 묻고 복받쳐 오르는 눈물을 더 이상 참을 길 없어 하염없이 쏟아내고 또 쏟아냈다.

이런 게 남자의 향이라는 것인가 보다. 그의 품에 안겨 있다 보니 문득 그의 체취가 오늘따라 더욱 진하게 전달되어 오는 듯하다. 그는 이제 편하게 드러누운 자세로 한 팔을 내게 주고, 다른 한 손으로는 내 손끝을 자기 가슴에 올려놓고 만지작대며 장난이었다.

“이제 좀 괜찮아?”

“응, 괜찮아. 선물 어땠어? 감동적이었어?”

“어, 지금까지 받아본 선물 중에서 최고로 멋지고 소중한 선물이었어. 결코 잊지 못할 만큼.”

“다행이다, 난 네가 실망하면 어쩌나 했는데.”

“어떻게 그런 선물을 할 생각을 다 했어?”

“글쎄…… 선물은 주고 싶은데 마땅히 할 게 없더라. 그래서 네가 제일 갖고 싶어하고, 좋아할 선물이 무얼까 생각해 봤지.

그게 바로…… 나일 것 같더라고.”

내 손가락을 만지작대는 그의 손가락을 보자 문득 가슴이 먹먹해진다. 일주일 후면 그의 손가락에 약혼반지가 끼어지게 되겠지. 그는 서현의 남자가 되는 것이다. 그가 걱정스레 물었다.

“너, 진짜 견딜 수 있겠어?”

“그럼, 너만 잘 견뎌주면.”

“내가 지금처럼 서현이를 안아도 아무렇지 않을 자신 있어?”

“…….”

“난 네가 다른 놈하고 손만 살짝 스쳐도 미칠 것 같은데.”

심장이 난도질당하는 듯 예리한 통증이 내 갈비뼈를 뻐근하게 만들었다. 이번엔 내가 그의 손가락 끝을 만지작거리며 말했다.

“약속했잖아, 안 그러기로.”

심장이 멀쩡하지 않으니 금세 목소리가 젖어들었다.

“무슨 약속?”

“나, 잊기로 한 거.”

나는 그에게 다시 한 번 상기시켜 주었다.

“그런 약속 한 적 없는데.”

또 딴소리. 손장난을 멈추고 몸을 일으키려 하자, 내 예민한 반응에 승채는 얼른 내 손과 어깨를 움켜잡아 못 일어나게 했다.

“아까 약속하고 온 거잖아!”

툴툴거리는 내 말에 그는 음흉한 웃음을 웃으며 엉뚱한 소리를 지껄여 댔다.

"으흐흐, 약속이란 깨라고 있는 거지."

"뭐야?"

내가 눈을 부라렸고, 그는 옆으로 돌아눕더니 내 얼굴을 빤히 들여다보며 말했다.

"내가 널 어떻게 잊어? 내 가슴에 너무 깊이 새겨져서 평생이 걸려도 다 못 지울 텐데. 넌 나 잊을 수 있니? 오승채란 남자, 잊고 살 수 있어? 너, 나 사랑한다며?"

"……."

"너, 나 없으면 못산다며?"

"뭐?"

"아까 나이트 룸에서 나한테 안겨 가지고 펑펑 울면서 그랬잖아."

허거덩! 뭐, 뭐야, 지금 이 상황은? 그럼 아까 진채가 화장실에 갔다가 다시 들어온 게 아니고, 내가 말하지 말아달라고 신신당부했던 사람이 승채였단 말이야? 결국 당사자를 앞에다 두고 그딴 얘기를 했다는 거 아냐? 내 눈이 점점 더 동그랗게 커져 가는데, 그는 오히려 가느다랗게 눈꼬리를 늘이며 장난기 어린 웃음을 담았다. 그리고는 엄지손가락 끝으로 놀라서 벌어진 내 입술을 쓰다듬으며 말을 이었다.

"언젠가 내가 말했지, 틀림없이 네가 날 사랑하게 만들 거라고. 넌 이제 내 거야. 네 몸도, 네 마음도, 네가 가진 것 전부 다. 그 누구한테도 빼앗기지 않을 거야. 그러고는 내가 못살아. 넌 내 심장이니까."

"하지만……."

"걱정 마. 그거…… 해결됐어."

내 눈이 번쩍 뜨였다.

"뭐라고? 어, 어떻게? 서현이 포기하겠대?"

"그건 아직 아니고, 아무튼. 내가 형이랑 내기에서 이겼거든. 열쇠가 형이라서."

"진채 오빠?"

"어."

가만. 이야기가 이상하게 돌아가네. 아니, 그럼 해결됐는지 뻔히 알고도 마지막 어쩌고 주접 떤 건 뭐야? 그리고 진채는 왜 요상한 소리들을 늘어놔서 사람 마음을 헷갈리게 만든 거지? 이 두 남자, 나를 놓고 대체 무슨 일을 꾸민 거야? 그럼 어차피 해결된 일에 나는 또 여기까지 뭐 하러 온 거냐고?

승채는 내 표정이 무섭게 되살아나자 짐짓 딴청이었다.

"아니, 그렇게 해결될 거면서 왜 진작 말 안 했어?"

"그럼…… 오늘 너랑 여기 못 올 거잖아."

"뭐? 그럼 너, 오늘 내가 여기 오자고 할 줄 알고 있었단 말이야?"

"꼭 그런 건 아닌데, 이렇게 근사한 선물까지 준비했을 줄은 미처 몰랐지. 난 정말 네 소원대로 결혼할 때까지는 어떻게든 지켜줄 생각이었는데 말이야."

그는 재밌어 죽겠는 표정으로 빙글거리며 계속 약을 올리고 있었다. 나는 그제야 그에게 당했음을 알고, 내 바보 같은 오버에 할 말을 잃고 말았다.

"근데 너 보기보다 되게 섹시하더라. 너랑 나랑 오늘 처음인데, 꼭 처음 아닌 것처럼 느낌이 아주 이상했어. 넌 그런 거 느낄 정신도 없었겠지만 말이야."

그는 감미로운 꿈을 꾸는 듯 내 입술을 손끝으로 살살 쓸면서 중얼거렸다. 그러더니 사뭇 눈빛이 달라졌다. 또 신호가 온 모양이다. 한순간 발기된 그의 성기가 내 허벅지를 찌르고 올라왔다. 내가 화들짝 놀라 하체를 뒤로 물렸더니, 그는 허리를 쓱 끌어당겨 아예 밀착시켜 버렸다. 화끈.

"말해 봐. 너도 나 원하지?"

나는 부끄러워 머뭇거렸다.

"내가 너 만지고, 쓰다듬고, 입맞추는 거 좋지?"

아씨, 그걸 또 꼭꼭 짚어내네.

"나, 너한테 매일 이렇게 해주고 싶은데."

나는 그가 한때 지나가는 소낙비인 줄 알았다. 가랑비에 옷 젖는다고, 나 역시 어느 순간부터인가 오승채라는 남자에게 흠뻑 젖어 있었음을 깨달았다. 그는 열여덟 반항적인 소년에서 어느덧 근사한 남자가 되어 나를 사랑에 젖게 만들었다. 누구라도 이런 남자에게 사랑을 느끼지 않을 수 없으리라. 내가 그의 여자인 것에 감사하고, 그가 나의 남자인 것에 행복하다. 사랑에 빠진 그와 나. 어쩌면 우린 예정된 운명 속에서 좌충우돌하며 여기까지 달려온 것인지도 모른다. 이제 그는 내게 사막이 아닌 오아시스다. 먼 길을 방황한 끝에 드디어 찾아낸 오아시스. 오아시스 내 사랑, 오아시스 내 청춘.

"내가 말했었지. 내가 진짜 널 사랑하게 되면, 네가 날 사랑하는 것보다 내가 널 더 많이 사랑하게 될 거라고. 오승채, 널 사랑해. 이 세상 그 누구보다도."

나는 그의 코끝과 입술을 사랑스럽게 비벼댔다. 그가 내게 했던 것처럼 그를 구석구석 세심히 애무하고 보듬으며 사랑해 주었다. 그 밤, 우리는 너무나 황홀한 미지의 세계를 탐험하고, 서로의 바다에 풍덩풍덩 몸을 담그며 헤엄쳤다. 아리따운 신음, 경쾌한 몸놀림. 내가 그가 되고, 그가 내가 되어 우리는 그렇게 또다시 하나가 되어갔다.

승채의 말을 빌자면, 결국 확실한 투자가만 잡으면 모든 게임이 종료되는 상황이라는 걸 인식하고 진채를 꼬시기 시작했다는 것이다. 워낙 몸값이 상승세를 타고 있는 진채인지라 주위에 널린 재벌가의 딸들 중 하나만 찍어 평생 몸 바쳐 충성하면 되지 않겠느냐는 결론이었다. 그러나 진채가 승채의 억지를 들어줄 리 만무했다. 때문에 승채는 죽어가는 동생을 위해 제발 한 번만 눈 딱 감고, 이제는 나이도 안 맞게 방황 그만 하고 한 여자에게 안주해 달라 통사정을 했다 한다. 그리고 덧붙여 내 마음을 확실히 떠봐달라는 부탁까지. 내가 저를 진짜 사랑하는지 안 하는지 고백만 받아내 달라고. 만약 진채의 유도신문에도 사랑한다는 고백이 안 나오면 그야말로 포기하려 했다고. 우습게도 승채는 진채가 내게 했던 진지한 대화들을 토씨 하나 안 틀리고 고대로 따라 읊었다. 특히 그 부분.

"사랑하고 싶어, 너라면."

그건 진채가 여자를 꼬실 때 써먹는 첫 단계 수법이라나. 아무래도 진채는 내가 자기한테 넘어갈 거라고 확신을 했던 것 같다. 그런 데다 대고 몇 시간 내내 승채 얘기로만 도배를 해놨으니. 아니, 어쩌면 처음부터 승채가 제안한 억지 내기에는 관심이 없었을지도 모른다. 그는 우리가 잘되기를 바라는 유일한 사람이었으니까. 굳이 내기를 하지 않았어도 과거의 방탕했던 생활을 청산하고, 사업적 관계로 시작하는 사랑에 미래를 걸려 했던 건 아니었을지.

돌아오는 길에 우리는 시골의 작은 교회에서 결혼식을 하자는 즐거운 계획과 함께 신혼여행은 어디로 갈까 하는 의견까지 모았다. 내가 프랑스 파리에 가보는 게 소원이라 했더니 그도 선뜻 그러자 동의를 해주었다. 그때 우리는 행복과 환희에만 파묻혀 감히 어떤 위기가 우리 앞에 뱀처럼 똬리를 틀어 도사리고 있을 줄은 전혀 예견치 못했다.

다음날, 회사에 출근했을 때 사장의 호출이 기다리고 있었다. 출근하자마자 호출이라 나는 바짝 긴장한 채 사장실로 향했다. 이제 믿을 수 있는 건, 승채의 아무 걱정 말라던 장담뿐이었다.

사장실 안에 들어가자, 오 사장이 침울한 표정으로 소파에 앉아 있었다. 근엄한 표정이 아닌 침울한 표정이란 게 몹시도 불안감을 불러일으켰다.

"부르셨습니까, 사장님?"

공손히 인사하는 나를 초조한 낯빛으로 바라보며 오 사장이 소파에 앉으라고 권했다. 쌀쌀맞게 대할 줄 알았던 나는 그의 호의에 더욱 긴장하지 않을 수 없었다. 내가 다소곳이 소파에 가서 앉았고, 그는 불안스레 검지 끝으로 소파를 톡톡 두드렸다.

"서현이에게 얘기 들었다. 어제 승채와 별장에 갔었다고?"

승채와 별장에 간 걸 서현을 통해 들었다는 말에 나는 심장이 덜컥 내려앉는 느낌이었다. 그걸 어떻게 서현이 알고 있을까? 그러다 불현듯 승채가 내게 그랬던 것처럼, 그녀 역시 승채의 뒤를 계속 쫓고 있었던 건 아닐까 추측이 됐다. 지독한 애착.

입 안이 바짝 말라붙는 것 같아서 나는 마른침을 꿀꺽 삼킨 뒤, 그 물음에 대답했다.

"예, 맞습니다."

"원하는 걸 말해 보거라. 승채만 빼고, 네가 원하는 걸 해주마."

가까스로 격분을 삼키는 그의 목소리에 나는 오한이 들었다. 승채를 놓고 그는 내게 타협을 원하고 있는 것이다. 괜한 웃음이 입가를 비집고 새어나왔다. 천천히 고개를 들어 오 사장을 바라보았다. 오 사장도 짐짓 불쾌한 눈초리로 나를 똑바로 응시했다.

"제가 원하는 건…… 승채뿐입니다. 이젠 다른 그 무엇과도 바꿀 수 없게 되어버렸거든요."

"나 역시 그렇다. 내가 단지 돈 때문에 승채를 볼모로 붙잡고 있다고 생각하니?"

"회사가 어떤 위기에 처할지 잘 알고 있습니다. 그래서 물러나려 했던 거구요. 하지만 승채 말로는 진채 오빠가 다른 투자가를 충분히 찾을 수 있다고……."

"아니! 이제 와서 누가 투자가이냐 하는 것이 내게는 중요하지 않다. 내가 원하는 건 내 아들이 한낱 사랑 때문에 다른 이외의 것들을 모두 잃지 않게 되는 거다. 승채는 내 아들이다. 승채와 걸맞는 여자를 배필로 맺게 해주고 싶어. 나를 졸렬한 아버지라 비난해도 좋다. 비겁하다 해도 좋다. 하지만 최서현, 그 아이를 버리고 널 얻음으로 해서 내 아들이 비난을 받게 되는 건 참을 수 없다. 내가 너에게 해줄 수 있는 한도 내에서 얘기하거라. 그렇지 않으면……."

그 대목에서 그는 어떤 강압적인 결정을 할 태세로 이를 악물었다. 하지만 나는 어쩐지 두렵지 않았다. 외려 그가 내게 무슨

짓을 하든 만반의 준비를 한 여자처럼 마음이 돌판같이 단단해
졌다.

"널 강제로라도 이 나라에서 내쫓겠다. 내가 그 정도도 못할
거라고 생각지는 않겠지?"

나는 빙긋이 미소 지었다.

"물론입니다. 그보다 더한 거라도 하시겠지요. 하지만 제가
이 나라가 아닌 그 어느 나라에 있든 그건 중요하지 않습니다.
왜냐하면 전 승채를 믿으니까요."

사랑을 믿는다는 것이 이토록 용감해질 수 있는 요건이 될 줄
이전엔 미처 몰랐었다. 이 달콤한 승리감. 그러나 그것도 잠시,
오 사장이 다음으로 행한 태도에 나는 깜짝 놀라고 말았다. 이
를 꾹 깨문 채 그가 소파 아래로 내려서더니 무릎을 꿇었던 것
이다. 내 눈은 경악에 찼고, 그는 떨리는 목소리로 말했다.

"내가 이리 부탁하마. 떠나다오. 내게서 승채를 앗아가지 마
라. 내가 널 끝까지 미워하지 않게 해다오. 돈이 필요하냐? 원하
는 대로 주겠다. 하지만 내게 승채는 그 이상이다."

승채만을 믿고 오만했던 내 사랑은 그렇게 다시 한 번 땅으로
추락하고 있었다. 다시는 부서질 것 같지 않던 마음의 돌판도
그 순간 산산조각이 되어 흩어졌다. 내 아버지와도 같은 사람이
자식 같은 내게 무릎을 꿇었다는 것이 무슨 의미를 부여하는지
철저히 깨달았고, 그것으로 나는 처참한 패배를 인정해야 했다.

그날 저녁, 모두가 퇴근을 하고 난 빈 사무실에서 승채를 만

났다. 나의 참담함에 비해 그는 무척 여유로워 보였다. 마치 아버지가 그렇게 나오리란 걸 예상이라도 한 듯이. 승채의 마음을 의심하는 건 아니지만 패배감이 너무나도 큰 탓에 나는 기력이 하나도 없었다. 힘없이 책상에 기대앉아 있자니, 그가 다가와 나를 품에 꼭 껴안았다.

"당장 허락받아 낼 수 있을 거라고 생각 안 했잖아. 기다려 보자. 형이 새로운 투자가만 찾으면 모든 일, 다 해결돼."

"그러기엔 시간이 너무 없어. 일주일이면 네 약혼식이라구. 그런 다음에 투자가를 찾아내 봐야 무슨 소용이야?"

승채가 나를 품에서 떼어내고 대신 볼을 감싸 내 눈동자를 똑바로 들여다보았다. 나의 눈 안에는 어느새 눈물이 하나 가득 고여 있었다.

"바보야, 나 약혼 안 한다고 몇 번 말해? 안 할 거야. 서현이랑 헤어질 거라구."

"그럼 회사는?"

"투자가가 빠지면 회사가 휘청하는 건 사실이지만, 당장 망하지는 않아. 그리고 이제 거의 마무리 단계잖아. 잘될 거야. 염려 마."

"사장님께 프랑스 협력회사로 가겠다고 말씀드렸어."

"뭐?"

펄쩍 뛰는 승채를 향해 나는 억지로 생긋 미소 지었다.

"내가 없어져야 모두들 안심할 것 같아서. 그러니까 투자가도 새로 찾고, 프로젝트도 성공시켜서 나중에 나 찾으러 와.”

승채는 안색이 하얗게 질렸다가 내가 결심을 굳힌 걸 알고 한동안 아무 말 없이 바라보기만 했다. 그의 얼굴을 똑바로 마주하기가 안쓰러워서 이번엔 내가 그를 꼭 껴안아주었다.

“승채야, 나…… 찾으러 올 거지?”

승채도 비로소 나를 마주 안으며 울먹였다.

“나, 한시라도 너 없음 안 되는 거 알잖아. 그냥 안 가면 안 돼?”

“신혼여행, 내가 먼저 가 있다고 생각할게. 나, 그동안 너무 힘들었잖아. 좀 쉬고 싶어. 그러니까 너도 내 몫까지 열심히 해서 프로젝트 반드시 성공시켜. 알았지?”

“응, 그럴게. 꼭 그렇게 할게. 미안해, 리야. 너 혼자 그 먼 데로 가게 해서.”

그는 나를 한 번 힘 주어 안더니, 오래도록 등을 쓸어주고 키스해 주며 얼마 남지 않은 이별을 아쉬워하고 또 아쉬워했다. 그리고 이틀 후, 나는 영영 돌아오지 못할 길을 떠나는 사람처럼 무거운 마음으로 프랑스 파리행 비행기에 올랐다. 그때가 프로젝트를 완성하기 삼 개월 전이었다.

*

콩코드 광장에서 개선문을 바라보며 상젤리제 거리를 걷다

보면, 길의 좌측에 있는 카페 푸케(Fouquets). 빨간 차양막이 도드라지게 눈에 뜨이는 그곳은 백여 년의 역사를 자랑한다. 칼바도스를 즐겨 마시던 작가 레마르크가 '개선문'을 써서 더욱 유명하고, 심슨 부인과 결혼하려 영국 왕위를 버린 윈저 공, 루스벨트 대통령, 엘리자베스 테일러와 리처드 버튼, 피아니스트 루빈스타인 등이 단골이기도 한 곳이다.

그곳을 지나 세느 강변을 죽 따라가다 보면 그 유명한 미라보 다리가 나온다. 리욤 아폴리네르는 미라보 다리 아래 우리의 사랑이 흐르고 있다고 노래했지. 승채와 꼭 한 번 오고 팠던 이곳에 나는 지금 혼자 서 있다. 계획대로 모든 일이 순조로웠다면 우린 함께 이곳에 신혼여행을 왔을 수도 있었겠지만, 이젠 부질없는 일이 되어버렸다.

승채는 나와의 약속대로 결국 서현과 파혼했다. 화가 난 최 사장은 투자금을 몽땅 회수했고, 우려했던 대로 회사는 부도 위기에 휘청거렸다. 용케도 그때 진채가 새로운 투자가를 만나지 않았더라면, 거의 완성 단계에 있던 프로젝트도 무용지물로 돌아갔을 것이다. 진채가 찾아낸 투자가는 '임사랑'이라는 젊은 아가씨였다. 그 짧은 기간 내에 어떻게 그녀를 꼬셨는지 나는 새삼 진채가 존경(?)스러울 따름이었다. 그렇게 해서 최악의 위기에서 벗어난 회사는 프로젝트까지 멋지게 성공시켰지만, 문제는 승채가 두 달이 넘도록 프랑스로 오지 않는다는 것에 있었다.

전화로 안달을 하는 내게 그는 '온다, 온다' 말뿐이더니, 보름 정도가 지나고부터는 전화도 드문드문해졌다. 그랬으니 나는 나대로 애가 타다 못해 이러다 영영 그를 못 보게 되는 건 아닐까, 심각한 우울증에 빠졌다. 어느 정도 시간이 지나고부터는 그에게 먼저 전화해 볼 용기도 나지 않았다. 내 전화를 피하기라도 하면 어쩌나 걱정이 돼서다. 만약 그런 일이 벌어진다면 나는 단번에 살 의욕을 잃고 말 것이 분명했다. 못 오는 이유라도 알면 이토록 힘들지는 않으련만.

다시는 한국 땅도 밟지 못하고 이 먼 곳에서 그를 추억으로 되새기며 살아야 할 운명이라 생각하니 기가 막혀 눈물만 나왔다. 그가 나를 잊어가고 있다는 사실이 견딜 수 없어 내 마음은 자꾸만 피폐해져 갔다. 그는 언제까지 나를 이렇게 버려둘 참일까?

여느 일요일처럼 콩코드 광장에서부터 미라보 다리까지 한 바퀴 순회한 뒤, 집으로 돌아오는 길. 거의 집 앞까지 왔을 때였다. 지나가던 사람들이 그 자리에 우뚝 서 하늘을 쳐다보고 있었다. 그리곤 손가락으로 하늘을 가리키며 자기네들끼리 웅성거렸다. 무슨 일인가 하고 나도 무심결에 하늘을 올려다보았다. 오후의 햇살이 눈부시게 쏟아지는 그 사이로 파란 새 한 마리가 천천히 내려오고 있었다. 처음에는 작아 보이던 새가 하강할수록 점차 어마어마한 날개의 위상을 뽐내었다. 내 입은 절로 벌어졌고, 이내 그것이 새가 아닌 패러글라이딩이라는 걸 알았다. 이런 도시 한복판에서 패러글라이딩을 하고 있는 사람이 제정 신인가 싶었지만, 그보다는 처음 보는 광경에 넋이 빠졌다고 해 야 옳을 것이다. 더구나 패러글라이딩의 주인은 어느 정도 하강 을 하고 나자 손잡이에 달린 줄을 죽 잡아당겼고, 그러자 돌돌 말려 있던 플랜카드가 그의 발 아래로 죽 펼쳐졌다.

<사랑해! 내가 있는 이 하늘만큼, 네가 서 있는 그 땅만큼!>

헉! 내 입에서 나도 모르게 숨 막히는 괴성이 터져 나왔다. 그 가 승채라는 건 굳이 얼굴을 보지 않고도 알 수 있었다. 그것은 틀림없는 한글이요, 그는 정확히 내 앞으로 떨어졌으니 말이다. 착지할 때 패러글라이딩 무게 때문에 다소 휘청거리긴 했지만, 나로서는 상상을 초월한 이벤트였다. 근 두 달 동안을 마음 졸 이며 상심해 있었던 걸 생각하면, 눈물을 펑펑 쏟고도 남을 재 회였다. 그러나 너무 놀라고 황당한 나머지 나는 헬멧을 벗으며 싱긋 미소 짓는 그의 얼굴을 보고도 정신이 멍했다. 그의 엉뚱 한 이벤트에 사람들도 잔뜩 흥미로운 얼굴들로 구경을 하고 있 었다.

그는 당연히 내가 좋아서 펄쩍펄쩍 뛸 줄 알았다가 아무 반응 없이 넋 나간 표정이자, 돌연 웃음기는 사라지고 서서히 겁먹은 표정으로 바뀌어갔다. 내가 단단히 화가 나서 이따위 깜짝 이벤트 정도로는 어림도 없어 보였던 모양이다.

"화, 화났어? 아니, 실은 이게 어떻게 된 거냐면 어느 날 TV를 보는데 이렇게 프러포즈하는 장면이 나오더라고."

그가 당황한 듯 말을 더듬었고, 나는 쌀쌀맞게 대꾸했다.

"그래서?"

"그래서 나도 패러글라이딩 배우느라…… 초보 단계가 두 달이어서 어쩔 수 없었어. 이것도 겨우 허락받아서 혼자 한 거야. 그나저나 여긴 어떻게 산도 하나 없냐? 너희 회사 빌딩 꼭대기 빌려서 도약하느라 아주 혼났다. 근데 정말 안 멋있었어? 하나도 감동 안 돼? 이틀 동안 열심히 준비한 건데……."

승채는 우거지상이 되어 목소리가 자꾸 수그러들었다.

이틀 동안? 그렇담 벌써 프랑스에 와 있었으면서 이제야 나타났다는 거 아닌가? 게다가 이 엄청난 이벤트를 벌일 생각으로 두 달 동안 나를 피 말려 죽일 뻔했는데, 감동?

나는 다짜고짜 그에게 달려들어 주먹으로 두들겨 패며 고함을 질렀다.

"너, 미쳤어? 이러다 죽기라도 하면 어쩌려구! 결혼도 하기 전에 누구 생과부 만들 일 있어? 초보가 왜 혼자 패러글라이딩을 타?"

지켜보던 사람들은 무척 감동적인 포옹이나 키스를 기대했다가 하나같이 경악스런 표정을 지었고, 그건 승채도 마찬가지였다.

"아야야……! 잠깐만, 리야. 아프다고! 그만 좀 때려봐."

온몸을 비비 꼬며 맥없이 맞기만 하는 그를 있는 힘껏 패주다가, 나는 그대로 목 놓아 울고 말았다.

"어어엉…… 왜 이제 와? 내가 얼마나 기다린 줄 알아? 너 안 오는 줄 알고 얼마나 무서웠는지 알기나 해? 누가 너더러 이런 이벤트 해달랬어? 엉엉엉……!"

그제야 승채는 나를 덥석 끌어안더니 키득키득 웃음부터 터뜨렸다.

"미안. 그래도 너한테 멋지게 프러포즈하고 싶었어. 사랑해, 리야. 정말 사랑해. 보고 싶어 죽는 줄 알았다. 휴우."

그가 내게 뜨거운 키스를 퍼부었고, 나도 다시는 떨어지지 않을 것처럼 그의 목에 꼭 매달렸다. 우리를 지켜보던 사람들도 우레와 같은 박수와 함께 안도의 함성을 내질렀다. 그 소리는 프랑스의 청명하고도 파란 하늘에 오래도록 울려 퍼졌다.

여기까지가 스물다섯의 신리 이야기다. 그리고 그와의 사랑 이야기는 이제부터 다시 시작이다.

어 필 로 그

"**오**빠, 해물탕 맛 좀 봐줄래요?"

가스레인지 위에서 맛나게 보글거리는 뚝배기 속에 수저를 살짝 담갔다가, 입 끝을 모아 후후 불고 나서 진채의 입에 갖다 대었다. 진채는 조심스레 뜨거운 수저를 입에 물어 맛을 음미하더니 표정이 산뜻하게 살아나며 감탄사를 내뱉었다.

"음…… Good! 아주 좋아! 음식 솜씨가 나날이 좋아지고 있어. 파이팅, 신리!"

"유후~ 역시 오빠밖에 없어."

내가 신이 나서 진채와 쿵짝을 맞추고 있으려니 승채가 식당 안으로 들어섰다. 그는 우리를 보고 입을 불퉁 내밀며 아니꼬운 눈초리를 던졌다. 그리고는 식탁 앞에 주저앉으며 툴툴거렸다.

"쳇! 도대체 누가 서방님인지 모르겠다니까!"

승채의 말이 맞다. 모르는 사람이 보면 실지 진채와 내가 부부인 줄 오해를 받을 때가 많았으니 말이다. 승채는 나이가 어려서 그런지 아무리 결혼을 했어도 도통 아저씨 티가 나야 말이지. 여전히 럭셔리, 엘레강스한 그를 보면 요즘 같아선 내가 한참 나이 많은 누나가 된 기분이다.

"밥 줘! 배고파!"

승채는 지금도 나와 관련된 거라면 그 누구에게나 여전히 질투심이 하늘을 찌르고, 내게도 걸핏하면 툴툴거리고, 약 올리고, 핀잔주는 데 선수고, 안 되면 끝까지 졸라대는 본성까지 그대로 되살아났다. 아아, 프랑스 파리.

우리는 그곳에서 한 달가량을 함께 지냈다. 그때 그는 평소 내가 알던 오승채가 아닌 완벽한 남자였다. 다정다감하고, 친절하고, 세심하고, 부드러웠다. 그래서인지 날마다 그의 새로운 면을 발견하는 데 크나큰 묘미를 느끼며 살았다. 그때로부터 훌쩍 일 년이 또 지나 있건만, 지금도 그때를 생각하면 내 몸속의 가장 깊이 내장된 그곳에서 짜릿짜릿하게 흥분이 일곤 한다.

함께 지낸 지 일주일 만이던가. 외식을 한 후 집으로 돌아오는 길, 그가 내 눈치를 보면서 자꾸 머뭇거리기에 문 앞에서 나를 안고 싶냐 물었다. 그는 잔뜩 긴장한 얼굴로 솔직히 그렇다 했다. 집에 들어가자마자 내가 먼저 적극적으로 그의 옷을 벗기며 그에게 안겼다. 첫 섹스 때보다 오히려 그때가 내게는 온 마음과 몸을 열어 그를 받아들이고, 또한 나를 주었던 것 같다. 그는 나를 충분히 가진 후, 내게 너무나 정열적인 여자라는 칭찬을 아끼지 않았다. 나는 그의 진지한 말투와 진심 어린 태도에 완전히 매료되었고, 또한 그의 매력에 흠뻑 빠져 버렸다. 그 후로 어느 때던지 우리는 사랑을 나누었는데, 지금 생각하면 내게는 너무나 신기루 같던 한때였다.

한국에 와 정식으로 결혼을 했다. 물론 그의 가족들은 우리 두 사람의 지독하고도 끈질긴 강력 본드성 사랑에 두손두발 다 들어버린 뒤였다. 그러니 자식 이기는 부모 없다고 하는 모양이다. 새로운 투자가로 서현의 집안과는 비교도 안 되게 국내에서 손꼽는 태평그룹의 외동딸을 잡았으니, 오 사장과 그의 가족들이 한풀 기가 꺾인 것은 당연했다. 새로운 투자가까지 나타난 마당에 서현도 더 이상은 예전처럼 자살 같은 일을 벌일 엄두는 내지 못했던 것 같다. 그래 봤자 이제 통할 리가 없었으니까. 우리가 결혼하고 얼마 후에 그녀가 일본으로 유학을 갔다는 소식을 들었다. 그것으로 그녀와의 인연도 완전히 끝이었다.

결혼을 하면서 나는 원래의 우리 집을 되찾았다. 승채가 다른 건 다 필요없으니까 그 집만 달라고 했던 것이다. 그래서 지금은 엄마와 나, 그리고 승채, 세 식구가 함께 살고 있다. 엄마는 이제 남의 집 가정부 노릇을 하지 않는 대신, 몇 해 동안 만나지 못했던 친구들과 이따금 여행 가는 재미에 폭 빠져 있다. 너무

다니는 것 같다며 미안해하는 엄마에게 이번에도 승채는 강력 권고하여 제주도로 여행을 보내 드렸다. 지금쯤 엄마는 친구들과 함께 한라산을 오르고 있지 않을까.

오늘은 특별히 진채와 그의 약혼녀 임사랑 씨를 초대한 날이다. 벨소리에 나가봤더니 임사랑 씨 외 유채까지 등장이다. 승채는 식당 안으로 들어서는 유채를 보자마자 퉁명스레 말을 툭 내뱉었다.

"넌 뭐 하러 왔어?"

원수지간이 따로 없다. 유채는 못되게 눈을 흘기면서도 식탁 앞에 도도하게 앉는다.

"올케, 수저."

그러자 승채는 유채를 못 잡아먹어 안달이었다.

"네가 갖다 먹어! 넌 손이 없냐, 발이 없냐?"

유채는 샐쭉해져서는 내가 건네는 수저를 받으며 다 들으라는 듯 큰 소리로 떠들었다.

"올케, 아까 들어오면서 소파에 갖다 놓은 거 봤지? 그거 올케 주려고 사온 티야. 명품이니까 아껴 입어."

그렇게 생색을 내니까 승채는 또 비비꼬는 투로 떽떽거렸다.

"꼴랑 티 하나 사다 주면서 생색은. 허구한 날 색깔도 촌스러운 거만 사다 주면서. 다음부터는 그냥 돈으로 줘. 보는 안목도 없으면서 자꾸 사 오지 말고."

"야, 오승채! 너 정말 언제까지 계속 깐죽거릴래?"

유채가 발끈하여 숟가락으로 칠 기세로다가 큰 소리를 치자, 승채는 한술 더 떠서는 대번 '평생!' 하면서 약을 올렸다. 진채는 승채와 유채가 싸우든지 말든지 옆 자리에 앉은 약혼녀를 챙기느라 여념이 없다. 이 두 남자를 보면 어쩔 땐 유채가 친남매 간이 맞나 의심이 갈 때도 있다. 또한 임사랑 씨로 말하자면, 진채에게는 아주 그만인 짝이라고나 할까. 순수와 섹시, 그 두 가지를 고루 겸비한 그녀를 보고 있노라면 '남자 오진채' 라는 승채의 농담에 절로 고개가 끄덕거려진다. 그리고 두 사람은 오누이처럼 제법 생김새도 닮은 구석이 많다.

식사가 끝난 후, 승채는 결국 유채를 또 삐치게 만들어 보내 버렸다. 그런 뒤 어디론가 사라졌기에 찾아보았더니 다락방에 있었다. 가파른 계단을 디디고 올라가자, 들창 앞에 엎드려 손등에 턱을 고이고 밖을 내다보고 있는 그가 보였다.

"뭐 해?"

"그냥. 여기서 바깥을 내다보면 이상하게 기분이 좋아지더라."

소년 같은 눈빛. 나도 그의 옆에 나란히 엎드려 밖을 내다보았다. 정원의 한편, 물레방아 옆 그네에 진채와 약혼녀가 다정히 앉아 있는 게 보였다. 무슨 재미난 이야기를 하는지 두 사람 다 웃으면 눈이 사라져 버리는 것까지 똑같다. 닮은꼴인 두 사람이 참 보기 좋다. 그런 생각에 흐뭇한 미소를 짓고 있는데, 승채가 은근히 내 허리에 팔을 두르면서 끌어안았다. 밤낮 주체할 수 없는 호르몬을 대체 어찌하면 좋을꼬.

"또?"

내가 딱 한 마디로 핀잔을 주자, 그는 벌써 내 허리를 돌려 안고는 어린아이처럼 가슴에 얼굴을 파묻고 있었다. 가슴을 헤치는 그의 입술이 간지러워 나는 몸을 뒤채며 웃음을 터뜨렸다.

"하지 마. 여기서 이러면 어떡해?"

"어때! 내 집에서 내가 하겠다는데. 가만있어 봐, 좀."

"아이, 참. 진채 오빠랑 들어오면 어쩌려고."

"설마 여기까지 올라오겠어? 그리고 부부이니 다 이해할 거야."

"너, 왜 이렇게 뻔뻔해졌니?"

"어허이! 하늘 같은 서방님한테 너가 뭐야, 너가. 여보라고 불러야지."

"어우, 됐어. 징그럽게 여보는."

"그래? 그럼 자기야 그러든지."

"차라리 그게 낫겠네. 자기야."

"자기야, 지금 급해. 그러니까 반항하지 말고 가만있어 봐."

승채는 치마를 손으로 후닥닥 걷어 올리고는 내 매끌매끌한 허벅지 살을 쓸어 올렸다. 그의 손끝에 움찔 반응을 보이고 두 다리를 움츠려 보지만, 그는 이미 나를 타고 위로 올라와 있었다.

"뭐든 자기 맘대로!"

내가 눈을 흘기자, 그는 나른하게 눈길을 풀며 물었다.

"그래서 싫어?"

"아니, 좋아. 쿡쿡."

"여우."

그가 기분 좋게 웃으며 입을 살짝 맞추었다. 나는 따사로운 시선으로 그를 올려다보고, 그도 다정한 눈길로 나를 내려다보았다. 그러다 누가 먼저랄 것도 없이 서로의 목덜미를 껴안으며 깊은 키스를 나누었다. 그것이 일상처럼 편안한 그림으로 우리 두 사람의 모습은 부부라는 화폭에 채색되었다. 나의 사랑, 나의 남편, 승채. 그리고 그는 이제, 열여덟의 들끓던 정욕을 진정한 사랑으로 승화시켜 고스란히 내게 돌려주고 있었다.

올 여름, 백년 만에 오는 무더위라고 했던가요? 정말 그랬습니다. 이열치열로 이 작품을 수정하면서 보냈고, 이제 선선한 가을이 다가오는 이때에 한 권의 책으로 세상에 내놓게 되었습니다. 승채를 처음 만난 것이 작년 봄이었으니 감회가 새롭지요. 이 작품 속의 '승채'라는 인물에 흠뻑 빠져 매일 새벽까지 글을 쓰던 날들이 생각납니다. 그래서인지 수정을 하면서도 내내 마음이 들떴었답니다. 승채와 다시 한 번 뜨거운 연애를 하는 기분이었달까요.

어느 작품이든 간에 애정이 가지 않는 인물들은 없겠으나, 그래도 개인적으로 특별히 사랑하는 남주를 뽑으라면 승채는 세 손가락 안에 들 인물이지요. 그만큼 제가 사랑했던 인물이었습니다. 좀 더 생동감있고, 아름답게 그를 그리지 못한 것 같아 작품의 마침표를 찍으면서도 아쉬움이 가시질 않는군요. 완결을 냈을 때나 출간을 한 후에 한꺼번에 몰려오는 그 후유증이란 이루 말할 수 없는 고통입니다. 한차례 몸살을 앓고 나면 또 새로운 글 속의 인물들과 전쟁 같은 하루하루를 살겠지만, 이번에도 그 고통이 극심할 것 같아 걱정이네요.

사랑 후의 고통, 이별 뒤의 아픔과 같이 글을 쓰는 사람들에게도 어떤 성스런 과정처럼 한 작품과의 사랑과 작별이 참 힘이 든답니다. 고민하고 애태우며 그들과 동거동락한 시간들이 힘들고 아팠던 만큼, 세상에 나와서도 그들이 제 속에서만 아니라 많은 사람들 속에서 빛을 발했으면 하는 바람입니다. 아니, 세상에서 더 환영받았으면 하는 소망을 가져봅니다.

　형제와 한 여자와의 삼각 구도는 드라마나 다른 소설 속에서도 흔한 소재로 나오죠. 저도 그런 지적을 받은 바 있구요. 하지만 제가 이 작품에서 초점을 맞춘 건 순전히 승채와 신리였습니다. 여기에서 화자는 분명 '신리' 이지만, 저는 오히려 신리보다 승채에게 중점을 두었다고 해도 과언이 아니에요. 쓰면서도 요즘 같이 인스턴트 시대에 칠 년씩이나 한 여자를 마음에 담아두고 잊지 못하는 남자가 과연 있을까 의문이었죠. 더구나 자신을 사랑하지도 않는 여자였는데 끝까지 포기하지 않고 사랑을 이루기 위해 고군분투하는 모습을 그리면서, 나중에는 제 스스로가 승채를 사랑하게 되더군요. 제 개인적으로도 승채를 만난 건 행운이었다고 생각해요. 그를 만나 행복했으니까요.

　신리는 우리 주변에서도 흔히 볼 수 있는 캐릭터지요. 특별히 더할 것도, 덜할 것도 없는. 그리고 다분히 환상적인 사랑을 꿈꾸기도 하는 모습은 여느 여자나 다를 바 없지요. 당차고 똑똑하지만 정작 그녀는 사랑에 대해서는 무지했어요. 한 남자의 진심이 그녀에게 전해지기까지의 과정은 우리의 인생이 그렇듯이 우여곡절도 많고 때로는 아프고 슬프고 바보스럽기까지 합니다.

　제가 그녀를 통해 보여 드리고자 하는 것은 평범한 우리네의 사랑과 인생이었어요. 어찌 보면 하루아침에 몰락한 집안의 그녀가 승채와 사랑을 이루게 된 것은 신데렐라적 요소가 작용했다고도 볼 수 있겠지만, 그보다는 제목처럼 인생에서 승채 같은 오아시스를 만난 것은 말 그대로 우리가 꿈꾸는 '로망', 그 이상도 그 이하도 아니었어요. 그래서 그녀가 하는 사랑이 더 정감과 동정이 갔나 봅니다.

또한 진채라는 인물에 대해서 짚고 넘어가지 않을 수가 없는데요. 아마 기억하는 분들도 계실지 모르겠지만, 그는 『오아시스, 내 청춘』에 이은 『Doughnut and Banana』의 주인공이죠. 그 소설에서도 아주 노련한 바람둥이로 나옵니다. 여기서는 승채와 신리를 이어주는 아주 중요한 다리 역할을 하고 있지만, 그 역시 사랑에는 상처가 많은 인물이에요. 기회가 된다면 그의 이야기도 종이책으로 보여 드릴 수 있었으면 좋겠군요.

그리고 이번에도 엔딩 장면에서 상당히 고민을 많이 했었는데요. 나름대로는 승채다운 프러포즈였다고 생각해요. 무모하지만 추진력 하나는 누구 못지않죠. 하늘에서 파란색 패러글라이딩을 타고 새처럼 내려오는 그를 상상하며, 프랑스의 그 낯선 공기마저도 따사롭게 느껴지던 기분을 여러분들도 한 번 누려보셨으면 좋겠어요. 정말 그런 프러포즈 한 번 받아보고 싶지 않으세요?

항상 글을 쓸 때나 출간 준비를 할 때마다 제가 하는 일은 기도랍니다. 에디슨이 했던 명언, [1%의 영감과 99%의 노력]은 저 같은 사람에게는 아주 필수적인 사항이거든요. 항상 노력하고 지혜를 구하는 일은 제게 아주 중요한 신조이지요.

마지막으로 제가 쓴 글 속에서 많은 분들이 함께 울고 웃을 수 있다면, 그보다 더 큰 기쁨은 없겠습니다. 늘 따뜻한 시선으로 봐주시는 많은 분들이 있기에 오늘도 글을 쓸 수 있는 게 아닌가 생각해 봅니다.

제가 힘들고 외로울 때, 기도할 수 있게 인도하시는 하나님께 감사드리고, 사랑하는 가족들, 친구이면서 언제나 든든한 버팀목이 되어주는 백경, 부족해도 모자라도 늘 꾸준히 뒤에서 지켜봐 주시는 서른여덟 명의 카페 가족 여러분들께도 감사의 말씀 전해요.

마지막으로 승채와 신리가 여러분들께 전해 드리는 메시지입니다.

[누구나 사랑받을 권리가 있고, 행복할 의무가 있다죠. 사랑받으세요. 행복하세요. 꼭이요!]

이혜경

치열하게 살아가고 치열하게 사랑하는

사람들의 이야기를 전하는

이 세상 마지막 하나의 좋은 이야기꾼이고 싶다

출간작 〈돌발상황〉, 〈cool한 일처다부제를 지지한다〉,

〈적과의 동거 1000일〉, 〈피렌체에서의 칠 일…〉,

〈비단속옷〉, 〈365일 빈터〉

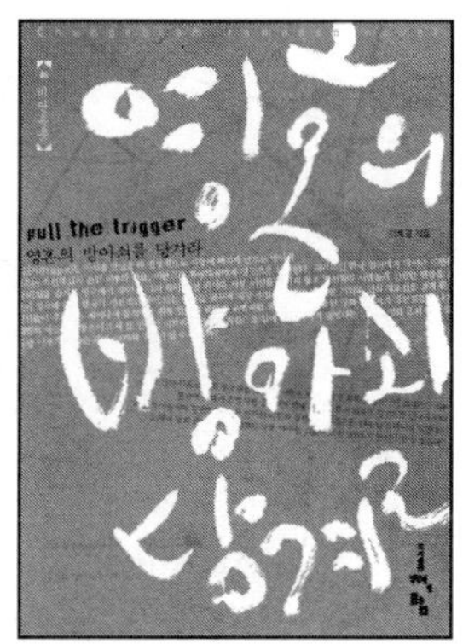

『영혼의 방아쇠를 당겨라!』

대한 황실복원을 꿈꾸는 사람들에 의해 복원될 황실의 제왕으로 길러진 이한.

그가 운명을 따라 서울로 돌아왔다!

평범하고 '제길슨' 을 입에 달고 다니는 영화 콘티 작가 강건희.

그녀는 운명이라며 앞길을 막아서는 엉뚱한 녀석을 만났다!

이들의 만만치 않은 사랑기류가 수많은 난관을 뚫을 수 있을까?

그들은 과연 100%의 연인이 될 수 있을까?

● 이혜경 지음 값9,000원

도서출판 **청어람**　chungeoram@chungeoram.com
☎ 032-656-4452　FAX 032-656-4453

이영채

몽상가 기질이 다분한 여자

아직은 완결작보다 완결할 작품이 더 많다고 믿는 여자

가슴이 훈훈해지는 글을 쓰고 싶은 여자

건강한 로맨스를 그리고 싶은 여자

http://cafe.e-novelist.com/happygirl

E-mail : newandgood@hanmail.net

『우리 이제 연인인가요?』

C&H 사장 최지혁 : 자유로운 인생을 사는 나지만 그런 나에게도 원칙은 있다고.
직원은 절대 안 건드려. 그런데 왜 저 여자가 조금씩 눈에 밟히지? 불길하군!

C&H 기획2실장 이세희 : 전 순정있는 남자가 좋아요.
그런데 저 남자가 요즘 내 친구한테 접근하는 거 같아요. 불길해!

● 이영채 지음 값9,000원